每都节 天是日

丁伯刚 ◎ 著

中国文史出版社

图书在版编目（CIP）数据

　　每天都是节日 / 丁伯刚著 . -- 北京 ：中国文史出
版社，2024. 12. --（锐势力·名家小说集）. -- ISBN
978-7-5205-4876-2

　　I. I247.5

　　中国国家版本馆 CIP 数据核字第 202413H0P4 号

责任编辑：全秋生

出版发行：中国文史出版社
地　　址：北京市海淀区西八里庄路 69 号　　邮编：100142
电　　话：010-81136602　81136603　81136606（发行部）
传　　真：010-81136655
印　　装：廊坊市海涛印刷有限公司
经　　销：全国新华书店
开　　本：787 毫米×960 毫米　　1/ 大 32
印　　张：10
字　　数：300 千字
版　　次：2025 年 1 月北京第 1 版
印　　次：2025 年 1 月第 1 次印刷
定　　价：68.00 元

C 目 录
ontents

艾朋回家

一

　　夜里李华兰没有睡好。她以为是心中想事才没有睡好。弄不清想了些什么，不外乎家里家外一些油盐酱醋，鸡毛蒜皮。后来猜测睡不好，也许正是出事的征兆。到早上六点来钟，李华兰又一次醒了，从隔壁房间透过来的灯光看，儿子艾朋也醒了。她轻轻叫了声艾朋，嘱咐他再睡一会。艾朋瓮声瓮气说不睡了，他想出去跑跑步。李华兰模模糊糊听儿子进了趟卫生间，接着进厨房洗脸刷牙，然后到门边换鞋。

　　人有些疲倦，李华兰继续躺在床上眯了会眼睛。只是短短一会，前后不超过三两分钟吧，以至当电话骤然响起，有人嚷嚷着说李华兰李华兰，你家艾朋被车撞了时，李华兰根本不能相信。她以为艾朋仍蹲在鞋架前，窸窸窣窣换他的鞋子呢。李华兰连跑带滚赶下楼，打电话的邻居已在前院等着了。邻居拉着她就往外跑，边跑边断断续续介绍，是汽运公司的大客车，车上装满旅客，车子停下，旅客也黑压压地一齐走出车门观看。看起来艾朋撞得不轻，让人提着臂膀从两只前轮之间拖出来。李华兰想问一句什么，但控制着不敢问出口。她又想大哭一声，同样控制着不发出声。"送死，回来送死，"内心忽然蹦出个念头，把自己吓一跳。李华兰用力朝地面吐了口痰，想把这个念头赶开。可念头偏像什么黏液，或者像她吐出的那口痰，粘住了就难以甩脱。艾朋这才回来多久，满打满算不过半个月，就碰上这种事，不是送死是什么。回家半个月了，艾朋专心在文化宫听课，从没出去跑过步，为什么偏偏今天早上要出去跑步。李华兰跟着邻居跑出厂门，并没看到肇事的大客车，更没看到黑压压的人。面前的柏油马路空空荡荡，根本不像个发生车祸的样子。李华兰有些茫然地往前跑几步，又往后跑几步。"快去医院。去医院了……"一个女人手提红色塑料桶，从某处角落冲出，冲他们挥舞手臂。

"回来送死，"内心的念头又一次蹦出。

天光确实尚早，加上厂区一带过于偏僻，公路上看不到一辆可坐的车子。李华兰连奔带跑往医院赶，同时睁大双眼注视着路面，生怕一不小心会踩着什么鲜亮而又黏稠的血迹。后来终于坐上出租车了，车座湿腻腻的，好像也沾上了血迹。到了医院，大门前那痰迹斑斑的台阶，还有人来人往的大厅，都有些可疑。

李华兰没有认出艾朋。她认出了艾朋的衣服，还有艾朋脚上穿的咖啡色运动鞋。艾朋头朝里脚朝外，躺在门诊部二楼走廊的长条木椅上。接着李华兰又认出厂里的几位邻居。直到此刻才最后相信，事情是真的。她家艾朋出车祸了。李华兰低低哀号一声扑上前，于是她有些愣住了。并没有看到想象中的那些东西。艾朋是完整的。李华兰把躺在椅子上的艾朋从上到下看过了，艾朋当真很完整，只是脸色苍白得厉害。

"妈，你回家给我拿件衣服来。"这是见面后艾朋说的第一句话。李华兰没听清他说什么，只知道儿子说话了。艾朋甚至用双臂反撑住椅面，想把上身抬起。"躺好，别动！"医生制止道。

医生用听诊器长时间在艾朋胸腹部边敲边听。李华兰颤抖着问医生怎么样，医生不回答，接着让艾朋把身子侧过来。艾朋犹豫了一下，很听话地把身子侧起，让医生在背部继续边听边敲。李华兰看出，艾朋侧身的动作也很轻松。医生敲完听完，把听诊器收起，点点头："先住下来，观察观察再说。"

"医生，问题是不是很大？"李华兰颤声问，目光停在医生胸前的听诊器上。听诊器很旧了，外面镀的镍皮已脱落一块。

医生又说了句观察观察，起身走了，四周的围观者一时议论纷纷，说照目前情况看，问题绝对不会有多大问题。"不会有多大问题吗？"李华兰声音颤抖，眼泪也随之下来了。众人肯定地点头，说神志清楚，话语清晰，能有多大问题。这时有两位个子高大、衣着整洁的中年男人挤上前，自我介绍说是汽运公司经理，一位姓张，一位姓王，他们刚刚给病人办住院手续回来。张经理和王经理拉住李华兰的手，让她尽管放心，不止一位医生过来检查了，都说情况正常。为防万一，公司方面仍主张让伤者住进医院作进一步检查，一切不必家属操心。

两位经理很老练，也很诚恳。可以看出，他们已多次处理过类似事件，应该也形成了一套固定的办事程序，不会有多少疏漏让伤者家属挑剔的。李华兰表示默认，好一会想起什么，问司机呢，司机哪去了。张经理解释，司机回单位拿记账单了。从张经理脸色可以看出，司机并不一定回单位拿什么记账单了，司机是有意回避了。在这样的时候，肇事司机一般都会躲一躲，以免惹出不必要的麻烦，这点李华兰能理解。

李华兰只顾说话，倒把椅子上的儿子忘在一边，等回过神，儿子已经很不高兴了。"妈，不是让你回家帮我拿件衣服来吗？"艾朋嚷道。

　　艾朋这是第二次让母亲回家帮他拿衣服。李华兰有些发愣，不知艾朋为什么要一次次让她拿衣服。随即明白过来，刚才怪自己眼花，没看到儿子肩膀及膝盖各处粘了些黄乎乎又湿腻腻的泥迹。艾朋素来爱整洁，今天当着这么多人像个玩物般在椅子上躺着，让无数双眼睛看来看去，你想他如何能受得了。不过我的傻儿子，李华兰想，今天出了这么大的事，还能在乎身上一点泥迹吗？她又是好气又是好笑，同时还有点隐隐激动，同众人打个招呼，起身回家拿衣服。出了医院大门，脚步又有些迟疑。儿子还躺在走廊上呢，就这样把他交给别人，毕竟不妥当。李华兰到街头找了家小卖店，给开餐馆的弟弟李华明打通电话，接着又给上班的建材城打了个电话。建材城的头头很热心，仔细问过情况，让李华兰尽管在医院待着，他们会另外找人代班的。没多久，李华明骑了辆摩托匆匆赶来，到艾朋身边看了看，一句话没说，接过钥匙匆匆赶到化肥厂拿衣服。

二

　　在医院躺了一个晚上，第二天半下午时分，艾朋匆匆拣好东西出院了。

　　是艾朋自己要求出院的。

　　实际上当初进院的时候，李华兰已看出艾朋满心不愿。他说他没事。肇事的车子掉过头把他送进医院，他见到医生的第一句话就说我没事，我没事的。艾朋一边说，一边翻转手臂朝身上拍，想拍去衣服上的泥迹和油迹。艾朋甚至下意识躲闪着，拒绝医生检查。邻居们急了。邻居们事后说起这些，仍现出不可思议神情，他们一遍遍叫李华兰李华兰，别看你家艾朋身高个大，又在大地方读了许多书，年轻人毕竟年轻，不明事理的。一个人给车撞了，不管有事没事，查查又有什么关系呢。莫非还想给汽运公司省钱？

汽运公司的态度一直比较明确，当天上午就请了位中年妇女到医院做护理，让李华兰放心回建材城上班。半下午时分，王经理又把李华兰、李华明及事发现场的几位目击者接到汽运公司办公室，双方坐在一起做个初步协商。王经理介绍了事发当时的一些情况，还画了张现场示意图，再三强调车子是刚刚启动时把人推倒的。车子停在化肥厂大门前上客，正准备启动，没想车前冒出一个人。"这么一推么，"王经理比画。

王经理代表汽运公司提出以下几点处理意见：一、病人在医院接受相关检查，直到医生允许出院为止。千事万事，人是大事，不能有一丝一毫马虎；二、住院期间的医药费和营养费一概由汽运公司支付；三、汽运公司派出专人看护。王经理很动情，说将心比心，谁家都有孩子，只要孩子没事，公司多出点检查费绝对是应该的。王经理问李华兰、李华明还有什么要求，这边两个人左思右想，想不出还有什么要求可提。

汽运公司表了态，医院方面积极响应，当即开出一沓检查单。脑部 CT 是上午做过的，未发现异常，脑电图、心电图、B超，同样没发现问题，体温、血压也正常。第二天一早，医生又安排抽血化验，接着到放射科拍了几张不同部位的 X 光片。主治医生姓凌，年纪不大，脸上始终带着微微笑意。他把各种检查结果汇到一起，翻了翻表示满意，说先安心住着，观察几天再说。艾朋不由把双眉皱紧。艾朋实在有些不耐烦了，很快穿衣下床，嚷嚷着要求马上出院。李华兰好说歹说，总算让他重新坐下，自己去找李华明商量。做护理的中年妇女则抓紧时机，到一边给王经理打电话。

病人主动要求出院，公司方面当然巴不得，王经理亲自开车，把李华兰母子送回家，接着派人送来一些营养品，奶粉、麦片、水果之类，还有一篮鲜花，一齐摆在艾朋床前，让他在家安心静养，有什么事随时联系。艾朋点着头，把大家一一送出门。等众人脚步在楼道消失，他进房拿了几本资料书塞进挎包，往肩头一甩，接着到客厅换鞋。

"你又准备去哪？"李华兰失声道，"是去文化宫上课吗？"

"上什么课？"一句话未完，艾朋已跳到门外，咚咚下楼去了。

"艾朋，记得早点回来吃饭。"李华兰嘱咐道。李华兰很想再对艾朋说点什么。她想拦住他。一个人刚出医院，屁股还没坐定，哪能又急急忙忙往外跑。可李华兰拦不住她的儿子。李华兰总算明白，儿子为什么在医院无法住下，说一千道一万，他就是放不下文化宫培训班里的那些课，放不下几个月后即将面临的公务员考试。不用说，急着出来上课是好事，至少表明儿子身体一切正常。想想昨天一大早，当李华兰让电话从床上叫起，跌跌撞撞往外奔跑时，她还以为真出了大不了的事故呢，她还一心一意要到街面找什么血迹呢。那种大祸临头之感，至今想起，脑袋仍不由微微发晕。

李华兰把积压几天的脏衣脏被泡进洗衣机，放水清洗，然后动手收拾房间。抹灰尘，拖地板，忙上忙下，忙里忙外，没多久，周身上下有些发热了，鼻尖上渗出微微汗滴。

头一次提出让艾朋回家参加公务员考试，还在一年前的某个春日。李华明微皱眉头，侧身坐在客厅里的木沙发上，一手托腮，一手长长地伸到茶几那头弹烟灰。弟弟神情是急迫的，态度是诚恳的。他在真心为艾朋操心。但李华兰听后，仍然浑身不舒服。她以为是做弟弟的小瞧了她家艾朋。她微微笑了一下，想我家艾朋再没出息，也不至于要回歌山这小地方来考什么公务员。李华兰对做弟弟的一片用心表示感谢，不过年轻人的事还是让他自己决定吧。没过多久，李华明又一次找上门催艾朋回家，李华兰真有些给弄烦了，也有些火了。她很想问一句李华明你什么意思？口口声声为外甥着想，说来说去，真正想着的可能还是你自己吧。

　　每每提到这个弟弟，提到他们这一家，李华兰便止不住泪水长流，她说要论到命苦，他们姐弟俩、娘儿俩，一个赛一个苦比黄连。李华兰、李华明自小失去父亲，几年后母亲给他们招了个继父，说是过来顶门立户，培养两个孩子念书。结果书没念成，母亲反而带着新添的小弟弟随继父迁往外地去了。母亲一去不回，留下两姐弟相依为命。好不容易长大，先后结婚成家，李华兰还由于婚姻的关系进了歌山化肥厂，从临时工做到正式工。自己稍一安定，紧跟着把弟弟一家也接过来，在城郊租了间房，走东跑西做点生意。日子刚有些起色，这年七月一个晚上，李华明的老婆许文秀坐在家里看电视，起身换台时脚下一滑，后脑着地摔在客厅当中。当时并不见明显不适，甚至连个医生也没找，日子久了发现，这人眼神怎么有些不对了，嘴巴也跟着朝一边歪，一日三餐连饭也弄不到嘴，见了人尽知道傻笑。好好一个家庭弄成这样，远门自然出不成了，李华明借了点钱在东门街角盘了家小餐馆，带着他那个说傻不傻、说不傻又傻得吃屎的老婆一天天一年年混日子。十几年过去，两个女儿已长大成人，出外打工去了，餐馆还是早先的餐馆，至今连个住房也没买上。

　　对外甥艾朋，李华明是打心眼里喜欢的。李华明一贯认为，自己这辈子最亏的就亏在身后没人，没背景。他说哪怕有一个得力的人帮衬，他绝不会混到如此地步。早在几年前，他就在那里嚷嚷着要把艾朋从外面弄回来了。他认为艾朋是他们家族出的一个少见人物，若回了歌山，凭能力用不着三五年，混个局长、主任之类完全不在话下。李华明说得兴奋，李华兰站在一边五味杂陈，不知该哭好还是笑好。她不止一次想问，你到底要把艾朋拉回来做什么，莫非就为着帮你开那个要死不活的餐馆？李华兰想真心告诉弟弟，要论关心你照顾你，我这一辈子已经做得够不错了吧，莫非你还想把艾朋搭上，让他再为你付出一辈子？实在说来，我这个做娘的已经耽误艾朋许多了。

　　艾朋自小聪明伶俐，智力过人。艾朋是李华兰的骄傲，说起这点歌山化肥厂上上下下人人皆知。聪明透顶的一个孩子，偏偏落在他们这苦命的家里。不知是巧合，或干脆是出于哪个人的有意作弄，有一次艾朋的父亲艾清林患感冒，拖上几天没想给拖成个脑膜炎，话也没留下一句匆匆走了。当时艾朋才九岁，与他的母亲和舅舅一样，早早成了个孤儿。那些年，不知有多少人上门做工作，让李华兰好歹再找个人，艾朋的爷爷奶奶在世时，也常常躲在房间叹息："华兰，华兰，你何必。"但是李华兰不愿。李华兰说自己小时吃够了苦，她绝不能让艾朋吃同样的苦。后来连艾朋也惊动了，大清早衣服也没穿，掀开被子跳在母亲面前，说妈，昨夜里你哭了？李华兰争辩，说没啊，好好的我哭什么？李华兰尽力安慰，说妈妈有你这个儿子，成天高兴还来不及，我为什么要哭。艾朋说你就是哭了，夜里我听到你躲在被子里哭。

　　别看儿子小小年纪，这辈子跟在自己这个没用的娘后面，真不知吃过多少苦，遭过多少吓。自己苦了累了受惊了害怕了，还可以哭一哭闹一闹，儿子呢，只能把一切埋到心里。李华兰永远不能忘记那次，儿子也就十多岁吧，卫生间里的水龙头坏了，时不时发出呜呜呜叫，雄浑，尖锐，就像哪里开来了一艘大轮船。李华兰从附近商店买来新龙头，又找店老板借了只大扳手，憋股劲把坏了的龙头拧下。头一股水柱射出，就像炮弹射出一样，啪地一下狠狠打在她面门上，然后透过她的身体，打在卫生间的墙上和天花板上。李华兰大叫一声，不由心慌气急，全身发软，一点力气也没有了，手抓龙头左套右塞，就是堵不住嘶嘶啦啦的管口。艾朋上前帮忙，她怕吓着儿子，横过身子不让他帮。在铺天盖地的水柱中，母子两个人如两个活鬼一般躲来闪去。"报警，打110，"李华兰扭过脑袋向儿子示意。儿子打电话，却是半天不通，忽然弃了话机，打开门"扑通"跪在楼道当中，连声大喊救命。

在当年的歌山化肥厂，有一件事轰动一时：一位读小学四年级的男孩用书包装着两瓶罐头一听麦乳精，四处求人给他母亲找一个男人，给自己找个爸爸。被求的人止不住哈哈大笑，说给你妈找个男人，可以呀，不过你有什么条件没有？条件么，艾朋一本正经地说。其他的好说，头一点，对方应该脾气好，不能动不动打老婆；第二点，对方还应该身体好，没有什么影响后代的遗传病。被求的人哎呀哎呀，笑得气都喘不过来了，说没有遗传病？你还想让你后爸给你生个小弟弟呀。被求的人笑来笑去，忽然有点笑不出来，眼里溢满泪水。这人可能真有些感动了，没多久陆陆续续带了几个男人来敲李华兰家门。李华兰一一谢绝。李华兰只抱着儿子，一遍又一遍流眼泪。

"妈，你放心，你为我受的苦遭的罪，我心里都记着的。"艾朋不止一次认真这么说，"我一定好好读书，长大后多赚些钱，让你过上好日子。"那时艾朋真的很小，但他不怨天，不尤人，事事处处只靠自己。在学校他认真听讲，放学回家把书包一放，便屋里屋外忙开了，扫地、洗碗、收阳台外面晾晒的衣物，再挎只竹篮到厂区外的菜地里扯猪菜。当时李华兰利用公共厕所一旁的无人角落搭了个猪栏，栏里养了一大一小两头猪。艾朋把猪菜扯回，切碎剁烂，倒在铁锅里煮好，等母亲下班回家，把家务交接完毕，他才提了书包进房做作业。

从小学到初中再到高中，可以说艾朋的学业都是在做家务的同时完成的，并且各科成绩很拔尖，大大小小的试一路考下来，基本上没有失败过。艾朋唯一的失败应该是那年高考填报志愿了，说确实点，是李华兰逼迫艾朋填的志愿。许多年来，李华兰让一连串遭遇弄怕了，丈夫去世，独自一人带着儿子生活。随着又从工厂下岗，一大把年纪还像刚踏进社会的小青年一样，灰头土脸地不停奔走在县城的大街小巷兜售自己。李华兰时刻有不胜重负之感，她觉得自己走到头了，再无法向前走上一步半步了。何况现在面临的是什么，她这是在给儿子填高考志愿。儿子高考只能赢不能输，甚至连一丝一毫的风险也不能存在。"万一呢。万一没考好呢！"李华兰听不进班主任老师的意见，更听不进艾朋的意见，二话没说就为儿子的一生定了基调。李华兰说我们没那个福气，我们家的祖坟冒不出那股烟。我们不求大富大贵，我们只求个稳妥，勉强混口饭吃，这就很好了。李华兰没想到，恰恰是自己的固执把儿子毁了，艾朋以全班最出色的成绩，却被录取到本省一所学校。接连几天李华兰不吃不喝，只躲在房里流眼泪。艾朋仍不气馁，反过来对母亲百般安慰。他说到歌山中学早年有那么两位学生，同乡同岁并且同班，一个考到北京的重点大学读书，另一个则进了江州本地的一所学校读中专。多少年后，读中专的学生通过努力，成了南方一家公司的大老板，身家几个亿，而那位读重点的呢，反成了他手下的打工仔。

要说艾朋受到的另一次打击，可能就是两年前的辞职。大学毕业后，艾朋想学那位老板的样子，一心要到南方闯一闯，李华兰吸取以前的教训，毫不犹豫地点头同意。艾朋在广州找到一份做中学老师的职位。做老师不错啊，生活有保障，买房子听说还能得到不少补贴。有了房子，过些年就可以找位姑娘成家了。艾朋在电话里嘻嘻笑，说妈你想哪去了？什么中学老师，一处暂时的落脚之地而已，至于找姑娘成家，早着呢。一个学期未满，艾朋真把职辞了，到一家公司搞管理。在这家公司艾朋干得很出色，工资连涨几次，职务上也一升再升。艾朋不满足，他选择了再次辞职，与两位同学一起跑到市郊开什么公司。有一阵公司经营得不错，儿子在电话里说他赚钱了。他发财了。李华兰没得及高兴，另一个消息紧跟着传来，儿子亏了本，公司也随之关了门。接着儿子开了第二家公司，第二家公司也关了门。从此以后艾朋基本上处于失业状态。他也想过要重新进哪家公司打工，可是一番挑选，他发现自己大约已有些昏头昏脑，连份像样点的职业也难以找到了。李华兰放心不下，打定主意要到南方看看。儿子不让她看，找出种种理由推脱。说他忙，等过了这一阵再说。有次李华兰把车票都买好了，儿子不由得火冒三丈，说来看看来看看，你到底要看什么。这时李华明一个熟人叫海胖的，也在东门开餐馆，近几天因事要去广州。李华兰托海胖无论如何，一定抽工夫帮她看看艾朋。海胖到广州真把艾朋找到了，两个人还在一起吃过饭。据海胖所说，艾朋处境确实有点不好，平日他仍住在早先那所中学一间破房里，因怕校方发现，夜晚连灯也不敢拉亮，偷偷摸摸进，偷偷摸摸出，屋里除了一张单人钢丝床、一套学生用的旧桌椅，剩下的只有满地空啤酒瓶。

三

李华兰哭了，李华兰把自己关在房里，哭得哇啦哇啦，把邻居都一齐惊动了。此后不久，李华明便提到让艾朋回歌山参加公务员考试的事。李华明说艾朋毕竟年轻，这么独自一人在外面荡着，不知会荡成个什么结果。李华明一说再说，李华兰身子一凛，哭也不哭了。她有些清醒了。李华兰把泪痕擦擦干净，面带微笑拒绝了弟弟的好意。不过李华兰受到启发，她想艾朋不能回歌山考公务员，那么为何不去考考外面大地方的公务员？等弟弟前脚离开，她随即摸起电话，问儿子广州那边有没有考公务员一说。艾朋说考公务员，怎么没有，有哇。李华兰问像你这条件的，能报名吗？在得到肯定回答后，李华兰舌头都有些不好使了，连说几遍快，你快去报名。艾朋很听话，高高兴兴答应下来。不久传来消息，艾朋笔试成绩很突出，在几万人的考生中排名第九。艾朋是在接下来的面试中落选的，那天一进面试单位，艾朋已知道自己没戏了。笔试靠的是硬功夫，面试很大程度上则靠熟人关系。在那个面试单位，艾朋没有任何熟人，只落落寡合地站在一旁，看其他的面试者衣冠楚楚，嘻嘻哈哈，不停地在各个办公室窜进窜出，随便得就像在自己家里一样。

"回来考吧，让艾朋回来。"半个月前，李华明打听到今年又有一次公务员考试的消息。李华明说不管怎样，若艾朋回到歌山，至少不会像在外面那样任人欺负。李华兰没多迟疑，用感激的目光看看弟弟，认真点了点头。

李华兰做好足够的心理准备，想找些怎样的理由说服儿子回歌山。没料艾朋头天接到电话，第三天人已经到了家，那样子不像是从几千里外的南方回来，倒像从隔壁谁家串门回来一般。公务员考试的日期早着呢，掐头去尾还有小半年时间。李华兰以为自己在电话里没把意思讲清。当然了，儿子既已回来，总不可能说他不该回。李华兰上前帮儿子接行李，儿子不让她接。儿子肩上扛一只包，手上又提一只包，进门后把两只包歪歪斜斜地往沙发上一甩，眼皮也没给母亲抬一下，径自到房里翻箱倒柜找东西。李华兰问他吃过饭没有，问他坐的什么车，能这么快回到家。接着又问他找什么，要不要帮帮忙。艾朋大约让母亲问烦了，叫一声：你能帮什么忙。后来艾朋把东西找到了，原来是他读中学时摆弄过的一本旧集邮册。

儿子永远都是儿子，哪怕他长得再高再大，哪怕他读了再多的书，到了家里，仍会显得那么幼稚好笑。中午在饭桌上，李华兰开始小小心心接近正题。李华兰讲一句，看看儿子的脸色，接着再讲一句。李华兰说这次考试规模较大，是全省统一的，将来安排工作也全省统一，很可能还会分到江州，甚至能分进省城。

对母亲的话，艾朋没有多余的表示，他继续以一种大大咧咧的姿势，凑在大衣柜的玻璃镜前理了理额前的头发，然后到行李箱中找出一双轻便皮鞋换好，站起身跳了跳。不知是因为换了鞋，或刚刚冲过澡吃过饭吧，儿子整个给人以面目一新之感，身材也显得格外挺拔。李华兰准备再说点什么，儿子到房里捡了几本书，用一只黑皮挎包装好，就跟今天这样，背起就要出门。他说他出去一下，他到文化宫听听课。

"到文化宫听课？"李华兰问，"到文化宫听什么课？"

"不是说文化宫办了个公务员考试培训班吗，昨天我打电话过去报了个名。"

文化宫办的什么公务员考试培训班，李华兰早有耳闻。说是仿照高考补习班那种样式，由几位退休的前政府官员发起，聘请一伙中学老师上课，有针对性地给参加各种公务员考试的考生进行辅导，讲时事，讲专业，作题猜题，并定期举办论辩会，模拟公务员面试场面进行训练，效果是很不错的。许多听过课的人表示，像这样的培训班，只怕找遍全国难有第二家。不过培训班的效果再好，李华兰总觉得与她家艾朋应该没有多大关系。在考试方面，艾朋久经沙场，不会把小地方几个临时人员凑起来的培训班放在眼里。李华兰想错了，艾朋很重视这个培训班，上午到家，下午就嚷嚷着赶过去听课。他甚至人还在广州，已从哪里了解到文化宫培训班的一些情况，并打电话过去报了名。

艾朋的到来，一度在培训班引起不小轰动。当年在歌山中学，艾朋是个表现出众的学生，提起他，从校长到老师几乎无人不知。而培训班上的许多授课老师，正好是艾朋中学读书时的老师，培训班上的许多学生，也是艾朋的上下级同学，于是艾朋人还没到，有关他的种种已在班上传开了，他一年前在南方参加的那次公务员考试，也弄得人尽皆知。学生们纷纷围上前，讨教有关考试的经验和诀窍，班主任老师刘高玉甚至两次到李华兰家登门拜访，以示关心和鼓励。

从这天开始，艾朋一心一意在文化宫听课，晚上独自在家复习，有时也到哪个同学、朋友家上上网，查找一些相关资料，不到深更半夜，他不会上床休息。现在一个人被车撞了，应该是天大的一件事，可艾朋仍不放在心上，口口声声吵着要出院，出院了又急急忙忙赶到文化宫上课。说来说去吧，总之还是那句话，急着上课是好事。艾朋身体一切正常，生活也就重新恢复到往日的安宁之中。

半下午时分，李华明骑着摩托，送来一台家庭用的那种小型榨汁机，顺便到厨房装好，调试一番。夜里，李华兰用榨汁机打出了满满一瓷钵豆浆，亲眼看着艾朋喝了大半。自制的豆浆真的很鲜，很稠，听说营养价值也高，成本低廉。李华兰又到菜市场买了些黑芝麻，准备榨成粉，让艾朋夜里加班时当点心吃，补脑润肺。艾朋学习上过于紧张，加上被车撞过，尽管没造成大的后果，对身体多少也算得上一次伤害。这中间，汽运公司的张经理王经理先后两次过来看望，头一次送了些营养品，第二次竟带了一个人上门，说要给艾朋"出煞"。所谓出煞，就是民间常见的那种巫术活动，在艾朋的房内房外、床前床后洒点水、贴张纸，拿了根桃枝这里扫扫，那里晃晃，胡乱念叨一阵。汽运公司好歹也是县里一家知名单位，怎么会相信这个。李华兰心下不解，却不愿意表露出来。长年与车子打交道，毕竟不同一般，出的问题多，有关的讲究也会多。张经理王经理还专门找到艾朋，仔细询问近些日子的身体状况，有没有哪里不舒服等。艾朋的态度一如早先，只说没事。张经理王经理说没事就好，我们从一开始就知道没事的。

张经理王经理走后，文化宫培训班的刘高玉老师也来了，同样问起艾朋在家有事没事。李华兰有些紧张了。与张经理王经理不同，刘老师的话似乎另有所指。刘老师果然有所指，经过一番吞吞吐吐，刘老师告诉李华兰，近段时间，也就是从医院出来之后吧，艾朋听课好像就有点，怎么说呢，没有早先专心，摸底考试成绩也下降不少。刘老师试着几次找他谈话，艾朋始终含含糊糊，不愿正面回答。刘老师希望必要的时候家长跟着做做工作，从侧面了解一下他的思想状况。"当然了，一次考试成绩并不能说明什么，听课不怎么专心，也不能说明什么。"刘老师边出门，边笑着安慰李华兰。刘老师照往日常见的那样，将艾朋好好夸赞一番，说李华兰生了个好儿子，培训班也出了个好学生。

中午艾朋回来，李华兰果然发现儿子的脸色不怎么正常，嘴唇发青，脸色苍白。她以为是光线的原因，换过一个角度继续看，接着又换了第三个角度看。李华兰把艾朋拉到阳台上，边端详边问他怎么回事，是不是哪里不舒服。李华兰嘱咐有什么事一定要直说，别独自一人遮着瞒着。艾朋被母亲的一连串行为弄得厌烦之至，说一个人这是吃饱了没事，跑到我面前发神经吧。艾朋说早讲了没事没事，为什么偏偏要有事。好好一个人，莫非硬弄点事出来你才高兴？

为着表明没事，艾朋还做了个轻松的动作，挺挺胸甩甩胳膊之类。李华兰看见，艾朋脸色好了，嘴唇也红了。也许真是没事。也许真是光线的原因。

艾朋实在是太要强了，对自己的病痛掩饰得太深，当然从另一方面说，也表明李华兰过于大意，以至某些基本事实都给忽略过去。李华兰记得，有次她从厨房走出，无意中看到艾朋双手紧拽住一侧门框，身子一动不动半吊在那里。李华兰问他怎么了，艾朋摇头，表示不怎么。他说在厕所蹲久了，两腿发麻发僵。艾朋牙关紧咬，边艰难忍受，边用劲朝母亲笑笑。另有一次母子两个人关了门一同出去，刚走下几级台阶，艾朋忽然双腿一闪，手抓扶梯又站在原地久久不能动弹。李华兰上前搀扶，儿子却不让。儿子说一步没迈稳，脚背上一根筋给扭住了，站一站会好的。儿子站了一会，结果真好了，李华兰同样没放到心里去。后来想起，李华兰才恍然大悟。儿子根本不是什么蹲久了双腿发麻发僵，也不是脚背上扭了筋，他那是在忍受着某个地方的剧烈疼痛。

儿子的痛处在小腿，膝关节往下约十厘米处。儿子忍受到这样的地步，直到不能正常行走了，这才告诉母亲，他有些不舒服。李华兰捋起他的裤管，哪是什么不舒服，儿子半条小腿都有些发红发紫发烫，肿起老大一圈。李华兰一口气吸进多深，问儿子是什么时候的事，是不是上次那辆车子。儿子点头。李华兰声音里已带进哭腔，问从那里到现在，一直在痛吗？儿子点头。李华兰说这么久，这么久，为什么不给我讲一声？儿子说当时以为没事，懒得讲。后来痛得厉害了，有时连觉也睡不着，他试着抹点从医院带回的红花油，然后在痛处用力按摩，发现能稍稍缓解一下。于是每次腿一痛，他就抹些红花油按摩，想拖过一阵，把试考完再说。李华兰说什么考试，真有那么重要吗，身上痛成这样，都不管了？

　　艾朋的意思，是想回到医院找医生做个检查，有伤治伤，伤治好了再一心一意复习功课。李华兰说不是简单检查的问题，他应该重新住院，并且要快，一刻也不能拖。儿子没吱声，算是表示了默认。李华兰更有些发慌，她清楚儿子的性格，不是情况严重，他不会同意住进医院的。她双手颤抖着给李华明打通电话，接着又给汽运公司王经理打电话。李华明和王经理同样有些吃惊，说不会吧，当初检查得那么仔细。李华兰没有时间解释会与不会，只让他们马上过来。李华明和王经理答应了，吩咐她先别着急。李华兰发现自己想骂人了。她很想大声嚷一句：不是你家孩子你当然不着急的！放下电话，她让自己略略稳定下来，开始以最快的速度收拾衣物。李华兰想怪不得张经理王经理要带人到家里出什么煞，出煞的时候又神情怪异地问艾朋身体如何，有没有哪里不舒服等。他们知道深浅，一定明白一个人被车撞了，决不会半点事情没有。李华兰越想越清醒，她一遍遍念叨怪不得怪不得。怪不得张经理王经理当初那么爽快，他们心里是藏着鬼的。可笑的是她李华兰，被人害了自己竟然半点不知，还傻乎乎地一个劲对别人的周全与慷慨表示感激。

四

汽运公司的王经理来晚了一步，艾朋已在病房安顿下来。病房还是上次住过的那间病房，主治医生也还是上次那个凌医生。凌医生算是老相识，一见面就点头，就笑，讲起话也随意。凌医生说，又来啦？凌医生把听诊器到艾朋弓起的膝盖上敲敲，说，吵着要出院的是你，吵着要进院的又是你。听凌医生的口气，就像见了多少年前的老熟人一样。

凌医生对艾朋的伤腿做了番检查，得出结论说没关系。凌医生说看情形不像骨头受了伤，只是肌肉软组织有些炎症。他问艾朋，最近几天是不是在哪里撞了一下，或擦了一下。艾朋不由把眉头皱紧，说我到哪里撞了一下擦了一下？成天提心吊胆，走路都不敢走快，还能到哪里撞一下擦一下。李华兰使眼色制止艾朋，让他把话说好点，医生毕竟是医生，但内心她与艾朋的看法是一致的。艾朋应该生气。记得头次入院，医生也异口同声说没关系没关系。当时只要他们态度上认真些，治疗上积极些，及时发现腿上的伤，也不至于拖到今天。近些日子课没上好，时间又白白耽误了，到头来还得进医院。不料进了医院，这个鬼医生又继续跟你嚷嚷着没关系。李华兰对面前这个凌医生，甚至对整个医院都产生了怀疑，她想怎么回事呢，在医院与汽运公司之间，是不是存在着某种不可告人的内部交易？

拍片结果出来，当真证实了凌医生的判断，艾朋的腿骨一切正常，只有一点皮下炎症。为消除疑惑，李华兰找了个借口把片子借出，拿到另一家私人性质的骨科医院找人看了。骨科医院的看法同样肯定。李华兰还不放心，第二天趁中午休息时间，干脆打了辆出租车把艾朋本人也带了过来。"有点感染。"骨科医院的医生用手到艾朋腿上按过一阵，口气比那位凌医生还要不容置疑，"前几天在什么地方擦伤了，打点针消消炎，没事的。"

前几天在什么地方擦伤了，那么前几天到底在什么地方擦伤了？李华兰和艾朋面面相觑。他们猜不透，两个医院的结论为什么会如此一致。李华兰把嘴巴张了张，她想起来了。艾朋也把嘴巴张了张，同样想起来了。医生们说得一点不错，艾朋的腿确实是擦伤的。是艾朋每天搽红花油的时候用力按摩，按伤的。

李华兰跟着艾朋，心不在焉地往回走。骨科医院在城南，人民医院则在城北，两地相距约三四华里，中间还隔着一座很长的大桥。李华兰和艾朋慢慢把大桥走完，发现有些不对头。他们不应该走回来，他们应该打的回来。大约半个小时前，他们就是打的从桥上经过，赶到城南骨科医院的。艾朋的腿疼得不行，上车下车需要李华兰小心搀扶着，稍不留意便会弄个龇牙咧嘴。这才过去多久，怎么就能自己走回来了，还走得如此轻松，一点异样的感觉也没有？李华兰和艾朋站在大桥一端的人行道上，再一次面面相觑。两个人相互看过一阵，然后一同低头去看艾朋的腿。艾朋轻轻把裤脚揭起，又把内裤揭开。肿还是早先那样肿，红也还是早先那样红，不懂的是为什么偏偏不痛了？艾朋试试探探地往前走几步，接着往后走几步。真的不痛。看样子艾朋的伤已经不治自愈了。

李华明电话打过来时，这边两个人仍站在桥头一侧的人行道上发呆。李华明问他们在哪。李华明口气很急，催他们赶快回医院，凌医生有事在病房等着。李华兰问凌医生等什么，李华明说凌医生想让艾朋回去再拍个片子。李华兰道，为什么要再拍个片子？李华明说具体原因他也不很清楚，好像昨天拍的片子仍有点问题。李华兰稍稍把电话拿远一点，悄声同艾朋说，医生让我们回去再拍个片子。艾朋咕噜一句：拍个鬼片子！接过电话啪地关了。没等他回过神，铃声重新急促地响起来。这次说话的是凌医生。凌医生没有多余言语，让艾朋回医院后直接到放射科，他在那里等。

李华兰和艾朋拦了辆车子赶到医院放射科，果真看到了凌医生及放射科的吴主任。到底发生了什么，连放射科的主任都惊动了？没容得多问，两位医生带着艾朋穿过走廊上的人群，进了检查室的活页铁门。李华明把姐姐拉到一边，说刚才凌医生和吴主任讨论片子的时候，他站在一旁模模糊糊听到几句。吴主任手上拿的不是艾朋的腿骨片，而是一张胸片，也就是说，问题似乎并不出在艾朋的腿上，而在艾朋的胸部。李华明亲眼看到两位医生凑在一起，用手指在艾朋的脊椎部位指指点点。

"脊椎上能有什么问题？"李华兰不懂。

这天不知是什么日子，走廊上等待检查的人很多，两排塑料椅上坐满了，没找到座位的人只能直挺挺站着，站累了再到地面蹲上一会。不少人相互之间似乎还极其熟悉，大家说说笑笑，四周显得很嘈杂。李华兰目光停在面前来来去去的人群上，口里却自顾喃喃自语。她想明明腿上有伤，怎么到脊椎上查出了问题？不错，昨天在给艾朋伤腿拍片时，可能出于小心吧，医生顺带着多拍了一张胸片。那应该都是些可有可无的例行检查，医生也没当回事的。这些鬼医生该不会搞错了吧，不会把别人的片子搞到艾朋头上了吧？

艾朋侧着身子从铁门出来，同时出来的还有凌医生半个身子。凌医生嘱咐他们别走远，半个小时后拿结果。半个小时后凌医生并没有告诉他们结果，只让艾朋再进去一下。凌医生说，刚才的片子没拍好，他们想让艾朋重新拍过一次。

凌医生他们要给艾朋拍第三次胸片。

"我家艾朋到底怎么了？"李华兰问。李华兰脚下一软，身子晃了晃，几乎要瘫到地面去。

李华明的猜测没错，问题出在昨天拍的胸片上：医生在艾朋脊椎上部，略略偏左一点的地方发现了一处条状阴影。阴影边缘清晰，初看很像一条笔直的裂缝，又有人说更像一根斜插进骨髓深处的金属物，比如车祸时留下的细钢筋什么的。脊椎中插进这么长的金属物，其结果是不可想象的，不说非死即瘫，至少有一点，病人不可能表现得像现在这样若无其事。几位医生讨论来讨论去，觉得有必要让病人再拍一个胸片。第二次胸片出来，脊椎上的阴影果然已消失不见。为做到万无一失，凌医生和吴主任又让艾朋拍了第三次。第三次结果与第二次完全一致。于是结论出来了，阴影绝非病人体内之物。

凌医生又一次打开合页门，把艾朋、李华兰、李华明一同叫进去。凌医生查看了艾朋上身的内衣，问他昨天拍片时是不是就穿的这件。艾朋摇头，说昨天拍过片后，夜里回家洗了个澡，把衣服换过了。凌医生问昨天穿的那是件什么样的衣服，前胸或后背有没有一根金属条？艾朋没来得及回答，站在一旁的吴主任忽然用力摆摆手。

"你那件衣服，上面有口袋吗？"吴主任问。

艾朋说有，衬衣当然会有口袋的。他把身上的衬衣口袋指给医生看。

"那么，"凌医生紧跟着问，"口袋里是不是装着什么东西，比如一根细铁丝，或者一根铁钉？"

凌医生看看艾朋，接着又看看李华兰。艾朋不记得衬衣口袋里有什么东西，更不要说是钢筋或铁钉了。李华兰说每次洗衣服之前，她一般都会把口袋翻开看看。昨天晚上当然也翻开过，真的没有。艾朋甚至有些惊讶起来，说衬衣口袋里装钢筋、装铁钉，那怎么可能？弄不好不得把人戳坏呀。

凌医生和吴主任不再多话，让艾朋重新站到拍片机前，不断调整他的姿势。经过仔细比对，两位医生口气越来越肯定，神情也越来越开朗：口袋本来位于身体左侧，但在拍片过程中，需要病人挺胸，抬臂，双手环抱，衬衣会在身前皱起，重叠，口袋随着向中心靠拢。"看到没有？"凌医生指指点点，"就这样。"

艾朋看到了，李华兰、李华明也看到了。艾朋想起什么，忽然问："那么，口袋里装的也许不是什么钢筋和铁钉，而是一根牙签？"

吴主任问："你口袋里装着一根牙签吗？"

艾朋点点头，接着又摇摇头。艾朋说昨天拍片时口袋里装没装牙签不能肯定，但他平日倒养成个习惯，口袋里常装着一根半根牙签。艾朋说他牙齿不太好，餐后喜欢找根牙签上上下下四处乱剔，有时剔完牙齿，再找几根新牙签折成两截，随手塞在哪只衣袋里，以备不时之需。但一般情况，他只会把牙签放在下面的裤袋里。衬衣贴肉又贴着胸口，他担心哪天会把自己戳坏。艾朋侧着身子一阵翻找，果真从裤袋里摸出几根半截牙签。

"不错，就是这东西，一根牙签当中折断，变成两半。"吴主任连连点头。吴主任说若你们还不相信，等会回家到昨天洗过的衬衣口袋里找找，或者到洗衣机里找找，兴许还能发现什么。

一场虚惊过去，几个人显得十分轻松。凌医生他们同样轻松，凌医生说刚看到片子那会，他还真有些紧张，你想骨髓里插进一根金属物，后果会多严重。大家说说笑笑，相伴着往住院部去，行过一阵才发现，眼前的处境什么时候已变得有些尴尬。腿上没问题，脊椎上同样没问题，在此情况下再回病房好像已没多大必要了，他们唯一可走的只有一条路，那就是出院。可这到底算怎么回事，明明一点病没有，偏大惊小怪、大呼小叫着说要住院住院。莫名其妙跑到医院折腾一番，麻烦了自己，同时也麻烦了别人，出了丑，卖了乖，让汽运公司的人，当然也让同病房的那伙人看了场不花钱的笑话，等会见了面，都不知道该如何交代了。

从医院回来，艾朋的情绪不但不见好转，反而更趋恶劣了，出门进门喜欢把头低着，眉头皱着，一副鼻子不是鼻子、眼睛不是眼睛的架势。艾朋只以更大的耐心，埋头到文化宫那边。他想把近几天耽误的时间找补回来。

有几件事李华兰一直想弄懂，却一直无法弄懂，第一，艾朋为什么会腿痛。艾朋的腿明明一点毛病没有，为什么会痛成那样，每天搽红花油按摩，直到把整条腿按得红肿发炎？做假是不可能的，艾朋不是做假的人。上次被车撞了，他连基本的检查也不愿做，硬说没事没事。这样的人怎么可能会做假。第二件，艾朋为什么对文化宫那个补习班重视到如此程度？换句话说，这次公务员考试为什么会对艾朋产生如此大的影响？不错，回家考公务员是她李华兰的主意。李华兰的确认为，这是一次极好的机会，艾朋不能轻易放过。但这种考试基本上每年都有的，今年考不取，不是还有明年后年吗？何况艾朋是什么人，大大小小的考试不知历练过多少，他什么时候畏惧过。就说一年前在南方参加的那次，艾朋也能从几万人中脱颖而出，为什么现在到了歌山这么个小地方，反而变得如此沉不住气？

看着成天不声不响、忙进忙出的儿子，李华兰身上揪得紧紧的。很想找个机会好好谈谈，每每话到嘴边，又不得不强自咽了回去。李华兰不敢，也不忍过于打扰儿子。儿子什么都懂。儿子比任何人想的都多。你能想到的，他自然想到了，你没有想到的，他也都能想到。懂事太早，想事太多，这是儿子最大的优点，同时也是最大的缺点。他把所有的心事都藏得紧紧的，任何人都别想撬开半分。艾朋只愿把自己好的一面，把欢乐与笑脸呈现在别人面前。那么，眼下又是为着什么，让他把保持多年的习惯都丢了，他几乎把所有的心思全部挂到了脸上，而不愿意再作一点起码的掩饰？莫非是说，在南方几年艾朋真的遇到了什么特别可怕的事情，他受到了特别可怕的打击。艾朋不行了，连基本的自我掩饰的心情也失去了。艾朋没有了任何出路。这次考试就是他的唯一出路，他把全部的希望一齐押在了这次考试之上？李华兰想起初回歌山时，艾朋表现得那么急迫，你的电话刚刚打出，第三天他已经到了家里。进门的时候，他肩上扛一只包，手上提一只包，歪歪斜斜把两只包往沙发上一丢，眼皮也没朝母亲抬一下。李华兰一直以为这是孩子气的表现，如今想想，答案可能并非如此。艾朋应该在回避着什么。他不敢正视母亲的眼睛。艾朋似乎认为自己在外面混得不好，没脸走进家门，他故意用外表的吊儿郎当来抵挡内心的不安与畏怯。另外比如那次撞车以后，李华兰曾多次问到事情发生时的具体经过，艾朋眨巴着两眼想上半天，竟然说忘了，记不太清了。明明是亲身经历过的事情，那么大的事情，怎么可能说忘了就忘了？另外还有，以往艾朋每次从外地回来，家里立时会随着热闹起来，许多同学、朋友，男男女女，从早到晚你来我往，笑语不断。有时深更半夜了，房里还传来轻轻的说话声，那是儿子躺在床上给外地什么人打电话呢。而这次在家，儿子借口考试，不愿与人过多交往，甚至连电话也没接过几个。

<h1 style="text-align:center">五</h1>

匆匆吃过早饭，李华兰来到东门餐馆，想让弟弟陪着再找找一年前曾在广州见过艾朋的那位海胖。李华兰不止一次找过海胖了，把人家都弄得有些厌烦了。海胖说，事情不就是那点事情，早给你说过多遍了嘛！海胖说，早先你找我，那是离得远，现在儿子明明到了跟前，有什么事不会当面问他个清楚，非得跑过来问我？海胖解释，当时他只是搭便车到广州办事，来去仓促，并没同艾朋多聊什么，更没能到艾朋的住处看看，所有的情况都是艾朋自己说出来的。艾朋当时的心情应该还挺好，他是把他的那些故事当笑话讲的，边讲边哈哈直笑。艾朋不是个糊涂人，李华兰清楚不过，他不可能把自己的短处主动暴露给一个无关的人，即便说了，也不可能又说又笑。李华兰总感觉海胖所讲不十分可信，海胖掌握到的情况也许远远不止这些，他一定向她隐瞒了什么。

李华明不在家。李华兰独自去找海胖，海胖同样不在家。海胖出门办事了，但从餐馆伙计说话时笑眯眯的神情看，海胖也许并不是出门办事，他是钻到哪个角落打麻将了。李华明去了哪里也不清楚，许文秀坐在店门前的小木凳上，一会说他在隔壁同人聊天，一会又说上厕所了，一会又说他大清早动身回了乡下。在许文秀这里，你永远听不到一句准确的话语。李华兰拿起柜台上的电话，想打他手机，手机的铃声却从许文秀身上传出。这情形弄得许文秀哈哈大笑。许文秀的病好一阵坏一阵，好的时候是个好人，同你有说有笑，推心置腹，可片刻之间又糊涂起来。街头一些闲人闲极无聊，喜欢找上门逗她开心，许文秀似乎也乐得有人逗她，话越说越控制不住，小餐馆里常常笑声不断。当着外人的面，李华明一声不吭，事后便关起门朝死里打，常常打得许文秀鬼哭狼嚎。

　　帮许文秀择了会菜，又收拾一下店堂，看看仍没人回来，李华兰忽然感到一阵没来由的心烦。她到水池前洗好手，擦了擦动身往文化宫去，连招呼也忘了给许文秀打一个。李华兰不知要到文化宫干什么，不外乎想看看艾朋上课的情况，或到老师那里了解一下艾朋上课的情况。可艾朋从小读书，最讨厌做家长的有事没事找到学校去，更讨厌你在老师面前七问八问。艾朋说假如他在学校表现好，根本用不着你找老师问什么，假如表现不好，你找老师问了也白问，不会对他有任何帮助。再说文化宫的培训班毕竟临时，几位老师上完课，夹了课本就走，你一般很难见到面的。李华兰犹豫了。有一阵她已经走进了文化宫大门。穿过长长的敞廊，迎面是一处长方形院落，院中有假山有喷泉，还植了些花草果木之类。无论是院落是假山，都有些湿腻腻脏兮兮，踏上院落两边的楼道，你甚至能闻到浓浓的尿臊气。正是这股尿臊，让李华兰最后止住脚步。时间不早，也许培训班快要下课了，她得赶快回去准备中饭。

　　穿过文化宫前面的广场，李华兰沿大街急匆匆走着，然后转身，钻进两楼之间的一条夹道，准备抄近路回家。此刻她又一次感到心烦，不由抬头前后左右张望。这一带原本没路的，后来城市改造，拆除了几幢旧房危房，留下一大片断砖残瓦。附近的人贪图方便，习惯从瓦砾堆中进出，有人甚至就着某块空场摆开地摊，卖衣卖鞋卖茶点小吃，生意还挺不错。李华兰高一脚低一脚在瓦砾间穿行，转过一道矮墙，身子随后抖了一下。她以为看错了。

上前几步再看，真是她家艾朋。艾朋坐在一家凉粉摊前的长条凳上，歪头垂脑，双唇紧闭，面色苍白，两只手臂却伸得长而又长，紧撑两边的凳面，竭力支持着摇摇欲坠的身体。

如果说对艾朋的病全无感觉，那当然绝不可能。实际上在李华兰心中，有一种担心就似一道深深的刻痕，从没有真正消去过。艾朋的病是不是好了？哪天稍不留神，会不会又得重新发作？有许多时候，李华兰不声不响站在某个看不见的暗处，一边静静观察儿子的一举一动，一边又为这种观察懊丧不已。她尽量找理由说服自己，所有的担心真正没有必要。这是荒唐的，也是不祥的。一个母亲，哪能这样时时刻刻等着自己儿子得病。说穿了，一个人整个就是发神经么。现在看来，李华兰的担心一点也不多余。艾朋又一次发病了。艾朋的病来得如此之快，连眼睛也不容你多眨一下。

这次艾朋的痛处在背部，也就是上次拍片时发现阴影的脊椎部位。艾朋正上课，以为忍忍能过去。他从第一节课忍到第二节课，疼痛没有丝毫减轻。艾朋意识到不好，再忍下去，说不定又要在人前出丑了。艾朋给老师打了声招呼走出教室，准备尽快回家。谁知身上这痛是不能动的，越走越动，便痛得越发厉害，最后连喘气都有些困难。

在凉粉摊上继续坐下去是不行的，眼下首要的是把儿子尽快弄回家，或者直接送到医院去。可是李华兰迷糊着。有不短的一段时间，李华兰一直站在凉粉摊前，看什么怪物般看着她的儿子。李华兰让面前这个人吓住了。李华兰想大声问：你刚才说什么？你说你哪里痛？你说你脊椎痛？这怎么可能。这完全是不可能的。这才是真正的发神经。这一刻李华兰浑身瘫软，手脚无力，她只能继续呆站着，迷迷瞪瞪朝她的儿子看。

凉粉摊主人是位胖胖的老太太，粗口大嗓，为人热情，听到李华兰的身份后，双手一拍奔上前，说你终于来了。"一个年轻人，脾气犟成这样？"老太太嚷嚷。老太太说艾朋在她的摊子上已经坐得太久，也痛了太久。开始还以为是个客人，后来隐隐觉得不对。她倒水给他喝，他不愿意，想弄点东西给他吃，也不愿意，她想找人送他回家，他更不愿意。他连家里的住址及电话号码，一概不愿意说出。他只愿一个人坐在凳上，闷头闷脑地忍着。老太太的话让李华兰清醒了，伏过身再次来扶儿子。可是艾朋真不愿意。艾朋扳住母亲的手臂，一下下用劲往外推。他说他已经在木凳上坐过好久了，身上的痛也减轻许多，稍稍再过一阵，就能自己走回家去。

坐过一阵，艾朋的痛果然慢慢好了，自己慢慢走回家去，李华兰却再难从那种迷迷瞪瞪的状态中恢复过来。她的耳边总有一个清晰的声音一遍遍响着：儿子完了。真的完了。儿子出了大事。那么好的一个儿子，为什么说出事就出事。李华兰不愿出外见人，更怕别人问起儿子的事，甚至在弟弟李华明面前，也不敢多提及一句。她只把自己关在房里，一人静坐着发呆，许多时候把到建材城上班都给忘了。有次她把十五块钱一张的密度板当九块五卖了，事后想起不敢声张，偷偷拿出钱把亏空填上；另一次一百多块一吨的白云母粉，她却当三百多块卖，弄得买主过来大闹一场。又有一次在家里，她买了只乌骨鸡用高压锅来炖，结果高压锅连同里面的鸡给烧成一堆焦炭，自己坐在房里却没有丝毫觉察。还有一次她在客厅里换灯泡，手指糊里糊涂抠进灯头触了电，人给打得从椅子上翻跌下来。这要不是双脚离地，一条小命早该丢了。另外一次是个下午，李华兰出门到哪去，经过一条僻静的小巷，猛听到有人嘿嘿冷笑，接着大喝一声："那么好的一个儿子，为什么说出事就出事？"李华兰惶恐着四处环顾，周围没看到一个人，原来声音是自己发出的。

李华兰让声音吓得不浅，她在原地愣了愣，转过身撒开大步飞跑起来。李华兰跑了好久，直到置身大街上乱哄哄的人流之中，这才扶住路边的一棵梧桐树勉强站稳。李华兰清楚再如此下去，不仅是儿子，自己只怕也跟着完了。自己完了，儿子将更没办法。实际上这一辈子，李华兰真的经历得太多，大大小小的难关迈过一道又一道。每每一道难关来临，总以为自己不行了，她迈不过去了，可到时回头一看，她还是迈了过去。她相信眼前这一道自己依然能够迈过去。车到山前必有路，反正到了明天，世上的一切照样还会存在。不可能因为自己遇到了难关，这世界就不存在的。她把脚下的大街走完，在县医药公司门市部买了两瓶氨基酸，到一家街头诊所给自己打下一瓶，另一瓶留到第三天再打。记得头一次打氨基酸，还是艾清林去世的时候，她在化肥厂上班时晕倒，让工友们七手八脚地架进医务所，医生说她贫血，营养不良。几瓶氨基酸吊下去，好像车胎给打足了气一样，顿时鼓胀了，饱满了。第二次打氨基酸是艾朋高考录取失败之后，加上眼前，她是第三次打氨基酸了。

两瓶氨基酸吊完，人果然又成了早先那个人。经过仔细斟酌，反复思量，李华兰制定出一套切实可行的计划。她想打消掉儿子大脑中的某些念头。李华兰把儿子叫过来，认真强调所谓脊椎痛，完完全全不可能。这是真正的闹笑话，是丢丑，让别人听去，不知会作何感想的。第二点，眼前的公务员考试根本算不上什么。说一千道一万，这只是小地方的一次小小考试，能不能考取无所谓，一次不行考第二次，一年不行考第二年。当然这些都在其次，最重要的一点，她应该从根本上减轻压在儿子身上的负担。李华兰要让儿子明白，就目前来说他们家的生活已经很好了，这方面比上不足比下有余，作为一个母亲，她感到很幸福，也很满足。为了把内心的满足显示出来，李华兰一扫此前的敏感与惊慌，出来进去变得有说有笑。她甚至透出这样的意思，儿子不是自小就想替母亲找一个男人，替自己找一个父亲吗？当年没有心思顾及太多，眼看现在生活安定，她真有这方面的想法了。

对考试的问题，对目前的家庭处境及母亲的想法，艾朋没有表明具体态度，不过有关身上的病痛，他的意思与母亲基本上一致，认为所谓的脊椎痛完全不可能。他的脊椎里什么也没有，这是为后来两次拍片所证实的。于是艾朋羞愧了，自始至终低头垂脑，一声不吭。实际上那天在凉粉摊前，他就一边忍受着身上的痛，一边在那里专心专意地羞愧了。那么到底是怎么回事，按理说明明不可能，身上的痛为什么仍一而再再而三频繁发作？大部分在晚上，吃过饭一两个小时，甚至睡过一觉之后，从睡梦中活活痛醒。折腾到天亮时分，痛又能自动消失，人变得跟没事一样。每次疼痛发作，艾朋忍不住将身子在床上翻过来撑过去，想尽量找到一个舒服点的姿势。可越翻越动，便越发痛得厉害，最后只弄得满头虚汗，一口一口悄悄抽冷气。李华兰一遍遍上前，想替他捶捶背喂点水，都让艾朋推开了。此时外人的任何一个动作，任何一句话语，对沙发上的人不但没有丝毫帮助，反而构成不可忍受的干扰。有次艾朋没有办法，眼泪都流出来了，他同母亲说一个人痛成这样，你还不能放我一放，让我在这里独自待着嘛。

艾朋告诉母亲，近些日子他仔细回想过，也上网查找过有关资料，说他脊椎上那个阴影是一根牙签，这个结论实在无法成立。第一，那天他的衬衣口袋里不可能有什么牙签，出院后回家，他把洗过的衬衣口袋及洗衣机各处仔仔细细寻遍了，真的什么也没有；第二，即便口袋里有牙签，也不可能被医生误当成一根铁钉。牙签与铁钉是两个截然不同的东西，作为有长期临床经验的医生不可能分不清。据艾朋了解，医院里许多骨伤病人拍片时，连绑在身上的石膏也不用取下来。石膏干结后，基本上等于一块石头，那么坚硬的东西丝毫影响不了拍片效果，试想一根小小的竹质牙签怎么可能会被医生误当成铁钉呢。总而言之一句话，他的脊椎部位一定有点什么东西。后两张片子没拍出，可能是医生失误了，也有可能医生出于其他目的，在那里有意掩饰。

六

星期三一大早，李华兰、李华明带着艾朋到县人民医院去找凌医生。正是看病的高峰期，每个诊室里的人都多，凌医生坐在靠窗的办公桌前，用心在病历本上写着什么。李华兰往后一退，发现自己有些不敢上前了。李华明和艾朋也跟着往后退，不敢上前。他们借口人多，到大厅里磨蹭了好久。直到诊室里的人越来越少，再不好继续磨蹭了，这才前后相跟着来到办公桌前。

再次相见，凌医生仍像老熟人那样满脸堆笑，亲切地点头打招呼。凌医生问，怎么又是你，这回哪里不舒服？得知艾朋哪里不舒服，李华兰、李华明看见，凌医生当即把笑容收起，脸色微微有些变白。凌医生仰起头，认真把面前三个人看看，又从抽屉里找了件什么东西送进隔壁房间，然后慢吞吞坐下来说话。凌医生的意思正是李华兰早已重复过多少遍的那个意思，说艾朋的脊椎里有什么东西，这点绝不可能；说拍片医生竟然如此无知，连哪是牙签哪是铁钉都分不清，当然同样不可能。医生完全是出于一种慎重，是为患者负责，不放过一丝一毫的疑点，这才把你叫过来再三检查。

"那么，我脊椎里的那个东西，"艾朋说。艾朋有些急了，"那像铁钉样的阴影，到底作何解释呢？"

"我们不是给你说过吗，我们给你一再说，一再说，"凌医生同样有些急。凌医生都急得有些说不出话来，"那是你装在口袋里的一根牙签。当时你明明也认可了的，是你自己说起的，那是一根牙签。"

"正因为是我自己说起，你们才可能受到误导。假如我当时不提什么牙签，你们会把那东西当作什么？"

医生很无奈，说我应该怎样才能让你相信。艾朋更加无奈，也说我应该怎样让你相信。李华兰、李华明出面赔笑脸，说他们今天来医院，没有其他意思，只想再花点钱拍个片子，作个最后确定：艾朋脊椎里到底有没有东西，若是没有东西，为什么身上会痛。凌医生连这也不愿意拍。凌医生说不是我们医院不给你拍片，是完全用不着拍片。我们主要是本着对你好，对病人负责，认为你们没必要花那个冤枉钱。若是不负责任，哪怕你拍一千次一万次，反正能为医院带来更多收益，我会傻到那个程度，不知道高兴？

一番好说歹说，凌医生最终同意让艾朋到放射科重拍了一张胸片。下午三点左右结论出来，艾朋的脊椎部位一切正常。正常就好，正常就好，李华兰尴尬着，我们就是想花点钱买个放心。凌医生将片子认真地装进塑料纸袋，边递在李华兰手上，边如释重负地松过一口气。李华兰他们走出老远了，忽听到身后有人叫喊。是凌医生站在台阶高处喊。

"哎，那个谁，"凌医生嗓音很尖，跌跌撞撞快步赶上来，"你们哪天要是有空，最好还是去江州哪家大点的医院再检查一下。"

不是说一切正常吗，为什么又要到江州检查？李华兰他们不懂。见他们真不懂，凌医生继续跟上几步。"你要是有事可以先走，"凌医生给艾朋示意，"我有句话，想同你妈和你舅舅谈谈。"

凌医生把李华兰、李华明拉到一边，如此这般说了一番。李华兰、李华明迟迟疑疑地点头，随着又坚决地摇头。"怎么可能！"李华兰道，声音很响，不容置疑。她转过脑袋朝街那边看。艾朋站在一家商店门前，双手紧插衣袋，用脚尖到地面碾压着什么。"不可能的嘛，"李华兰把声音压低了。

一行三人不说话，沿着街边的人行道默默朝前走，李华兰、李华明在前，艾朋在后，中间略略拉开一段距离。李华兰心里很乱，胸腔里有一块很硬的东西在那里梗着，上不得上下不得下。医生所说一点也不意外，不过当内心的预感真正得到证实，她仍有些受不了，觉得那个鬼医生纯粹就是一个胡说八道，满嘴里喷粪。而且几句鬼话还不给你好好说，非得把你拉到一边，偷偷摸摸，鬼鬼祟祟，一副见不得人的模样。退一步说吧，你就是想偷偷摸摸，也得做严密些，不能这样一边想瞒住谁，一边又大喊大叫着说你在瞒人。这不就叫此地无银三百两，成心要留个把柄给人抓吗？正是这番鬼鬼祟祟的把戏将人害了，你现在就是想补救，也很难补救得回来。

"凌医生也出于一番好意。"李华明含含糊糊地咕哝着，眼睛朝这边看了看，又急速转开，"他只是不了解这边的情况。"

凌医生出于一番好意，这点固然不假。凌医生只按照一般情理，一心想着怎样避开当事人，免得造成不必要的刺激。不过正如李华明所言，医生们太不了解艾朋了，近段时间，甚至连李华兰也完全不了解身边这个儿子。艾朋一贯见风是雨，无事找事，现在抓住你那番比屎还臭的鬼话，他还不得闹翻天？反过来，你若是想把医生的话瞒住，不同他说，局面只会变得更加复杂，更加无法收拾。他会暗下里把事情加以反复夸大，夸大到一千倍一万倍的程度。他会以为天都在自己头上塌了下来。

李华兰和李华明交换过一个眼神，两个人在街边站住，把凌医生说过的话一五一十复述一遍，不敢有丝毫遗漏。李华兰提到江州的白水湖医院，提到那医院有一个心理卫生咨询中心。李华兰说凌医生没有其他意思，凌医生只是认为，上次艾朋被车撞了一下，尽管身体上没有留下损伤，但其他方面，比如心理上可能还是造成了一些影响。这时候如果到江州找个心理方面的专家看看，或许会有不小帮助。

"白水湖医院？"艾朋皱了皱眉头。艾朋明白了。

"可医生说的并不是你以为的那个意思，用不着胡思乱想！"李华兰道，"医生只为保险起见，给我们提个建议。他说现在流行这个。至于愿不愿意去，全随我们自己。"

李华兰的担心一点不显多余，事态的发展比想象中的还要夸张。当天夜里，艾朋又一次发病，当然不再是脊椎，而是脑袋。他说他头痛，头晕，夜里睡不好，精力不能集中，看人记事都有些迷迷糊糊，耳朵里不时有个声音哐哐直响，就像一个人拿着铁锤在那里不停敲打。艾朋说其实一直以来，他的脑子都有些痛，有些晕，有时还十分厉害，只因整个心思集中在腿上，集中在脊柱那边，才没有很好地引起重视。越往下说，艾朋口气越肯定，连叫怪不得、怪不得。怪不得近段时间看书不进，考试的成绩也一次比一次差，记忆力更差。他甚至连那天被车撞上时的具体经过也想不起来，问题原来出在这里。

一切跟做戏一样，李华兰长久地看着儿子，就像看着从哪座大山钻出的怪物。眼前的艾朋如此陌生，如此怪异，让人不得不再次怀疑，这到底还是不是她早先那个儿子。李华兰想起社会上流传的许许多多故事，听来的，也有从报纸电视上看到的。说两个外貌相似的人弄错了，或者一个冒充另一个，到对方家里骗吃骗住骗钱。李华兰甚至想到武侠小说中写到的什么易容术，想到小时候老人们常常提到的那种千变万化，寻着法子害人的狐狸精。她想就在此时此刻，当她听着面前这个假艾朋絮絮叨叨，并为此苦恼不已时，真正的艾朋也许正在广州快快乐乐开他的公司做他的生意呢。李华兰很想大喝一声："你是谁，为什么要冒充我家艾朋！"有次实在按捺不住，她照着艾朋早先留在家里的电话号码偷偷打过去，铃声毫不迟疑地在隔壁房间响起来。李华兰双手一缩，话筒突然给甩出老远。儿子原来并不在南方。儿子就在自己眼前。儿子就是隔壁房间这个儿子。

李华兰带着艾朋到县城周边的一些寺庙拜过几次菩萨，又让汽运公司的王经理带人过来出了两次"煞"。后来听说邻县某某地方有位大仙，驱邪去魅非常灵异，母子俩起了个大早，转过几趟车，好不容易问到大山里那户人家。大仙是个女的，张牙舞爪一阵后告诉李华兰，是艾姓家族里一棺西南朝向的坟茔在作怪。李华兰到县城叫了李华明，两姐弟马不停蹄赶到艾清林在乡下的老家，好歹找到一棺西南走向的坟，按大仙指点买了些鞭炮纸烛，并请专人扎了纸人纸马纸衣纸房，到坟前烧了，仍不见多大效力。这时文化宫的刘高玉老师介绍他有一位熟人，曾是江州哪所大学的老师，退休后回歌山办了家工作室，免费为各种人群进行心理咨询。李华兰他们去了，老师一头白发，满脸红润，声若洪钟，讲起话来滔滔不绝，时不时还张开大嘴猛笑一声，让人吓一大跳。老师由当今青少年普遍存在的心理问题，讲到他从事这方面研究的诸多成果，接着讲他早年的经历，怎么读书，怎么下放，又怎么教书等。可所有这些，与艾朋丝毫不搭界的，李华兰很急，几次想把话头拉回，又被老师毫不容情地截过去。艾朋早露出不悦神色，李华兰不敢久待，想起身告辞，老师竟然上前拦住，非让他们重新坐下不可。直到一行人出门，老师仍不依不饶地在后面跟了好久。李华兰真有些害怕了，原来遇到一位神经病。

从老师那里出来，艾朋招呼也没打一个，匆匆去了文化宫。看着儿子的背影在人群中消失，李华兰转过身，让弟弟也早点回饭店，自己想一个人到城外走走。李华明答应着，却不离开。两个人过大桥，沿公路行了一阵，接着钻进街后的一条山垅，李华明知道这是要往哪去了。李华兰找到丈夫艾清林的墓地，一屁股坐下后再不起来。两个人从半下午坐到天黑，自始至终没说一句话。后来不得不离开了，他们绕过一处树丛，又下了一个土坎，李华兰忽然挣脱弟弟的搀扶，回过身紧跑几步，一头撞在丈夫的墓堆上，哇啦哇啦狼一般嚎叫起来。

"姐，姐，都怪我，我不该让艾朋回来考什么公务员的。"几天之后，李华明仍在姐姐面前手足无措，反反复复咕叨着这么一句话。李华兰又一次恢复了镇定，把脸上的泪仔细擦干，告诉弟弟该出的事一定会出，跟任何人无关。

七

李霞是李华兰年轻时的要好伙伴，说起两个人的相识，倒颇具几分传奇色彩。李霞家在几百里外的江州郊县农村，作为三姐弟中的老大，十四五岁即从学校辍学，进县城帮人带孩子，做家务。后经人介绍，独自一人跑到歌山，在化肥厂做了一名临时工，专门负责压缩和合成氨两个车间的清洁卫生。有天早上她在水池边捡到块手表，问了问没人认领，便把表原样放好，继续到一边洗刷。不久失主找来，表却没了。李霞又惊又吓，什么话也说不出。李华兰在旁边看不过去，出面说了些公道话。幸好后来手表也找到了，自此以后，两个人渐渐有了交往。在这个厂里，李霞没有任何朋友，李华兰与身边的同事也有些格格不入，相互便把对方当作最好的朋友。几年后李霞回老家结婚，有了两个孩子。接着不知为什么又离婚了，李霞一气之下跑到江州市区，继续在一些单位做清洁工。听说前些年吧，李霞第二次结婚，对方还是哪所中学的正式老师呢。

许多年过去，李华兰和李霞断断续续也有些联系，间或写封信、打打电话什么，见面却是从未有过，因此这头次相见，两个人显得格外亲热："你这个鬼，要多狠心有多狠心，这么多年钻哪去了，一次也不过来看看我？"李霞揽住对方双肩，一遍遍责骂。李华兰说该问这话的应该是我。这么多年你钻哪去了，为什么一次也不过来看看我。两个人笑着闹着，到最后眼睛红了，大颗大颗的泪珠随着滚落下来。

李霞的一儿一女已经成人，在郊区哪个小镇做生意，身边只有她那个退休在家的老头王老师。王老师年纪比李霞大十几岁，看相貌则要大上二三十岁。人老，脾气却好，性格也开朗，他不停地按照指令，帮客人端茶送水削苹果弄饭做菜，自始至终嘻着双大嘴忙来忙去。

"李华兰，有句话我不得不问一下，你在电话里怎么说的，你是说艾朋病了，要去白水湖医院？"夜里临睡前，李霞把李华兰拉到隔壁房间，认真询问。

在李霞这里，也可能在所有江州人心目中，白水湖同样不是个平常地方，一个人没到最后关头，决不会贸贸然往那里走。何况艾朋各方面好好的，体格健壮，相貌堂堂，待人接物周到有礼，为什么要去那地方？李霞的意思尽管没明确道出，但对原本就有些犹疑的李华兰来说，已经足够了。她浑身一片冰凉，手足无措直愣愣地站着，不知如何回答才好。后来李霞找王老师商量，他们的意思，到白水湖医院的确不算小事，先用不着轻易决定。先把所有的情况弄清楚，再作决定不迟。

　　第二天艾朋由王老师陪着在家休息，李霞和李华兰先一步过去了解情况。白水湖医院坐落在城郊大江边的一处高坡上，两个人坐了很久的公交车，赶到医院查看一番，内心的疑虑不由更大。显而易见，这里的医生对病人的病情基本上没有多大兴趣，他们看重的只是你口袋里那点钱。李华兰刚来得及说上几句，一位负责接待的女医生便以不容置疑的口吻宣称，艾朋必须住院，越快越好。女医生详细介绍了住院期间的具体花费，她甚至一口咬定，艾朋的病已经很严重了，只怕一辈子都好不了。李华兰有一个很清晰的冲动，就是将一口痰吐到她脸上去，让她赶紧闭上那张毒嘴。

　　这样的医院是万万住不得的，一旦住下，只怕没病也得弄出一身病不可。一个人明明没病，医院为了掏你的钱，首先会用药将你弄成病人，甚至弄成一个废人，然后再耐下心慢慢帮你诊治。这是李华兰最为担心的一点。艾朋却不担心，艾朋的意思自始至终非常明确，来了江州就为着看病，不看病不住院，大老远跑来干什么，白费了工夫白花了钱，莫非还真是发了神经？艾朋满脸愤愤然，说你们有没有搞错，真正的病人给留在家里，两个完全无关的人倒兴冲冲跑到医院一去不回。看样子一上午的等待，早让他失去起码的耐性。他一刻也等不住了。

　　王老师有一位早年的学生，在市卫生局医政科工作，同市区各家医院多有接触。由于这层关系，艾朋在医院并没有落入什么陷阱，相反各方面还受到不同程度的照顾。首先，医生答应他们暂不办理住院手续，只在门诊做一段时间观察和治疗。每天上午八点来钟，艾朋在母亲陪同下准时来到医院，与主治医生聊上一阵，有时打上一针，然后坐公交回李霞家休息。在用药上，看得出医生也极其谨慎，用量小，价钱更低得出人意料。主治医生是个女的，姓张，三十五六岁年纪，问诊时和颜悦色，慢声细气。几天时间不到，艾朋的各种病症已基本消失，头不痛不晕了，饭量增加了，神情面貌也开朗许多，见到谁都欢欢喜喜，有说有笑。他甚至恢复了在家时的一些习惯，把随身带来的考试资料拿出来，早晚捧在手上复习。那种效果，用药到病除、起死回生来形容是一点不过分的。旁边无人时，李华兰几次找到张医生询问，想了解儿子的具体病况，更想了解医生都用了些什么药。张医生不置可否地淡淡一笑，问多了也会敷衍几句，说病人的外部表现不一定说明过多问题。"至于用药么，"有一天旁边无人，张医生悄悄给李华兰说，"其实我还没开始呢。"

用药没开始，那是什么意思？张医生继续淡淡笑着，说对艾朋，她还处在初步观察阶段，或者说正进行一种心理治疗吧，根本没来得及用药的。李华兰问，那艾朋每天吃的是什么，打的点滴又是什么？张医生说吃下去的是维生素，点滴打的是那种普通生理盐水。

艾朋的恢复情况大约连医院方面都有些意外，经过一番问诊检查，门诊部主任，也就是头一天接待李华兰的那位中年女医生不由显出几分疑惑，说艾朋的病也许并不如早先想象的严重。艾朋高兴极了。高兴之余，他把手上的书一丢，当即作出决定，说他想出院。说既然病好了，没必要继续在医院傻待着，白白浪费时间。

能早点离开医院，回到歌山，李华兰当然没什么不乐意的。接连几天，李华兰一直有些晕晕乎乎。儿子没事了，至少儿子并不如想象的严重。那天夜里一觉睡醒，李华兰悄悄从被窝里爬出，笔直跪倒在黑暗中。死鬼，是你吗？是你在保佑着儿子。初冬时节，窗外可能在打霜了，李华兰只穿了件内衣内裤，浑身给冻得索索直抖。她知道自己会给冻坏的，可越冷越冻，内心也就越快慰，越踏实。李华兰还有一个念头，想迫不及待把这边的消息告诉弟弟李华明，告诉歌山那边的所有人。好几次电话拨通了，最后一刻又艰难地控制住自己。她不敢大意。关键的时候千万不能大意，不能骄傲，以免得罪冥冥中的什么东西。现在看到面前坐卧不安的儿子，李华兰身子一紧，一颗心真的咚咚地弹跳起来。她清楚此时此刻儿子在想些什么。她最怕听到儿子说浪费时间之类的话。李华兰堆出满脸笑容，反复给儿子做工作，说我们既然大老远跑到江州，早一天迟一天回去反正无所谓的。有一句话不是说吗，既来之则安之。我们干脆安安心心多待上一些日子，把病真正治好了再说。艾朋说病不是治好了吗？李华兰说正因为好了，才更应该好好巩固一下。

事实证明，李华兰的紧张绝非没有道理，艾朋回歌山后不过短短三五天，不得不又一次整理行装往江州赶。艾朋一回到歌山，尤其是一进文化宫那间教室，人便有些不对，头一阵阵发晕，发痛，同时呼吸急促，心跳加快，浑身各处像有无数蚂蚁在爬，爬得你心中无比烦乱。第二次来江州，艾朋已显得非常平静，目标也明确：今年这次公务员考试，他真的不得不放弃了。即便要考，也只能先把病治好，明年重新报名。为专心治病，他们在医院近旁租了处房子，打扫干净后搬了进去。

生活重新恢复到出院前的状况，艾朋病情很稳定。看起来只要离开歌山，来到江州，艾朋立时能从病痛中摆脱，变成一个再正常不过的人。早晚没事，李霞夫妇会相约着过来看看，有时还在街头的卤菜店里带上点鸡翅鸭爪什么的，就着简陋的灶具生火做饭。星期天或遇着什么节假日，他们会早早打个电话，把这边母子俩约过去聚上一聚。李华兰和李霞在厨房忙碌，艾朋则陪着王老师下下棋、打打扑克、看看电视，天南地北闲扯。天气好了，两个人还骑上自行车出外钓鱼、爬山。见眼前一切平安，李霞夫妇劝李华兰回歌山上班，艾朋可重新搬到他们家里来住。李华兰连连摇头，说不行、不行，那怎么行。后来李霞他们又劝。他们劝了又劝。李霞说你没日没夜守着，也不算个办法，对艾朋不但没帮助，很可能会反过来增加他的压力，让他时刻意识到自己是个需要照顾的病人。李华兰给点醒了。李华兰提出一点要求，艾朋的生活费必须由自己按月支付，这点李霞同意。过了两天，李华兰上班的建材城恰好有辆车子到江州运货，顺道把她捎了回去。

　　自此以后，李华兰开始回歌山上班，隔个十天半月，再抽出工夫到江州跑一趟。多半搭各种便车，有时机会不巧，只得花上几十元钱到汽车站赶班车。

　　接连几日，歌山一带被少见的大雾笼罩，半上午传来消息，说离县城不远的国道上发生连环车祸，几十辆大小车子撞在一起，死亡八九个，伤五六十人。过了不久，果然听到街头上急救车呜呜呜叫着由远而近，又由近而远开过。人们说因伤者太多，县城几个医院基本上住满了，连南北两家社区医院都住上了人。李华兰跟着同伴出门观看，一抬头看见灰暗的太阳已在头顶出现，但整个县城仍搅动在迷迷蒙蒙的雾气中。斜对面广场那边的银行大楼上，一道雪白的雾幛恰似什么瀑布，或像一条通天大道那样顺着楼面直泻下来。人们走到瀑布前，会不由自主地猛吓一跳，面色仓皇地逃到一边，逃远了还心有余悸回过身张望。这一刻不知为什么，李华兰发现自己的心也怦怦地跳得厉害。她小心退回到商场深处，认真去忙手头没忙完的事，接着抽空回了趟家，房里房外查过一番。出门前，她把床上的两床棉絮捆到窗外晒好，下班顺路，又到菜场买了十个鸡蛋、一把芹菜、两斤小白菜，夜里再给儿子打了个电话，问了问相关情况。

两天后李霞的电话打过来时，李华兰手拿电话机，正好准备打过去。李霞问她一下午去哪了，连找过几次一直没人。连找几次？李华兰一惊，问有事吗？

"事也谈不上什么事。"李霞迟疑，"要不我看这样，近几天你若是上班不忙，看能不能先请个假来江州一趟。"

李霞说自这次李华兰离开后，艾朋好像就藏着个什么心思，夜里有些睡不好觉，半夜三更李霞他们一觉醒来，仍听到隔壁房间传来的动静，那是艾朋在翻身，甚至有脚步在轻轻走动。"反正吧，跟平常有点不太一样。"艾朋几次问李霞，现在几月几日了。墙头上挂着日历，随手查查就知道的，可他还要问。得到回答后，没过上几天他好像又忘了，或者难以相信，要再三得到确认一般，接着再问。今天中午在餐桌上，艾朋把同样的问题又问过一遍。"也许是我们太过用心，简直有点神经过敏了。"李霞强调。李霞与王老师商量，就算神经过敏吧，好歹还是有必要给李华兰通个消息。

李华兰没有迟疑，立即着手准备去江州。她给李华明打电话，给建材城经理打电话。等李华明赶到后，两个人考虑了一阵，又给文化宫培训班打了个电话。文化宫工作人员告诉她，培训班在半个月前已经结束了。公务员考试即将开始，学员们回到家里各自做一些必要的休整，新的班级要到年后择机举办。工作人员显然误会了李华兰的意思，给她认真介绍新年后开班的一些情况。李华兰、李华明反复翻看日历本上那个日期。几个月来他们把这个日期挂在嘴上，天天念时时念，可等日期到来，又完完全全忘到了一边。日期就在六天之后，十二月七日，农历十一月十五，星期三，节令恰好是"大雪"。"大雪，表明这时降雪开始大起来了。"李华兰读着日历上的这句说明。在这句话的下面，还有一些相关的知识介绍，其中一项叫"历史上的今天"，列举了历史上十二月七日所发生的种种重大事件。事件与事件之间互不相关，李华兰只匆匆扫过一眼，不知为什么偏偏全部记住了，时不时在脑中响起：十二月七日，日本偷袭珍珠港。十二月七日，亚美尼亚发生地震。十二月七日，科学家首次发现时光可以倒流。李华兰走到哪里，脑中的声音就跟到哪里。她很想把这些乱七八糟的东西赶开，但是费尽心力也不见多大效果。真叫见了鬼了，她愤愤地想。夜里躺在床上，她把灯熄了，眼盯着黑暗中的某个地方，打算仔细考虑一下眼前的处境。猛然间回过神，发现口中还在一遍遍念叨着那些莫名其妙的句子：十二月七日，玻利维亚山体滑坡，千人丧生。十二月七日，我国第一个五年计划完成。

八

到江州的第三天，李华兰和艾朋征得医生同意，带好每天的口服药，跟着李霞、王老师夫妇去了一趟郊县的乡下捞箕湾，也就是李霞自小生长的那个村子。捞箕湾的几天不用说过得很充实，很快乐，大家吃住在李霞的一个婶娘家中。婶娘比李霞大不了几岁，儿子媳妇长年在外做工，只把小孩丢给两位老人照顾。李霞、王老师领着李华兰母子帮着扫地、种菜、砍柴、晒刚刚收下的红薯粉，又给几个小孩洗衣、补衣，让艾朋教他们识数字、念文章。接下来，他们还专门抽出一天时间去爬村后的大山。傍晚回到村里，一行人都觉得累，尤其是王老师，真正年纪不饶人，坐在堂前洗脚时，发现腿都有些发肿，可他还兴致勃勃，说明天还要到那里去看一座新发现的溶洞。艾朋忍不住说话了，艾朋叫："王老师，李姨。"他接着转身："妈。"艾朋把大家一个个叫应了，认真道，"你们一番心意我是懂得的。你们对我这么好，我很感谢，也很感动。"艾朋说，"不过这一切真的没必要。明天我们哪也不去了，我们是不是应该早点回去，回江州算了？"

艾朋继续道："这话我早说过的，今年的公务员考试我肯定不会参加了。我说到肯定做到，近几天我在李姨家好好待着，哪也不去。"

接连几天的表演、做戏，让艾朋一语戳破。原来所有的力气都白花了，艾朋什么都瞒不住，什么都清楚。不过说破了也好，大家一时都有些轻松起来，也放心起来。几个人饭也不吃了，同时动手收拾东西，要赶中午的班车返回江州。好像有意让大家放心，到家后艾朋还陪王老师下了几盘象棋，饭后几个人又相约着到江边走过好久。接连多日奔波，疲乏是不用说的，夜里大家睡得极沉，艾朋也迷迷糊糊睡过一会。不过只是一会，醒来后再无法入眠。他很想大大方方翻个身，又怕让睡在外间的母亲听到，只得强自忍受着。到下半夜，李华兰终于有所觉察。李华兰一抖，大气也不敢出一声。到天亮时分，艾朋不得不从床上爬起，飘飘浮浮地走到外间。"艾朋，是不是……怎么了？"李华兰断断续续地问。艾朋含糊地答应，去厨房洗漱。洗完后告诉母亲，说他需要快点去医院，让医生给加些药。他怀疑药量是不是少了，或日子久了，身体产生了抗药性？医生适时地对药量作了些调整，但效果并不是很明显。

艾朋是真正不错的，到这时候，仍在独自坚持。为分散精力，他不断主动控制自己情绪，把所有该想的方法都想到了，下棋、打篮球、羽毛球、钓鱼、散步、跟母亲逛街逛商店等等。可是越逛，情绪却越加不好。"走吧走吧，没什么可看的，我们回去。"他皱着眉头同母亲叫。"叫你走为什么不走？"他又叫。"说了走又不走，说不走又要走。你到底是走还是不走？"他的话语一句赶着一句，自己都不知在说些什么。看着母亲无辜而惊讶的神情，不由有些羞愧，有些后悔，同时更加恼怒了。他不只对母亲发脾气，当着李霞和王老师的面，也同样控制不住，一盘棋下着下着，他会突然满脸憋得通红，手拈一颗棋子啪地砸到棋盘中间。"怎么办，怎么办？"身边无人的时候，李华兰用一只手搓着另一只手，一遍遍自问。李霞和王老师劝她不要过于担心，会找到办法的。可等李华兰一走开，他们也不由相互搓起手来，一遍遍问怎么办，怎么办。

李华兰他们没办法，看起来艾朋同样如此。"妈，"那天艾朋叫。艾朋说，"李姨，王老师，要是你们方便，我们是不是可以再到捞箕湾玩一次？"

刚从捞箕湾回来，又要再去捞箕湾，不是迫不得已，走投无路，艾朋不会提出如此荒唐的要求。大家震动着，同时也有些惊喜。艾朋的意思正好是大家的意思。王老师他们早打算着再到哪里走走："傻孩子，我们成天在家闲着，再到捞箕湾玩一次又有什么不方便。"

王老师担心艾朋会改变主意，第二天一早即带着大家出门。他们没有去捞箕湾，而是在街头拦了辆出租车，一个小时后来到著名的龙凤山景区，住进山顶小街上的一套出租房内。上山一路上，艾朋表现得相当安静，对整个行程也没有任何不同看法，到山顶刚刚安顿下来，他却挣扎着不愿走进房间。他把眼睛睁大，这里看看那里看看，说明明讲去捞箕湾的，怎么走来走去，却跑到龙凤山来了？李霞、王老师他们面面相觑，有点傻眼了，想这个玩笑可开得不小，龙凤山和捞箕湾一个在南一个在北，莫非艾朋坐在车上走半天，竟不清楚自己到底是往南，还是往北？现在到了山上，莫非又得掉过头，重新下山去？王老师小心坐到身边，轻声细语解释龙凤山国内国际知名，到底有哪点不好，还比不得那个偏僻的村子捞箕湾？艾朋说正是龙凤山有名，他才不愿意来的。他说风景区花费太大，这么住着心里不自在。王老师哈哈大笑，连连道歉说怪自己过于粗心，没把情况交代清楚，他们这次上山，根本花了不几个钱。秋冬季节山上游客稀少，又有熟人介绍，房费原本很低，动身前他们又随身带了些蔬菜和肉类，自己动手烧火做饭，生活各方面基本上跟平日在家一样。王老师说我们既然到了山上，不妨暂且住下，玩玩看看，实在不行，过一天下山往捞箕湾去不迟。艾朋答应住下，却并不按照安排的那样出外游玩。他甚至连一餐饭也没胃口吃，一屁股坐到行李旁边，似乎一心要等掉这多余的时光。王老师没法，好不容易熬过眼前一夜，第二天上午到附近的景点转过一圈之后，立即回来联系房东，办理退房手续。

"妈，王老师、李姨，"走出租房的楼道，艾朋忽然迟疑着把他们拦住，"我刚刚想到一句话，不知好不好跟你们说一下。"没等众人反应，艾朋道："既然我们要回，我想就不去捞箕湾了，王老师说的，那地方实在太远，太偏僻。有那个工夫，我们不如干脆再跑远点，直接回歌山算了。"

回歌山的想法确实是无意之间临时冒出的，但是很显然，想法一经产生，艾朋已有些控制不住，他激动着，兴奋着，眼中有一道很亮的光一闪一闪，几乎要冒出火花来。艾朋说你们想得不错，我回歌山没有其他意思，就是要赶明天上午的公务员考试。他说在这件事上自己已经付出太多，别的不提，光文化宫那边的培训费都交去了老大一笔。各方面准备就绪，名早报了，不去考一次，就这么白白放弃，实在心有不甘。

　　艾朋说："别看我中途出了点问题，在江州一待几个月，但我的情况妈心中有数。自小到大最不怕的就是考试，每次走进考场，浑身便噌地一下来了精神，人也好像彻底换过一个。对眼前这场小小考试，我还真没放在眼里。"

　　"你再没放在眼里，可考试就在明天上午，你即便能飞怕也飞不回歌山吧，"王老师提醒。艾朋不为所动，他提到有一种私人性质的出租车公司，专跑江州到歌山一线，下午四五点还有车开出的，收费比汽车站也贵不了多少。

　　"实在不行，只好临时打的了。"艾朋说。艾朋说下午四五点钟动身，最迟夜里十点左右能到歌山，洗个澡好好睡一觉，明天一早正好赶上考试。

　　艾朋把三位长辈丢在一旁，开始一心一意做回歌山的准备。艾朋就如自己所说的那样，噌地一下，人已在瞬间换作了另一个样子。他手上提着一个行李包，大步流星往汽车站走，同时打开手机，一个一个往外面打电话，话语干净利落，沉着冷静，处理事项有条不紊，让人怎么也不能相信几分钟前，这还是一个神态萎靡、一步也不愿多迈出的病人。头一个电话打给歌山文化宫培训班的班主任刘高玉老师，核实了一下考试的基本情况，告诉对方明天他会准时赶到考场，让刘老师帮着代领一下准考证。第二个电话打给培训班上一位关系较好的同学，请他夜里到刘老师家，帮他把准考证拿出来，明天开考前在考场门口见面。第三个电话是打给白水湖医院张医生的，他要求张医生再开几天口服药。李华兰以为张医生不会同意的。张医生至少已意识到什么。张医生很可能还会采取哪项必要而又有力的步骤。结果证明，张医生什么意识也没有，爽爽快快同意了艾朋的要求。接下来艾朋从手机里调出刚说到的那家快的公司号码，订好下午五点左右最后一班回歌山的车子。

"行，好，就这样，谢谢你。"艾朋跟对方应酬着。有一刻李华兰不由迷糊起来，想艾朋的病是不是突然之间好了，或者在此以前，那所谓的病根本就不存在。那都是一些临时呈现出来的假象，他们所有的人，包括艾朋自己，统统给假象蒙了，骗了？

傍晚六点来钟，天已经黑得很严实了，出租车从城区的密集灯光里钻出，行驶在高速公路入口处的盘曲弯道上，就像跌进了什么万古洪荒之中。他们的上下两边，都是那种漫漶得没有边际的倾斜山体，山的顶端便是高速公路的宽阔路面，大大小小车子大开着车灯，像一股股飓风呼啸着刮过来刮过去。山体往下，在那些看不太见的山腰或山底的某个位置，同样布满了蛛网般错落交织的弯道，弯道上也有大大小小的车子在夜色中摸索着往前往后移动。李华兰和李霞、王老师三人坐在车后座上，一动不动地看着窗外，面容上有淡漠，更有某种说不出的惶恐和紧张，似乎仍没能从刚刚经历过的一系列变故中清醒过来，更不知道接下来等着他们的又是什么。他们不知道这么一晚，所有的人几乎都回家安歇了，自己却是刚刚动身，前往一个完全不知底细的地方。他们不知道车子到底是往哪里去，不知此行的结局又是如何。艾朋觉察到什么，一次次打破沉默，把身子从前排转过来，问后面挤不挤，要不要同他换一个位子。王老师他们摇头，说挺好挺好。过一会艾朋又感觉不对，伸出一只手朝后试探，说哪里钻进来一股冷风，并且这风一个劲朝后面的王老师面门上吹。他判断是左侧的窗玻璃坏了，在司机的指点下俯过身子摆弄了好久，也没能把风止住，只得再次要求同王老师调换位置。司机连忙阻止，说要换得到了停车区再换，这地方千万开不得玩笑。路面虽宽，却并不平坦，这里一个坑那里一个洼，车身也随着抖动得厉害，艾朋担心母亲及李阿姨晕车，又一次次回过身探问。

尾　声

　　十二月七日的公务员考试，艾朋没能如愿参加。可能是接连多日四处奔走，没有得到很好的休息吧，也可能是心里过于激动，过于紧张了，一路上时时担心别人会晕车的艾朋，自己竟首先晕起车来。要知道自小到大，艾朋还从不知有晕车一说，偏偏在今天这关键时刻，头一次晕车了。他把眼睛闭紧，脑袋仰靠到椅座上，独自屏声静息，想暗暗作些控制和调整。一番挣扎，不但没见效果，反而晕得更加厉害。他接着把脑袋伏到前面车台上，仍然没用。李华兰看出情形不对，问他怎么了，是不是哪里不舒服。艾朋清楚所谓不舒服指的是什么，他使劲摇头，表示没事，他只想休息一下。他只是晕车，真是晕车。司机赶忙递了一只塑料袋过来。李华兰想把儿子换到后排，也好作个照应，可艾朋不愿。艾朋一句话未完，两手突然往空中一伸，想打开那只塑料袋，又想摸索着要拉开车窗。已经迟了，满口的秽物淋淋漓漓一齐喷溅在座位深处。司机年纪不大，脾气不错，他强忍着内心的嫌恶，耐心找到一个口子下高速，一声不吭把车停住，让大家扶艾朋到路边去吐，自己取出铁皮桶，四处找水把车子冲洗干净。"等会要是再吐，早点吱个声，我好给你停车。"车子重新开动，司机一遍遍嘱咐，又找了只塑料袋递过来。艾朋认真答应着，表示谨记在心，并提前把车窗敞开，让面孔伸到夜空中。可是下一次，仍然还是把车子弄脏了。李华兰终于把儿子拉到后座，半扶半抱着搂进怀中。司机没有重回高速公路，而是另找了一条国道行驶。他一边握紧方向盘，一边用眼角的余光来回扫视，发现不对立即停车。

后来艾朋吐无可吐，渐渐归于平静，但他们坐的这辆车子却受到什么传染一般，开始不断出现问题。一次发动机起动不了，一次胎破了，一次车厢里油味太浓，一次仪表盘旁一盏红灯突然闪亮起来，同时伴着急促的嘀嘀报警。还有一次问题更大，司机蹲到一旁给什么人打过好久电话，然后站起身宣称，他得去附近的小镇配个零件，让大家在路边等着。一两个小时后，好不容易把零件找到，车子修好，司机忽然把身子往方向盘上一趴。他说他实在过于疲倦，得先睡上一觉，过后才敢开车。

这么一停再停，一等再等，四个小时车程，竟走了整整一夜，早上七点来钟，天早已大亮，他们才从山麓和河谷那头转出，远远望见歌山县城的模糊身影。出租车在城内没作停留，经李华兰指点穿街过巷，直接开往化肥厂方向。这是冬季少见的一个好天气，早上最初的雾霾退去，阳光把树木、街道及整个厂区照得一片通亮。李华明随着一伙邻居聚集在宿舍楼前，看样子已等待好久了。众人见面没有多余表示，七手八脚把艾朋从车里扶出，杂杂沓沓上楼，进门，横放到床上躺下。艾朋没吃没喝，整整昏睡了一天一夜，第二天下午好歹把他摇醒，吃过些面条、鸡蛋，接着继续睡。

一个星期后艾朋醒来，却是浑身无力，懒懒躺在床上不愿起身，不愿给人说过多的话，当然了，他也不再像早先那样叫这痛那痛，这晕那晕。从江州带回的口服药，没吃完早让他丢到一边。他说他病好了，用不着再吃药。他说他其实什么病也没有，这点自己再清楚不过。李华兰目光迟滞，轻轻重复道：没病。第二天，李华兰有些惊异了，问：昨天你是不是说，你没病？那当时……艾朋显出几分不安和愧疚，挥挥手打断母亲，说他也不知当时怎么了，人整个糊的。又过了一天，一个念头冒出来了，李华兰想莫非儿子的病真的好了，没事了？至少至少，那考试既已过去，儿子好歹也算度过了一次劫难，剩下的可能只待心平气和，慢慢恢复？她的四肢发轻发软，脑袋晃几晃一屁股跌坐到地上。

来 客

一

　　大头到来那天，春阳暴暖，阳光似一块炙热的白铁，平铺在屋前地坪上，直烙得饱浸春雨的泥沙地吱吱冒白气。大清早，母亲拆下全家的被帐衣物，泡了满满两大澡盆，就着阳光奋力揉动。大股大股泡沫在她手底奔涌，有的越鼓越大，就势腾空而起，化作大大小小的太阳，同头顶的太阳一道在白气中一跳一闪，一明一暗。不知什么地方传来一种细微的声音，嘀嗒。她以为是肥皂泡在破裂，想想不对。仔细听，又什么也没有，待你稍不注意，声音重新响起，嘀嗒、嘀嗒，像一只小蜜蜂停在耳旁，挥之不去。母亲让声音弄得有些心烦，同时身上发热发胀，脊背上一个地方突地一痒，就似让一根钉子，或是让耳旁那只蜜蜂狠狠刺了一下。她伸过手臂，到痒处奋力抓挠，可是嘀嗒一声，另一处地方又刺了一下。母亲换手到那地方挠，这里又给刺了。一时间嘀嘀嗒嗒、嗒嗒嘀嘀，母亲手舞足蹈，不知挠身上哪处才好。她干脆脱去棉袄，露出破旧的红绒衣，两只手臂顿时失去重量，变得又短又细，笨拙地僵在那里。热气散了，痒也止了，嘀嘀嗒嗒声却越传越近。有人来了。她抬头朝篱笆那边张望。声音停住，来人站在路头，从扁担下面挣出身子朝母亲笑。扁担一头是一只鼓鼓的行李包，另一头则挂着两只闪闪发亮的洋铁桶，每走一步，铁桶与铁桶便撞击一下，发出清脆的嘀嗒嘀嗒。

"姐姐，"一口重浊的安徽土话。是老家那边来人了。

老家来人三天两头常有，或做手艺，或贩东卖西做点小生意，或年轻人在家里讨不到老婆，到这里上门找个人家招亲等等。来了就把我们家当落脚之地。"是你？快进屋。"母亲顾不得甩干手上的水滴，快步上前迎接。

"姐姐，还没认出我吧，"来人继续张开嘴笑，"我是大头，莫家老屋的。"

莫家老屋是母亲娘家附近的一个村庄。"呀，母舅是你，看我这双眼睛，一时真没认出你。"母亲上前拉住他手，"这人生地不熟，有本事呢，怎么问到墩头来的？是到这边找生意做吧。"

"莫讲了。"大头一声长叹，把担子放下，接过母亲倒来的茶，咕嘟嘟灌下，然后一屁股坐在凳上，"姐姐，你看这人倒霉不倒霉……"

母亲见他一脸灰暗，问出什么事了。大头继续长叹，低下头许久就是不回答。母亲说母舅，有事你讲，不要把我急坏了。你讲出来，看我们能不能帮上点忙。

"能出什么事？钱包被人扒了。开过年头一次出门，你看这人是不是叫倒霉。"

母亲松过一口气。"钱多吧？"

"出门带五十块钱做路费，用剩的全装在里头，一分也没有了。这真叫人倒霉，盐罐里也生蛆……车上人多，挤来挤去，没想会有这种事。"大头嚷，"什么鬼地方，这么厉害的扒手。"

母亲懂他的意思。在安徽老家那边，亲戚熟人来往，有各式各样的礼节要讲究。多少不拘，一斤红糖、一包糕点、半斤猪肉、临时磨点米蒸几只粑用手帕包着，都算，表示个尊重的意思。特别像大头，开年头一次出门，千里迢迢从老家赶来投奔，一般说更不可空着双手的。母亲极力安慰他，说破了财折了灾，人来了就好，先在这里住着，认真做几天手艺。母亲问："母舅是做手艺吧？"

"是呢，做油匠。"大头仍心事重重，说真不好意思，跑几千里路来见姐姐，一双空手，半分钱的东西也没带上。"吃亏就吃亏在狗日的扒手，要不然……"大头骂。

"没油没盐的话不用多说了，我讲过人来了就好，来了就是看得起我。出外寻生活的人，谁不为着挣几个钱？有闲钱留在手上买东西送人，也就用不着出来奔命了。"母亲从厨房弄了些吃的，用大碗装了端到大头面前。

母亲后来给我聊到此事，直言当时她真有些不高兴。谁都看得出大头在做戏。戏做了一会也就够了，见好就收吧，可大头不，他非得没完没了往下演，那场面让人难受不过。母亲说她一直把头低着，不太敢正面去对大头，担心他演得不好，大家脸上都过不去。母亲说没带东西她一点不怪，谁也不会在意那点东西，但大头一番表演实在让人不舒服。扒手，扒手哪就那么巧？其他地方不扒，等把你送到歌山，送到墩头这地方了，就扒了。

"叫起来是什么姐姐，其实他哪把这班人当姐姐，他把我们当孬子耍呢。"母亲说。

"算了。"我劝，"他也没法，大老远跑来，空着双手不像样，买点东西吧，又舍不得。"

"舍不得就不要那么演戏给人看么。"

母亲口口声声不在乎大头带的一点东西，其实她在乎。东西本身没什么，但真能表示一种亲切，一种尊重。大头是她娘家人，娘家人大老远来了，空着双手，还厚着脸皮讲许多假话，作腔作势演一场大戏，这要是让父亲听去，让当地村庄上人听去，叫她如何受得住。"临出门前，你就是到窖里找两只红薯揣在身上，也算你一番心思。"母亲絮叨着。母亲说当时她真想从身上摸出几角钱，让大头到镇街上随便买几只水果糖，当众人的面掏出来，她也会脸上有光。

大头应该比我大不了几岁，对这个来自老家安徽的年轻长辈，我其实颇有几分好感。很小的时候，就常常听母亲谈他及他家庭中的一些故事。母亲曾经有一位叔叔，生在农家，却长得细皮嫩肉，聪明乖巧，与一般种田的人不太一样的。那年夏天的一个早晨，村后的松树林里寂静无声，母亲叔叔为一点小事，与同村一人争吵。双方越闹越厉害，以至动起手来。叔叔个子不高，身手灵活，照一般情况，对方根本不是对手。"打架吗，等一下，让我把衣服脱了。"叔叔新婚不久，舍不得一身府绸衣褂。衣服刚脱一半，旁边一拳已重重打在他腰眼上。当时吐了几口饭，到夜里人便去了。村上人议论，叔叔那是给打坏了"饭仓"，用现在的话解释，估计就是胰脏破裂吧。

打人的人坐了十几年牢，此事不了了之。叔叔不在了，他的新婚妻子不可能长久独自生活，经人说和，几年后嫁到对面另一个村庄莫家老屋。新丈夫是位榨油匠，生性老实本分，为人和善，对妻子也极为体贴。有一回榨坊里失钱，有人怀疑是他偷了。他极力分辩说没偷，却不能很好地证明自己，到夜里一根绳子挂在榨坊一侧的房梁上，吊死了。几个月后，死人的妻子生下一个男孩，就是今天这位大头母舅。

母亲与大头之间不存在亲缘关系，两家来往不多，但莫家老屋村子上那个女人实在太让人记挂了，逢年过节亲戚们凑到一起，仍会时不时提起，有一次母亲还拎了点小礼物，带着我前去探望。路不远，中间隔几块稻田和一口长长的水塘，塘里有成群的麻鸭和白鸭划动翅膀嘎嘎大叫，塘埂上偶有一两个人担着满桶粪水，低头从你身旁匆匆而过。塘坝上的树枝开满红红白白的花，偶有一瓣落下来，落在你刚刚着地的脚面。母亲按照习惯，让我喊她出了门的婶婶为家婆，也就是外婆的意思。自第二个丈夫死后，家婆再不敢有其他打算，独自拉着儿子在队上艰难过活，出来进去免不了受尽欺辱。家婆久久拉着母亲的手，感谢亲戚们还能记着她，接着说她家穷。家婆的穷那是真叫穷，两间土墙茅顶的小屋，一间烧饭一间睡人。床由几块木板搭成，上面胡乱铺着些稻草，草上摞一床棉絮，破得都成几截了。幸好最难过的日子总算过得差不多了，眼看大头快大了。大头没读过一天书，但人聪明，懂得帮母亲争气。人小不能出工干活，便到生产队上看牛。别人一天看一头牛，他却能同时看几头牛，到年底一对账，竟也挣下不少工分。空闲下来，他的一双手从不闲着，扯猪菜、捡狗粪、扒柴草、抓些青蛙小虫回来喂鸡喂鸭等。后来村子上有人用茅花扎笤帚卖，他站在旁边看过两次，马上学会了。于是边看牛，边山前山后抽一些芭茅花，夜里扎成笤帚到小街上卖。他手上出来的东西做工巧，价格又低，远近许多人抢着来买。他的油匠手艺也全靠自己独自摸索，从没跟过一天师傅。

二

　　几碗饭吃下，大头掇了把凳子坐进阳光里，看母亲洗衣、晾衣。母亲虽说心下不快，但不愿意表露。几千里外见到老家人，毕竟不同寻常，两个人亲亲热热聊起相互熟悉的一些人和事，聊起自我们离开后，老家那边的种种变化。

"家婆还好吧？"母亲问。

"姐姐，说句不中听的话，你出外几年，老多嘞。"大头把鞋脱了，两条腿半拉到凳面，眉头微微皱拢，斜着面孔看母亲，"刚才头一眼见到，都认不出来了。我想姐姐离开老家才几年，变成这样子了？我妈比你还显年轻的。"

"年轻就好，家婆苦一辈子，能有这么好的晚景，值得呀。老古话怎么说，先苦不谓苦，老年苦才是苦黄连。"母亲点头，"说起来都是你争气。家婆生你这个争气的儿子，那是前世修来的福。结婚了吗？"

"找好了，还没结。"

母亲问："人要得吧。"

"什么要不要得，过得去吧。"大头口气平淡，脸上却放出光来。他继续把两条腿拉上凳面，接着放下来，过一会又往上拉。"头次见面我说得清清楚楚，我家穷呢，跟不上别人。我当时就是想考考她，要是你眼里只看到几块钱，那就去他个妈，我不稀罕。哪里找不到一个老婆。"大头顿顿，观察母亲的反应。

"母舅这话不能说，现而今那些女的，一个个娇得很，横得很，只她们有资格挑你考你，你哪还能倒过来，挑她考她？"母亲帮他着急，"再说把一个大活人接进家门，总得花几个钱吧？就是对方不愿花钱，我们自己面子上也要讲得过去。老家那边这样，几千里外的歌山，也这样。"

"别人不敢考那是别人，我就是要考考她。"大头嚷嚷，"我说我就是这么个破家，你清清楚楚看好了，愿不愿随你。"

母亲笑道:"她不生气?"

"还好,不生气呢。她说我不图别的,就图你大头这个人。财是死宝,人是活宝,只要人好,眼前再穷再苦,总有翻身的一天,人不好,家产再多又有什么用处?"大头尽力模仿女方的口气。母亲赞同,说聪明的姑娘才会这么想事。大头说:"别的姑娘让男方出这样出那样,她呢,反过来给我从上到下做了身衣裳。你看,"他从凳子上跳下,放下裤脚,接着又抖抖衣摆,"都是她做的。"

母亲欢喜着看看他上面,又看看下面。"还有鞋,"大头跑进屋,拿出一双布鞋递给母亲,问做工如何。母亲横看竖看,由衷赞叹说鞋做得好,一双巧手。

"别人都说她手巧,我看不出巧在哪里。"大头不屑道。他介绍婚期定在今年冬天,女方话说得好听,不让男方家里出多少钱,更不能到外面借债。家是她自己的家,用的钱借的债,以后不都要落到自己头上?不过结婚是大事,一生一世就一次的事,再怎么讲不花钱,也总得花上几个吧?刚才姐姐也说了,婚事办得太过寒酸,便是别人不说,自己也过意不去的。于是他同女方一商量,今年先出来做一年手艺,赚上几个钱,年底办事不迟。

星期六下午,我从县城回家。大头在附近一户人家做活,进门时已很晚了。我邀他一同吃饭,他说在东家吃过了,坐在一旁不出声。我看出他有些拘束,有意引他多说说。我们用家乡土话放肆地嘻嘻哈哈,说着本地人的一些笑话。毕竟分别多年,小时候的记忆已经淡忘,相互之间早不很认识了。我不知道他为什么叫大头。其实他的脑袋很小,身子骨单薄,瘦手瘦脚,脸上皮肤粗糙,疙疙瘩瘩好像布满什么鱼鳞斑。

父亲边扒饭,边提到一位姓李的本地油漆匠。大头手艺好,人机灵，又舍得下力，手下出的活扎实漂亮，不多时已在地方上把局面打开了，头一家的活没做完，已有下家在那里等着。也有些人原本没打定主意，过来上下看看，也不由心动起来。父母在一旁帮着大头高兴，没想却钻出来李师傅，几次找到父亲啰唆个没完。李师傅态度强硬，说要把大头赶出墩头，赶出整个歌山县。说这地方是他的地盘，几十年了，从他家上一辈起，前前后后所有人家的活都由他们包了。而今一个外地人平白无故要抢他的饭碗，那可不行。李师傅说他完全是看着父亲母亲的面子，要不然，他早把狗日的赶哪去了。

"叫他把我赶出歌山，好笑！"大头一脸鄙夷，"我凭本事吃饭，不偷不抢，他有什么理由赶我走。怪来怪去能怪谁，还不是怪自己一双臭手艺。要是他手艺过硬，有本事，怎么会让别人插进来？再说就是让别人插进来了，你也可以再夺回去么。"大头越讲越激愤，说这么没脸没皮的人，世上也有。

父亲好心好意提醒，反落个没趣。他继续显出为难模样，说母舅你讲讲容易，我们站在中间不好办的。墩头这边的情况可能你也清楚，我们小门小户，一个外乡人，哪敢得罪他？要是叫起真，他们周围一带都姓着一个李，是自家人，一人吐一口唾沫也能把人淹死。到那时不光你，连我们也无法在墩头再待下去。

父亲说母舅，能不得罪人家还是尽量不要得罪吧，谁都不容易。

"不是得罪他们么？"大头振振有词，"我凭手艺吃饭，没有触犯哪项天条，姐夫姐姐你们尽管放心……外地人怎么了，外地人就比他们矮一截？别理他！"

母亲在地面收拾剁碎的猪菜，这时过来插话说母舅，依我看可不可以这样，明天你和你姐夫一道到李师傅家坐坐，买包烟带在身上，给他讲讲客气话，也算联络联络感情，交个朋友。人说伸手不打笑面人，我今天把该尽的礼节尽到了，他李家林再要继续把人往下逼，道理上也就讲不过去了。

大头久久不作声。显然他不愿意。一包烟多大的事，也舍不得拿出。我渐渐把眉头皱起，心里气桌上这个莫名其妙的人，更气家里乱七八糟一团。父亲母亲喜欢把各种各样的人往家里招，人家不来，他们听说了还不高兴。来了便一住十天半月，有时甚至大半年不走。赔吃赔住倒也罢，更多的时候还能闹出种种可笑的矛盾，招人厌招人记恨，最后不欢而散，回到安徽老家仍四处说你的坏话。早不是一次两次了，这种事多得都让人懒得提起。一切都是自讨的，随他们去吧。我推开碗，到巷那头的房里看书。眼睛盯着书页，心思仍留在前面的饭桌上。我听着父亲母亲高一句低一句，继续在做着大头的工作，可大头坚持不松口："我本当也想过去坐坐，到一个地方拜一个地方的门槛……他要是不讲理，我同样给他个不讲理。我比他还要不讲理，看他李家林能把我吃了不！"

脚步声从巷那头踢踢踏踏响过来，是大头。看书时，我最不喜欢被打扰，再说今天也实在没心情。我尽力把头低着，装作用功的样子。脚步停在房门边，我听出大头有严重的鼻炎，呼气吸气像拉风箱，哧啦哧啦直轰鸣。我希望他站得无趣，能自动走开。

大头不走，看样子要一直站下去了。满腔怒火直往上蹿，我很想恶狠狠一回头，对他喝叫一声：站在这里你到底想干什么。但我让自己平静了，言不达意问："母舅，你吃饱啦？"

大头见我招呼，笑吟吟走进房，站在我肩膀后哧啦哧啦呼气吸气。"看书。"他自言自语地说。

我嗯一声，继续埋头到书本，他也继续对着我耳朵哧啦哧啦。

我实在有些后悔刚才吃饭时，为什么要显得那么亲热。

"母舅，你坐么。"我打招呼，声音大得让自己吃惊。都有些歇斯底里了。

"坐，坐。"他从容点头，不为所动仍站着。

为掩饰自己的失态，我跟他无话找话。"生意还好吧？"

"也没什么好。"他随口答，一心盯着我桌上的书。再僵持下去也没意思，反正干不成什么了，我叹口气，站起身给他搬椅子。

家里没有多余的床铺，来了一个人，只能跟我挤在一起睡。上床后，大头不停地抓挠身子，直抓得叽叽嘎嘎响，我不由满心恐惧，一个劲往床外躲。越到下半夜，抓的次数越多，力气用得越重，时夹一阵痉挛性的猛刨。我想到他皮肤上的那些鱼鳞斑，猜测着到底是些什么东西。我仿佛看见雪片般的皮屑在锋利的指甲下纷纷扬扬。我基本上一宿未睡，天微微透点亮便赶快爬起，跑到屋外吸几口干净空气。

三

大头从乡政府出来，顾不得到干活的地方收捡一下，跌跌撞撞直奔我家。"姐姐姐夫，"他脸色死白，嘴里嘟哝半天，也见不着个完整的句子。母亲端来一杯水，让他有什么事尽管坐下来，慢慢说。"姐姐姐夫，我只有靠你们了，你们要救救我。"大头把水喝下，把头上的汗擦干了，总算缓过一口气。

大头是半上午时分给人带走的，当时他正在一户人家给五屉柜打灰底。见情形不对，先还想赖着不走。他问到乡政府有什么事，我又没犯法，为什么要去乡政府。来人朝他猛力一推，说别啰唆，小心对你不客气。在乡政府一间办公室，一伙人把他全身上下搜遍了，仔细盘问是哪里人，什么时候到的这边，到这边又做什么，住在何处，做生意为什么不到税务所交税。"逃税，这就是在犯法，晓得么，搞得不好，坐牢都够条件了。"对方拍着桌子。最后决定，罚款两百，这还全看在王长子的面子上。

"姐姐姐夫，你们要救救我。我就是把自己卖了，也交不出这笔罚款。"

"做点油漆，还从没听说要交什么税，即便要交，也得交给我们老家的生产队。我去问问什么人说这种大话。"父亲气狠狠往门外走。母亲赶忙上前，让他有理一定跟人好好说，千万不要吵架。

父亲到了乡政府，身上的狠劲早已不见，只赔着张笑脸四处找朋友，托熟人，求爹爹拜奶奶，烟散完了，临时又跑到供销社买上几包。一番忙乱，罚款减少到不能再减了，十块钱，总算把事情了结。夜里，一家人陪着大头坐在堂前，连饭也没心思吃。事情明明白白在那里摆着，不是有人在背后捣鬼，今天的一幕不可能出现的。再不想想办法，吃亏的日子只怕还在后头。父母用眼看大头，大头全失了早先的神气，一副呆呆愣愣的模样，说他听姐姐姐夫的，一切全凭你们安排。

那天晚上，家里摆了桌酒菜，把李师傅及队上相关的几个干部请齐了。李师傅心里得意，表面却做尽姿态，这边一请再请，他只埋头在那里挖着猪圈里的粪肥，接着一担担往外挑，对人家理也不理。后来连队干部也有些过意不去了，赶来骂了一通，说给了根杆子你李家林就使劲爬吧，几时掉下来摔死狗日的。有什么话不能放到桌上当面锣对面鼓直说，硬要沤在你这猪圈里？李师傅脸红了，把手脚洗洗干净，又进房换了身衣服，前前后后拍顺了，跟在后面过来。

李师傅显然已成竹在胸，酒足饭饱之后开始说话。先说他们家这油匠手艺，从师爷手上起就多么出名，由他们盘出的东西，几十年用下来不起毛不变色更不脱皮，仍像新的一样。队干部们点头称是，说家林的油匠手艺，还有什么话可讲的？李师傅接着道，鱼有鱼路，虾有虾路，每个行当也都有每个行当的讲究。基本的讲究都丢了，那一切不全乱了套？其他的暂且搁下，单单一个先来后到，总是人人懂得的吧。李师傅说今天他原本不可能来吃这一餐饭，事多事忙是一个原因，情理上接受不了是另一个原因。可实在却不过王长子王师傅一番心意。他说他与王师傅是多少年的老交情了，隔壁邻居住着，抬头不见低头见，一家人一样，为一点小事伤和气不值得。大头大老远来这个地方做手艺，就这么把他赶开，即便道理上说得过去，他也做不出来。父亲他们再次点头，说李师傅这话讲得好。

"都说同行是冤家，这是老班辈传下来的话，总是有他们的道理，我们不相信也不太可能。"李师傅说，"依我看呢，大头可以照先前那样留在墩头做事，但为着免得双方争过来吵过去，没个安定的时候，不如两个人合起来，一同做事，赚了的钱二一添做五，对半分成，谁也不吃亏，谁也不占谁的便宜。"

父亲问大头："照我看，这办法不错，你考虑一下，看怎么样？"

李师傅的话尽管有些意外，大头认真想了想，表示同意。

"不过，还有一点……"李师傅吞吞吐吐，一时竟不能很好地把话说出来。

很显然，这是一句不易出口的话。但今天在饭桌上，当着这么多人面，就是让你说话的，今天不说，以后你就是说得再多也不能作数。李师傅把桌上的人逐个看过了，终于把父亲拉到一边，如此这般一通。接着父亲把大头拉到一边，照原话也如此这般说了。

李师傅的意思，他同大头合作是有一个条件的。他想让大头教他在家具上画木纹，画各种各样的画。照他理解，大头全凭着一手画木纹、画画的本领，这才把他的生意给抢了。

大头考虑一阵，也爽快同意下来。到这时李师傅仍没完，让大头干脆再给他个面子，在外面做事时能称他一声师傅。他说不管怎样，自己毕竟痴长许多，两个人年龄相隔几十岁。大头说不出的痛快，再一次二话没说表示同意，说他本来就叫李师傅的么。

从这天开始，大头跟着李师傅一起做生意。大头是个吃得苦的人，没想李师傅比他还能吃苦，每天天没亮，远远听得地场那边传来的咳嗽，接着是咚咚脚步声，外面的门扇给敲响了。两个人见面，低声交换过一两句话，再把门带拢，背着家伙一前一后出去。有时大头起得晚，在房里摸索半天也没见个人，李师傅不急，嘴里叼根烟，两手插在裤袋里，站在屋檐那头一心一意等。父母已经醒了，隔着窗扇同他打招呼，披起衣服过去把门打开，说外面冷，让快进来坐。李师傅弹弹双腿做出轻松模样，挥挥手说不进了，马上要走的。父母让不进门外的人，转过身来催大头。大头不急，窸窸窣窣在角落摸索。也有时候离得远，大头就在东家住下，隔三岔五回来看看，中途有什么事了，只托李师傅过来办一下。李师傅进门笑笑，并不多说什么，到大头的行李包里拿件衣服鞋袜或颜料毛笔什么。李师傅老大一把年纪了，由于长年劳累，上下四肢明显有些畸形，走路时身子晃晃荡荡。他就这么晃荡而来，晃荡而去，步态碎小而急促，转眼就在墙篱那边消失了。父亲母亲对着他的后影看了好久，暗自嘀咕，说大头和这个李师傅看起来还是有些缘分的。

有天在小街上，父亲与李师傅相遇了。父亲准备到供销社买包烟，刚踏上台阶，看到李师傅迈着碎步，手提一瓶酱油从门里出来。两个人招呼着，父亲问今天怎么有空在家，没出去做事？李师傅说早上忙过一阵，家里来了亲戚，他回来陪陪。李师傅给父亲递了根烟，点着火站在街边用力吸。父亲说看来这项生意不错，李师傅说哪有什么不错，慢慢混吧。两个人几句话聊过，话头自然转到大头身上，父亲说年轻人不懂事，又是外地人，各方面还得李师傅多照应。

"照应个屁！"李师傅猛吸一口烟，高声骂道，"大头那狗日的，真不是个东西……"

一语未完，李师傅让烟呛住了，手捂嘴巴剧烈咳嗽起来。好不容易等他咳完，父亲问刚才的话什么意思，大头在外面是不是有事？父亲说近段时间，他和老张一直很高兴，以为两个做油匠的人相处得很好，很投缘。

"投缘个屁！"李师傅还是那句恶狠狠的骂，同时再吸一口烟，"大头那狗日的，我说他不是个东西他就不是个东西……"

父亲微眯起双眼，躲在烟雾后面把李师傅看好久，李师傅却不理，用力只吸自己的烟。父亲说李师傅，有一句话不知你如何看，要谈起你和大头的关系，别人可能不清楚，我和我家老张却清楚不过。先不管大头对你怎样，单单你对大头，那是好得没话说的，这点你不能不承认吧。

"好有什么用？热脸贴了个冷屁股。"李师傅沉着脸。他说要好，双方都应该好，一个人好那是没用的。这些日子对大头，他李家林把自己能做的都做了，只差没叫人家作爷了。表面上说他是师傅，其实比徒弟还不如，重活脏活，跑腿受累的活自己一人包了。总想尽管自己年纪大，但受苦受了一辈子，再累点苦点没什么，能把狗日的服侍好就行。可是没用，大头那是越服侍越不舒服。

李师傅把父亲往旁边拉了拉，絮絮叨叨地说起来，边说边四处察看，担心是不是有人把话听去。李师傅说了许多，主要的意思其实就一点：大头太坏，不愿意把画木纹的技术教给他。父亲不由得轻松一笑，说以为什么大不了的，原来就这个。

"要他教什么？"父亲道，"等他画的时候，你不会站在旁边用劲看？多看几遍，不就能把名堂看出个大概？"

"理是这么个理，也要他让你看吧？"李师傅道，"每天到了时候，他总想点法子支你走开。先拖着不画不画，这样没准备好那样没准备好，让我去拿。等我一转身，他刷刷几下，画完了。你说这东西是不是个人？"

"他让你走开你就走开？要换了我，死盯住他。他总不会把我往外推吧？"

父亲奇怪，说给家具画木纹，画那各种各样的画，一般需要很大工夫，绝不是刷刷几下能完成的。画这几笔时他把我支开了，可画下几笔呢？

李师傅说："画下几笔，他还会把你支开。"

"那么，"父亲说，"再画下几笔呢，他还会把你支开？"

李师傅说："再画下几笔，他当然还会把你支开，反正他总能找到理由。"李师傅说其实要怪也怪自己，总想对大头好些，不愿得罪他，不愿把关系搞僵。大头看准的也正是这一点。

"那你不是让他给支使得团团转，没个停歇的时候？"

父亲的话可能过于刺耳，李师傅受不住了，他嗨地长叹一声，无可奈何地连连摆手："不谈了，不谈了，大头这狗日的，不谈了。"他拍拍身上的烟灰，垂头低脑走了，连步子都迟缓好多。

父亲始终没弄清，在墩头这个地方，李师傅也算精明到家了，何以让年纪轻轻的大头给支使到如此地步？晚上大头回来了，父亲讲起上午的相见，说一个人行事不好太过分，当初如何定下的规矩，我们就应该如何照着去做，不然会失信于人，说出去不好听。大头咧开大嘴笑，一句话不答。下一次父亲又提起此事，大头忍不住了，叽叽嘎嘎大笑开来。

　　"就他李家林那点本事想跟我玩花招，他还真差得远。我把技术传给他？那真正叫做梦，他这梦可做得真美。我把技术传给他了，那自己还剩下什么？只怕我头天把技术传出来，他第二天就会赶我走人，这点我心里跟明镜一样清楚，要不然，当初我怎会答应得那么爽快？"

　　大头说那天在饭桌上，李家林一提到想学什么画木纹，他一口饭含在嘴里，只差没笑得喷出来。他想把那人叫应了，说李家林李家林，在你心里，是不是一定觉得自己特别聪明，其他人都特别愚蠢？一个靠手艺混饭的人，手艺就是他的命，是他的饭碗，怎会无缘无故传给一个冤家对头？别的不说，就说换了你，你会把自己的手艺传给我吗？大头说到这里，忽然把声音压低，跟我父母透露，实际上对他们这些油匠来说，画点木纹或者画点花画点草之类倒在其次，最主要的是油漆本身。你把整桶的油漆买来了还不行，还得讲究个调配。油漆本身是死的，而拿刷子的这双手却是活的。比如么，这红色呀黄色呀黑色呀，还有干呀湿的什么，调配得不好，你画得再漂亮也没用，一上木板各种颜色就会自己跑开，或者全都挤到一起去，变成一坨脏兮兮的屎。

　　父亲问："画木纹既是不重要，那你为什么不教一点给李家林？"

　　大头笑得更厉害了，说他把李家林支开，实际上什么意思也没有，纯粹就是逗狗日的玩玩。

"一个人做油匠做了一辈子，他竟然弄不清做一个油匠到底该学点什么，这样的人也想来跟我作对，还厚起脸皮让我叫他师傅，你想，你想……"大头说不下去了，只一遍遍无奈地摇着头。大头说学画木纹，光画点木纹有什么用？要想画点木纹，画点花画点草，你不会到附近哪个学校跟美术老师学学？

母亲劝大头，当初怎么讲的我们还是应该怎么去做，你就把画木纹的技术捡不重要的教些给他，也算对大家有个交代。大头仍摇头，说没用的，不是我不教，是教了也没用。在做油匠这个行当上，李家林当真还没入门，而且一辈子也入不了门。大头说别看做手艺简单，也不是人人合适的。做任何手艺都得有点小窍门，像李家林这种人，你就是对他没任何提防，手把手教他，他也学不出来。

"这话对！"同是手艺人，父亲对大头这话表示赞同。

这天夜里大头说得很多，父亲母亲认真坐在一旁，直听得一愣一愣。事后多日，他们一直感叹，说大头可惜没进过学堂门，这要是读过几年书，他一定能成精。

四

村上传出一个消息，说大头要在李师傅家招亲做女婿。父母不相信，李师傅与大头暗地里闹成那样，只差没把对方吃了，骨头都不愿吐一根，能做女婿？风声越来越紧，话也越往真里说，父母仍耐心地再三向人解释，说大头在老家找好了的，对方人长得好，又贤惠得不行，大头在外面找点钱，年底就可以回去结婚。

"老王老张，你们就不要费心往下瞒了。大头到家林处招亲，队上人人知道的事，再瞒是不是很有意思？"

"什么瞒不瞒，根本没影的事，大头要是招亲，他不先同我说，倒同你们说？"

"老王老张，"传话的人把父母久久看着，"这么说来，你们真不清楚了？"传话的人说，"看样子在我们队上，真正能瞒住的，只有你们两个了。"

我长年在县城上班，回家的日子很少，这还是头次听说李师傅家有一个待嫁的女儿。仔细回忆，真有那么个印象，在某几个场合，我应该见过那姑娘。年纪不大，模样随李师傅，个子瘦高，胸部扁平，背部还有点微微往前勾着，一双眉毛又粗又黑，好像不是自然长出来的，而是谁有意粘上去的，让人看了有些不舒服。

传说中的经过是这样。那天大头在某地做活，东家陪在一旁闲聊。东拉西扯好久，东家问："家里伢崽好大了吧？"

"伢崽，好大了？"大头答，"老婆还不晓得在哪位丈母娘肚里装着呢。"

"还没找？"东家热心问。

"没找。这次来你们歌山做手艺，就是想碰碰运气，看能不能找个合适的。你要是愿意，帮忙搭搭线啊。"

"小师傅，要说你精明你也算精明到家，但要说你傻呢，你也傻得不轻。合适的早摆你面前，怎么倒过来要我帮忙搭线？"东家笑指李师傅。

"大头不是那种人。"母亲说，"自己家里有一个那么好的……李师傅家的秋英，那像什么？"

"难说呢，大头这人。"父亲道。

下一天大头回来，母亲笑吟吟迎上前："母舅，给你道喜呀。"

"姐姐平白无故说的什么。"大头吃惊，"哪还有喜能轮到我头上？"

"不是说，你要到李师傅家招亲吗？"

大头哎呀一声，叫姐姐，谁吃了饭没事干，这么在嘴里嚼虫嚼蛆？

"也不是哪一个人，队上人人这么说，只把我和你姐夫两个自己人瞒住了。"

"姐姐，要是说你们给瞒住了，我自己更蒙在鼓里，一点也不晓得的。"大头一脸冤屈，"怪不得说别人的话信不得，人在屋里坐，祸从天上来，无端端传出这些……要是生气，还不得把人气死？"

"没有就好，母舅，没有就好。"母亲说，"我也不相信，心说有这怪事，母舅家里有那么好一个姑娘，贴心贴肉，世上难谋的，莫非还要在外面再找一个？"

"人家看我和李师傅一起做事，两个人同进同出，就以为有什么名堂，会去他家招亲。"大头冷笑，"他家那样的女儿，我要她，喝！"

父亲好久不作声，这时插话："李师傅怕有这意思呢。"

"他有意思是他，跟我没关系的。"大头道。

"话也不能这么说，"母亲劝他。父母略一商量，准备由父亲出面，明天去找李师傅，双方当面锣对面鼓把事情谈开，免得到时再啰里啰唆。

"不用谈、不用谈，同他有什么可谈的。"大头有些急，"没有的事就是没有，何必扯来扯去的。我不怕队上那些人嚼蛆，行得正坐得稳，他们把天说塌下来也是空的。"

母亲想了想，同意道："也是，本来没影的事，你跑过去一讲，倒成真的了。"

好久以后，父亲提起今天的事，责怪母亲："要怪就怪你，当时要是同李师傅讲清了，也不会有这么多麻烦。"母亲委屈，说："我就是做梦哪又能梦到，我亲眼看着长大的大头能变成这样？"

　　父亲没有去找李师傅，李师傅倒找上门了。父母清楚他为什么上门，李师傅同样清楚这点。但两方都不说破，边抽烟喝茶，边一个劲东扯西拉。

　　"我们故意不提起，假装什么也不知道，看他说不说。"母亲同我聊到这天的会面，仍止不住笑声一片。"李师傅开口了吧？"我问。

　　"他特意为这事来的，不开口还行？"

　　李师傅说："老王老张，要是七七八八算起来，我们也有几十年的老交情了，你们了解我，我也了解你们，你们心里想什么我清楚，我心里想什么你们同样清楚。今天把话挑明了，依你们看，这事办得办不得？"

　　"什么事？我让李师傅绕糊涂了。"父亲道。

　　"你不糊涂、你不糊涂。"李师傅摆摆手，"我们墩头这地方哪件事能瞒过你老王老张。"

　　"当真糊涂。"父亲坚持。

　　"李师傅你是直率人。"母亲也笑。

　　"好吧，不管你们真糊涂假糊涂，挑明了！"李师傅脱了鞋子，把两只脚架到条凳上。"别人说我们两家会结亲，你们相信吧？"

　　"结亲好事啊，李师傅不嫌弃我这破家……"母亲道。

　　父亲插话："我三个儿子，摆在面前随你挑。"

　　"嗨嗨嗨——"李师傅伸长手臂朝上直摇。

　　"李师傅后悔了？"父亲正色道。

　　"哪里哪里，我是指……"李师傅脸色一变，"你们真的没听说这事？"

李师傅目光转向大头："你回来没跟姐姐姐夫讲？"

"我，"大头把头低下，"没讲。"

"你这崽你这崽，我一再让你回来同姐姐姐夫讲清，你也说你讲了。搞来搞去半天，原来你还是没讲……你离家几百几千里，身边没有其他亲人，姐姐姐夫就是你唯一的亲人，是给你撑船的掌舵的，诸事要先跟姐姐姐夫打好商量。"

"李师傅这话错了。"父亲说，"我们虽说年岁大些，在外面走东闯西也混去大半辈子，不过痴活着罢了。大头母舅人聪明，比我们那是强多了。"

"见外了、见外了。"李师傅道，"怪只怪年轻人不懂事，搞得姐姐姐夫都寒心。不过年轻人做事不周，我们也不好过于计较。他可能脸皮薄，不好意思开口。俗话说大人不计小人过，姐姐姐夫莫放到心上，好歹原谅他这一回才是。讲来讲去你们是同乡，是亲戚，大头在这地方只有你们两个亲人。大头，你也别在那里呆站着，过来给姐姐姐夫说句话行不行？"

大头始终站在外间的门后边，头紧紧低着，用手指使劲抠挖木门框上的一个小洞。听见李师傅招呼，他抬头朝这边看，有心想说点什么，可吭哧吭哧半天，却是什么话也没说出，只满脸通红地继续低下头去，用劲挖门框上的洞。

大头来我们家这么久，说话做事向来我行我素，像今天这样羞羞答答，还真是比较少见的。加上李师傅一番话也说得诚恳，入情入理，父母有些过意不去，不好继续往下支吾，一齐把面色收拢了，开始归于正题。父亲说，这些天他在家同老张嘀咕，就料着李师傅会来，李师傅要不来，他也会找过去的。目前他们遇到的这事不是一般的事，还真得双方坐到一起谈谈开。

"直爽话。"李师傅笑道。

父亲说，有关我们家大头母舅与你家秋英如何如何，风言风语传得到处都是，我们私下里就是想不听，也不得不听到一些……

"外面的人要那么传，实际上也没什么的。"李师傅有些窘，忍不住打断。

"不管有没有这事，人家传得就跟真的一样，我和老张听来听去，当然不能相信，总想，咦，天下还有这么怪的事情？"

母亲暗暗扯父亲衣服。母亲扯了一次又一次。父亲想用手拨去，却拨不动，母亲反而扯得更紧了。父亲奇怪地回过头，瞪大双眼看母亲。母亲使眼色。

"我当时就想找你谈谈，把事情早点讲清，免得到时……怎么了？"父亲责怪母亲，"免得到时惹出麻烦，再把责任怪到我们头上……"父亲突然停住了。他看到了大头。大头连门框上的小洞也忘了抠，脑袋微微侧起，满脸惊恐和哀求，可怜巴巴地在看父亲。

父亲含糊一阵，只称事关重大，他还得与老张及大头坐下来好好商量一下，再给李师傅个准信。等李师傅告辞出门，大头跟出去相送，父亲这才板住面容告诉母亲，说安徽那边的事讲还是要讲的，这样的事不讲，以后出了麻烦怪到我们头上，我们只怕长了十张嘴也说不清了。

"死人，你还看不出来？"母亲发急。

"看不出来什么？"父亲真不懂了。

"看不出来什么，大头家里可能根本就没找过什么对象！"

"有这事？"父亲惊讶，"他自己亲口说的么。"

"亲口说的、亲口说的，你就相信他亲口说的！"

大头推门进来，母亲抿抿嘴唇，看着父亲。父亲一脸迷茫，同时也一脸严肃，久久地看着大头。大头有些手足无措，问姐夫这是怎么了。

"大头，你过来，我想好好问你个事。你坐到这边。"父亲移过长凳，招呼大头坐稳了，"今天你要是真像自己口里叫的那样，把我们当作姐姐姐夫，你就给我实话实说，不能掺一句假。要是你同我们也不说实话，那我们……你晓得我的意思吧？"

父亲太急，一时不知如何措辞了。

"我晓得。"大头老老实实道。

"你原先说你家里找好了一个对象，只等年底挣了钱回去结婚，是不是假的？"

"嘿嘿。"大头脸憋得通红，头紧紧低着，浑身上下尽显一副憨态，"假的。"

"你家里根本没找什么对象？"

"没。"

"那你当初为什么这样说？"

大头把身子扭几扭。

"我说着玩的。"

"连这样的话你也可以说着玩？"母亲深深叹一口气，"母舅啊母舅，我还一直把你看作一个好人，看作小时候那个样子。"

后来的消息更让父母吃惊，就在李师傅来我家，大头不得不把事情承认下来的时候，李师傅家的女儿秋英已有孕在身了。

五

大头搬到李师傅家住下了。

也是当地的一种风俗，青年男女经长辈出面举行一个定亲仪式，双方交换过信物，具体说是女方给男方敬上一杯茶，男方则付出一笔定亲的钱放在女方送茶的托盘上，两个人就可以名正言地顺住到一起。大头新来乍到，手上没赚到钱，加上家里离得远，他说他必须先征求一下老家的母亲及房下几位长辈的意见。李师傅不好过于勉强，答应把定亲日期往后推推。"傻崽，你尽管把事情同家里说清，要等多久我们都等。"看样子，李师傅对这位未来女婿的印象真的不差，当着众人面，他上前把大头的衣领仔仔细细整理好，接着又牵牵他的衣襟，把没扣好的纽扣一一扣上。"照理说起，你哪不应该亲自到老家跑一趟，把秋英的照片带给家里的老母亲看看？碍着路太远，花费大，只能等结婚时再说了。"大头唯唯诺诺，表示对李师傅的话谨记在心。

大头和父亲凑在一起，在房里一关大半夜，你一句我一句凑了封长信，把这边情况做了详细介绍。信中还透露这样的意思，若是有可能，希望家里能帮着想点办法，或多或少筹些钱寄到歌山来。别看大头没进过一天学校门，一手字还写得不孬，话也讲得情是情理是理。他把信逐字逐句念过一遍，父亲母亲听着连连点头，说是这话，是这话。第二天清晨，大头早早起床把信拿到街上发了，接着一心等老家消息。

李师傅家的女儿秋英为人不错，对大头更不错，早晚没事时，常拐到我们家坐坐，有时与大头一道，大头出外做事了，她就独自一人过来。她依着大头的口气，把我母亲称作姐姐，把我父亲称作姐夫，母亲每次听了都高兴得很，说那一把嘴甜得就同刚从树上摘下来一样。

端阳节时，我回了一趟家，家里正好有客，秋英过来帮着弄菜。这是我头一次近距离看到她。可能是意识到别人的观察，也可能当着陌生人的面放不开，秋英很羞涩，只低着头在灶前忙上忙下，有时同身边的人匆匆交换一句什么。但她的一手菜烧得不错，饭桌上的客人交口称赞着。

"母舅，有福气啊，给我们找了位这么会烧菜的舅娘。"我也跟在众人后面打趣着。

秋英不作声，低头暗暗在那里笑。她的一双眉毛仍是印象中的那么浓，那么黑，以致我横看竖看，怎么也看不太清她的面部，进入你眼睛的，似乎只有一对黑眉毛。

饭桌那边有人大声催大头过去吃饭，大头不愿去，坐灶前给秋英烧火，母亲则蹲在一边洗菜。

"家婆的信还没到吧？"母亲问。

"没，"在灶火映照下，大头的面孔一片灿亮，"我也总在想着这事呢。"

"信寄出去多久了？"

"头尾十八九天，应该有回信了。"

"照理，是应该有回信了。儿子一辈子的大喜事，家婆接到信，还不定欢喜成什么样。马上要抱孙子了。"母亲望一眼秋英，秋英把脑袋低得更紧，同时把身子朝灶台那边闪闪，似要避开大家的视线。

"是不是家里有什么事，或我妈病了，没接到信？"大头道。

"哪能，"母亲说，"再等等吧，兴许这几天就能等到了。"

"依我的意思，李师傅说得不错的，当初你真应该亲自往老家跑一趟。"母亲絮叨着。"家婆辛苦一辈子，好不容易把儿子拉扯大，而今都要定亲了、结婚了……多大一件事，结果连人影也没见到一个，单单往家里寄一封信。家婆嘴上不说，心里只怕有些难受呢。换了谁，谁都会有些难受的。再说你人不回去，家婆连个商量的对手也找不到，哪有那么快的消息过来呢？"

"我也这样想。便是请人写一封信，还得等人家抽得出时间才行。"大头道，"我想等过些日子，带几个钱回去看看。"

"回去看看老娘，又没有其他花费的，钱多钱少倒也不太要紧。"母亲道。母亲一语未完，忽然把话头转过了，神情显出几分兴奋："要我说呀，以后你们的日子好过得很，两个人两个大劳力。翻过年有了小孩，秋英在家照顾孩子照顾田地，你在外面把手艺做着，把钱赚着，还有什么样的日子过不下来？先勤快一年把家里搞扎实，干脆把老娘接到墩头这边来。家婆年纪还不算大，能给你们做点手边事就做着，烧烧锅带带小孩。实在做不了，就坐在家里享清福，保证她会笑得嘴巴都合不拢。"

又过了些日子，老家那边仍没信来，秋英的身子却在不动声色中起着变化，那样子就似村上人平日做凉粉，一碗白白又柔柔的水在碗里晃来晃去，稍不注意便凝结起来，成了硬硬的固体。大头、李师傅以及我父亲母亲，各方都有些坐不住了。大头连生意也没心思做下去，一趟趟往乡政府的邮政托办点跑，李师傅则干脆守在乡政府院门前，等每天一次的乡邮员来到。

"我妈妈她，是不是真有什么事，病了，起不来床了？"大头道，"要是病了，更应该给我来封信告诉一下的。"

大头赶到邻近的玉田镇邮电所，给安徽老家拍了封电报。仍不见任何回音，接着他又拍了第二封。还是没回音。

继续往下傻等是不行的，几人商量，决定由我父亲陪着大头，亲自回老家走一趟。事情拖延到今天，再谈什么定婚已很不现实，也全无必要了。父亲和大头到了安徽，把该处理事项的一并处理好，可能的话把大头的老母亲接过来，然后直接举行婚礼。大头明显失去主见，别人怎么说，他一味好好好，点头赞成。父亲也是多年未回过老家，不免显出几分兴奋，他把家中诸事做了简单安排，手上的生意也暂时停下，并专门到了一趟县城，向我交代了有关情况。母亲则在家里准备带到老家见亲戚的礼物，一只樟木箱、几斤茶叶、几瓶本地特产的那种果品，甚至临时到山后的竹林捡了几大捆笋壳，那是要送给老家一些妇女做鞋垫用的。

方方面面准备停当，临行前两天大头忽然提出，两个人回安徽，来来回回花费实在太大，还是让他独自一人回去的好。父亲简直有些傻眼，好半天才回过神，笑说大头你尽管放心，我们各自的路费各自出，谁也不花对方一分钱。父亲说他一开头就打算好了的，根本没指望让大头出什么路费。大头的情况他比谁都清楚，根本出不了那份钱。一听此话，大头更不愿意了，说为我的事让姐夫姐姐自己出钱出路费，这道理哪能说得通。你就是把天下走遍了也说不过去了的。真要是那样，我这张脸往哪放，这颗心又怎么能安。我只怕一辈子也安不下这颗心。

"行不得，行不得，无论如何行不得的。"大头摇着手，"这些日子在姐姐姐夫家，里里外外都靠着你们，说打扰不知打扰成什么样子了……你们又热心地给我张罗婚事。这些我口里不说，心里清楚得很，私下和秋英也不知说起过多少次。反正吧，感谢的话现在说了也没意思，只能等到以后……"

大头真是有太多的话，却挤在一起出不来，只把自己弄得结结巴巴。见他态度诚恳，神情窘急，李师傅过意不去了，出来帮着打圆场，说姐姐姐夫，大头的心思我们都懂。为他的事真要让你们出钱做路费，那固然说不过去，但要是让大头出么，姐姐姐夫清楚的，他一时真没那个能力。父亲母亲略作考虑，只得算了，再说眼下快进入农忙季节，家里的活计也不是很好丢下的。

六

夜里，大头和李师傅相邀着来家里坐过好久。父亲去不成安徽，半下午赶到玉田那边一个村上做事了。大头把早已说过多遍的那些感谢话又一遍遍提起，说给姐姐姐夫添了多少麻烦，姐姐姐夫对他又有多关心，他人穷，能力差，不知几时能够报答。母亲甚不自在，说自家人，这种话再不要提起。母亲和李师傅一道，对回老家后的事项再一次作了叮嘱。看看时间不早，天亮后还得赶车的，母亲提醒他早点回去休息。大头随着李师傅离去，没过一会又独自过来敲门。见母亲诧异，大头解释他有件东西不见了，不知是不是丢在原先住过的房里，想再过来看看。母亲问丢的什么，那房子她仔细收捡过，好像没见到多余的东西。大头咕哝，说是购油漆的发票之类。两个人角角落落找过一阵，终是一无所获，只得茫然站着，想还有哪个地方可藏东西的。当母亲的目光从大头脸上掠过，她忽然一惊，说母舅，你是不是还有什么事？母亲说莫非你找发票是假的，今天晚上你两次过来，是有什么话同我说吧？

"我，"大头道。大头说得很艰难，"我是有一句话要同你和姐夫说，但你们……千万不能透露给别人。"

"母舅有话只管讲，我怎么会透露别人呢，"母亲道。

母亲把他认真看着，说母舅，你的意思，是不是想借点钱？

"借钱倒不是……"大头仍有些犹豫。

"是也没关系，你的情况我和你姐夫都清楚。其实你不说起，我们也不止一次往这方面想过。也怪自己手头不方便，要不然母舅定亲结婚，这么大的事，我们本应该更多点帮助的……不过么，只要拿得出，到时候我们一定会尽些力气。即便自己拿不出吧，就是借，也会替你出面的。李师傅说得没错，在这地方，你初来乍到，没有任何可依靠的。"

"姐姐，借钱还真不是。要是想借，我也会大大方方同你说……"大头继续支吾。大头表示，留在他心里的这句话，原本实在开不了口。这些天他不知多少次想找个机会同姐姐姐夫说，话到嘴边，用舌头搅来搅去，最后还是咽了回去。但要是不说吧，想来想去更不行。这句话不吐出来，他太对不住姐姐姐夫了，只怕一辈子也安生不下来。

"母舅，"母亲不安了，朝窗口张望，又朝房门那边张望过一会。"你想说的，到底是句什么话？"

"除了姐夫，你不要同任何人说。"大头坚持。

"你放心，我说了不说就不说。"

"在李师傅那边，还有村上的人，你不能透出半点。"

"那么，"母亲问，"秋英呢？"

"秋英那里更不能说。"

大头问："姐姐，你说你一定能答应我吧？"

母亲暗暗吸了口气："我答应你。"

"姐姐你晓得吧？"大头看了母亲一眼，接着把头低下，"这次回了老家，我不会再来了。"

"不会再来了，为什么？"母亲问，"不是说得好好的，把那边安置好了，就赶过来结婚吗？"

"姐姐，你千万不要同别人讲。"大头说来说去还是那句话，并且声音越来越含糊，"刚来时我同你说过，我家里，讲好了一个对象……"

母亲问："假的吧？"

"你说呢？"大头抬头朝母亲笑了一下，"真的。"

"母舅你是说，你在老家那边还是找好了一个对象？"母亲问，"那么为什么又要在这边找秋英？"

"我……"大头说不出。

母亲跌坐在门槛上。

"母舅你到底什么意思，我真是弄不太懂。同一句话你顺讲一遍，又反讲一遍，反讲一遍，又顺讲一遍，到底哪一句是真的哪一句是假的，又让我们这班人如何相信才好？"

"嘿嘿。"大头笑。这个时候还能笑得出来，大头可能也觉得自己太无心肠，但他实在不知该怎样回答，只得继续往下笑。

"那么上次你与你姐夫一起给家里写的信，信寄哪去了？"这一刻，母亲似乎突然明白了许多，"莫非，没有寄出去？"

"嘿嘿。"大头回答，"没有。"

"那信呢，当时不是写好了吗？"

"我撕了，丢到了河里。"

"你和你姐夫辛辛苦苦写了大半天的信，随随便便就这么撕了，丢到河里了？你还真能狠心下得了手？"母亲花了很大力气在可惜那么长的一封信，"你撕了不要紧，却惹得我们天天盼老家的回信。看这班人帮你急成那样，你心里一点不难受？"

母亲问："那么你说你到玉田发的电报，也是假的了？"

"嘿嘿，假的。"

"既是假的，你真不应该让我们在这里一个劲傻等。为什么你硬要让我们在这里死死傻等？"

大头想接着嘿嘿再笑一声，但他努力好久，终是笑不出来。

母亲说："你让我们等，自己也假装跟着我们等，还天天往乡政府跑呢。我死也不懂了，那么假的事，一个人怎么能做得出来？"

大头不作声，母亲也久久作声不了。"母舅，我真是做梦也没有想到，你是这样一个人。"母亲把许多话放在喉咙里，上上下下艰难吞咽着，"早知这样，说句不怕得罪你的话，打死我也不会管你的事。我们对你，真的是一番好意，没想上你这么大一个当，现在给弄得这么上不上下不下。你倒好，一个人无牵无挂，拍拍屁股就想走人了。"

大头说，他正是走不掉，这才过来说的。哪怕姐姐姐夫打他骂他，把他杀了，今夜他也得把话说出不可，要不然他真不叫一个人了。

"你同我们说了，就以为自己能叫一个人？"母亲问他。

母亲说，实际上我们倒在其次，主要还是李师傅那边，是秋英。人家一个大姑娘，名声早已传出去，这一带人人知道她招了一个老公，孩子怀上几个月了，你这么跑走，丢下她怎么办，以后在这个地方如何见人？还说要让我瞒着他们，你就是瞒得了今天，那么明天呢，后天呢，那么大一个肚子，你想能瞒得了几时？母舅，我们为人处世，上半夜为自己想想，下半夜也该为别人想想，你真要这么一走不再回来，那就是把秋英和李师傅他们往死路上逼，也把我们往死路上逼。

大头的头越来越低，开始悄悄抹眼泪，终于止不住，咧开大嘴哭起来。他说不是故意的，只是到了墩头这地方后，人好像就有些发晕。当然最初的时候，也是心里有点气，认为李师傅把他告到乡政府，惹他罚了钱丢了脸，该给点颜色对方看看。可是后来，后来……大头又一次结结巴巴。母亲左问右问，大头透露，其实他还有一句话极想告诉姐姐姐夫，也是觉得不好出口，一直这么拖着。大头说在与秋英的事情上，他总怀疑是李师傅有意安排的，他无意之间上了人家一个当，钻了人家设下的圈套。那时他和李师傅刚刚合作不久，有时在外面回来得晚了，李师傅怕敲门会影响姐姐姐夫休息，说就在他家借一宿算了。后来次数一多，和秋英就慢慢熟悉了。

"母舅，你的意思我懂。"母亲摇摇头，"不过，话也不能照你刚才的说。李师傅对你，明眼人一眼就能看得出，他是真心的，真心想招你做一个女婿。正是他喜欢你，对你真心，你就不能扯得太多了，要不然，人家会咒你烂舌头呢。你从小跟着寡母过日子，六亲无靠，而今有一个人这么看得起你，把你当宝贝一样疼着护着，自己应该懂得珍惜才对，至少不能在背后翻人家的屎渣子，说人家这不是那不是。"

母亲想了想，道："李师傅，其实是个大好人，你要是真能进了他们家门，算得上前世修来的福。"

大头天一亮即得动身回安徽，在此之前，母亲必须对事情做出周到的安排。她的头一个念头是把前后经过原原本本同李师傅说清，以免到了时候，所有的责任全落到自己头上。不过如此一来，她和父亲可能算得到解脱，却把大头整个给卖了，李师傅他们一急，不定会闹出什么结果。母亲左思右想，觉得无论如何，她得把父亲找回来商量一下。她进房把我大弟唤醒，让他陪着大头连夜去玉田。等这边两个人出门，自己才来到李师傅家，说大头有张生意上的发票让老王带在身上，必须连夜拿回来。李师傅没做多想，只一声声埋怨大头毕竟年轻，嘴上无毛办事不牢，明明要出门的人，却又把什么发票弄丢了。从家里到玉田有十多里山路，从玉田到父亲做活的地方还有十多里，一个来回走完，等大头他们一行三人回到家时，已是第二天半上午时分，每日一班开往县城的汽车早不见了踪影。路上父亲把该问的都已经问过，前后一琢磨，认为母亲处理得很恰当，目前最首要的是先把李师傅及秋英那边稳住，然后再从长计议，想出一个更好点的对策。可是就目前情况看，他们实在没什么对策可想了，生米早已煮成熟饭，摆在面前的出路唯有一条：尽快把老家那头的婚事悄悄退了。父母给大头仔仔细细算过一笔账，在老家那个姑娘身上，大头并没花下多少钱，退了也就退了，不会有多大损失，也应该不会有多大困难。了不起让人家骂几句，这不算吃什么亏。而在歌山这边，你与秋英就同夫妻一样，并且有了孩子，基本上呢两个人已成了事实上的婚姻。假如你把这边抛了，回到老家结婚，说不定什么时候给弄出个重婚罪，抓到牢里就迟了。父亲母亲说，别看李师傅做油匠的手艺不怎么样，但这对夫妻勤劳，在前后一带也算得上相当富足的人家，你一进来，上上下下都是现成的。再说李师傅膝下就这么个女儿，将来所有的家业还不都得传到你手上？

"在莫家老屋，你又是个什么情况？"父亲母亲耐下心，苦口婆心劝着，"空落落两间破草房，里面水洗过一样，要什么没什么，从头到尾都得靠自己双手添置。两方面一比较，哪里好，哪里不好，还不一清二楚？"

大头给点醒了，说服了，双眼越睁越大，不由连连点头，再三表示这次回去，一定尽快把家里的那个退掉，安安心心到这边成家。父亲仍有些迟疑，考虑是不是照早先的决定，跟大头一起跑一趟老家。大头懂他的意思，二话没说打开行李包，捡那些重要点的物件，不多的一笔钱、一块手表、一沓年底到账的收款条、一张从老家生产队上开出的身份证明，还有他刚买不久的一双皮鞋两双袜子等，一一拿出交在父亲手上。父亲看着他一副急于表白的正经模样，想了想，把那些乱七八糟的东西用力推还，同时哈哈大笑，说大头大头，什么时候你好像真成了什么了不起的稀罕人物呢，这边有一个人要跟着你，家里同样有一个人要跟着你，两边闹来闹去，是不是弄得你很烦？

母亲和大头忍不住，也随着扑哧一声笑了。

七

父母的一番努力并没有任何收效，大头一走多日以后，从安徽寄来一封信，说他就在老家待着，不再来歌山这边了。

那些天，父亲邀了个伴，从玉田镇的一家林场弄了几十斤香菇，用麻袋装着，说要贩到邻省什么地方去卖，那边价格高，需求量大。父亲一去几天未回，母亲很担心，天天站在大门边朝田野那头的大路张望。上午她做完厨房里的活，又一次朝外望了望，接着挑了一担粪，到房侧的菜园浇菜。"你这才叫勤快呢，"园坝那边有人搭讪，是李师傅。李师傅小心跨过挡住园门的一堆杉树枝，边沿着地畦往这边走，边四下察看各种菜蔬的长势。

"这能说得上什么勤快，勤快就不会有这样个穷家了。"母亲放下粪瓢，招呼李师傅进屋坐，"老王出去贩了点香菇，几天了还不见回呢。"

"不怕、不怕，你忙你的。"李师傅说了几句应酬话，接着把话头转过，说他今天有一件事想过来问问。

"你家大头母舅，在老家那边是有一个老婆吧？"

"大头在家有没有老婆，我们哪又能搞得清楚？"母亲愣了愣，叹息道，"别看这人年纪不大，城府却着实不浅，平日同我们一起，也难得听到他几句真话。李师傅无缘无故怎么问起这个？"

"我无缘无故怎么问起这个吗？"到这时候，李师傅仍然一副不动声色的模样，"大头来信了。他有没有给你们来信？"

母亲有些奇怪，说没有啊，我们一心在等他早点过来，也没指望能接到什么信。母亲不明所以，还欢欢喜喜地往前凑，问信上都说了些什么。李师傅把信递过来，让她自己看。母亲笑了，说李师傅，我要是能认信，还用得着成天端了只粪瓢在菜园里晃来晃去？

"大头说呀，"李师傅嘴唇嚅动着，想说点什么狠话，结果却一句也没找到，只把信认真展开，一字一字用力念起来。大头写了很多，基本都是早先说过的那种客气话，结尾几句是这么写的，母亲记清了："我对不起秋英，对不起李师傅李师母，对不起姐姐姐夫。希望秋英能早日找个好人家，一辈子幸福、安康。我不回来了。"

"大头这是不是说，让秋英另外再找个人结婚。他就在老家，不来墩头了？"母亲问。

"他不来了，让我家秋英另外找个人结婚。"李师傅把信摞在桌面，伸出手指用力敲着，"在他看来，这事还真轻巧不过，让我家秋英同别人结婚就同别人结婚，就像他的上下两片嘴唇随便吧嗒一下。"

"你看我们家秋英挺着个大肚子在这里，事情该如何了结吧。"

李师傅呆呆坐在桌前，没多大一会，李师母扶着秋英也来了，还有上下屋的亲戚、邻居，里里外外挤了满满一屋。大家只顾拼命抽烟、喝茶，没有谁作声，唯独秋英那边传来有一阵没一阵的低声饮泣。母亲慌得不知如何是好，提着只开水瓶一遍遍给众人的茶杯加水，又找出纸烟让人续上。李师傅让她别忙，反正倒了茶也没人喝得下去的，可母亲不听，仍前前后后在人丛中穿来穿去。后来有人把她的水瓶夺下，说不管怎样还是坐坐好，大家坐到一起，把事情好歹商量一下，看能想出什么好点的办法不。母亲惶惑着，说偏赶上老王不在家，这事我一个妇道人家，能有什么办法可想。母亲说不知有谁能不能做点好事，替我把老王从外面找回来？

"我们上门就是为着找你要人的，你倒聪明得很，反过来要我们出去帮你找人，今天这话是不是越说越新奇了？"李师傅的老婆叫。李师傅的老婆干枯，瘦小，平日话语不多。她可能实在有些忍不住了，把秋英半搂在怀中，边掏出手帕给女儿揩泪，边不时大声甩出一句什么。"老实告诉你老张，你家老王今天想躲是躲不过去的，躲得了初一躲不过十五，他总有回来的一天，到时有账跟他算。"

母亲原本心虚理亏，半天不敢出一口大气，这时让李师母的话一激，就像让什么咬了一口那样身子一颤。她哎哟一声叫出声，说李师母，别把话说得那么难听，大头的信今天才到，我家老王前几天就出去贩香菇了，哪是有意要躲你们？再说我们来歌山落户，早不是一天两天了，前前后后加起来二三十年了，向来行得正坐得稳，没一句多余的话留给人说，我们为什么要躲？

"不躲为什么不出来见人，让我们许多人一起坐在这里傻等？"

"我说了我家老王前几天就出去贩香菇了，你李师母和李师傅清楚不过的，他临走时还给你们打过招呼，现在从你们嘴里出来怎么就是躲起来了？"

李师母不是能辩的人，一时有点哑口无言。"呜——"秋英哭出声，不过很快让她母亲止住了。"你别哭，别怕，哭会哭坏身子呢。"李师母责骂着。李师母就似抱了个婴孩，把秋英紧紧抱在怀里，一句句哄着，同时用手在她背上一下下拍着。李师傅则伸出拳头朝面前的桌子狠狠一擂，不知是表示发火，或是表示无奈与绝望。

李师傅他们讲来讲去，问题只集中在一点上：大头在家里找好了老婆，为什么不说。你们要是说了，我一个大姑娘就这么嫁不出去？即便嫁不出去，我情愿推到山沟里摔死，也不可能塞给这个狗杂种做妾吧。母亲又一次哎哟一声，说李师傅，哪是我们没说，那段时间我和老王逢人就说，大头在老家那边是有一个姑娘的，若不信，你去问某某人，又问某某人。

"可我们把话说尽，硬是没一个人听，反过来以为我和老王故意说假话，要瞒着你们。"母亲道。

"你和老王逢人就说大头家里有老婆，那么我想问了，为什么单单不同我说？"李师傅问。

"我们同你说，李师傅，我们怎么同你说？大头和秋英的事你又同我们说过了吗？当时全队上人人晓得，就把我与老王瞒得死死的，等你那天来同我们说起，秋英不是连身子都有了吗？为这事我和老王还真有些生气，当时是你一番好意，左劝右劝，让我们大人不计小人过，好歹原谅他这一回，你莫非已经忘了？"

母亲说，为大头家里找的那个对象，她和老王在中间也不知做了多少工作。大头这人别说对你们，对我们这口口声声叫姐姐姐夫的人，哪又有一句真话？一会这样说，一会那样说，翻过来覆过去，不知让人如何相信才好。开始他告诉我家里找好了一个，后来又说没找，说他起初讲的是假话。直到临走那天晚上，他同李师傅来我家坐完后回去，再掉过头来告诉我，他家里真有那么个人。

"原来那天晚上他第二次过来，是告诉你这个的？"李师傅诧异，"这么大的事，为什么又不和我说一声？要和我说了，看我不打断他一双狗腿。"

"我也想到要同你说，可同你说了又有多大用处。你就是打断他双腿，他的心不在这里，该跑的时候还会跑。大头那人你不是不清楚，他要是不愿在这待，想走，你李师傅能留得住吗。我思来想去，觉得这个时候由我们出面比你李师傅出面好得多。"母亲把那天夜里的经过简略介绍了一下，说她怎样让大头他们连夜把老王叫回，接着怎样骂人，直骂得大头痛哭流涕，反复保证要回去把老家那个搞开，然后与秋英结婚，安安心心过日子。

"他保证来这里结婚，为什么又不过来了？"李师傅问。

母亲急着，说李师傅，李师傅，我又哪能想到，他明明保证得好好的，到头又变成这样？

"变成怎样我不管，反正人是你们搞来的，要是没有你们，一个外地人也不会平白无故跑到我们墩头。现在事情已经这样了，你们甩甩手说不晓得，谁能相信呢？这里我也不说是你们的主意，但你们至少逃不了其中的责任。"李师傅挥着手，"大头一切全靠你们做姐姐姐夫的做主，这个主你们就要做到底。从今天开始，我让秋英住到你们家。秋英怀孕几个月，孤零零一个人，自然照你们要老公，以后孩子生下来了，孩子也会向你们要爷老子。"

母亲吓得话也说不出了，结结巴巴不知如何是好，只反反复复拽住他衣襟，一遍遍叫李师傅、李师傅。

父亲回来，是在几天之后的一个中午。多日奔忙，人黑了，瘦了，眼窝陷下去一圈，钱仍没赚到一分，本已满肚子不快，听到母亲一番话，更不由得火冒三丈："有这怪事？我去问问李家林。"父亲抽身便走。母亲怕他闹事，死死抱住不放："人呢，我求求你莫出去，李师傅也是没办法么。"

"他没办法就找我们撒气？"父亲嚷，"你放开，我想看看姓李的有多大本领。趁我不在家，跑来吓唬人家妇女，我看他到底算哪一路好汉。"

母亲左拉右拦，好歹让父亲坐下来吃过饭，直到他火气消歇了，两个人这才锁了门，一前一后出去。父亲说他不是去同李师傅吵架，他只是要把话讲清，但头一步跨进门，人便有些不得劲。"李师傅，听说你这几天好威风，天天到我家闹事，要我们还你家秋英的名誉是吧？"李师傅一家围在桌前吃饭，父亲勉强挤出一把笑，掇了把条凳自顾自坐了，"你先要我们还名誉，我呢，后要你们还名誉。"

"老王这话怎么讲？"李师傅放下饭碗，递来一根烟。父亲接了，点着，手夹着那根烟指指点点起来。"你说你家秋英原本清清白白，是大头弄坏了她的名誉，大头原本不也清清白白，是你们把他偷偷摸摸引到自己家里，弄坏了他的名誉吗？"

"还有这个道理！"李师傅猛地摔了烟，身子一蹦三尺高，双手直拍屁股。父亲同样一蹦三尺高，双手到屁股上拍。两个人稀里糊涂地吵起来。李师傅说他要去告，告大头狗操的家有一个老婆，又骗人家大姑娘，违反了婚姻法，犯了重婚罪。再告父亲是人贩子，想拐骗良家妇女。父亲也说去告，告李师傅引诱人家青年与自己女儿非法同居，也破坏了婚姻法。两个人吵来吵去，都不知自己在说点什么，直到房间深处传来一声撕心裂肺的惊叫声，原来秋英在四处找农药，要寻死。

八

两个人当然谁也没去告。夜里由大小队干部出面，召集双方坐在一起进行协商，决定由父亲及队上的一个干部做伴，陪李师傅往安徽走一趟。秋英的肚子一天大似一天，作为当事人的大头却想撒手不管，一躲了之，这种道理是哪里也说不过去的。父亲觉得义不容辞，二话没说爽快应承了。看样子在父亲心中，对大头也是憋了一肚子气。倒是李师傅自己显得疙里疙瘩，半天给不出个准话。"去，我们去找那个狗日的，把他堵在家里，看他还能往哪跑？"李师傅嚷。不过李师傅的声音越来越低，终至于含糊起来。他先问是不是可以晚点，等把路费凑足了再动身，又说手头还有点事丢不下，能否请父亲与队上干部代他跑一趟，来回路费由他承担。父亲有些想笑，说事是你家的事，你想晚点，那我们只能晚点了。不过，父亲道，只怕你能晚，秋英的肚子却不能晚。

"若你这个做老子的都不愿出面，我们两个人跑去，又有多大意思？"队上的干部也有些泄气。

"至于说到路费么，"父亲安慰道，"也不用过多担心，凑到多少是多少，到时也不用你出，我们全部落实到大头身上去。"

李师傅蹲在家里叫嚷得厉害，原来却是个一辈子没出过远门的人，这平生头一次出去，还真有些心虚气怯。接下来两天，他一次次往我家跑，探问安徽那边的一些具体情况，大头家里有什么人，村子大不大，人是不是很不讲理，平日喜不喜欢打架。又问沿途都要经过哪些地方，如何坐车坐船。看样子他不是要去找别人麻烦，他是在把自己往火坑里送。父亲不由又笑起来，说李师傅若信得过我，你就放心大胆去，我保你把事情办得妥妥当当。万一你要是信不过呢，我也不多勉强你，以后秋英的事就与我无关，别再到我面前啰唆。

行前母亲反复嘱咐，让父亲到了老家要好好讲话，不能动不动就发脾气。又提到大头及家婆的家境，能把人带来尽量带来，万一带不了，也不能动粗，事情有个差不多，交代得过去就行了。父亲笑，说如何行事，自己心里早有个谱，让母亲不必担心。父亲一行三人去了安徽，七八天之后才见回来。众人早已等在村头，横看竖看，人还是出去时的三个人，并没多出半个。大家相跟着到李师傅家的堂前坐过一阵，介绍了下出门的大概经过，然后各自回家休息。我们与李师傅尽管同一个小队，两家却隔了大半里路程，母亲在前，父亲走后。母亲偶尔回过头看看，总见父亲脸上漾着一层淡淡的笑意。母亲明白，这次父亲他们出去，各方面还算顺利。

"大头，硬不愿回来？"等到了家里，母亲招呼父亲洗过脸，喝过茶，到椅子上坐定了，这才问。

"他还能回来，躲得连个影都没了，从头到尾，李家林哪见到他个人？"

"你也没见到大头？"

父亲继续淡淡地笑。"我当然见到了，下车到莫家老屋，我头一个见到的就是大头，他蹲在门前的稻场上打荞麦，头上戴顶草帽。我老远就认出那是谁，只一句话不说，看看他见了我们到底该作何反应。"

母亲问："他怎么反应？"

"你看他跑得那个快，像兔子一样。"父亲大笑，比画了一个姿势，"这么一跳，就跳到屋后不见了。"

母亲问："李师傅，他们没看到大头？"

"他们看个鬼，睁着双眼睛东望望西看看，却像个瞎子，什么也看不见，哪注意到那边稻场上的一个人。"

母亲问："后来，闹了吧？"

"看李家林那熊样，是能闹事的人吗，狗日的一路上跟在我身边，像个乖孙子。到了莫家老屋，更是话也说不出一句，人家怎么讲，他们怎么答应。"

母亲问："大头在家找好老婆的事，都是真的了？"

父亲说还能有假？这次在安徽几天，招待我们吃呀住呀，还有到外面四处借钱，都是大头那个老婆一手操办。母亲惊奇着，说有这事？大头在外面另找了一个人，她不生气，还招待你们吃你们住？父亲感叹，要不怎么讲一个人聪明呢，聪明就聪明在这里，这个女的，比大头对我们夸的还要好上十倍。父亲说要讲起来，大头真算得上一个有福之人，找到这样的老婆，一辈子只怕有了保障。李师傅原本还有些想法，一心要把大头拉回歌山，看看他老婆那架势，也就把话一齐吞了，什么都没说出口，最后让那边赔了秋英两百块钱营养费，另外负责三个人的来去路费。

歌山能这么快来人，并且直接找到莫家老屋，大头可能根本想不到。父亲请了好几个人过去相劝，让他好歹出来露个面，把事情解决一下，可大头就是躲着，死活不敢见人。大头的母亲，也就是家婆可能也让这边去的人吓住了吧，基本上成了个孬子，从早到晚呆坐在灶门前，问她什么什么不知道。家里家外的事由大头老婆一人撑持。别看那女的年纪不大，为人真的甚是了得，对这边的人她招待得好好的，每天好吃好住，早上的洗脸水、晚上的洗脚水端到你面前，出口闭口更是姐夫姐夫地叫着，至于说到大头在外面种种，那是水泼不进一滴。她一口咬定不可能，大头是怎样一个人，不光她清楚，就是姐姐姐夫也应该清楚得很。大头决不会做那种事。树叶掉下来也怕打破头的人，你就是给他一百个胆子他也不敢。这里面一定有问题，说穿了就是有谁在栽赃陷害。村子上的人听了，也一齐过来作证，说大头平日如何如何老实，要是说大头都不老实，那么这世上只怕再找不出另一个老实人。村子上的人说，即便大头在外面真犯了什么过错，找了一个女人，那也是上了别人的当，吃了别人的亏，要怪得怪那个女人，怪女人的那个父亲，把人家一个好青年弄成这样。众人说着说着，竟有人嚷嚷着要打人，要把李师傅从房里拖出来。

　　房里房外纷纷乱乱，父亲一直坐在旁边抽烟，不作一声。直到对方嚷了个够也闹了个够，李师傅和队上的干部在房里也吓个够时，他把最后一口烟抽完，把烟蒂用力捻熄了，这才缓缓站起来。父亲说什么拖人打人，这样的屁话就不要多扯了，我今天就站在这里，看看谁有那个牛逼过来拖人打人。至于有人栽赃陷害大头，这话更不要说。事情是不是大头做的，你们找到他一问便知，就是大头不承认，不是还有政府么？有公安么？报个案子上去，一查便能查个确实。国有国法家有家法，到时该怎办就怎办。不过案子报上去容易，要撤下来只怕就难了。实际上事情真的很明显，要是与大头无关，他会躲起来，不同我们相见么。

　　父亲一番话说过，房子里重新归于安静。等众人先后慢慢散去，父亲把大头老婆叫到一边，问她能不能做得了这个家的主。现在所有的情况摆在这里，你就看着该怎么办，我们既然来了，就要有一个来的讲法。我们是亲戚，各方面当然会为亲戚着想，但对李家那边也必须有一个基本的交代，也就是说，你要给我个台面下。你若是不同意我的办法，不愿意讲道理，那我们只好做另外的打算。只是到时事情越闹越大，相互都不好看，其他的不说，几个人天天在这吃在这住，你们也难以招架吧，要是万一给大头闹出个重婚罪什么，只怕更难以收场。大头老婆真正聪明，问了问父亲的要求，二话不说带父亲到村上一个人家与大头见了面，接着出门借钱。大头老婆把他们准备结婚的积蓄都拿出来了，又卖了些刚刚收上来的稻谷，总算把钱凑齐了。

李师傅家的秋英是这年夏末出嫁的，婆家在十几里开外的一条大山垅里。挺着个大肚子寻婆家，村上的人暗暗为她悬着一颗心，父母凑在一起，更不时嘀嘀咕咕，说来说去只听到秋英二字。听说李师傅夫妇也接受过别人劝告，想带着秋英到医院把肚子里的东西弄掉。医生询问一番，接着做了个详细检查，结论是月份太高，不宜手术，否则会有很大风险。李师傅给说得心神不定，打算回家再找几个人商量一下。回家当然不会商量出结果，日子又白白拖下许多。一家人急得团团转，这时有一位远房亲戚东问西问找上门，提到某某地方的某某人家，男的二十七八岁了，有过一次婚姻，前两年离了。李师傅的老婆未及细听，邀了房下一位妯娌，两位女人稍稍换了件衣服就跟着亲戚出门。别说二十七八，离过一次婚，你就是三十七八、四十七八，离过更多的婚，能是个男的，那就差不到哪去。李师母不踏实，一路上反复提到秋英肚中那条多余的命，怕亲戚没听清到时会变卦。亲戚斟酌了一阵，把底交出来了，说男方也许正是看准秋英肚里的那条命，才特意寻访到她，千托万托让她过来跑一趟的。

听亲戚介绍，这个男的长得高高大大，漂漂亮亮，父亲是当地小学的民办老师，自己高中毕业，也在大队里管着份事，一度还当过几年会计。要说呢，这个人家什么都有，少的可能就是一点人气，往上数，他们已整整三四代单传了。男方父母心事重，早早让儿子结了个婚，哪晓得那个女的中看不中用，表面亮光光，内里一包糠，接连多年开不得怀。男方一家竭尽全力，从公社到县里到省里，所有的医院几乎看遍了，药吃得能用卡车拖，钱更花下无数。人们说哪怕就是块铁疙瘩，也应该给那些药汤泡烂了泡化了，可那个女的比铁还硬，浑身上下没一点反应。亲戚聊起那个女人的笑话，嘴便没个合拢的时候。说有一阵那人的身子又肿又大，大家都以为差不多了。有人好奇，伸了手过去摸摸，发现前胸后背绑的都是大包小包的药渣，原来仍是在治病呢。病不用说是治不好的，那个女的无法见人，捡了件衣服说回娘家住几天，一住再没回来。

婚后没几个月，秋英生下一个白白胖胖的大小子，婆家娘家皆大欢喜。在此以前，李师傅夫妇对我的父亲母亲一直心存芥蒂，见了面能绕开的尽量绕开，绕不开也只低着个头，不愿多看一眼，这时所有的疙瘩都已解开。那个星期六傍晚，我和父亲在河坝地里挖花生，李师傅远远打着招呼过来了。"秋英，生了个男的？"父亲问，言语之间还有些惶恐，似乎仍把不住李师傅会不会再给他难堪。"生了，生了，一个男的，八斤三两半。"李师傅一边掏烟出来，一边抽空张开两手比画一下，还用力颤了颤，样子就像抱了只大石磙在身。孩子满月，那个人家杀猪宰鹅，酒席一摆二十余桌，并专门派人送帖子来墩头。不知出于什么考虑，其中一张帖子上竟然写着我父母的大名。父母有些尴尬，有些羞愧，坚持着不愿前去。对方死活不放，后来李秋英那位做民办老师的公公也惊动了，亲自登门恳请。若再推辞，人家会说你不识抬举了，父母没法，决定重重送份礼，一面表示个祝贺，同时也表达内心的某种歉疚，秋英的公公爽快收下了。酒宴上，秋英公公没有半点避嫌的意思，当着众人的面专门把孙子抱到我父母面前，口口声声让刚出生不久的婴孩叫我母亲为姑姑，叫我父亲为姑爷。孩子也怪，边笑，边张开嘴咿咿呀呀，好像真想说点什么。父母有几分惶急，也生出几分感动，不由再次摸了些钱，作为见面礼塞在孩子怀里。秋英公公又收了。饭后回家，父母打开从秋英婆家带来的一份回礼，不由一愣。回礼每位来客都有，但他们这份明显不同，里面不只有些鸡蛋、糖果、点心，另外还有钱，比父母两次所送的还整整多出十块。

"这人家高兴，是从心里面高兴出来的。"母亲把钱捏在手上，犹豫了好久，不知如何处理才好。

九

谁也没想到，大头会再次来到歌山，来到我家。那时父亲与他的生意伙伴又弄了一批香菇去了外地，弟妹们在学校读书，白天家里基本上只剩母亲一人。接连几天，母亲过得颇不安宁，隐隐觉得哪个地方不对劲。似乎是道影子，或目光那样的东西在周围晃来晃去，四处察看，又什么也没发现。我们家的房子坐落在村子最西头，两边傍着矮山，山上有竹林、树林，另外两边则是成片的菜地，菜地与菜地之间由竹篱与豆架隔开，菜地之外百多步远的地方才是最近的一户邻居。母亲有心到邻居家问问，一时又开不了口。搭讪几句回来，刚走到地场那边，再次感觉不对。母亲让自己稳住了，左右分辨一下，终于看准目标，提起两腿轻轻往前靠。树丛那边的菜园一角果然有动静。那是一个人，一个女人。原来也是村上一位邻居，正手拿铁铲蹲在地头寻猪菜呢。

母亲隔着树篱，与寻猪菜的邻居聊过一阵，回到屋里轻松许多。看起来一切正常，从头到尾只是自己吓自己。她开始盼着读书的弟妹们尽快放学，又盼出门的父亲能早点回来，赚不赚到钱倒在其次。不久弟妹们准时到了家，放下书包分头忙碌起来，或挑水，或洗菜，或蹲到灶门前帮母亲塞火。夜里母亲又一次从深睡中惊醒，她似乎听到一种脚步声，缓慢的，却又是清晰的，小心碾压在疏松的地面上。她甚至还听到谁的呼吸，就在窗外的廊檐下发出。母亲极力屏住气息，躺在床上一动不动。她很想出外看看，又想大声叫喊一句，只担心会吓着熟睡的孩子。她听到远处什么地方，有两条狗叫得很凶，一声一声，长久不止息。第二天上午队上有人过来闲坐，谈的正是夜里叫的两条狗。说不是一夜两夜了，近些日子那两条狗都叫得厉害，也叫得奇怪。有人还起来观察过，狗好像是专门对着你们上屋头这边叫的。母亲疑惑，说不会吧，要说那两条狗专门对着我们上屋头叫，我家里的狗为什么反而不叫？这人想想也是，还真没怎么听到这边的狗叫。

　　父亲做生意回来，听母亲如此这般叙说，满脸不屑，讲她瞎扯。母亲道，也可能真是瞎扯，但我们还是应该留点神为好。父亲真留了个神。一天过去，没事。一个晚上过去，也没事，只是夜深时，下屋的两条狗仍有一声没一声地叫着。几天过去，仍然什么也没有。父亲说狗叫有什么不对的，凡是狗，总得叫一叫吧，这就像我们人总得说话一样，那两条狗叫，其实就是它们相互之间在说话。父亲这么耍着贫嘴，再往下一天，他吃过早饭出门。刚走到地场子那头，整个人忽然一愣，随着快速折返回来，手摸一根木棍小小心心往屋后那边寻去。母亲见他的样子，也摸了根棍子在手。两个人在长满青苔的屋檐下发现一只吃剩的饭碗，正是我家平日常用的。母亲惊讶，说家里什么时候丢了一只碗，自己还一点不知道。接着他们在旁边的竹林里发现了一些脚印，脚印很密集，几乎已踩成一条小路。小路弯弯曲曲向上，接着翻过屋后的山脚，再穿过一片抛荒的菜地，通向板栗树下的两间牛栏。那是邻队的两间牛栏，早已废弃不用，四周长满枯死的野蒿，门栏破烂不堪，但外墙与屋顶仍很完整。牛栏里经过粗略地整理，角落堆满很厚的稻草，稻草零乱，却干净，显然是谁新铺上去的。牛栏一角，堆着些食物吃完后留下的包装盒。父亲不声不响地退回，邀了队上一伙人，每人一手拿根粗木棍，另一只手拿着电筒，其中两个人拿的还是夜间用来打猎的矿灯，入夜后悄悄出动，摸到牛栏前把电筒打开，所有的光柱齐刷刷照在稻草堆里的那个人身上。

"姐夫姐夫，是我，我是大头。"大头跌跌撞撞从牛栏深处爬出，惊慌之中，他竟然像电影里投降的俘虏那样把两手高高举起，头上肩上甚至后颈窝里，仍挂着些零零落落的草秆和草屑。众人愣怔一阵过后，忽然让他的样子逗得哈哈大笑起来。

"大头，怎么会是你？你不是回了安徽吗，大半夜跑到牛栏里做什么？"父亲呆站在他面前，久久回不过神来。

众人拉扯着大头，要把他往我家带，大头跟跟跄跄走过几步，大叫着等一下、等一下，他还有一个包。他重新钻进牛栏，在电筒光的照耀下借助墙脚一块断成两截的砖头，踮起双脚竭力往上够，终于从墙头拖出一只黑色旅行包来。众人又一次失声哄笑，说狗日的这还藏得有秘密。

听说那个安徽油漆匠给人从牛栏里揪出来，村子上轰动了，许多人相跟着赶过来观看。众人极为好奇，七嘴八舌把大头围在中间，一遍遍问他怎么来的，又怎么躲到牛栏里？还有人问他这次到歌山干什么，不做油漆了？一个人住在山头上是不是想偷点东西？众人的问题越来越怪，时不时夹着朗朗笑声。灯光下大头把脑袋紧低着，自始至终一句话没有。有时别人问得过急，或过于突兀，他也会满面通红地把头从阴影中伸出，斜斜地看人一眼，想争辩一点什么。话未开口，又把念头打消，继续把头低到黑暗里去。

夜已经很深，众人笑过乐过，看看实在问不出名堂，兴致也尽了，打过个呵欠陆陆续续散去。父亲原本对大头怀着一肚子恼火，夜里又闹出这样的事，顿觉所有的颜面让他丢尽，心里越发不快，根本没有心情上前搭理一下，自始至终坐在一旁默默抽烟。等客人们前脚离开，他跟过去关好大门，也独自进房睡了，眼睛都没多看大头一下。母亲则打了些温水，让大头简单洗了个脸和脚，安排他到原先的房中住下。大头斜靠在床头，母亲到对面的木凳上坐了，两个人轻声交谈起来。回房后，母亲犹豫好久，终把熟睡中的父亲推醒，告诉他大头明天一早就会走。父亲迷迷糊糊，说他走就走，莫非我们还会像上次那样，留他在家里住着？母亲忽然抓住他的肩膀往上一掀，动作粗暴，不由分说。父亲有些恼了，说大半夜觉不睡，在这里发什么神经。母亲不回答，只呆呆站着，面色苍白，神情恍惚。父亲这次真醒了，问她怎么回事，刚才大头都说了些什么。根据母亲断断续续的叙述，父亲弄清了自上次他们离开安徽后，大头家里所发生的一些重大变故。大头的那个老婆受不了别人闲言碎语，更咽不下心里那口气，捡了几件衣服一声不响回了娘家，并很快跟另外的人结了婚。大头的母亲，也就是家婆身体本来不好，加上一件接一件的事，一急一气，气上加急，急上加气，躺在床上两三天，人便没了。家婆死后，连个棺木也置办不起，只找哪个人家扒下几块楼板，钉了钉塞进了土里。

"家婆死了？大头的老婆同别人结了婚？"父亲也有些呆了，"都是什么时候的事，怎么我们一点也没听说？"父亲说，"大头那个老婆不是对他百依百顺，好得没法说吗，怎么可能还会走？"

父亲说着话，就要往外走，想到上房亲自问问大头，母亲将他拉住了。母亲说家婆一死，大头无脸再在莫家老屋待着，只得再次来到歌山。他在墩头一带都晃荡了一两个月，在我们屋后的牛栏里也住了有十来天。

父亲问："他为什么住到牛栏里？为什么不到我们家住？"

母亲说，她也问过大头为什么不到家里来住，大头说也不为什么。那天他来到墩头，可就是进不了这个门，露不出这张脸，只好绕着我们家房子，在后面的树林里走来走去，从半上午走到半下午，又走到傍晚，累得连脚步都迈不动了，幸亏找到那处牛栏。母亲又问他这些天在牛栏里怎么过的，大头说也没怎么过，多半一人在那里坐着。白天也会在前后一带的山上转转，到哪个人家买点吃的，有时也到地里找点吃的，实在不想动了，只好饿着。有两次他还到墩头街上买过包子和饼干，另外还有几次，大头说他从后门溜到我家厨房找过饭吃。

"怪不得你总嚷嚷着房子周围有什么人。"父亲点头。

母亲问到大头这次来都有些什么想法，为什么不重新做做手艺。大头好像也没打定主意，只说回头再看。

"那么他明天从我们这里离开，又到哪里去？"父亲问。

"谁能弄得清他到哪里去？"母亲回答，"我也这么问过，他不讲，同样说回头再看。"

大头走了，身上就背着他那只旅行包。父亲和母亲曾试图作些挽留，让他像头年那样，暂时在这里住着，以后找到什么合适的地方，再走不迟。可是大头不愿意。起初那些日子，母亲还不时念叨。天黑了，她担心大头这一刻不知流落到了哪里，夜里有没有个歇脚的地方。刮风了，下雨了，打雷打闪了，又担心大头能不能找到个地方躲一下。许多时候她在家里家外忙着，无缘无故会听到一种异样的声响，像是铁盒与铁盒的轻微撞击，嘀嗒。她把脑袋突然侧起，细心分辨着。母亲分辨不出什么结果，意识到是自己听错了。也有时候嘀嗒声会再次响起，一下，一下，又一下。母亲把手上的东西飞快搁下，不顾一切奔出门，跑过地场，站在竹篱间朝路口久久张望。下屋的邻居看到了，不由会笑起来，说这老张，眼巴巴那是在等谁呢？母亲问：刚才你是不是看到有人到我们家来？碰着父亲出去做生意，或我从县城回来，她免不了会反复嘱咐，说要是有时间，你一定替我到城里的大街小巷或汽车站、旅社什么地方找找，看大头会不会在哪里要饭睡街檐？我笑母亲大惊小怪，却也无意过多争辩，只有口无心地回答着。下次因事上街，从街檐或汽车站走过，还真的四处留心，担心会在哪个角落看见一个熟悉的身影。

"他说回头再看，回头再看又是什么意思呢？"有一天母亲有点恍然大悟，带几分紧张地问父亲。看来在母亲那里，大头实在不是个省心的角色，不给你弄出点事，他是不会消停的。父亲不愿搭理，说人家随口一句话，当时敷衍一下你而已，能有什么意思？莫非你以为他所有的话都有了不得的意思？父亲安慰母亲，说大头那么聪明的人，又有一身过硬的手艺，不会有什么事的，至少饿不死他。母亲跟他发急，说大头那些做油漆的家伙全丢在李师傅家，一件也没带走的。

"做油漆的家伙没带走，他不会在外面添置？再说不做油漆，他还可以做点别的么。"

大头的消息大约是半年后传来的。当时父亲又一次出门在外，队上两个人相跟着，大惊失色地撞进我家大门，连声嚷着大头大头。母亲意识到不妙，问大头怎么了。来人说，大头把秋英及秋英生的那个儿子，不声不响带跑了。

对秋英那边的情况，来人也不是了解得很清，只听说这大半年来，大头一直在秋英家前后一带做手艺。他做的是篾匠，帮人打地箕编篾篓之类，有次他还帮秋英家做过好几天的活，在她家吃在她家住。可除了秋英自己，其他没任何一个人清楚他的来历，直到家里的两个人不见了，才知那个篾匠是谁。秋英婆家那边人当然气得不行，整个地方上的人都轰动起来。他们一边到公安局报案，一边组织人员四处设卡堵人，并且马上会派人到我们家。

公安局的人对这事非常重视，说大头这是拐带人口，一旦抓到要判重罪的。大头曾在我家房侧的牛栏里住过好久，这点墩头村人人知道。大头还与我父母谈过大半夜的话，话谈完，第二天一早他便走了，去了那边找秋英，这点墩头村也人人知道。公安局的人怀疑，大头的行动可能自始至终有人在背后出主意，定计划，要不然他不会算计得那么周密，简直滴水不漏。报信的两个人也是出于一片好意，建议母亲是不是应该把手头的东西略微捡捡，找个地方躲一躲，不管有事没事，避过这阵风头再说。母亲道，这个时候让我躲，能躲到哪去呢，再说了，我只给大头讲了讲秋英出嫁的一些事，讲了讲他们那个大胖儿子，做梦也没想到他会有这一手，要去把人带跑。

"你真给大头讲了秋英的事？"两个报信的人更加大惊失色，"那么秋英婆家住在哪里，还有他们家里怎么个情况，都是你告诉大头的了？"

报信的人说，刚才那边谈到有人在背后出主意，他们还硬不相信的。"躲躲吧老张，还是躲躲好，免得到时说不清。"

报信的两个人走了，母亲手里抓着一把刚刚扯下的猪菜，瘫坐在门廊旁边一只木凳上，久久无法把身子站直，她的眼睛不时朝竹篱，朝路口那边散漫地张望一下。望得久了，母亲又听到一种声音，嘀嗒，是铁器与铁器的轻微撞击。母亲不在意，以为自己又听错了。接着又听到一声，嘀嗒，接着又是一声，嘀嗒，嘀嗒。母亲渐渐把脑袋仰起，双手伸长朝后摸，终于摸到身后的墙壁，撑住，用劲让自己往起站。这是个阴天，头顶的云层很厚，有的还直接压在房侧的小山及山顶的竹林之上，可是母亲面前分明阳光灿烂。嘀嗒嘀嗒声不断传来，并且越来越清晰，越来越响亮。无数的太阳五颜六色，大大小小，在眩目的白气中一跳一闪，一明一暗。

白 虎

一

　　头一次听到"张建生"这个名字，我还在歌山城郊的镀锌管厂做技术员。那天晚饭过后，同事领着一位中年妇女过来找我。这女人我见过，是寄爷寄娘家什么亲戚，也在城郊哪个单位上班，名字应该叫梅芳或玉芳之类，人长得高大肥硕，身上穿的一套工作服也就显小显窄，老大一把年纪了，声音却尖尖的，细细的，好像不是由她发出，而是她身体之内另一个更小的人发出的。天将黑未黑，宿舍区有些纷乱，三三两两的夜班工人手拿饭盒往厂区去，又有三三两两的日班工人身着工作服，手拿饭盒从厂区那边出来。先下班的工人已把家里做了些初步安顿，捡过几件衣服匆匆赶往澡堂洗澡，更有不少职工家属一手提开水瓶另一只手提铁皮桶，吱咀吱咀一路响着，到锅炉房那边打开水接热水。我回房把灯拉开，想让梅芳进来坐坐。梅芳叫我小王。梅芳说小王，坐就不坐了，我小叔小婶千叮咛万嘱咐让我告诉你，这个月的二十八是他们选的日子，到时你无论如何要到厂里请个假，回墩

104

头铺一趟。

梅芳口中的小叔小婶，指的就是我寄爷寄娘。如此说来，梅芳应该是寄爷的某位远房侄女了。我问她选的日子指什么，梅芳把嘴一撇，叽叽嘎嘎笑开来，说我小叔小婶还能有什么，他们又收了一个儿子进门呢。

"收了一个儿子？"我一时没能反应过来。梅芳仍笑，不过那笑声变得有些意味深长。我懂了，脸上阵阵发烧。她好像并不想轻易放过我，继续道："我小叔小婶不是一直想收你做儿子吗？你父母死活不愿，他们只得另外再找一个。同你一样，也是个安徽人呢，要说巧，可能真没有比这更巧的事了。"

"要闹，就任他们闹个够吧，反正这一辈子，他们也翻来覆去不知闹过多少次，"梅芳略略介绍了一下寄爷寄娘即将收养的那个安徽人情况。梅芳的话很多，可惜我没能很好地听进去，我的耳边只一遍遍回响着这么一句话："一个安徽人，一个安徽人。"声音高亢、响亮、欢快，遮住了她的其他声音。这一刻我发现自己真的很轻松，很高兴。我反复同梅芳强调，二十八我一定会准时赶回墩头铺，参加寄娘家的喜宴。我把梅芳送下楼，又送出宿舍区，接着还送出厂门。梅芳让我回，我说没事，我想顺便到外面走走。

我独自一人穿街过巷，城里城外走了好久，直到累了，再无法往下走了，才拖着双腿慢慢回来。夜深人静，宿舍区的路灯早已熄灭，生产区那边灯光却越发灿亮，两层高的车间大楼如一只巨大的蜂房，在机器的轰鸣声中发出索索抖动。我把房里的灯熄了，面对窗户呆坐在桌前。寄爷寄娘另找了一个人做儿子，至少表明，他们已不再把目光盯在我一个人身上了。近些年来，寄娘寄爷的两道目光就似两扇石磨，紧紧压在我心头，让我无法顺畅地呼出一口气。

我姓王，小名张苗。这是跟寄爷取的名字，寄爷姓张，我是张家的苗。二十多年前，老家安徽大灾荒，我的父亲母亲从家乡的死人堆里爬出来，肩扛一把做手艺的棉花弓，四处漂流，走乡串村弹棉花混碗饭吃。在湖南醴陵县，我头上的一位哥哥出生了，再过三年，我呱呱落地于歌山县这个叫墩头铺的偏僻山乡。那天下半夜，我母亲满头大汗，躺在床上边声嘶力竭地喊叫，边横过来竖过去地四处翻滚。我们是外地人，人生地不熟，父亲急得没有办法。想外出找个接生婆，又怕人一走，母亲会出什么意外。这时候门被敲响了，一位四十余岁的精干妇女带着夜空中的寒气走进来。"是你，寄娘……"惊喜之余，父亲已有些慌不择言。按照当地风俗，孩子出生时，见到的第一个外人就拜为寄娘，或者寄爷。

"快生了吗？"寄娘也惊喜。

父亲并不清楚是不是快生了，只急急忙忙把寄娘往里引。"莫急，老王，莫急。"寄娘看看床上的人，"还有一小阵。"

寄娘笑眯眯坐到桌前。父亲意识到什么，跑进厨房好一阵忙碌，端出满满一大碗面条，底下卧着些猪肉、鸡蛋。寄娘二话没说把碗接过，埋头叽叽呱呱地吃起来。这也是习俗，寄娘头一次上门，必须得到隆重的礼遇。寄娘一气把面条吃了个精光，接着找来被包、剪刀、木盆等一应接生用物，再吩咐父亲烧了一大锅开水。水烧好，我也落世了。

寄娘剪断我的脐带，小心放到香艾水里洗。"好福气呀老王，又是一只崽，"寄娘说，"我崽名字我给取了，叫张苗，跟寄爷叫，好不好听？"寄娘看我父母一眼，"好崽莫哭，我给我张苗洗澡澡。"

有关我出生这个夜晚的具体情形，在以后的年月里，寄娘不知多少次眉飞色舞给我讲起过，又当着我的面讲给有关无关的外人听。"怪事吧，哪就碰得那么巧？大半夜呢！"寄娘说，脸上带着难以抑制的惊异与激动。"我从三母舅家回来，见老王家灯亮着，想这家人还没睡觉，到底在忙些什么。刚走到门阶前，就听到屋里传出的声音：嗯、嗯、呀、呀——"寄娘张嘴、耸肩，模仿产妇的那种痛叫。"想想这世上的事，终归逃不过一个'缘'字，缘分到了，你就是赶都赶不开。那天夜里三母舅还想留我住下呢，住下不就没我寄崽了？"

对于寄娘的说法，母亲并不赞同，尤其是我们一家同寄爷寄娘产生嫌隙之后。母亲说，寄娘根本不是什么赶巧赶上的，寄娘是有意的。寄娘早探听清楚母亲那几天临产，因此时时留意，这边一有动静，大半夜就摸过来了。母亲说，寄娘一生没开怀生育，她早已暗暗打着主意，想把我收养做儿子。

据母亲介绍，早年的歌山一带地广人稀，柴草丰富，适宜于人活命，却不适宜于人的繁衍。母亲一再说，这地方阴气太重，不旺人。他们做手艺每到一个村庄，总看到房前屋后许多用废弃的棺材板搭成的木桥，和无儿无女、只夫妻两个孤独地打发残生的"寡户头"，以及路边庄头无人居住的黑洞洞空旷老屋。母亲的话没有任何夸张的成分，别的地方不说，从寄娘家屋场出来，下几级台阶有一条小水沟，沟上架的木桥正好是一块仰放着的棺材盖板。棺盖两边及两头翘起，中间呈一定的弧度微微凹下去。每次来寄娘家，双脚踏在这样的棺材盖上，我不由得总有些瑟瑟发抖。无儿无女的寄娘寄爷就是母亲说到的寡户头了，寄娘寄爷家的房子也就是母亲所说的那种黑洞洞的空旷老屋。我试图弄清在棺材盖板与寡户头及老屋三者之间，到底会不会存在着某种微妙的关系。是棺材盖板造成了这种寡户头，或者说住在老屋里的寡户头才格外喜欢棺材盖板？

寄娘洗尿布屎片，烧火做饭，服侍坐月子的人。除了吃奶，我日日夜夜在寄娘怀里，搞得我母亲又是高兴又是难过。后来我想，母亲对寄娘的复杂情感可能从这一刻就开始了吧。

我生下十几天，我的那位小哥哥突然得点小病去世了。我们全家搬过去与寄娘寄爷同住，免得父母时时想起小哥哥，也怕幼弱的我住在原来的房子里不干净。寄娘寄爷会劳动，日子过得好，房子里里外外六七间。

"合吧，在一起吧。我家哪样都不缺，单缺人。你什么也不用做，专门在家带张苗。"寄娘对我母亲说，"老王一人外出弹棉絮，弹多弹少不在乎。家里什么都有，单缺人。"

真就住了两年，直到我底下的一个妹妹出生，直到妹妹在一岁头上得麻疹死去。妹妹死了，父母猛醒过来：此地果然阴气太重，不旺人。再住下去，更不知会闹出什么变故。父母决定回安徽老家，穷死饿死，也在自己家乡。寄娘寄爷几天几夜守着哭，死劝活劝。没办法了，寄娘横下心要跟我们同去安徽，留寄爷一人照顾房产。寄娘说，哪怕跑到天边，她也要守着寄崽，守着她的张苗。她抱着我，走七八十里山路到了县城。车票买好了，上车了，寄娘突然泪流满面，喊了几声："崽、崽！"放我到母亲怀里，独自跑了。

二

我见到了寄娘寄爷的养子，那位安徽人张建生，墩头铺的人称他为小张。小张长身材，高颧骨，两腮无肉，见人就笑，一笑起来嘴角的皱纹一条叠一条，但两只小小的眼珠却像绿豆，躲在皱纹深处一动不动，好像在偷偷打量你，那样子很有些老谋深算的味道。我心里咯噔一响，看来果然是个厉害角色，寄娘寄爷落到他们手里，也许真有一番苦头在前面等着了。

同我父母一样，每年的许多时候，总有一批又一批外省人拖家带口，三五成群，纷纷涌进歌山这僻远山乡的角角落落，从事着各种各样职业，打零工，做手艺，或挑副货担扛个包，走乡串村贩东卖西。对这类人，当时有个特定的称呼，叫作"盲流"。一个盲流，要想赚多少钱过多么好的日子当然绝无可能，至少有一点，待在这个地方饿不死人。哪怕家无粒米，身无分文，也完全用不着惊慌，临时爬上后山采些竹笋野菜野果什么的，回来弄点水煮了，好歹算对付一餐。更有许多年轻小伙，在老家过于贫穷，无法婚娶，跑到这大山深处找户人家做上门女婿，也能成家立业，延续个香火。不过我们还从没听说过，二三十岁的大男人会如此不顾脸面，要给人家做儿子。父母他们一再议论，说此人不简单，他看中的可能不是别的，是寄爷寄娘那份家业。

"寄娘寄爷家不就几间破房，哪有什么家业？"我不屑一顾。

"你以为谁都像你，天上一只馅饼掉到面前，连伸手捡起来塞到嘴里也不会？"父母道，"寄娘寄爷有什么家业，他们吃苦受累一辈子，吃舍不得吃喝舍不得喝穿舍不得穿，燕子衔泥一样把外面的东西往家衔，那东西衔哪去了，不都在攒着积着？再说几间破房子就不是家业吗？还说你读了那么多年书，真不知书读哪去了。"

父母禁不住唉声叹气。我有些惊异。从父母的神色中，我忽然看出了几分嫉妒与眼红，还有对自己当初某种行为的悔意。莫非父母他们还真在乎起寄娘寄爷什么家业？

同为安徽人，异地相见免不了显出几分亲热，而表示亲热的最好方式便是说家乡话。可一开口，我和张建生不由都有些犯愣。

他说的什么我听不懂，我说的什么，他可能同样听不懂。两边的口音完全不同。真不知道他到底是哪个地方的安徽人，与我们老家一定离得很远。张建生意识到这样下去不行，他把家乡的土音收起来，转而说普通话，又说歌山话，尽管不怎么地道，但也有个大致模样。"弟弟，你从县里回了，什么时候回的？"他紧紧拉住我双手，好像八辈子前就认识了。我不习惯，更有几分紧张，嗫嗫嚅嚅不知如何回答才好。

"叫哥哥，张苗，这是你哥哥。"寄娘在一旁介绍。

"哦，哥哥……"我继续嗫嚅。

"以后你们就是亲兄弟。"

寄娘笑着，看我，又看张建生。她把我们拉住，一边一个紧靠着坐下。周围的人们都在朝这边看，实在说，我真的不习惯。很想找到个理由，把自己从眼前的处境中解脱出来。寄娘却不管，说我们这一大家子可能真是些有缘的人，张苗是安徽人，建生又是安徽人。更巧的是寄爷姓张，建生正好也姓张，就像是谁事先安排好了一般。"要我说呀，说不定我们前辈子就是一家人，这辈子团聚到一块了。"寄娘说着，得意地哈哈大笑。笑声刚停，不知怎么她又扯到二十多年前的那件事上去。

"要说巧，那也是真巧，大半夜呢，我从三母舅家回来……"寄娘说到这里，忽然把头一扬，高声叫道，"建生，你好好在这坐么。初来乍到，还没看到一个人这么勤快。"

不知什么时候，张建生找来一把斧头，边劈柴，边听这边寄娘讲话。

"叫你停你就停，这么不听话。今天大喜的日子，哪有这么勤快的。"寄娘继续高声责怪，但她的口气却是鼓励张建生劈下去。

我有点不安，走上前。

"我来劈，哥哥……我来。今天你休息一下。"

"哪里话、哪里话，你工作上的人，没做惯……哪用得着你动手。"张建生急红脸。

我有点无趣。自己好像在争着做一个孝子。

"世上的事终归逃不过一个缘字，缘分到了，你就是赶都赶不开。要是你那天住在三母舅家……"张建生直起身说。看样子他也早已熟悉我出生的故事。

来的客人太多，夜里，上上下下几间房子住满了，寄娘同寄爷商量一下，安排张建生到我家借宿。两下里相隔得并不远，张建生待客人们安歇好了，找到把电筒跟我出了门。原本都有些疲倦的，但几句话说过，两个人不由显出几分兴奋，张建生身子半靠在床头，用半生不熟的歌山土话不停同我说着，我同样用半生不熟的歌山土话来回答。张建生基本上都在说他自己。他说还在几岁的时候，他的父母双双去世，留下他和姐姐相依为命过日子。姐姐每天同大人们一起，参加生产队劳动，他则给队里放牛，农忙时手里拿一根长竹竿守打谷场，防止鸡鸭鸟雀偷吃。后来姐姐出嫁了，他成了一个真正的孤儿，那年冬天庄子上来了个补碗补缸的手艺人，在队屋的大门边摆开摊子做生意。手艺人在庄上忙了四五天，他也守在旁边看了四五天，不时帮着扫扫地端碗水递件工具什么，东西补好了，他连奔带跑去通知主家过来拿，或干脆熟门熟路送上门去。手艺人见他生得不孬，忽然起了心思，想收在身边打打下手。吞吞吐吐同庄子上人说了，庄上的人忙去找他姐姐。姐姐已成了两个孩子的妈妈，自己的生活也过不下去，哪有能力顾及这个弟弟，听说有人收留，正巴不得的。张建生跟着师傅从皖北走到皖南，又从皖东走到皖西，接着走到湖北。有天傍晚他们到了一个县城，刚走进汽车站候车室，准备找个角落挨上一晚，没想整个车站就似被捅破的马蜂窝，无数人群逆着他们狂奔而出。原来是当地的基干民兵肩戴红臂章，持刀弄枪四处抓盲流。张建生与师傅跑散了，自此以后再没能见到面。这时的张建生不过十二岁半，是个真正的孩子，身无分文，只能边要饭，边给人打点零工。插田、拔秧、割稻、晒谷，挖红薯、端砖泥、砌围墙、挑河沙，工钱是一分没有，能混上一餐饭就行。张建生说这中间他还像现在这样，在好几户人家做过儿子。一年后终于回到老家，姐姐及村上的人都高兴，特意在队屋里给他找了间房子，告诫他好好劳动，将来娶个老婆成个家。可张建生发现，他已经完全不能像身边的人那样，在老家安安分分地待下去了。过了半年，他有了第一次不告而别，几个月之后再回去。接着是第二次第三次。越往后，在外面待的时间越长。就这么一天天一年年，眨眨眼的工夫，十几年就算过去了，张建生由一个诸事不懂的小毛孩，活活熬成个中年人。去年他坐长江上的一艘江轮，在舱板上遇到江苏的几个木材贩子，人家几句话一吹，他毫不犹豫地中途下船，跟在后面到了歌山。

那几个木材贩子根本不是什么正经生意人，有天深更半夜在旅馆里让公安抓了，连带着张建生也给当成同伙，坐了一两个月的牢。好歹放出，为了吃上一餐饱饭，他随人来到一处水库工地，每天挑石方、甩大锤、掌钢钎，甚至点炮放炮，所有的累活苦活别人不干的活，他都抢着去干，有次好险没被崩出的石头削去脑袋。从水库工地下来，他到了一家林场帮人伐树扛树，辛苦几个月，身上终于揣上一笔钱。他还从未赚过这么多钱，心里高兴，四肢的动作未免有些不规范，走路都连蹦带跳。那天下班他就这么蹦跳着想抄条近道，一脚踩上废料堆上的锈铁钉。起初也不在意，几天后忽然头痛、发烧，接着抽起筋来，脖颈和两脚伸得笔直，连个弯也拐不了，吃饭喝水也张不开嘴。同房的人以为他开玩笑，围过来打趣着，后才知不妙，七手八脚把他送进医院。原来是得了破伤风。接连住院多日，打针吃药，命是捡回了，身上的一点钱却用了个精光。出院后重新上山，还没痊愈的伤口再次流脓流血，并且越来越严重，看看脚背都快给烂穿了。那天他搭林场的便车出来，想到墩头铺这边找一位专治跌打损伤的老中医，身子过于虚弱，加上又饿又累，下车后没走多远，人已咚地一声摔倒在地。张建生摔的地方，正是寄娘寄爷家门前的那条石板道。

　　据说在这次收养问题上，寄娘寄爷也曾有过许多犹豫。但他们考虑来考虑去，仍不顾亲友们的反对，把事情办了下来。寄娘寄爷强调，他们收养张建生，绝不如大家所说的那样是无缘无故。他们有缘，也有故。寄娘寄爷说了很多，总括起来不外乎如下几点：第一，张建生是安徽人。寄娘说他们先找了一个安徽人，而今又出来一个安徽人，两个安徽人之间应该有点什么联系，好像是谁特意安排好的，用这第二个来弥补前一个。另外张建生与寄爷同姓着一个张。同姓之人五百年前是一家，五百年后走到一起，连姓也不用改动一下，这是第二个巧合之处。第三，寄娘曾找过不止一位算命先生，算命的把生辰八字仔细掐掐，不由连连称好，说无论从命相上从属相上看，双方都相合得很。最后，寄娘说那天张建生来墩头铺，走到别的地方为什么不摔倒，偏偏在他家门前就摔倒了呢。张建生的意思当然与寄娘寄爷一样，认为所有这些巧合不单是巧合，而是一种缘。他们是真正的有缘之人走到一起，组成一个家庭。

　　看得出对寄娘寄爷，张建生真的很有感情，他说要不是两位老人，他一条小命可能都保不住。两位老人给了他吃的，又出钱治好了他的病，现在又给他一个家。张建生自十多岁离开老家，一直走东串西在外面漂着，从没个安歇的时候。十七八年过去，人老了，也累了，不想再往下漂了。他说他一定会珍惜眼前的一切，好好把家庭搞好，把两位老人侍奉好，替他们养老送终。张建生说了一夜，我也听了一夜。他高兴，我更高兴。看样子面前这个人并不如大家所议论的那样有多深的城府，多大的企图。这个人其实很直率，也很天真、很热情，天真、直率得都有些让人失笑了。后来我终有些支持不住，两眼闭起，人几乎已经睡去，可他仍一句句说着。后来我又睡了一会，他还在那里说。等到我最后一次醒来，发现天亮了，对面的张建生早已不见踪影，只剩半边被子掀开在那里。我以为他去了厕所，一等再等不见人回来，穿衣出去问母亲，母亲说天没亮时，张建生已悄悄开门走了，去寄娘家忙着作准备了。

中午寄娘家请客，酒席一摆十几桌，向外人正式承认张建生在家中的地位。席间，寄娘寄爷点香供好祖宗，然后坐到高高的木椅上，让张建生跪下来拜。酒桌上一阵骚动，人们叫着、闹着、笑着，纷纷离开座位上前围观，神情间有好奇，有惊叹，也有掩饰不住的嘲讽和不屑。在众人心目中，寄爷寄娘真的极其可笑，他们的行为也极其荒唐。在此以前，寄娘寄爷已经十多次收养儿女了，每次肯定都像今天这样大操大办着请客，让收养的寄儿寄女给他们跪拜，尽情表演一番。旁观的人实在看得太多了，有些厌了，烦了，再不愿看下去了。可寄娘寄爷却半点异样的感觉也没有，照旧兴头十足，得意扬扬。我觉得有些无趣，悄悄从人群中往后退，想重新回到饭桌上去。不过这一刻我忽然发现，寄娘的目光在一动不动地看着我。我看寄爷，寄爷也在看我。我情知不好，惶惶然继续往众人身后退，不想众人也用同样的目光看我。事前，母亲曾几次给我提到这些，说按照当地风俗，当然也是寄娘寄爷的意思了，在今天的喜宴上，希望我也能跟在张建生后面，给两位老人行个礼。我不以为意，根本不想理睬乡村里流行的乱七八糟的那一套。我想得轻松，以为这只是个不值一提的小事，能很好支吾过去的，我根本没想到，事到临头，他们步步紧逼，没有丝毫饶过的意思。我心里烘烘火起。

"弟弟。"有人叫。我来不及动作，哥哥张建生已把身子转过来，向我跪下了。我吓得不行，想拉他，又明白全无作用。我脑袋里轰轰直响，浑身发软，两腿更软，完全记不清是如何给寄娘寄爷下拜的。

三

我们全家在安徽一住十几年之后，父母又一次下决心迁移到歌山落户。这时我的下面又有了两个弟弟一个妹妹，是个嘴多劳力少的六口之家，父母也双双年过半百。父亲担心墩头铺这边的生产队不愿接受，私下想了不少办法，托熟人、找朋友、找当年留下来的点点滴滴老关系。后来还嫌不够，又把目光转到我身上，嘱咐我给寄爷寄娘写一封信。父亲大概以为，让孩子出面，也许更好说话，也更能从情感上打动对方吧。当时我在老家的一所中学读初三，对人情世事半懂不懂，半通不通，但平日学习成绩不错，尤其作文，三天两头得到老师表扬。别的难说，这写写画画的事父亲还真找对路了，我一口答应下来，回到学校，趁着四下无人认认真真写了封长信，亲手折好封好，塞进供销社门前的邮筒。其实对所谓的寄娘寄爷，我早已没有任何记忆，所有的故事都来自父母的讲述。但躲在寝室里独自这么写着，不知怎么好像就勾起了一番身世之感，自己先把自己感动起来。也就是说，那一刻我进入角色了，迷迷糊糊写了许多傻话、蠢话，事后令自己也羞愧不已的肉麻话。具体内容忘了，只记得在信的开头，我把寄爷寄娘的称呼都改了，干脆称为爷、娘，落款也署的是当年在墩头铺出生时的乳名：张苗。

寄爷寄娘接到我那封信，两夫妇相抱着大哭一场，接着放下手头的事务，调动起全部社会关系来给我们跑落户，从小队到大队再到公社，接着又从公社到大队到小队，听说一度还到县城找了他们张姓家族一位担任一定职务的远房亲戚。这些内情，我都是从父母的只言片语中听来的。父亲还说他第一次从寄娘寄爷手上读到我写出的那封信，也跟着想流泪。父母议论，说我真的懂事了，是个大人了。他们边说，边用眼角的余光悄悄打量我，神情颇为复杂，其中有惊奇，有欣喜，不知为什么也有一丝隐隐的陌生，似乎连他们也不太认识面前这个儿子了。

寄娘寄爷带着一伙人迎到几里之外，一路放着鞭炮，热热闹闹把我们接回家中。但是没过多久，父母便带着弟弟妹妹愤然离开，另外找屋住下。母亲同我讲起这事，心中仍气愤难平。她说寄爷寄娘欺负我们新来乍到，欺负我们是外地人，提出要正式收我做儿子，让我改姓张。母亲没等对方说完，火冒三丈。

"没这么好事，寄娘，"母亲说，"你对我们的好意，特别是对张苗的恩情，我们口里不说，却记在心里。我经常同张苗说，一定不能忘了寄娘寄爷……不过话说回来，我养这么大的儿子，屎一把尿一把带大，从歌山带到老家，又从老家带到歌山，好不容易成人了，无缘无故过继给你们张家？没这么好事吧，寄娘。"

寄娘也起火了，哭闹起来，说母亲笑她无儿无女绝后代，说这次为我家来墩头铺落户，他们所跑的腿、出的力、花的钱。又说这过继的事是经过我自己同意，也是经过父母同意的。寄娘寄爷说着，拿出我那封信让众人看。寄娘寄爷说他们吃了亏，上了当，白白被人利用一番，利用完了对方过河拆桥，把他们当废物丢到一边。寄娘寄爷甚至透出这样的意思，在我们来歌山之前，曾经有人从中撮合，说某某地方有那么对兄妹，都在十二三岁年纪，家里的大人先后去世，剩他们两个人孤孤单单过日子。某个时间寄娘还专门带了些吃的玩的东西，跟介绍的人到那里看过。寄娘说若不是我们出现，她会从那对兄妹里挑一个带到身边。现在这边没办成，那对兄妹也早让其他人领走了。父母不由大呼冤枉，说寄爷寄娘显然误会了，他们从来没有过那样的意思。他们什么时候有过那样的意思。他们就是做梦，就是吃了屎也不敢存有那样的意思，要把自己辛辛苦苦养大的儿子送给别人。张苗当然更不会。父亲母亲把寄爷寄娘手上的信展开，依次拿给在场的人看，说从哪里能看出有一点一滴跟着寄爷寄娘过的意思？至于某地方那对小兄妹，父母说他们当时还在老家，是真不知道这边的情况，不知道寄爷寄娘贸然就把对方辞了。父母表示，寄爷寄娘为我们落户所付出的花费，一定要想办法补起来。父母说到做到，当即筹集了一笔钱送到寄娘家，却被一口回绝。寄娘寄爷说他们绝不是那个意思，不是钱的意思。

那个时候，我在邻近的黄田中学读书，平日在学校住宿，家里发生的许多事情都不清楚。星期六回墩头铺拿米拿菜，模模糊糊听到些什么，心里也没个主见，只简简单单劝了通父母，接着又去寄娘家。可能出于内心的愧疚，也可能还有其他想法吧，父母不但不加阻拦，反而再三嘱咐，让我在寄娘寄爷面前该说些什么，不该说什么。起初寄娘还爱理不理，见我一副站不是坐不是的尴尬模样，眼泪突然下来了。"崽，是寄娘的好崽。"寄娘念叨，"寄娘寄爷没有看错，是个懂事的崽，有良心的崽。怪只怪我与你寄爷命不好，没这个福分……"

　　寄娘寄爷再没提起过收我做儿子的话，我也尽量体谅他们心情，星期天回家，总要先到他们那里坐坐，天黑了再回家，有时干脆在这里住下。从我家到墩头铺小街再到黄田，一条石板道必得从寄娘家经过。经过了不进去看看是不好的，假如有意绕开寄娘的家，走另外的岔道，偷偷摸摸，鬼鬼祟祟，我又实在做不出来。每次进了门，寄娘寄爷仍一如既往地高兴。寄爷笑眯眯陪我坐，寄娘则从客厅到厨房，再从厨房到客厅忙来忙去，很快弄出一碗热腾腾的吃食端到面前。吃吧，心里不安，不吃吧，又拂了对方一番好意，每次只是大概尝了尝，推说饱了，吃不下了，照原样把碗端到厨房去。夜里，寄娘常常推醒我，不知从哪个坛坛罐罐找来些大板栗，乌亮亮沉甸甸的，让我吃。我当然高兴，枕头边堆了许多。不过我太贪睡了，再好的食物也失去味道，剥几颗，头一歪又睡着了。说来奇怪，天明以后，那些板栗便不见了，不知是寄娘收回了，或是让老鼠偷吃了，以至我老把夜里吃板栗的事当作梦境。

　　也就是在这样似梦非梦的夜间，寄娘寄爷坐在我床前，说了许多话。日常喜欢同别人说的，他们同我说了，一辈子只适宜于藏在心间，从不敢同别人透露分毫的，他们也拿来跟我说。寄娘说这一辈子，他和寄爷带过那么多寄儿寄女，却从没一个到头的。"报应啊张苗，寄娘这辈子作多了恶，活活遭了个现世报。"寄娘说。寄娘并不看我，手里拿一杆旱烟筒，低紧脑袋一口口使劲吸，吸一口吐出来，说一句话，再吸一口。这么吸过一阵，她把烟灰磕干净，递到旁边的寄爷手上，让他去吸。"现世报你晓得吧，张苗。一个人做了恶事，根本拖不到下辈子去，甚至拖不过下一年，下一天，立时就会得个报应。"

寄娘说起初，她不是不能生小孩的，像身边其他的妇女一样，她能生。那还是在寄爷之前，她跟头一个丈夫在一起。刚结婚没多久，她发现自己怀上了，大清早起来趴到房后檐去吐。说起来那吐得可真苦，越到后来越苦，寄娘吐得哇天哇地，吃什么吐什么，把肠子都吐出来了。前村后屋，多远都知道这家里有一个带孕的人。

我听得认真，一旁的寄爷也听得认真。寄爷耳朵不好，听别人说话时，他得用劲把脑袋扭过来，然后往前伸。别人话越多，他的脑袋便伸得越长，两只眼珠直直的，一动不动地凝视对方，样子颇为滑稽。寄娘看不过意，有时会腾出手，把他轻轻推回去，或拐过烟杆到他颈脖上敲一下。寄爷吓一跳，红着脸把身子缩回，但过不一会，又不由自主把颈子朝一边扭，往前伸。寄娘烦了，一烟杆敲在他脑顶上。

"做什么、做什么，没听过还是怎么了？"寄娘大喝一声。

寄娘侧过身对我说："都听过千遍万遍了，他还嫌听不够。"

寄爷极是尴尬，一下把身子躲开老远，边嘿嘿傻笑，边伸出一只手用劲到嘴唇上抹抹，再把抹下的唾沫擦到另一只手上。寄爷说："你说你的，我又没听见。"

"还说没听见，脑壳比鸭子伸得还长。你再伸一次，看我不把那只鸭脑袋拧下来。"

也是合该有事，寄娘说那天她吐得实在没奈何，想着回娘家找个郎中看看，刚走出村头，遇到庄子上的人聚在地场开批斗会，年轻时寄娘爱疯，看到热闹，把回娘家的事也忘了，跟着周围的人喊叫，呼口号。后来不知为什么，在大会结束，她还伸出巴掌，到其中的一个人脸上狠狠抽了一下，当然她也是跟在别人后面的。别人打了就打了，她却不行，打人的那只手臂当时就有些发直发僵，拐不过弯。夜里被打的人死了，也不知跟那一巴掌有没有关系。寄娘一吓之下当即小产，此后再没怀上过。寄娘觉得在那个地方无法待下去了，草草同原先的丈夫离了婚，嫁到墩头铺跟了寄爷。不过仍没能怀上过一男半女，到如今只好让寄爷陪着做孤老。

寄娘竖着指头，一根根扳给我看，说总括起来，她这一辈子欠了一条人命，还有一条猫命，一个菩萨的命。另外那两条命欠得更早，她还在娘家做姑娘呢，一次看到一头小野兽钻进村前的涵管，不由大叫，说是偷鸡的黄鼠狼。大人们闻听一通烟熏火燎，把野兽赶进布袋打死了，拿出一看哪是什么黄鼠狼，分明就是谁家养的一只猫。猫是随便能打得的吗，七个和尚变只猫，这笔账要算，也得算到她头上。另一次是刚解放那阵，寄娘二十多岁，成天跟着庄子上的秧歌队扭秧歌。那天她同驻村的一位工作队员扭秧歌回来，不知哪一句话没说好，弄得工作队员一时兴起，跑到不远处的土地庙一通乱砸，把高高大大的一尊菩萨硬给砸趴下了。这笔账要算也得算到她头上。

"张苗你信吗，我是一只白虎星，跟谁在一起谁倒霉。不光是人，哪怕就是一棵树、一棵草、一只蚂蚁，让我挨着不死也要脱层皮。"有一天寄娘同我说。寄娘说那时候她年纪更小，常常跟着一伙玩伴村前村后疯来疯去，有次尿胀了，蹲下身把尿拉在刚栽不久的小树苗上。当时还想是给树苗施了次肥，谁料第二天过来一看，好好的一棵树已经死了。另一次她看到家里的土墙上爬着一条毛虫，心里害怕，不由对着毛虫吐了口唾沫。也就是眨眨眼的工夫，那条毛虫无缘无故跌落到地面，也死了。还有一次，远远的晒谷场上有只小公鸡偷食，她随手摸起一颗石头扔过去，想把鸡赶开。那颗石头就似长了眼睛又长了翅膀，落地后再弹起，准准地击中了鸡脑袋。鸡拍动双翅在原地连打几个旋，然后扑通倒地，一声不吭断了气。那时寄娘真的很小，但也给眼前的情景吓住了。

"要说这世上有一个倒霉的人，那人不是别个，一定是这老东西。"暗淡的灯影里，寄娘给我使眼色，然后朝寄爷努嘴，"无儿无女，断子绝孙，这一辈子碰到我这么个白虎星，他算倒霉到家了。"

寄爷知道我们在说他，不由侧了头，又想偷偷来听。寄娘伸出烟杆再次敲在他脑袋上，同时张开大嘴，作成老虎咬人模样，噢地一声大叫，说："听好了，哪天我就要把你啃了去，骨头也不留下一根。"

不能忘记那个晚上，迷迷糊糊中我让一阵煤油灯光晃醒。房中有人走动。是寄娘在走动，一定又是给我送板栗来。我懒得睁开眼睛。实在困倦得不行，根本不愿吃什么，只盼寄娘一离开，好接着安稳入睡。但寄娘不但没走，反而悄悄靠拢过来，一手掌灯，一手轻轻推我。寄娘又推。我只是不动，紧接着似乎又在寄娘的灯影中睡去了。这时我感到有一个东西，缓缓地钻进被中。我微微一抖，真正惊醒了。钻进被中的那是一只手。寄娘的手。手可能也觉察到什么，好一会一动不动。我发现，这一刻自己无法睁开眼睛了，只有继续装睡。手终于又动了，向我身体靠拢，抖抖索索。手很冰很凉，还没接触到，我早已冷得打了个哆嗦。手也猛然停住。我极力压匀鼻息。这回，手摸到我身上来了，原来并不怎么冰冷。手轻轻抚摸我的肚皮。我真想大叫一声。我怕那只手摸到胸口，会摘下我那颗猛跳猛蹦的心。手没向上，而是向下，犹犹豫豫探到我的小肚子，探到我最敏感的部位，长久地，没完没了地捻弄着我的睾丸，好像在数着什么。我好像昏过去了。吓昏了，只无动于衷地瘫软在那里。我只觉得那只手是个无边无际的东西，把我整个覆盖住。我动弹不得。直到最后，手突然撤去，我慢慢睁开眼，看到蚊帐顶端灯光一闪，什么声息没有了。

　　事后好久，我一直试图回忆起那天晚上的具体情形，我更想弄清寄娘那一系列动作的真正含义。隐约听到墩头铺一带有这么个话题，说不少男性天生发育不正常，只生了一只睾丸，这种人有一个特定的称呼，叫"独"。属于"独"的男人，基本上丧失了生育能力。寄娘是不是想弄清，我到底算不算"独"中的一个？那么她为什么又要弄清这个，是不是说，近段时间我的出出进进、来来往往，让他们再一次产生了什么新的想法？我很想把心中的疑虑同谁说说，可是又始终找不到合适的人，不说吧，心里又实在惶惑得厉害。那些日子我失眠了，整夜整夜无法合一下眼睛，白天免不了昏昏欲睡，有时在学校边听老师讲课，边坐在课桌上低头做梦。其中有一个梦我记得格外清楚，正是上课时间做的，我看到有一只老虎，灰灰的，或者说是白白的，很大很大，隔着教室的窗户静静注视着我。我吓一跳，眨眨眼睛再看，不错，是一只老虎，一只白虎。我叫一声老虎，身子往起一站，站直了才明白过来，原来刚才自己睡着了，那老虎是我做的一个梦。

　　我很少到寄娘家去玩了，寄娘好像也心领神会，不再强留。这以后我从中学毕业，到江州读中专，接着分配到县镀锌管厂做技术员，去寄娘家更少了。但在心中，总有一个什么硬硬的东西哽在那里，上不得上，下不得下。自从有了张建生，我才真正松下一口气来。

四

　　母亲说过，张建生在寄娘家待不长久。我问为什么，母亲脸也不抬，淡淡道："小气罢。"我不同意，寄娘寄爷有时不是蛮大方吗，每次办酒请客，搞那么多菜，来那么多人，吵吵闹闹都要把房子掀翻了，那该花上多少钱。母亲似乎也让我问愣了，偏起脑袋想了好久，也不能想出个究竟，只继续叹口气："反正是小气。不小气，带的那么多儿儿女女，怎么一个也没留下来？"我想这话也对，那么多人没留下来，其原因多种多样，但大半似乎都会提到，他们在寄娘家饭也吃不饱。你每盛一碗饭，每动一下筷子，餐桌旁边总有一双眼睛像铜铃一样在那里鼓着。

"话说是这么说，也不一定全对，寄娘寄爷对我就不错。"我不以为意，"我在他们家不记得吃过多少饭，还从没见有人对我鼓眼睛。"

母亲笑："那你还应该去做他们儿子么。"

触了母亲心病。我不再作声。扪心自问，寄娘寄爷对我也并不是一味好到底，就说吃东西吧，记得那年正月初一我去拜年，寄娘口里热情，随手从哪个角落摸出小半碟红薯片摆在我面前，红薯片明显是谁吃剩留在那里的，绵软、脏污、湿腻。还有她夜里拿板栗给我吃，到早上又一只不剩地收回去等。我把这些都当作老年人的怪癖，不愿放在心上罢了。

我怀着几分不安，要等寄娘寄爷那边传来什么消息。但是没有。那天父亲来县城，我忍不住了，主动问到寄娘家的情况。父亲听着，只微微笑，半天不回答。我问他笑什么，父亲仍不回答，继续眯眯笑。直到饭端上桌，父亲把饭碗里的残水到一旁滴干净，随手拈起竹筷，仔细在手上比比齐，伸长了，对面前的菜盘点了点，说："要说这事，怪还真有点怪。大鱼吃小鱼，小鱼吃虾米，虾米呢就吃水中的泥巴，一物降一物，古话真没说错的。"

父亲说："提起你寄娘寄爷的脾气，他们手上做下的一些事，墩头铺上下谁不清楚？带了一辈子人，男男女女，吵吵闹闹，大家早习惯了。偏这一次还真有点例外。"父亲把盘里的菜夹起，又重新放回盘里去。

"也不知这家伙使了点什么招法，硬把这一对癞痢头给推平了，理顺了。"父亲说，"莫非还真像你寄娘寄爷自己说的，他们和张建生有缘，天生适合做一家人？"

张建生人不坏，至少不像起初大家以为的那样坏，对此，周围的人包括我父亲母亲，看法基本上是一致的。人乖巧，老练，处事周到，心地又简单，为人热情，这样截然相反的两个方面拢到一起，情况便有些不同一般。就比如父亲吧，别看他每提起这个张建生，提起寄娘寄爷他们时，口气中仍一如既往有些不屑，但内在里却透着某种说不出的随意与亲热。我注意到有几次，父亲把称呼都改过来了，他不再叫"那个张建生"，而简称为建生，或这家伙。

作为老乡，自那次在酒席宴上相识，尤其是跟着我借过一回宿之后，张建生便同我家来往得很密切，三天两头往这边跑。他说他与我是兄弟，我的父母便也是他的父母，我的家也是他的家，我们这家人是他的靠山。起初，父母他们还有些顾忌。寄爷寄娘的性格他们清楚不过，担心稍不留意，又会闹出什么纠葛。却禁不住张建生一趟趟地跑。张建生说没事，两位老辈其实很开朗，也很大方，尤其是对我父亲母亲，从内心里信得过。他同我们家来往，寄娘寄爷只会跟着高兴。过了一段时间，寄娘寄爷他们果然没事，有时碰见了，还主动提到他家建生，说作为老乡，要我父母对他多多关心，多多指点。寄娘寄爷说的是真心话，父亲母亲也就接受下来。

张建生从我父母这里了解墩头铺的一些风俗习惯，了解身边人的一些脾气性格，当然他了解得最多的还是寄娘和寄爷。父亲说，张建生精明就精明在这些地方，七打听八打听，就把寄爷寄娘的里里外外捞得个一清二楚。我问父亲都给张建生交代了些什么，父亲笑，说那又能交代什么，杂七杂八，看来的听来的，想起什么是什么。张建生是有心人，把所有的话一齐听进去了，又从中琢磨出许多道道，再用到寄娘寄爷身上。张建生曾同我父母说过，老人么就像只小猫小狗，你得耐下心思多摸摸他，把他身上的毛摸顺了，把他的性子摸平和了，他就会乖乖听你的了。

张建生到寄娘家办下的头一件事，是把门前水沟上的那块棺材板撬了，另找过几根木料，一阵刀劈斧砍，造了副崭新的木桥出来。主意也是从我父母处来的。那次闲聊，作为一个外地人，用外地的眼光来看墩头铺的种种风习，看寄娘寄爷这对老人的生活，父母不由好好发了通感叹。父母说得无心，张建生却记住了，回头同寄娘寄爷提到此事。他其实并不了解寄爷寄娘的意思，不了解这块棺材板在寄爷寄娘这里到底代表着什么，在墩头铺人的心里面又代表着什么。他的话说得小心，一句出来，看看寄爷寄娘，过半天再说下一句。寄娘寄爷反而不懂了，说门前放棺材板有什么意思？你以为这块棺材板会有什么意思？说来说去，原来寄娘寄爷什么意思也没有，只因为那里有条水沟，沟上需要有座便桥才能过得去。专门请个木匠上门吧，费工费料费力还费钱，实在有点划不来，于是顺便从山脚下扛了块废弃的棺材板来，就那么搁上了，根本没想其他的。现在听说门前放棺材板不好，寄娘寄爷有些急了，一刻也等不下似的，房前房后找了些木料过来，让张建生赶快出去找木匠。张建生摆摆手，说不用不用。半顿饭的工夫便自己做成了，寄娘寄爷很高兴，自始至终守在旁边，不时递件工具找个配料什么，完工后他们又像小孩那样，反反复复在桥上走来走去，大路上每有人经过，他们与人招呼的声音也格外响亮，招呼过了便用力招手，让人来看他们家的新木桥。下一步，张建生又给家里做了这么几件事：换饭甑，做碗柜，在厅堂前后及厨房里各安上一扇纱门，给两间睡房安上纱窗。寄娘家的饭甑与碗柜还是祖上传下的旧物，早已破烂不堪，蟑螂和蚂蚁能直接爬进爬出，有时一碗剩饭剩菜端出来，你吃着吃着便扒拉出这些小动物的尸体。寄娘寄爷自己不在意，反正眼睛也不是太好，糊里糊涂吞下便吞下了，张建生不好作声，偷偷地一只只去挑。夏秋之际，乡间的苍蝇、蚊虫及蚂蚁什么特别多，密密麻麻像雾一样，让人防不胜防。现在有了新饭甑新碗柜，前后左右又有了纱门纱窗，小动物们便给清理得差不多了。要知道在整个墩头铺，除了街上不多的一些单位职工，能在自己家里装纱门纱窗的，算来算去可能还没有第二个呢，于是过来参观的人也就更多了。

寄娘寄爷家的房子也是上一代传下来的，很破很旧，那段时间张建生早早晚晚，或下雨天无法出外干活了，总独自一人房前房后转，有时还爬到后山坡上，对着屋顶打量。他在计划着如何对房子进行一次检修，添点砖，加几块瓦，把天井中的涵道疏通一下，然后再把内墙外墙作一次粉刷。不过房子真的太旧了，远不是简简单单的检修所能解决的，瓦多半破了裂了，桁条和椽子烂了朽了。还有墙壁，是用那种最古老的方法土筑而成，墙皮脱落，墙体开裂，时不时有一条缝隙横着竖着延伸，就像张开了一张张大嘴。为着阻止南来北去的风，缝隙里塞满了也不知哪个时代留在那里的稻草、破布和破棉絮什么的。张建生看来看去，实在找不到一处可下手的地方，一个念头自然而然出来了：是不是该整个拆了，在屋址上重新建上一座新房子？在征得寄娘寄爷同意之前，他先找到我父亲母亲讨教，想问问这事提得提不得。建房子是大事，关系着一生一世的事，他有点担心寄娘寄爷年纪大了，受不了那种操心那种劳累，还有在建房过程中肯定会出现的许许多多波折。张建生把握不住，外面的人就更不好横插一杠子了，父亲母亲什么话也没有，让张建生要找，还是当面去找找寄娘寄爷。张建生不罢休，有次他趁着来县城买东西的机会，特意到了一次镀锌管厂。张建生真的很兴奋，人没坐下，一张嘴就滔滔不绝地说起来了，热茶在他手上晃来晃去，水溅得到处都是。到最后，张建生在我这里同样没得到任何回答。倒不是怕出什么馊主意到时会引起麻烦，我只是对这些建房子过日子之类没有多大兴趣。旧也好新也好，不就是一座房子，一个住人的地方吗。于是没过多久，张建生又一次找到镀锌管厂，告诉我一个有些惊人的消息，寄娘寄爷同意了他的想法，准备把旧房子拆了，重造一座新房。

　　这次到县城，张建生说他的目的只有一个，想请我出面帮忙搞点木材。在此之前，就拆房建房的问题他已经与寄娘寄爷进行过认真筹划，该安排的也作了些相关安排。其中最主要也最急迫的，便是木材。别的材料比如砖瓦什么的，只要有钱，可以随时去买，木材却不行，你得亲自到山上去采集、砍伐，去枝去皮，架起来风干晾干，等干透了再一根根运下山。这就不光是耗费钱财，还得要时间，要大量的人工，当然了，还得疏通各种各样的关系：木材是政府管制的物资，不是谁想砍伐就可以砍伐的，先得找有关部门去批，这有一个特定的用语，叫批指标。张建生就是想问问，我能不能帮他们弄些指标。他说寄娘寄爷曾提到，我有一个高中同学在黄田乡政府做秘书，另外还有几个同学，家里的父母正好都在哪个林场上班。

　　寄娘寄爷家的事，我是不敢有丝毫马虎的，再说自我参加工作以来，两位老人还从未有什么事求过我呢。把张建生送走，我当天晚上就找到一位同学，他不只家在林场，自己同样也顶替进了林业部门上班。第二天一大早，我又把电话打到黄田乡政府，找做秘书的同学。两位同学没有让我失望，当即答应分头去想办法。几天之后便有消息传过来，说托付他们的事已基本讲出个眉目，只待我把具体的数目与等级要求定好，可随时过去办理相关手续。

　　对生活上的种种，我真的一窍不通。周围的亲戚朋友、同事邻居们谁都清楚，我是一个无能的人。有一天一个人无能如我，也能实实在在地为张建生、为寄娘寄爷帮上一个忙，一时之间我简直让这个巨大的成功闹晕了。我不停地在宿舍里跑进跑出，想着能用什么办法尽快把消息通知张建生，又想着当张建生及寄娘寄爷他们得到消息后，又会如何兴奋。可我等来等去，硬不见张建生身影。上次临走，他明明反复叮嘱，说木材的事就一心交代在我身上，让我务必抓紧，几天一过他即来听信。几天时间早已过去，十几天都过了，为什么还不见来。是不是说，还要我特意跑一趟墩头铺，把消息告诉他？再不然，是他找了另外的路子，把木材搞到手了，不用麻烦我了？但无论怎样，至少他得通知我一下吧。

　　几天后，我在县城大街上碰到墩头铺的一个熟人，自然问到张建生，问寄娘寄爷家的房子准备得怎样了，讲好让我帮着弄点木材指标，结果怎么又没了音讯。"你寄娘家要做房子，让你找人搞木材指标？"熟人并不回答，反而一脸惊异地来看我。熟人说前两天他还在我寄娘家坐好久，真的没听到什么要拆旧房做新房。我问张建生在不在家，熟人说，张建生，在呀，忙着到邻居家借梯子，说要把门前的吃水井洗上一洗呢。再过几天，我大弟也来了县城，听了我的询问，大弟把脑袋一拧，道：

"他们家做房，做个鬼房。听妈妈说，寄娘寄爷跟小张吵了架，要把他赶走呢。"

我想这怎么可能，寄娘寄爷要把张建生赶走。他们要把他赶到哪去？我打算再往下问，大弟却支支吾吾，什么也讲不出了。

大弟的话应该绝非空穴来风。趁着星期日休息，我提前半天匆匆赶回了墩头铺，从父母这里，了解到事情的大致经过。寄娘寄爷与张建生最近确实闹了一次，至于闹到何种程度，张建生不愿多说，寄娘寄爷更不愿意说。据张建生透露，他原本出于一片好意。在一起处得久了，他有些惊讶地发现，寄娘与寄爷之间的关系似乎并不很好，具体讲，是寄娘对寄爷不好。寄娘喜欢骂人，喜欢骂寄爷。寄娘还喜欢当着外人的面骂寄爷，这一点让张建生尤其看不下去的。"你个死聋子。"这一句是寄娘时时挂在口中的，一天都不知要骂上多少次。"看我哪天不把你这只鸭脖子给拧断去。"这也是寄娘最喜欢骂的话。还有其他的种种骂法，滚、挺尸、去死吧、你什么时候能死，如此等等。寄娘边骂，还边喜欢咬牙切齿，样子特别凶恶，根本不像对自己的家人，而是骂哪里的一个对头。好像有什么生死仇恨那般。每每让寄娘大骂过，寄爷都要伤心好半天，有时还偷偷到一边抹眼泪，憋住嗓子哭几声，像个无辜的孩子，特别让人心疼。张建生多次试图劝阻，没有任何效果。寄娘说这跟他没关系。于是经过长时间考虑，有一天张建生专门坐下来，想同寄娘谈谈这件事，就像他多次坐下来同寄娘寄爷商谈家事一样。张建生也不知自己说了些什么，大概是两位老人年纪大了，相互在一起一辈子，不容易，应该珍惜，等等。寄娘反应很强烈，当即哭闹起来。寄娘一点也不容情，真提到了走。让张建生走人。她说他们合不来，搞不到一起。此前张建生做下的所有那些事情，还有寄娘寄爷对他的赞赏，给他的笑脸，一起都不见了。相互之间培养起来的所有感情，统统不见。

"我真是好心好意。"张建生在我父母面前一再喃喃地说。张建生感到最为奇怪的是，即便他不小心说错了什么话，办错了什么事吧，也都是为老人们着想。他更为寄爷着想。可到最后，寄爷却没有为他说过任何一句话。寄爷完全站到了寄娘一边。寄爷的态度与寄娘完全一样，甚至比寄娘还要不给人留面子。

"合不来，合不来就算了。莫非我们还求着他什么？"那天在房间深处，张建生偶然听到寄爷这句话，他说这话真是一把刀，狠狠戳到自己内心去了。

"那么房子呢，寄娘他们真不做了，那些木材指标也都白搞了？"我问。好不容易弄来的一些木材，特别是，平生第一次实实在在帮人办成一件事，就这么作废了，总觉有些不甘心。

"还房子呢，木材呢，也不看看什么时候。"母亲责备道。父母反反复复叮嘱，见到寄娘寄爷，千万别提什么房子和木材，不然，有你好看的。

五

从家里出来，我边向寄娘寄爷家走，边考虑等会该如何说话。张建生到底谈到了什么，又触动了两位老人什么，以至于让他们如此愤怒，我父母不甚清楚，我就更弄不清了。但有一点我们清楚不过，别看这个张建生为人精明，阅世也深，又与寄娘寄爷朝夕相处了许多日子，他对两位老人却仍然存在很大的误解。寄娘喜欢骂寄爷，越当着外人的面她越骂得厉害，我们当然也早已领教过了。母亲跟我说过，以前她还亲眼见过寄娘打寄爷呢。当时在场的也不止一人，都高高兴兴说着什么，寄娘和寄爷也在说。

寄爷的笑还挂在脸上，没想寄娘回身就狠狠给了他一巴掌。那次寄爷也流了泪，他一手掩住被打的那张脸，一边睁大双眼看寄娘。看着看着，眼珠就让泪水浸住了，接着一颗颗往下滴。不过在场的所有人心里都知道，寄娘与寄爷关系很好，而且不是一般的好，是比哪对夫妻都好。寄娘口口声声念叨，她这一辈子欠着寄爷的。她是白虎星，克子克夫，她让寄爷绝了后，她还不清这笔债，她就是两辈子三辈子，做牛做马做奴做仆，都还不起。有一段时间他们曾闹过离婚，当然是多年以前，他们年纪还不大，能够离婚的时候。是寄娘要离。她说离了婚，让寄爷另外去找个女人，好歹生个儿子接个后，也不枉来人世走过一遭。寄爷说什么也不愿。寄娘把衣服用物拣好，人都走到路口了，寄爷黄牛一般哇哇大哭着赶上来，伸出双臂一把抱住，再不松一下手。他说寄娘走了，他也不想活了。自己连小命也没了，还谈什么儿子谈什么后代。夫妻俩当着无数人的面拉拉扯扯半天，寄娘也大哭一场，跟着寄爷回去。后来寄娘想出一个馊主意，说要给寄爷找个妾。连人都寻好了呢，也是个从外地来的要饭女人，一身脏污，模样倒周正。寄爷又一次不愿意。寄爷就是愿意，他也没这个胆。他思前想后，悄悄跑到大队找领导讨主意。大队领导也不敢做主，又去报告了公社领导。公社领导一听，一拳砸在桌子上，说这还了得，新社会多少年了，想讨妾？看来下一步，你还得把新社会变成旧社会了。一条长绳把寄娘绑了，看看绳头多出一大截，干脆也把寄爷拖过来绑成了双，跪到台上整整批斗了一天，那个外地要饭婆也给打个半死，遍体是伤赶出墩头铺。

"你个冤孽！"人们说的就是那天，批斗会结束从台上下来，寄娘回身，头一次狠狠给了寄爷一巴掌。从那以后，寄娘一心一意跟着寄爷过，再不提离婚，不提生儿子方面的事，但同时她的脾气也越来越不好，家里的大事小事，更是说一不二，没别人插嘴的份。按寄娘的理解，似乎是说她成为今天这样一个白虎星，其责任不光在自己身上，也有一半在寄爷身上。是寄爷活该倒霉，活该绝后。他害了自己，同时也害了她，让她像眼前这样变得半人半鬼。她有理由让寄爷尝尝他原该尝到的苦头。据说有时候，寄娘还真的张口咬过寄爷，伸出两手撕过寄爷。寄娘要让寄爷明白到底什么是白虎星，以及作为一个白虎星又到底有何等厉害。

张建生不在家，寄爷偷偷告诉我，说他出去干活，还没回来。寄娘坐在厨房中间的矮凳上，脑顶包一块旧手帕，低头噼噼啪啪打油菜籽。我蹲下身，要去接她手中的活，寄娘不让，说马上就完，用不着再来插上一手。没做过这事的人，其实也很难插得上手。她让我到房里先陪寄爷坐坐，她一会过来。我想寄娘的话也对，打菜籽不比一般的活，多少带点诀窍，弄不好忙帮不上，反倒添乱，好不容易收上来的油菜籽，让你几下一敲全飞上了天。我陪寄爷坐好久，仍不见寄娘过来，只听得厨房那边传来的噼噼啪啪，声音单调，持续，没完没了。忽然感觉，寄娘寄爷好像都有些不自然。寄娘有意在厨房里拖时间。寄娘有点不愿过来见我。甚至连寄爷，神情之间也讪讪地，目光躲躲闪闪，说话吞吞吐吐，似乎也有什么东西瞒着我。

按照设想，今天我是以调解人的身份出现在寄娘寄爷家的。总觉得寄娘寄爷需要我说点什么，张建生也需要我说点什么。有些话横在他们双方之间，我不来说，就不可能有另外的人说了。现在终于明白，自己可能过于一厢情愿。这个地方并不需要我，寄娘寄爷不需要我。我又到寄娘面前站过一阵，用轻松的口气表示告辞，说先回家略睡一下。刚才从县城回来人太多，车太挤，头脑昏昏沉沉不舒服。寄爷不答应了，将我一把拖住，同时催促寄娘快把面前的摊子收起来。

"别急着回呀，搞点什么吃呀。"寄爷同我嚷嚷，声音一如既往地响亮、重浊，两眼泪汪汪，可怜巴巴地看我，生怕我会不顾一切走掉。每次来寄娘家都得吃点东西，也是已经形成的习惯了，我只得继续坐下。不一会吃的东西果然端上来，又是一大碗猪蹄，上面盖着两只圆心鸡蛋。猪蹄墨黑一片，是过年留下的腊货。我也照一贯的方式，夹一块到口中尝尝，木木的沙沙的，早已风干，好像嚼着一块木头。

"哥哥呢？"我问。我知道他到山上砍柴去了，"怎么还不回来？"

"不怕，会回的。"寄娘吸一根长烟杆，火星一亮一亮。

我勉强吃完那块猪脚，接着喝了些汤，把碗端到厨房去。许久，张建生回来了，同我打过一个招呼，转过身又回了门外，蹲在那里呼哧呼哧，估计在把刚挑到家的柴片码在屋檐下。非常明显，同寄娘寄爷他们一样，张建生也在有意拖时间。他有些不自然，不想过来见我，尤其是不愿当着寄娘寄爷的面见我。

张建生吃饭了。是中午的冷饭。他手端饭碗给我打过一个招呼，笑一笑，然后坐到门边的长木凳上。他意识到我的目光，越加不好意思，只一个劲把头埋紧，叽叽咕咕往口里扒饭。饭后气氛才活跃些，我与张建生聊天好久，寄娘寄爷也守在一边，脸上现出几分笑意，不时朝我们看上几眼。

张建生独自睡在天井那边的后房里。天井很高、很大、很空，相比之下这间后房就显得过于矮小。房间角落的一盏油灯光线微弱，灯光下一张木板床，床头放一只旧木柜，床前两条长凳，床沿上坐一个人。两只三只老鼠排着队，在床脚下某个地方无声地奔跑，几只纺织娘及蟋蟀之类在天井里的哪个石缝里响亮地弹奏着，还有一只青蛙在更远些的石缝里呱呱叫上几句，接着戛然停歇，过一会趁人不注意，又呱呱叫起来。这中间我还听到寄娘寄爷的咳嗽声，隔着天井传过来，显得很远，很深，有些模糊不清。我站在房间中间四下里打量，一时竟有些茫然。前段日子，张建生不是将一个家庭搞得有声有色，寄娘寄爷不是对他大加赞赏，言听计从吗，多久过去，一下又弄成这样？还有，张建生给家里前前后后都安上了纱门纱窗，怎么单单没给自己睡房安上一扇？他的床上甚至连蚊帐也没吊上。天很热，蚊子真的很多，我一边有一句没一句地同他说着什么，一边抬脚、踢脚、扭身，不时伸出巴掌这里拍一下，那里打一下，招架着蚊子无孔不入的攻击。

　　见我难得安宁，张建生说房间里蚊子多，毒，别给咬坏了。催我早点回房休息。张建生话语平静，神态安详，我简直有些惊骇了。他担心我会让蚊子咬坏，那么自己每天睡在这样的地方，就不会让蚊子咬坏吗？有灯的时候还好一点，灯一熄，蚊子只会更加密集。实在无法想象，一个人躺在这样的地方，是如何熬过一个又一个漫漫长夜的。我想给床上吊一床蚊帐，到底能算多大一件事，即便说花钱，又能花到多少？我犹豫着几次打算问点什么，许多话语积在一起，又完全无法出口。我开始告辞了，抬脚跨出门槛，身上的肌肉忽然颤抖起来。我转回头，张建生直愣愣地望着我。我明白他也有话想同我说。我明白他想说点什么。我把头一低，匆匆逃离开去。这个时候，我真的不能在他房里待得太久，更不能说得过多。我不愿与一个外人过分亲热，免得寄娘寄爷多心。外人，不错，短短接触我已分明感到，张建生在这个家庭永远是个外人。这本是我意料之中的事，有一天真出现了，仍有些让人受不了。

　　"寄娘寄爷，没睡呀。"寄娘房中的灯光黄黄亮亮，寄娘斜靠床前，侧起身子对着灯头抽烟，蚕豆大的火苗给吸过去，整个钻进烟嘴之中。

我站着，好久好久，直到站不下去了，终于鼓起勇气说："天井那边蚊子多，家里能不能再买一床帐子？"我停下，看看寄娘，再看看寄爷，接着又看寄娘，"不好买，找一床旧的也行……"

"张苗，坐呀，"寄爷拍拍床沿。

"挺你的尸去吧，人不像个人样鬼不像个鬼样，话倒是一串一串。"寄娘向寄爷喝叫，同时把烟杆从嘴头取下，用劲磕去烟灰。

这话讲谁？谁人不像人样鬼不像鬼样，话一串一串？我一惊。

"哥哥来墩头铺不久，有些地方可能不适应，不习惯。"我继续试探地说着，同时越来越不安。越不安，不知为什么心里反而一横，不顾一切要往下说，"我看他吃不惯冷饭。"

我说："许多事哥哥不很懂，但照我们一般人看，他这个人还不错的。真的不错，大家都这么说……"

我的大脑已有些不很清晰，话语也显得乱，自己都不知自己说了些什么。

"想通了，人家人总是人家人。"寄娘憋了口气长叹一声。"不是自己生的，掏出心割了肉给他吃，他还会嫌味道不好。"

我又一惊，略微有些回过神来。寄娘绕来绕去，莫非真在讲我？我打定主意适可而止，不再胡扯些什么。

"我想通了，东西给狗吃，狗还懂得哼上几哼。丢到水里，还能落得个水响。人哪有狗好？带别人的人，有什么意思？我早晓得了，带头一个时就晓得了。"

我睁大两眼看着寄娘。她根本不像我们以为的那么糊涂。她不蠢。她清醒着，清醒得可怕。

在寄娘面前，我突然意识到不只是张建生，我也完全一样，是一个外人，一个真正的外人。尽管我对她比对我母亲还好，尽管寄娘寄爷更是非同一般地喜欢我。

第二天我醒得很迟，寄娘继续坐在厨房地面，噼噼啪啪打她的油菜籽，张建生又一早出门，去了十多里路外的大山上砍柴了。我匆匆吃了点东西，告辞寄娘寄爷回家，脚步带几分仓促，也带几分从某种束缚中摆脱出来的欢快和轻捷。寄娘家的事，能逃开的还是尽量逃开吧，随他横吵竖吵，跟我都没什么关系。半路上我碰到母亲，她特意过来迎我的。我问什么事，她说家里有人等，是张建生，已经等过我好久了。我快步进了家门，果然看到张建生，由我父亲陪着，正坐在桌头一根接一根抽烟呢。

可能为着消除我的疑虑，也为着让我们放心吧，张建生解释，他今天来我家，寄娘寄爷不会知道的。他在山上砍好了许多柴，堆在一位熟人家的屋檐下，等会只用过去挑上一担送回家就行。张建生说，其实前几天他就有过打算，想到县城找我。正好我回来休礼拜，于是今天一早他找了个借口说出去砍柴，直接赶到我家来等。

"弟弟，我想来想去，这话只能同你说。这话也只能由你出面说。要是你方便，一定要帮我这个忙。寄娘寄爷他们听你的。他们看得你重。"

张建生想请我找寄娘寄爷谈谈。他相信在他和寄娘寄爷之间，一定存在着什么误会。他无意中触伤了两位老人，他犯了他们的忌。我父母连连点头，说误会那是一定的，寄娘寄爷一辈子不太平，年纪又大，名名堂堂的讲究就多，一般人很难适应得了的。他们仔细介绍了一下两位老人之间那种奇怪的关系，寄爷离不开寄娘，寄娘更离不开寄爷。在这一点上张建生聪明一世，糊涂一时，看花眼了。父母给张建生出了很多主意，让他回去如何说话，如何重新赢得寄娘寄爷欢心。父母又给我作了许多指点，让我到寄娘寄爷面前如何说话，帮张建生作些挽回。父母显然以为自己的分析很透彻，想出的对策也高妙，说着说着，不由有了几分激动，再三催张建生起身，早点去见寄娘寄爷。可张建生不起身，这边越催，他反而坐得越沉稳。他把身子侧着，头偏着，一口接一口吸烟。每吸完一根，把烟头丢到凳下，伸过脚踩灭了，重新点另一根烟。这么过了许久，他才把面孔抬起，平静地告诉我们，他今天过来，同时还有一件事想同我们谈谈。张建生说这事他一直埋在心里，总觉不好出口，直到今天，现在，仍不好出口。

张建生是说，他这次心血来潮想干涉寄娘和寄爷之间的关系，从而引得两位老人恼怒，表面上也能说得过去。其实他心里清楚，这些只是寄娘和寄爷的一个托词，是个由头，从深层上看还另有原因。

要说那些日子寄娘寄爷对张建生好，那可是真的好。别看两位老人性格比较怪，年纪又大，不易相处，交道打得多了你会知道，两位老人其实开朗得很，好奇心还特别强，许多时候完全跟孩子一样。张建生每想到一个主意，他们都表示很新奇。比如门前水沟上那副棺材板，他们也早觉得不好，不吉利，但是出于习惯，见怪不怪而已。又不是他们一家么，许多地方都这样么。现在张建生提出把这板拆了，另换个新木桥，他们就给点醒了般，欣然听从了。有时他们还忍不住问张建生如何想到这些的，自己在棺材板上走来走去一辈子，从没想过要换，张建生一来，怎么就想到了。寄娘寄爷夸他聪明、机灵，家里有这样一个人撑着，他们就放心了。他们说自己没找错人。他们对张建生很中意。寄娘寄爷几次透露，他们对张建生要求不多，就像一般做儿子的那样，大家和和气气一起过日子，到时养个老，再送个终就很好了。

等两个老的一死，家里这栋破房，还有房里房外这些乱七八糟，都归你。当然还有队里的几亩田、一片山、房前屋后的菜园竹林什么，一齐归你。

张建生说到这里，父亲轻轻叫了一声。父亲指着张建生说："要说傻，你可能真有些傻呢。寄娘寄爷这是在考你、试你，晓得吗？"父亲说，"这就是关，两个老人设在这里的。别看他们人老，实际上比谁都精。"

张建生点头，说他也想过两个老人这是在考他试他。他打算一口回绝，想想又觉得有些不妥。那样有些假。说假话还不如不说话。寄娘寄爷说得多了，张建生不得不承认，两个老人是真的，真想把留下的东西全部传他。他们甚至各方面都想到了，一再表示要再摆几桌酒席，找上几个中人，办个具体的手续，把所有的事项一一落实下来。这个时候他们反复提到寄爷房下的几位堂亲，担心他们到时会从中作梗。寄娘寄爷把日期都定好了，打算请的人，组上的、村上的，以及亲朋邻居，都定好了。就这时候两位老人突然变卦，抓住他的一个错处，狠狠闹起来。

"你是说，寄爷房下的几个堂亲在中间弄了名堂？"父亲问。

张建生说他也是猜测，因为在这之前的一两天，那几位堂亲曾相邀着来过一趟寄娘家，夜里还在这里吃过饭。寄娘寄爷闹得突然，让他不能不往那方面猜想。父亲听了摇头，说不会，寄娘寄爷和那些堂亲隔得太远，多年来也没什么来往。"寄娘寄爷的事在寄娘寄爷本身，与其他人不会有多大关系。"父亲说，"他们喜欢你，看中了你，这些应该都是真的。他们真想把家里的东西一齐交到你手上。但也正由于这个，他们把自己都吓倒了。他们不能不借个由头，变卦了。"

对父亲说的这些，我暗暗点头同意。我想起寄娘常常说过的一句话，也是昨天她还同我说过的话："人家人总是人家人……带别人的人，有什么意思？"

六

一番商议，大家的看法比较一致：眼前这事看来还是不能着急，越急，往往越会弄出纰漏，到那时再想挽回，只怕更加难上加难。一切只能慢慢来。先把情况仔细摸清，把两位老人心里的那根脉拿准。父母嘱我先回去上班，万一有什么需要我出面的，他们会另外通知。我点头表示谨记在心，半下午时分到寄娘寄爷那里打了个招呼，坐最后一班客车返回县城。接下来许多日子，我一边等墩头铺那边的消息，一边暗自琢磨，想寄娘寄爷的问题到底出在哪里，张建生的问题又出在哪里。

厂里新增了一套电镀生产线，从人员培训、基础设施，到具体的安装测试，我作为技术助手，自始至终跟在驻厂专家的后面参与其间，除了大小便，基本上没有其他停歇，连三餐饭也由专人送到车间。好不容易忙出个头绪，人累得连眼睛也睁不开了。那天吃过早饭，我想抓紧时间好好睡上一觉。身子还没躺稳，人已沉到睡梦深处。我把脑袋略略摆动一下，因为这时，我隐隐听到外面的门给敲响了，并有人一声声叫张苗。我没有理睬，也没有精力去理睬，继续往睡梦深处沉，并打出响亮的呼噜，嘎喳——嘎喳——，如一把钝锯艰难地拉过来，又扯过去。

"张苗，张苗！"门外的敲击声更加急促。

其实我已经全醒了，眼睛也睁大开来。我一边听着自己继续嘎喳嘎喳打呼噜，一边注意着门外。张苗？是不是有人叫我作张苗？谁会叫我作张苗？这一惊有点非同寻常，我把那全然多余的呼噜声收住，翻身下床，套了件衣服，把门打开。站在我面前的，不是寄娘是谁？

"张苗，喊了大半天，怎么也没给我应一声？这青天白日，一个人莫非还真能躲在房里睡大觉？"

没等我作出反应，寄娘已大步跨进门。

没有特殊情况，寄娘一般不会来我厂里的。在此之前，寄娘只来过一次，就是那一次，让她受了不小的刺激，从此发誓再不过来。那是我刚刚中专毕业，分进镀锌管厂的时候，寄娘寄爷高兴，相邀着欢欢喜喜赶到县城看我。几位邻居不明所以，把她当作我父母了，亲亲热热叫着，招呼着，说你们儿子如何如何，寄娘寄爷也爽爽快快答应。后来得知这并不是我亲生父母，而是寄娘和寄爷，邻居们微微愣了一下，神情里表露出几分尴尬，也有几分新奇，目光有一下没一下朝他们身上直扫。邻居们的细微变化，当然让寄娘觉察了，她立即显出几分不安，好像是自己设了一个骗局让众人当场识破一样。两位老人连饭也没吃上一口，匆匆忙忙告辞离去，以后我怎么邀请，他们从不接茬。我也有些不自然，再不好过多提起。像今天这样不请自来，意味肯定不同一般，我用不少时间来观察寄娘的脸色。我想尽快弄清，寄娘家里到底出了什么祸事。寄娘家里确实出了事，不过那结果正好相反，应该是出了什么大好事，大喜事。寄娘脸红着，神情亢奋着，嘴巴张得大大的，笑得如一朵花。我不及多问，只手忙脚乱给寄娘让座，又张罗着倒茶倒水，找了些零钱想出去买点水果点心。

"别忙别忙，张苗你别忙，我不坐。"寄娘两手直摆，"我这就走，还要买东西。街上有人等着我呢。"

"这怎么了？"我不解，想寄娘大老远跑来，怎么连坐一下的工夫也没有。

寄娘解释，今天她是真有事，要上街买东西。为买这些东西，她整整一夜没睡好，鸡叫头遍起身，随便弄了些吃的，跟着村上的一个同伴赶快去墩头铺赶班车。寄娘笑，说他们到了县城，见大街上的人刚刚吃早饭呢，后来同伴忙另外的事去了，寄娘抓紧时间到了镀锌管厂。

"张苗，你不是说过些日子，厂里能给你们放个假吗？"寄娘问，"那假还放不放了？"

"那不是放假，那是轮休，厂里规定的，当然要放。"

"那就好，放假就好，料着你到时会放假。"寄娘继续笑。"一放假就回去，听见了吧？今天我来县里，一是特意同你讲这事，另外还得去商场、菜场……你哥哥做喜事呀。"

我猜得没错，原来真有喜事。

"寄娘是不是说，哥哥找老婆了？"

按我原来的设想，家里即便有什么喜事，也应该是那种，比如顺利地把张建生赶出去了，寄娘寄爷再用不着为此窝心恼气；等等。我无论怎么猜测，也猜不到这上面来。我真是有点反应不过来。寄娘寄爷不是和张建生闹翻，闹成那样了吗？张建生还可怜巴巴跑到我家里讨教，要我们帮他一把，这才过去多久，寄娘寄爷又一次与张建生和好如初，并且办起喜事来？

"找了找了，你有嫂嫂了。"寄娘掩饰不住兴奋，"黄田那头的人，前几天过来做好了交际。原先的老公不在，一个妇女带几只崽，日子不好过的。"

寄娘口里所说都是墩头铺的土话，"老公不在"是指这个妇女的丈夫去世了，"做好交际"则说她已经到寄娘家与张建生见过面，两个人订了婚。那么，"一个妇女带几只崽"，意思是说这是个寡妇，身边还带着几个小孩？我想张建生那么大年纪，自身条件不好，也只能找一个寡妇吧。

我问这个嫂嫂多大年纪，寄娘说虚岁四十二。"年纪大了？你也说年纪大了？你不懂，"寄娘道，"年纪大好。女大三，抱金砖，年纪大正好过日子。好几只崽呢。"

"哥哥今年二十几？"我问道。

寄娘不理。

"你哥哥也说大了……你哥哥还嫌她有几只崽。有崽多好，崽多还不好？这么好的人到哪去找，打着灯笼也找不到的。三只崽，好命，接连生三只……"

寄娘接过我递上的纸烟，吸一口，把烟头抿老大一截到嘴里，好一会才吐出来，继续她的絮叨。"大的十三了，小的也满七岁。那天来我家，两个小的进门就叫人，叫婆婆，叫公……他妈教的呢。有那么坏的娘就有那么坏的崽，坏崽那把嘴可真坏，叫得人心颤颤地发疼。"

我见寄娘说得投入，想把她留下来吃一餐饭，于是打算出门张罗一下饭菜。但寄娘不让。她是真不让。

"张苗，有一句话想同你说说。"寄娘看着我，样子忽然有些神秘。

"什么话呢？"我笑。早知道她想说什么。看起来今天寄娘的兴致真不错，能腾出心思关心别人了。

"要说这话，也不知跟你讲过多少遍了，就是不听，总说还早还早。"寄娘无奈地摇摇头，"胡子一大把了，还早！再不上紧，老了就找不到了。"

"找不到算了，我不稀罕。"

"还有不找老婆的呀！"寄娘睁大眼恶狠狠瞪我，"一个人，迟早总得结个婚吧。"

"结婚啰里啰唆，让人讨厌。一个人多快活。"我知道与寄娘无法说什么，故意逗她笑。

"现在年轻，当然快活了，以后呢，年纪大了呢？你躺在床上，病了爬不起来了，看你还怎么快活。"寄娘的声音突然低下来。为了缓和气氛，我不由哈哈大笑。

"我有哥哥，还有侄子，病了我找侄子去。嫂嫂不是带了好几个侄子过来吗？"

"好崽，会讲话。"寄娘重新把头抬起，"侄子归侄子，自己的婚也要结。"

"寄娘你讲，到时候我老了，病了，侄子会不理我？"

"看我不敲断他们的腿。"寄娘再一次做出恶狠狠的模样。

寄娘死活不愿吃这一餐饭，我到办公室打了个招呼，特意抽出工夫陪她去逛菜场，逛商场。我们在街上找到与寄娘同来的那个熟人，大家相跟着颠来倒去大半天，买下不少东西，分别装在两只化肥袋里，再送上开往墩头铺的班车。临别时寄娘再三交代，让我假期一到就回，越早越好，一刻也不能停留。她要我去帮忙杀猪，三百多斤的肥猪呢。寄娘下决心要好好热闹一番，胜过周围的那些人家。红白喜事，最能见出一个人的家势了。

从村上的熟人这里，我把相关情况做了核实，寄娘所说一点不假，张建生找了一个寡妇，身边带着三个男孩，年纪上两个人竟隔着十三四岁。不久父亲来了一次县城，告诉我近些日子寄娘家一直在为婚事做准备。看样子这一次，两位老人势头不小，下决心要好好操办操办。他们甚至再次提到张建生曾提到的那个话题，想把旧房子拆了，重做一栋新房。当然了，时间实在仓促，做新房完全来不及了，寄娘寄爷巴不得早一天把新人接到家里。想来想去，唯一的办法是把旧房做个简单的粉刷和整修，另外再添上一套家具。父亲昨天还到寄娘家去过，中饭时一桌的手艺人，瓦匠、木匠、油漆匠，还有几个帮忙的小工，家里家外乱得一塌糊涂，连个插脚的地方也找不到。我问前不久寄娘寄爷和张建生闹成那样，无缘无故怎么又和好了？父亲说谁能搞得清呢，你寄娘寄爷不就是那么个人，一辈子了，冷一阵热一阵，阴一阵阳一阵，谁也猜不出为个什么。

"照我和你妈私下猜，"父亲想了想，说，"你寄娘寄爷在乎的可能也不是张建生，不是他和那个寡妇的婚事，而是寡妇带在身边的三个男孩。"

寡妇那三个孩子父亲都见过，老大是个哑巴，不会说话，只能伸出十个手指比画画做手势。但三个孩子长得都好，虎头虎脑，又聪明又漂亮，走起路来脚底板踩在地面咚咚直响。特别是那个哑巴，一对眼睛闪来闪去，十根手指比画起来像绕花一样，把人都看晕了。我问对这个女的，对这场婚事，张建生自己是不是很乐意？父亲说为这事，张建生也不止一次到我家坐过。当初张建生是不愿意的，他说这哪是找老婆，明明是找了个老娘么，要是让安徽老家那边知道，不只会把他笑死，连他家的祖宗八代也会给笑得不能安生的。但你再怎么不愿，谁又能对付得了那边两个老的日日夜夜死纠活缠？加上不少人在旁边劝，张建生只得同意下来。再说吧，平白无故有了一个老婆，总比打一辈子光棍强。

七

张建生跑了，跑回了安徽老家。

家具油漆得油光锃亮，房里房外粉刷一新。请柬发了，猪杀了，各种菜肴准备停当，亲朋们也到得差不多了，但就在婚礼举行的头天夜里，新郎跑了。

　　面对两个满头大汗、从墩头铺赶来报信的年轻人，我有些恍然大悟，几乎大声喊叫出来：今天那人是他，是张建生……今天我看到过他，具体说，张建生今天来过我们镀锌管厂。那应该是早上六点半钟左右，我从城外跑步回来，转过水种场宿舍旁的那条窄巷，看到前面几十米开外，丁字相交的横街上走着一个人，头戴草帽，身穿白色汗衫，手提一只旅行包，另一只手臂空在那里，却并不甩动，反而朝里缩着，好像也提着一个什么无形的东西。脚步不大，却很急，很碎，速度也很快。我微微一愣，当时想到的就是张建生。我想这人是不是张建生。尽管他的脑袋及大半个上身让草帽遮住了，但那身形，那走路的姿势，还有走动时略朝里拐的手臂，都非常像。我知道自己的想法很荒唐。今天正值张建生的大喜之日，我也早向厂里请好假，吃过中饭就得赶回墩头铺的，这个时候他只怕忙得两脚不沾地，怎么可能出现在我面前。我把窄巷走完，来到丁字路口，还回过身朝那人的背影看了一会。我甚至往前赶过几步。现在想想，一切非常简单，早上我看到的正是张建生。他原本想来厂里找我，结果没找到，只得匆匆赶去县城。

　　我把自己的猜测同墩头铺的两位年轻人说了。他们来县城的目的，正是为了找人。终于发现了这条线索，不由极为振奋。我们紧跟着来到镀锌管厂门卫室，守门老师傅记得很清，是有那么个人，手提旅行包，穿白汗衫，戴草帽，大清早站在厂门边探头探脑。老师傅上前问他是不是有事，找谁。他却说没事，不找谁，继续对着厂门探头探脑。后来那人可能等得不耐烦了，也可能突然改变了主意，转过身匆匆离去，连头也没回一下。那人去的正是县城方向。

两位年轻人介绍，事发之前，至少在一般人眼里，张建生没有任何不同寻常的表现。相反，张建生情绪很好。婚期临近，偏偏又是农忙时节，山上山下、屋里屋外、田里地里，基本上只靠着一双手，张建生没日没夜在那里低头干着。累是必然的，人眼看着黑了，瘦了，连胡子也没时间刮上一刮，但张建生情绪的确不错，每从你身边经过，脚步迈得又急又碎，就似一阵风，呼一下就过去了。碰到有人上门，无论多么忙，他也会把手中的活放下，给你递烟、让茶，领着房里房外参观。若遇着谁开玩笑，讲他的老婆如何，儿子又如何，他都不生气，只嘿嘿地在那里憨笑。直到昨天，路远的客人陆陆续续上门了，新房的地面还没最后弄平整，家具也摆在天井那头让风吹。他一边接客送客，一边指挥几个小年轻填土筑地，要在上灯前把一切安置妥当。边吃晚饭，他又在同身边的人商量第二天接新娘的一应事项，这么忙到夜深，寄娘寄爷一催再催，他勉勉强强回房休息。早晨寄娘见后房那边没动静，差人过去叫人。一叫两叫仍没动静，原来房里是空的，什么人也没有。早饭时大家等他，上午分头找他。找来找去觉得有些不妙，但仍没人往那方面想。再接下来陆续有消息传来，大半夜的时候有人在某某地方看到他，又有人在某某地方看到他。他头戴一顶草帽，肩上扛一只黑黑的包，像一只兔子急急朝前走。原来张建生怕人发现，连墩头铺都没有经过，他是从后山溜走的。他就这么一直溜到黄田，再从那边坐上最早的一班通往县城的客车。

　　我想，张建生躲开所有的人，他甚至拿草帽把自己大半个上身给紧紧遮住，不愿让人发现了，他为什么又偏偏赶到镀锌管厂来找我呢？是不是有什么紧要的话要同我讲，有什么紧要的事托我帮着办理一下？也可能，我眼前豁然一亮，张建生是想在最后一刻，要向我讨个主意吧，让我告诉他，他到底是应该走，或者不走？那么人没见到，他甚至连厂门也没进一下，为什么又很快转身走开？

　　实在说，在听到张建生出走的最初一刻，惊诧的同时，我又感到说不出的轻松。这么快结束如此奇怪的家庭，真是一件幸事。张建生、寄娘寄爷，还有那个寡妇及他所带来的一伙小孩，乱七八糟凑到一起，实难想象会是一种什么景象。日子一久，不定会闹出更大的变故来。但不管怎样吧，张建生有再多理由，也不能采取如此方法，婚礼一切准备就绪，他却两脚抹油独自溜了。那么留下的这个摊子该如何收拾？周围的人该如何说，如何笑，寄娘寄爷又会承受多大压力、多大打击？说不定，两位老人会就此给毁了的。两位老人是个怎样的人，大家清楚不过。记得前些年，村上的干部出于好心，劝他们别再做收养儿女的傻事了，到时实在不行，一起进村里的敬老院。寄娘寄爷闻听，气得不行，几天几夜躺在床上不吃不喝，吓得那位村干部双手哆嗦，舌头打战，最后带人过来放了一挂鞭炮赔礼道歉，才求得他们起身。

　　整整一个下午，我带着两位年轻人，把歌山县城基本上翻了个遍。我们先来到汽车站，一个守在候车室，一个守住出口，一个则在停车场及车站四周搜寻，监视着每一位上车下车、出站进站的旅客。没有任何结果。接着我们把范围扩大，留一人在车站，其他两个人分散开来，一个城东，一个城西。旅馆、商场、电影院、录像厅，以及遍布大街小巷的所有垃圾堆、厕所及废弃厂房什么，只要能藏人的地方，没一处遗漏。这中间我们又碰到从墩头铺赶来的其他两伙人，大家分分合合，把开头找过的所有地方再找上一遍。仍然什么也没发现。这样的寻找，当然不可能有结果的，这一点我们每个人心里十分明白。不用说，张建生早已走了，他大清早离开镀锌管厂之后，便直接来到汽车站，大摇大摆地坐车离开了。从那时候到现在，整整四五个小时过去，这中间有多少辆车从歌山发出，别说一个人，你就是有成千上万的队伍，也早已走了个一干二净。这时又有人提出，那个张建生不会已经回了墩头铺吧，他今天来县城，也可能是想买点急用的东西吧。众人疑疑惑惑，看天色不早，等所有的人到齐了，只得坐上最后一班车，返回墩头铺。

张建生当然不会自动回来，寄娘家倒是灯火通明，前厅后厅各有一副扑克牌在那里甩着，还有更多的人站在四周观看，每有输赢，都会发出阵阵喧闹。在后厅的牌桌上，我发现了父亲的身影，他满手是牌，满脸含笑，见我回来连站起打个招呼的工夫也抽不开，只用力努努嘴，让我到厨房去见母亲。厨房里同样围着一群人，有男有女，有老有少。一个姑娘站在灶台前面，俯身向锅里七弄八弄，折腾出一股白气。另有一个男人在后门外的空场地上劈柴，不时转过身子，同门里的人大声说笑着。母亲蹲在灶台里面烧火，她把我身上的一只挎包接下，同时也用力努嘴："在房里。"我跟着母亲来到两位老人房中，见寄娘静卧床头，身下垫着一只很高的枕头。寄爷坐在床沿，两手合拢，紧紧插在腿缝之中。

"张苗回啦！"寄爷大声向床里喊。

我默默站在寄娘面前，惶恐着不知说点什么才好。

"好崽。"寄娘说，指指床面前的一只木凳，让我坐。

我没有坐下来，只一动不动站着，结结巴巴地讲了讲下午在县城找人的经过，又讲了早上见到张建生的经过。在此以前，不知是不是有人报告过了，寄娘寄爷对我所说并没表现出多大兴趣，只继续低着头，有一下没一下来看我，口里喃喃应着："好崽，好崽。"外面的牌桌上过于吵闹，我不得不暂时停下，等声音过去再接着往下讲。这么停了两次，忽然感觉有些烦乱，更有些不安起来。我想这些人到底怎么回事，父亲母亲又到底怎么回事。今天寄娘寄爷遭此大难，正是绝望到顶点也伤心到顶点的时候，是最需要别人安慰的时候，这些人为什么一点也不顾及，反而跑到这里大喊大叫，闹个没完吵个没完？他们是不是觉得面前的一切还不够糟心不够乱，需要他们过来再添点乱？我把母亲拉到一边，母亲如梦方醒般点头，疾步跑过去拉父亲。恰巧到了开饭时间，大家纷纷站起来收了桌上东西，到一边端碗端菜，场面反而是越加混乱。怪的是对眼前这些，两位老人好像并不在乎，面容自始至终淡淡的，时不时还转过面孔，房里房外四处看看。有人端饭进来，他们迅速把身子坐正，接过饭碗就吃，样子还有些急迫。我想对于寄娘寄爷来说，今天的事也许真不能算什么吧，张建生穿一套单衣来，穿一套单衣走，这边的东西，一分一厘、一针一线也没带去，就是房里专为他添置的家具，也完完整整在那里摆着。张建生走得出人意外，也老实得出人意外，他好像真不欠这边什么。

就在一片纷乱之中，该解决的事情还是得到了很好地解决，猪肉卖了，礼物各自拿回家，形形色色的美味佳肴能退的退了，不能退的委托墩头铺私人小店代销。一场大热大闹还没开始便已经结束，转眼间星散而去。我留住在寄娘家，帮着挑挑水、弄弄饭，没事时陪着说说话。几天后寄娘起了床，我扶她在房内房外转。

"张苗，这些东西我和你寄爷不想吃，吃不了。"寄娘指着木盆里腌的一些猪肠猪肚，对我说，"你拿回去给你妈。"

自己的东西，为什么要我拿回去？我当然不愿，说现在吃不了，不会留着慢慢吃？反正腌好了的，一时又坏不了。

"你拿去吧，我们不要嘛。"寄爷高声道。

寄娘寄爷连催几次，口气很坚决，后来简直带上几分哀求了。我想他们是不愿看到这些东西，想彻底抹去张建生留下的所有痕迹？我把盆里的东西提在手上，也送到街头一家小店给卖了，钱交在寄娘手上。寄娘不接，让我用这钱再去街上买些火纸、线香及油烛什么。

　　寄娘在张建生住过的上房摸摸索索，我进去时，前几天给客人搞乱的桌椅板凳已收拾得整整齐齐，床上也重新铺上棉絮、被单，蚊帐四角扎在垫单下面。寄娘把垫单的最后几处皱褶拍平，同我说："张苗，晚上你睡这里。"

　　每次来寄娘家，我一般都睡在前厅旁边的一间客房，窗户大，光线好，并且早已经习惯了。现在平白无故让我从客房迁出，住到后面张建生曾经住过的这间房里，不知为什么，心下很有了几分不快。我答应着，刚把自己几件衣物拿过来，寄娘又嚷嚷着，说让我过去帮她打扫前厅。我按照指点，将厅中的一应杂物搬的搬，挪的挪，中间留下一张八仙桌，及桌后的一副几案。几案原本已干干净净，寄娘又抹了再抹。寄爷面容古怪，颤抖着双手到案上的香炉里烧了些纸。寄娘拿出一把香，就火头燃红，递给寄爷。寄爷滔滔不绝，声调悠扬地开始唱起来。听不清唱些什么。继爷捧香作揖，揖毕，插到炉前神位上。寄爷退下，寄娘接着上去点香、作揖。我有些不明所以，寄爷的声音戛然而止。他朝我转过头，古怪的面容不见了，寄娘也瞬间变得生动起来，招呼我们吃饭。

　　自此几天，两位老人餐餐饭前拜神，一而再再而三重复那套庄严、单调的动作。我很快弄清了，寄娘为什么要赶我住到上房。每天晚饭后，两位老人早早安排我去后面睡觉。等我躺下，他们也匆匆关紧房门，窸窸窣窣，嘀嘀咕咕。有时我一觉醒来，看到外面哪个门缝或砖缝里仍有一线亮亮的灯光在那里透着。两位老人一定在背着我搞什么名堂。我很好奇，同时又不想窥探别人隐私。寄娘寄爷不愿让我知道的东西，一定有他们不想让我知道的原因和理由。我只能想方设法控制住自己。老人们不在面前，我从不主动走进他们房间，甚至连目光也不朝那边扫上一扫。如此一来，我整天给弄得神经兮兮，觉得自己什么时候已经成了电影中的那种人物，是活动在敌人心脏的特工。

那一天，村子上一户人家做喜事，寄娘给死拉活拽弄过去吃饭，寄爷的脚有些不方便，留在家里给我做伴。半上午，寄爷说到屋后菜园摘几只辣椒。我忽然变得气息急促，满面热红，不敢一个人待在屋内，想跟着寄爷来到后园，说要帮他摘菜。

"你哪知道摘什么菜。"寄爷把几只刚摘的茄子捏在手上，站直身向我嚷嚷着，"日头毒，快点进屋么。"

我没有犹豫，直通通进屋，又直通通来到寄娘寄爷房间。房里暗黑，一只大衣柜靠墙站着。我觉得柜旁边的暗角里有人，柜里面也有人，正不动声色地监视我。我说，我是寄娘寄爷的寄崽，一家人，有什么值得监视的。我大大方方来到里间，有意把脚步踏得咚咚响。我倒换双腿四处看，床底、柜顶、房梁。我吸一口气，一线尿臊像条蛔虫，吱地一声爬进鼻孔，爬进肺叶，还打几个旋。我憋得难受。我准备退出，脚步却没动。臊气是由床头的角落流泻出来。那里有一只尿桶，我这样猜想，伸头去看。头顶猛然一阵冰凉。我看见一个人，准确点说，我看见了哥哥，前不久跑掉的那个张建生正微侧着脑袋，目光阴沉地盯住我。头顶的凉意作一声响，朝全身发散开来，就像一盆顶在头上的凉水突然泼洒开来一样。我四肢僵了，无法跑掉，也没想到跑，就那么呆愣愣回看着他。

这是一个稻草人，穿一套张建生穿过的衣裤，头戴张建生常戴的草帽，身材与真实的也差不多，双腿软软地耷拉在地面。我的双腿在硬到极点后，也跟着发软，血液轰轰隆隆地猛攻两边太阳穴。我稳稳神，飘飘然来到屋后菜园。烈日当空，寄爷仍站在地畦之间，满手茄子满手辣椒，同时也满手汗水。

烟囱吐出最后一股浓烟，旋几旋，飘向屋檐外的栗树，让树枝树叶撕碎，淡褪了，消融了。锅灶里的炭火渐渐黯淡，衰微，终于渗进白色的灰烬深处。灶壁四周的烟垢让最后一道火花点亮，明明灭灭闪红光，向四外扩延，漫上锅底，像黑漆苍穹下的满天星斗。

随着碗碟撞击声的消失，灶砖退尽微温。一束阳光从瓦缝里斜着蹩进来，落在潮湿的地面。好久之后，有一只老鼠从碗柜底下小心钻出，半蹲着身子左右顾盼。一闪，到了灶边，吱吱叽叽啃起什么。老鼠偶然经过那柱阳光下，浑身的毛发着火般亮了。老鼠吓个半死，身子一耸，重新钻进砖缝之中。

我久久坐在当门处的一只小凳上，等什么，又全然不知到底等什么。最后才突然站起身，慌忙跑回家，把自己的发现哇啦哇啦同父亲母亲说上一通。父母听了，也是一脸茫然，叮嘱我重新回到寄娘寄爷身边，小小心心照看。

八

没有灯，前厅的几案上插一把香，暗红的亮点集作一处，散射出滞重的光焰。寄娘寄爷跪在案前的阴影里，咿咿呀呀不住地唱。长衣长裤的稻草人跪在他们之间，大草帽紧盖住面孔。几个蚊子绕着他们脑袋哼哼，并不落下。炎热的夏夜，厅里厅外却有一阵没一阵流溢着股股冷气。香头结一层壳，碰到冷气，眨一眼壳落了。

　　不知道寄娘寄爷跪过多久，又唱过多久。我躲在门侧的阴影里，大气也不敢出一声。一只脚没放好，斜斜地侧在那里，偏偏脚底踩着个什么硬硬的东西，这让我整个身子无法着力。我想把那只脚收回，调整一下姿势，但是我不敢，担心任何一个细微的动作都会弄出声响，让寄娘寄爷觉察。我又想将自己从门后抽身出来，重新退回到上厅去。不过同样不敢动。只能继续在那里站着，双腿都有些打起晃来。不知是由于过于紧张，以至都有些虚脱了吧，也可能是真的站得太久，我发现有一刻自己特别疲倦，完全陷入迷糊状态，眼皮都睁不开了。再后来，我想自己很可能真的就那么站着睡过去了，并且睡的时间还不短。直到大门发出两声嘎嘎锐响，头一偏惊醒过来，睁眼再看厅上，香继续亮，人没了。寄娘寄爷出门去了。我慌慌张张跟上，推门就往外冲。一只脚刚跨出，却凭空悬在那里。我发现就在离我的脚底一两寸远的地方，寄娘寄爷紧挨门槛，双双在那里跪着。

　　"寄娘！"我失声叫。

　　根本没有料到，事前我鼓起多大勇气，做下多少准备，刚一跟踪，便整个暴露了。我羞得无地自容，深悔考虑欠周，不该有此下作的举动。

　　"寄爷！"可能是想为自己作些掩饰吧，我喃喃着又补充道。

　　没有回答，地面上的人仍然纹丝不动。我希望他们没听到我的声音。希望他们不知道我开门，不知道我的脚正悬在他们头顶一两寸的地方，几乎就要踩将下去。这当然不可能。他们肯定生气了，不愿理我。我再次考虑是不是抽身而回，地面的寄娘寄爷却动弹了。他们先屈起一条腿，然后两腿站直，一边一个扶紧稻草人，影子一样无声无息地往前去了。此刻我想，既然行踪败露，那就再用不着鬼鬼祟祟，不如大方一点，做出光明正大的模样。"寄娘，我来。"我殷勤上前，扶住稻草人手臂。稻草扎得不是很紧，在我手中发出沙沙啦啦的声响。

寄娘寄爷不看我，就像身边没这么个人，继续影子一般无声无息往前飘。我愣过一会，也迈开大步跟上。两位老人风烛残年，稍有闪失便吃不消。幸亏寄娘寄爷并不阻止，他们自始至终不回一下头，更不发出任何声响。

夜很深很黑，没有月亮，也没有星星，似乎也没什么云，单那么没头没脑黑着。脚下出现的是田埂小路，坑坑洼洼。偶尔会白一块，那是石头。脚不能踩上去，石头高出地面，不留意会闪你一跤。我跌跌撞撞，胆战心惊赶上寄娘寄爷，不几步又给拉下。我惊讶不已。两位老人平地上走路都歪歪斜斜，今夜竟走得如此平稳，如此不急不缓。

在一个田缺边，寄娘寄爷跪下，跟大门口时一模一样。我以为他们跨不过田缺，趋前搀扶。手没来得及伸出，他们又已经站起，悠地逸出几尺远。不久我明白，每过一个田缺，他们都得跪上一跪。

我们踏上了一条石板路，路旁有一条叽里咕咚的小溪。四周的山影渐渐收拢，终于挤到一起，在前方形成一个陡峭而逼仄的隘口。我突然意识到自己到了哪里。若干年前，这里是墩头铺通向外界的唯一道路，也是周边两省几县的交通要津，一天到晚人来车往，骡嘶马叫，热闹得很。后来墩头铺修通公路，绕道后街那边出山，这条石板路也就随着冷落下来，茅草树丛越长越密，几乎把路面遮去大半。越往前行，两旁的山体挺得越高，往中间也挤得越紧，同时路旁的溪水声也越加响亮了。等山峡挤紧得不能再紧，小溪也顿了顿，突然腾空而起，带一声嘶喊跌下山底。一棵古樟从崖头斜出，黑压压填满峡口。溪上树下，颤巍巍横着一座木桥，桥头还有一座供行人歇息的凉亭。山口风大，木桥和凉亭一齐晃晃悠悠。

在桥头，我赶上了寄娘寄爷。他们静静跪着，许久许久蠕动了，稻草人横架到桥面。模模糊糊中，寄娘一手渐渐举起，接着再举。手中一把刀，切菜刀，我看得真真切切。刀举过头顶，停了停用力挥下，随着发一声沙哑的钝响。我后退一步，跌坐地面。我的面前分明迸射出一道通红通红的光亮。那是一道血光，射得山口亮了半天。樟树的枝枝叶叶一齐照亮照透了，就似一支通天的火炬，噼噼啪啪地燃烧。

"短命鬼，挨千刀！"

"短命鬼，挨千刀！"

砍一刀，一声响，伴一句单调刻板的咒骂。风息了，樟树枯焦着一动不动，小溪失去水声。

"张苗，回家吧。"寄娘站在我面前。寄娘说话了。这是今天夜里寄娘同我说的第一句话。"回家么！"寄爷也说，声音大。我想起身，双腿却支撑不住，只得重新跌坐下去。寄娘寄爷走几步，见我没跟上，站在那里等。实话说，我没力，也不敢重新跟他们回去。我害怕。真的怕，怕进那扇屋门。

寄娘寄爷站在路头。他们一直等着。我感到一阵无形的威压，不由撑直身。双腿仍然酸麻，就似给醋泡了太长时间。我揉几揉，把头抬起。天地间显然有些分明了。

"回来吧，张苗。"到了大门口，寄娘寄爷再一次停住等我。我紧走几步，大门砰然在身后合拢。"张苗，喂。"我听到一声喊。衬着窗户映出的微光，寄娘寄爷双双跪倒在我脚前。

"喂，寄娘寄爷作下恶了！"

"寄娘，"我遭雷击般，双腿闪几闪，屈了下去。"寄爷，"

我又叫，声音很低。有一双手，是两双手，抖抖索索伸过来摸我。我接住，随后也伸手摸他们，却摸着濡湿的泪水。

"好崽，寄娘寄爷只有你一个好崽。"

寄娘寄爷双双病倒了。我的轮休假恰已到期，到厂里另请过一个，重新回到墩头铺，一刻不停守在他们床前。"报应啊，"这天寄娘对我说。寄娘微微笑着，神情安详，静谧。我还从未看到过寄娘有如许动人的微笑。

从母亲处我了解到，那是墩头铺一带独有的一种习俗，一种最恶毒的报复行为，除了生死仇恨，轻易决不会有人做。偶尔做了，也得瞒天瞒地，小心而神秘。假如让别人发现，一是遭人鄙弃，据说更重要的，那恶咒会反过来报应到自己身上。看样子所有的说法并非虚传，两位老人的病越来越重。十多天后，寄娘去世了，第二天夜里，寄爷也吐出了最后一口气。两位老人就似约好了的。

我难以得到安宁。我清楚，寄娘寄爷心里其实只有我一个真心人。他们暗下里行此秘密，原本应该把我远远赶开，赶回家去的。可他们不忍心，只随随便便让我换过一个房间。我想假如不是我在旁边干扰，尤其最后那天晚上，我出于可笑而又可悲的无知和莽撞突然出现，也许他们并不会受到触犯，能平平安安渡过眼前的一关吧。

由族里的主事人及村干部出面，一番清理之后人们发现，除了那栋破房，两位老人身后根本没留下多少东西。乡下的一对老人，哪怕整整一辈子吧，再勤劳再辛苦，又能留下点什么呢？仅有的一点积蓄，可能也在那一次次大操大办中消耗殆尽。尽管如此，寄娘寄爷的葬礼仍是意外地隆重，热闹。四乡八邻的人都来了，还有寄娘寄爷生前收养过的那些男男女女及其家人亲戚什么，全来了，由我领着，一个个披麻戴孝。大家回忆起两位老人的种种好处，为养育自己所吃的苦，受的累，尽的力，不由得痛哭不止，汗水泪水一齐流。我没哭。那天天气奇热，我身着又粗又厚、宽广无比的孝衣，就像穿着一件铠甲，通体难受。我不停地把身子侧转，想让自己松口气。可我摆来摆去，衣服仍旧是那件铠甲般的衣服，还有面前的一片白，白衣、白帽、白鞋、白幡、白花圈，以及天上那轮总也不动的白晃晃太阳。直到葬礼结束，直到人散了，夜里躺到床上，我把双眼闭起，发现面前仍呈现一片茫茫白色。这时的白不是固定的，它能流动，还能变幻，一会变人，一会变狗，一会变山川变河流变树木变森林。有一阵突然变作一只虎，一只白色的老虎，懒洋洋在半空中坐着。我一吓，赶忙把眼睛睁开，看见老虎仍一动不动坐着，就在头顶之上的某个高处。

抢　劫

一

　　摆摊的地方离住处并不很远。从巷口出来，顺街道走上半华里，在三岔路口向右转弯，再走上半华里，来到另一个三岔路口，看到水泥杆厂门侧丢的几块碎砖和一根麻石条，那便是了。短短两个半华里，兴建拖着板车却要走上好久。路上人多，车更多，大车小车、客车货车、公家车私家车，都闪着五颜六色的光，像链条那么密密麻麻排着，从街这头一直塞到街那头去。大车小车一律牛气十足，特别看不得他这辆贴在一边的板车，稍不留意，便有可能从哪个窗口钻出一只脑袋，哇啦哇啦地对你大声呵斥。更多的车则见缝插针乱窜乱跳，像条鱼那样想尽快从车流里跳上前去。没想这鱼是网里的鱼，越窜越跳，便被缠得越紧，结果连动弹一下也不容易了。每天拖着板车过街，对兴建来说都是一场紧张的搏斗，他得小心翼翼，竭尽全力。好不容易从车流中脱身，走到街那边，兴建忍不住心有余悸回头看一眼。这一看不由暗吃一惊，记得当初他带着丽芳刚到这里的时候，四周尚是一片荒旷湖滩，湖后几块稻田、藕田，几口水塘，还有曲曲折折一条烂泥路，再加几栋歪歪扭扭半陷在土层深处的农舍。这才多久过去，忽然变成这样。

眼前的一切都在变化，不变的唯有兴建，当初他拖了辆板车进城，许多年过去，仍然拖着那辆板车在城里转来转去。这点不光兴建不懂，连他家里的人都不懂。那次回家过年，下屋的大婶过来借一只米箩，看见兴建，微微点个头笑道："兴建呢，别人进城摆摊开店，眼看都发了财，做房的做房，买车的买车，有的一家大小户口都迁走了，成了真正的城里人。你怎么还在那里守着个水果摊？"

又有一次大哥进城，夜里住在兴建的租房里。大哥大嫂在老家村上开了个杂货店，隔三岔五会到江州进一次货，一般都是下半夜从家里动身，把货打好，再赶夜车回去。有时碰得不巧，也会到兴建这里挨上一晚的。兴建让大哥睡床，自己和丽芳带着强强在地面打地铺。大哥似乎仍不满意，第二天离开的时候，他把兴建叫答应，当着丽芳的面问："我说兴建、丽芳，有一句话总想问你们一问，一时却又开不了口。"兴建和丽芳一动不动，等他把话说出。大哥道："你们在外也有不少年数了，手上是不是积了点钱？"

大哥说："我们在背地里讲起，说你们吃没吃什么，穿没穿什么，房也没见你们买下一间半间。是不是把钱都积在手上，不愿用出去呢？"

兴建和丽芳嗫嗫嚅嚅，一时不知说什么好。大哥见问不出名堂，换过一个话头，说要不这样，我们一起算算账。像你这样早上把板车拖出去，晚上再拖回来，一天能赚上多少？

"一天多少？"兴建同样嗫嚅，眼睛直直地看着前面，好半天才转上一转。看得出，他在默默地掐着数："好的时候，能有个六七十吧，差的时候也有十多二十块一天的。当然也有时候，比如下雨了，或者货进多了不能及时卖出去，碰坏了沤烂了，钱一分不能赚，还要往外倒贴。"

"一个月平均下来，我算你一天赚五十，怎么样？"

兴建犹豫着点头，说五十，可能没那么多。

"就算一天五十，十天五百，一个月也就一千五。你知道我们在乡下帮人做小工，一天是个什么价？"大哥盯着兴建，说，"我们帮人做小工，一般七十块钱一天，好的还能达到一百，并且吃人家喝人家。"

大哥再不多话，提了包开门出去，到巷口了，才转过身同兴建叮嘱："我说兴建，你们还是跟我回吧，回去好歹能守着个窝。你这样子算什么？家不家室不室的，要人样没人样，要鬼样没个鬼样。还打算这么把一辈子过下去？"

"出外做生意，也不要过于实诚了，多少还应该学点奸。"母亲同兴建说。

母亲同大哥二哥他们说："我们兴建，人太善了。"

"善什么？"大哥伸出指头点点自己脑袋，"这里少长了一点东西是真。"

有关做生意的种种诀窍，兴建不是不懂。兴建懂，甚至可以说懂得很多。不过懂是一回事，真正做起，又是另一回事了。买卖头上一杆秤，有段时间，兴建也想在秤上玩点花样。他把自己关在房里，一遍遍训练手上的功夫，训练手与手之间的配合。但他练出了一双手，却无法练出脑袋里的那点东西，每到关键时刻，他发现自己全身都在发颤，所有的功夫都随之消失得干干净净。又有一次他用上了一个最笨的办法，从商店买来两块薄薄的磁铁，经过一番加工，贴在秤盘底下。这回他成功了，但同时身子却抖得更厉害。不光称秤时抖，闲下来也抖，白天抖，夜里躺在床上，一双手仍在那里兀自抖动，几天下来，人整个瘦了一圈，就似大病了一场。直到他把两块磁铁悄悄摘下，丢进一处打开盖子的下水道，一个人这才恢复正常。

那年三月，水泥杆厂对面的药店因经营不善，关门了。一位熟识的歌山老乡过来正好看见，夜里特意找到兴建，问他愿不愿两个人合作，把那家店面接下来，开个餐馆。老乡看来已有准备，好好做了一番工作。说他此前在外地搞过多年的餐馆，有这方面的经验。说水泥杆厂一带地形不错，近几年人口越来越多，餐馆却没见几家，发展的空间还是很大。又说兴建人实诚，能吃苦，有这番功夫，加上他自己的经验和手艺，要不了一年准能弄出个样子来，至少比你年年爬起来守着这个水果摊强。兴建几乎给说动了，他真的很想能找到个机会翻翻身，改变一下自己的境遇，同时也让家里人，更让村里那些人看看。那些天他连摊子也不摆了，与老乡一道从早到晚去跑城内的形形色色餐馆，想多少了解点情况。等各项计划弄得差不多，兴建忽然打了退堂鼓。开个餐馆说是说用不着多大本钱，具体做起，发现远不是那回事。别的不说，光是略加装修，还有锅碗瓢盆气灶气罐什么，就是老大的一笔。另外他隐隐觉得，那位老乡好像总在暗地里算计着他。那位老乡同大哥所说的那样，总以为兴建在外面辛苦多年，手头应该积攒着点什么。那位老乡看中的可能就是兴建手头那点东西，有次说话不留神，竟提到什么资金股和技术股。他的意思是，自己懂经营，懂配菜炒菜的技术，这便是技术股，而兴建有钱，便是资金股。兴建知道情形不对，当即表示不干了，他还是去摆他的水果摊。老乡气得嗷嗷叫，说不干你早该说不干，现在快干起了才说不干，这不纯粹耍人么。老乡并不罢休，另找了个人把餐馆弄起来。结果不出所料，好歹经营大半年，一分钱没赚着，连房租带各项收费，还有自己的日用开销，两个人投下的万多元全亏在了里面，最后灰溜溜关门走人。

兴建有些侥幸，更有些后怕。看样子千好万好，都不比摆水果摊好。后来有人好心劝告，说兴建，花点钱租处店面，搞个小果品超市吧。成年累月拖个板车也不像样，风吹雨淋不说，心里也没个落实的时候。兴建想了想，仍然拒绝了，说卖点水果，要那么大地方干什么，一杆秤，一辆板车，想去哪去哪，够好的了。这时另一个人找上门来。同村一个伙伴叫三光的，在南方打了多年的工，后来自己办厂，办公司，听说混得很不错。三光比兴建小四岁，小时可能饿坏了身子，人长得又弱又小，走起路连步子也迈不稳当，两只脚一个劲打晃，在村子上受尽小伙伴们欺负，他的父母为此不知流过多少眼泪。有一年大雪，兴建担着两只水桶到村后的山塘里挑水，猛见路边的雪窝里，一伙半大孩子围拢着在踢打另一个小孩。被打的不哭不叫，也不动，只微侧起身子，双手抱紧脑袋，像件破衣服那样弃在地面，任人拳打脚踢。兴建大吼一声，挥舞扁担赶散那伙野孩子，把三光拉起送回家。那以后，三光就似个影子，时时跟在兴建身边。后来进学校读书了，三光的母亲也特意把儿子交在兴建手上，千拜托万叮咛，让他多加照顾。那么个可怜兮兮的小人，长大后却变得身高个壮，人也精明，胆子更大得出奇。十三四岁的时候，他就跟着打工的人流去了南方。开头几年没消息，家里人都以为他死了，他的父母见了人，几句话说过，鼻涕眼泪便能流个满脸，哽咽着说他家三光可怜，生不见人死不见尸。没想到三光根本没死，三光回来过年了。三光在外面发了大财，并且已结婚生子，老婆还是个漂漂亮亮的城市人，大学生呢。那年的春节，村子上格外热闹，春节过后，三三两两的男女青年纷纷找上门来，表示想跟着一起去南方。三光爽快，一口答应下来。他说他的公司是一家劳务公司，也就是说，专门替各地找工的人介绍工作的。他们跟南方许多城市的许多工厂都有联系，有多少人他们可以安排多少人下去。三光从县城租了辆大客车，整整装了一车人出去。不多几年，这些人真的也都混出个模样，不时有钱寄回，村里的新房做了一幢又一幢。

　　兴建手头不宽裕，回家的次数就少，有时春节也窝在小租房里，一家三口勉强对付一下。反正离家太远，一时回不去，母亲他们会原谅的。反正母亲有大哥二哥照顾，也不在乎他的孝心。他没想到自己多年不回，倒有一个人在时刻记挂着，那便是三光。所有的消息都是从大哥二哥，从母亲那里来的。大哥他们说，别看三光在外面风光了，这倒是一个重情重义的人，每次在村上遇到，都会紧紧拉住你的手问长问短，最后再问到兴建身上。三光说他打小最佩服的人是兴建，后来在外面东闯西荡许多年，要讲起最佩服的人，仍然还是兴建。得知兴建情况不是很好，三光不信，接着大手一挥，让去找他。他想把兴建留在自己的公司里。他说他身边正好缺这么个人，踏实肯干，又在家坐得住。三光说了多次，对方并无动静。三光急了，这次特意绕道几百里赶到江州，把兴建堵在家里。初初一见，三光略微愣了一下，发现眼前的这人跟以前确有些不一样了。瘦了，老了，模样都有些走形了。三光来不及考虑，揽住兴建就往车上拖。兴建挣扎着，说即便要去，也得做点准备吧，哪有这么说走就走的。兴建果然跟着三光到南方去了一趟，一个月不到，又回来了，仍旧拖起板车摆他的小摊。好久之后兴建透露，在三光的公司里待着好是好，但他不习惯。另一次私下里与大哥及丽芳聊天，兴建可能大意了，说起三光时，失口冒出一句：那个鬼儿子，总有一天没个好下场。

兴建想，一种人大约天生就是这种人，学是学他不会，练也是练他不出的。兴建承认自己不行，他不是那个料。但他愿意这样，愿意就这么每天拖着一辆板车进进出出。

二

要说佩服兴建的，假如三光算一个，他老婆丽芳也算一个。其实兴建的大哥二哥及母亲他们，都应该算上。母亲和大哥二哥说他，那是恨铁不成钢，意思是兴建不争气，活活把自己糟蹋了。小时候的兴建真是个不错的孩子，生性勤劳，脑子又灵活。六七岁的年纪，他就跟着大人下地干活了，锄地、除草、摘茶、点豆种、收割时围着打谷机给大人递稻把。有时在水田里奔跑一天，除了一双眼睛，全身上下都被泥水糊住，大人们都称他作泥菩萨。傍晚收工后，他钻到水塘里扑通扑通游两个来回，等身上的泥浆沙末去干净，套上裤头又帮母亲干起家务，剁猪菜、喂鸡、抹床席、抄把大扫帚清理房前房后的垃圾。到了冬闲，大人们都抓紧时机坐在家里聊聊天、烤烤火、摸摸麻将，兴建仍不闲着，又肩起粪筐村前村后四处捡粪。捡粪是村子上祖祖辈辈传下来的习惯，也是那个时代的一种时髦，每天的早早晚晚，趁着出工收工后的空隙，许多手脚闲不住的人喜欢肩挎一只粪筐，出没在村前村后的薄雾之中。兴建的个子没到粪筐高，每走一步，身后的筐沿便啪咚一下敲在小腿肚上，步子随着一个歪斜。兴建便那么跟跟跄跄，在村周围及田野里奔来奔去，不时引来村人们的笑声，也引来一片赞叹。那时的兴建，还表现出一定的生意头脑呢，他到村前村后采摘蓖麻籽、桐子，拿把锄头到山脚下挖麦冬、党参，拿把刀到后菜园里割些棕毛之类，回家晾干收起，送到供销社换成钱，一分一厘交到大人手上。有一度他又从什么地方弄了些荸荠、花生之类，煮熟了坐在村外的大路边使劲叫卖。在学校里，兴建更是个好学生，不光成绩好，政治上也积极要求上进，先后做过班长，又做少先队的中队长、大队长。上课下课时他以班长的身份喊起立，带领同学们给老师敬礼，放学时又以少先队长的身份站到队列前喊立正稍息，有时还指挥大家唱一首歌曲。兴建上课喊起立、放学喊立正时都非常用力，两条手臂伸得笔直，朝身侧使劲一拍，发出砰的一声响。同学们笑他的样子像一只拍着翅膀打鸣的公鸡，可公鸡就公鸡，兴建不在乎，继续用力拍着身体给大家喊起立。他就这样一直把班长从小学做到了初中，直到高一那年父亲去世，他突然离校为止。

妻子丽芳就是兴建初中时的同班同学，也是他暗地里的一位崇拜者。说起两个人的关系，内中颇有一番曲折。丽芳姓吴，是三四里路外的吴家坎人，兴建的母亲也姓吴，娘家也在吴家坎。丽芳尽管年幼，在村上的辈分却高，有时见着面，她会按照大人的指导，称兴建母亲为三姐，兴建母亲同样按照规矩，让兴建叫丽芳为小姨。亲戚之间叫叫倒也罢了，没想到有一天这个小姨竟成为自己的同学，兴建尴尬至极。小姨二字当然出不了口的，叫吴丽芳似乎也不妥当，兴建只能时时刻刻躲着。没想到有一次，母亲来学校给兴建送米，见到丽芳，当着全班同学的面就小姨小姨叫开来。同学们弄清原委，不由哄堂大笑。自此以后，吴丽芳得着一个绰号，就叫"小姨"。有时一伙同学聚在一起聊天或做游戏，只要丽芳一到，所有的人会不约而同摆出下辈的姿势，用故意憋出的童音恭恭敬敬喊一声：小、姨——！尤其当着兴建的面，喊声响亮而又暧昧。同学们有意无意之间，早把他们看成一对，班上有什么活动，也尽量把两个人往一起摆布。兴建又羞又急，丽芳却无所谓，众人越叫，她反倒显出几分兴奋来。平日有事无事，还常常缠在兴建后面不离开。"班长，我的作业本不见了，还不帮我查一下？""班长我想请个假，刚才脚扭了一下，课间操就不做了呢。""班长，某某某嘴不干净，你到底管不管。""班长，教室的后窗头有个马蜂窝，你快去把它捅了，要不我不敢进门的。"丽芳故意耸起双肩，缩紧脑袋，做出一副害怕的模样。

"不进门别进，蜇不死你。"兴建愤愤地咕哝，头也不抬地走远了。

那个星期六，应该是初二的下学期吧，班上组织学生到邻近的黄田镇参加社会实践活动。半下午活动结束，老师集合大家作了最后的讲话，然后解散，让学生们分头回各自的村庄。起初一大伙人同路，大家说说笑笑，随着越往前走，人便越少。不知是巧合或谁在有意捣鬼，兴建回身一看，他的后面只跟着吴丽芳一个人。兴建慌了，低头只顾往前疾走，想尽快把吴丽芳甩开。可他快吴丽芳也快，他慢吴丽芳也慢。他想从一条岔道绕开，吴丽芳也跟着往岔道走。吴丽芳斜背一只大书包，脑袋逆着书包的方向朝另一边倾斜，脸上带着微微的笑意，半是气恼半是恶作剧地看他，似乎在说：看你能往哪跑。有时丽芳超前几步，板着脸低头快走，似乎真生气了，不再理他。不理正好，兴建巴不得。他故意磨磨蹭蹭，等丽芳走远了再重新上路。转过一片树林，发现那人又坐在路边，一脸坏笑正等着呢。两个人就这么停停走走，十多华里下来，竟没说过一句话。回到家静心想想，兴建不安了。莫非真如同学们所说，丽芳对自己有着别样的意思？于是自此以后，他对丽芳躲得越加厉害。

父亲去世得很突然。是脑出血。晚上还吃了一餐饱饭，到第二天早上便起不来床，也说不出话，只睁大眼睛默默流泪。半下午送到医院，人已经不行了。父亲年纪不大，中途去世，家里突然失去支撑。那时兴建正读高一的第一个学期。大哥头两年结婚，在结婚的前两年，家里还做过一幢房子，两件大事加在一起，拉下的亏空实在吓人。何况二哥年纪也到了，不久前谈下一个对象，两个人开始讲到结婚的事。这又得是一项巨大的开销。兴建好歹把那个学期读完，春节过去，在别的同学相邀着去学校报名时，他也捡了几件衣，开始出门找事。兴建到的是一家窑场，离歌山县城不远。从公路的某个拐弯处下车，顺岔道往右，翻过山包，眼前出现一座巨大烟囱。砖窑规模不大，但在这里做工的人却说着南腔北调的外地话，四川、广西、湖南，形形色色都有。兴建初来乍到，只能干干简单的粗活，搬砖坯。将新脱的湿坯从推车上搬下，码在砖场上，再把砖场上晾干的干坯搬到推车上，送进窑里去烧。兴建干活很卖力，自始至终把头低着，眼里只有千篇一律的砖块，甚至连递砖的人也懒得看上一眼。那天丽芳一身大汗找到砖场，手扶砖堆呼哧呼哧地喘息大半天，他还不知旁边站的是谁。丽芳也不多话，拉起他就往外跑，到公路边坐车。丽芳让他赶快回学校上课，他的学杂费和书本费早已交好了。当然是丽芳替他交的。丽芳自己停了学，把父母给的钱省出，全用到他身上。丽芳说，要停学只能她停。她成绩不好，即便读到毕业也是白读，浪费了那钱。兴建不同。兴建一定能考上大学，做个工作上的人。丽芳让兴建只管认真读书，生活上的事她会解决。她已正式办好退学手续，准备去学校对面的餐馆做工，每月能赚一百多块。

　　丽芳把头微微偏着，脸上习惯性带几分笑意。丽芳的行为不用说很武断，也不顾一切，这时不只老师、同学，双方家长也一齐惊动了。他们头一次意识到，两个年轻人之间似乎发生了点什么。私下里仔细询问，却又问不出名堂。兴建与丽芳一起读书多年，连一般同学之间的正常接触也没有，能问出什么名堂。大人们绷紧的神经渐渐松弛，相互见了次面，又相邀着去见学校老师。老师当然不愿让丽芳就这么离开学校，更不愿兴建离开。兴建母亲出钱交了丽芳的学费，学校方面也对兴建作了些必要的照顾和减免，让他们重新返校读书。当然事情闹到这地步，书是无法正常读下去了，勉强把一个学期混过，兴建和丽芳再次不告而别，相邀着去了南方。家长们得知消息，乱成一团糟，丽芳父亲还专门赶到南方，死拖活拽地把人弄回。但生米早已煮成熟饭，哪是你一时能拆得开的。

"短命鬼呀短命鬼，晓得丽芳是谁，你又是谁吗？"兴建母亲一声声哭号，"她是你姨，你是她侄子。你跟谁在一起不好，非得跟她一起？"

"年纪还比我小，谈得上什么姨，同一个姓而已。我早查过了，婚姻法规定三代以内血亲不能结婚，你与丽芳家不是早出五服了吗？"

"出了五服也是你姨。"母亲叫，"这个不要脸的，伤风败俗，无羞无耻。自己不要脸也算了，害得我们这一家如何出去见人。"

母亲越说越气，丽芳家也接连多日吵闹不休，威胁着要与女儿脱离关系。丽芳的父母甚至放出狠话，说要找人卸掉兴建一条腿，让他一辈子在地上爬。在家里实在无法待下去了，兴建与丽芳略一商量，两个人重新来到县城边的窑场，兴建做工，丽芳负责搞食堂，空闲时帮大家收拾床铺洗洗衣服。不久两个人来到县城，兴建在菜场帮人卖了几个月菜，又到城外河滩用大板车拖沙。拖沙很累，但赚的钱不算少，兴建干脆拿出积蓄，自己买了辆板车，打算长期干下去。这时不知哪个机关发下文件，说县城周围不许任何单位和个人挖沙。往日从早到晚轰隆轰隆响个不停的机器停息下来，沙滩上的人都做了鸟兽散。兴建没法，拖着他的板车到汽车站帮下车的旅客送行李，又到菜场卖菜，接着开始卖水果。他们就这样拖着板车，把水果从歌山卖到江州。儿子强强出生了，兴建他们才记起，两个人早过了规定的婚姻年龄。于是趁着回乡的工夫，匆匆忙忙到镇上补办了一个结婚登记。

三

站在巷角的铁栅栏边，兴建习惯性摸了摸裤前的拉链。他知道拉链拉紧了，但仍习惯性地摸摸。"你那大门关了没有？"出门的时候，丽芳有时会这么问一句。有时丽芳没问，但兴建仍摸了摸。这一摸不由吓一跳，大门果然没关。兴建站在略略下斜的水泥巷道上，两只肩膀悄悄朝前一挤。他的左边是一栋宿舍楼，楼上无数窗户就似无数双眼睛，亮闪闪地对准他，他的右边也是一栋宿舍楼，同样有无数窗户对准他。往前十几步，巷道与街道相接的地方，一位矮墩墩的男人夸张地甩动着四肢，急匆匆朝他迎面走来。男人身边，一个进城卖菜的女人刚刚结束一桩小小的买卖，侧着肩膀将担子挑起。还有几位夹着公文包的上班人站在树荫下等车，相互之间不说不笑，神情严肃。兴建放慢脚步，等面前的矮个男人擦身而过，卖鸡蛋的女人调转面孔的瞬间，飞快而又不动声色地将拉链拉好。

"你这只老壳子！"丽芳讲他。每次看到兴建不关大门，丽芳总很生气，叫他老壳子。丽芳是模仿着强强的口气叫他老壳子的。

兴建弄不清老壳子是什么意思。这是强强与丽芳之间常用的那种词语。一般都是强强先说。强强初学话，经常颠三倒四，半通不通。他把水壶叫作"壶水"，把电风扇叫作"风子扇"，把黄豆叫成"个子"。丽芳不加纠正，反而跟在后面叫，叫着叫着便在家里流行开来，外面的人一般是无法弄懂的。有时连兴建也不懂。兴建猜，老壳子也许就是老吧。丽芳的意思是说，一个人大门都不记得关，表明你已经老了，老糊涂了。

兴建想起了父亲。兴建想丽芳的话兴许没错，一个人大门都不记得关，表明他真的老了，老糊涂了。父亲去世前几年，也总不记得关大门。父亲的大门就如同一副阔大的嘴巴，到哪里都肆无忌惮地咧开着。

但父亲那时六十多岁，兴建呢，三十才刚刚挨上边。

原本聪明能干的一个青年，不多几年会变成眼前这副模样，其中的反差实在太大，许多熟人，比如自小一起长大的那些玩伴，比如读书时的一些老师同学，讲起了都有些不解。越熟越了解的人，就越发不解。甚至连母亲哥哥们，连丽芳，都有些不解的。一般的说法，当年发生的一系列变故对一个人的打击可能太大。父亲去世，从学校退学，接着与丽芳的关系又遭到双方家长反对。还有与此相关的种种议论，什么伤风败俗啊近亲结婚啊，到时生了儿子没屁眼，等等，兴建与丽芳尽管不信，但影响是免不了的，某种隐隐的担心，也是免不了的。加上后来处境一直不好，日子过得紧巴，久而久之，胆子自然就小了，为人处世各方面也就退退缩缩，头也无法很好地抬起来。又有人说，兴建在汽车站接客接行李时曾遭人打过。接客的人原本就多，岂能让你一个新手插足，于是一顿拳打脚踢，把兴建赶跑了。兴建不甘心，第二天又去，又遭到更重的打，连板车的一边车把都打断了。兴建真给打蒙了，打塌了，脑子给打坏了，从那以后别说接客接行李，就是平日来去坐车，也不敢往汽车站去。又有人说兴建挨的那次打并不在汽车站，而在菜场卖菜时。兴建卖菜，其实是有些名堂的。兴建读书时一位要好的同学，姓江，江同学有个哥哥，在镇上的工商所工作，兴建去江同学家玩，常与这位哥哥见面。后来兴建离开学校到县城卖菜，江同学的哥哥恰好也调进县城工商所，恰好管着菜场这一片。有时无意中遇见，这位哥哥总点点头，笑，方便时还凑在一起谈点什么。这让兴建很高兴，周围的人也露出惊奇之色。一个卖菜的人能同身穿制服、管着菜场的工商所人员说上话，相互之间似乎还特别亲热，说明两个人的关系非比寻常，当然是让人艳羡的。故此那天，一批工商所人员来菜场整顿秩序，一些无证经营的人纷纷挑着担子拖着板车逃离，兴建还不当回事。他以为他不是一般的人，他是有门路的。甚至当他的一车菜连同板车给一齐缴没，他还死死拽住车把，大声大气要同人家理论。就这时他的脸上给狠狠抽了一个耳光，接着整个人便倒在了地上。这次丢的人可丢得真大，兴建在床上连躺几天，起来后交了一笔钱，好歹把板车领出，自此以后不再卖菜，而改为卖水果。还有一种说法，是兴建母亲给大哥二哥他们嘀咕过的，说兴建的事，根子还在他父亲的坟上。父亲去世的时候气温高，主事的人不敢多耽搁，匆匆忙忙下葬了。哪晓得人根本没死透，几年后捡坟，棺材打开，骨头整个是侧躺着的。那是想翻身又无法翻起，重新活活憋死了。看来所有的结果都落到了一个人身上。落到兴建身上。正是从父亲去世时起，兴建就成了另外一个人。

在所有的说法中，有一种人们无疑提到得最多，也流传得最广。说兴建吃亏就吃在一个叫黄果树的贵州人身上。那还是在窑场做工的时候。黄果树姓黄，名字不很清楚，因为他一天到晚把贵州有名的景点黄果树瀑布挂在嘴上，大家便给他取了这么个绰号。对黄果树，丽芳也很熟悉的，人不坏，就是生了张水嘴，喜欢吹，一吹起来，天上的事情知道一半，地上的事情全知道。当然黄果树的本领也不全是吹出来的，他到歌山并不很久，谈起歌山县里的方方面面，却比本地人懂得还多，甚至连县里六套班子都有哪些领导，如何排名，哪个领导各住在什么地方，他都能讲出个子丑寅卯，让你听得一愣一愣。黄果树最喜欢的一件事，还是到尖角里去看枪毙人。尖角里离窑场大约四五华里，顺着前面的公路左拐一下，下个长岭，再右拐一下，下个长岭，便到了。县里法院每年几次枪毙犯人，都在那里执行。黄果树的消息完全不知从哪来的，他早早做好准备，把窑场老板的摩托借出来，脚蹬踏板在路口守着。那边的警车呜呜哇哇刚在路头出现，他脚下一踩打着火，同时伸手将头盔拉下，咕的一声上前飞驰而去。等大批警察赶到，把现场封锁好，他早已熟门熟路放好车子，进入最佳观察地点。接下来几天，看他那个好吹呀。说就在公路旁边，有那么个不大的山洼，前面及左右两侧都是很高的悬崖。犯人押来，将他们推下山洼，齐摆摆面朝悬崖跪着，身后各站一个拿枪的人，枪口紧抵脑袋，砰砰砰几声，子弹因为有土崖挡着，绝对不会飞到其他地方去。这边人一倒地，跟着便有人上前，用黑色的塑料袋一套，直接送进火葬场了事。又说到这次枪毙的三个犯人，第一个是杀人的，第二个是抢劫的，第三个是杀人兼抢劫的。那个杀人的找了个女的，后来不想要了，女的却抓住不放，于是把她带到一个水库边，推下去了。那个抢劫的抢成了习惯，就像我们吃饭睡觉成了习惯一样，哪天不抢他就受不了。最冤枉的是那个抢劫兼杀人的，费了半天力气把人杀了，到身上一搜，只搜出十二块零三毛钱。

"兴建，下次有机会，我带你一同去现场看看，怎么样？"黄果树常这么信誓旦旦。黄果树讲过多次，也从没见他带谁去看过。后来有些不好意思了，那次老板带兴建和黄果树出外送砖，行到中途，车子嗑嗑响过几下，熄火了。老板他们忙于修车，黄果树闲着无聊，忽然说兴建，这地方不就是尖角里吗，想不想到那个杀人的山洼看看？因为听得多了，兴建确实对什么山洼非常好奇，但平日坐在车上来来去去，尽管四处察看，始终弄不清黄果树说的山洼到底在哪个位置。反正没事，看看就看看吧。兴建有些心惊胆战，跟着黄果树一步步往前走。没多久，黄果树便说到了。兴建有些发愣，想象中杀人的那个山洼应该是很大的，离公路也应该隔着一段距离。可出现在他眼前的其实就是乡下常见的那种土坑，是当地人平日取土，一锄一锄挖出来的，两三间房子那么大，所谓悬崖其实也就是人多高的一道土坎。

　　黄果树后来反复争辩，说他真的没有别的意思，完完全全想开个玩笑。黄果树平日开玩笑开惯了，哪料到会造成那种结果。黄果树说，当时兴建一动不动，与他并排站在土坑边。兴建一定在怕，心里一定在暗暗发抖。任何一个人到了这地方，没有不怕不发抖的。黄果树得意了，得意之余，忽然产生一种恶作剧心理。他觉得应该再干点什么，也就是说，想跟兴建开开玩笑，好好让这家伙丢次丑，出次洋相。黄果树坏笑着，呀的叫一声，伸手到兴建的肩头轻轻推了一下。真的只是轻轻一下，兴建的身子便咕地一声蹿出去，双膝着地跪到了土坑中央，就是平日犯人们跪的地方。连当时的姿势，也跟犯人一模一样。黄果树呆住了，兴建当然更呆住了，半天没有丝毫反应。后来兴建醒过神，但仍然跪着，把双手缓缓举起。他的手掌上粘满湿腻腻的红色东西。"血，"兴建说。接连几天，兴建都有些神思恍惚，白天黑夜叫着什么血。

黄果树说，那其实不是血。真的不是血。那只是土坑里的一些黄泥巴。头两天下过雨，坑中间没有干透。黄果树可能怕负起什么连带责任吧，乘人不备捡了几件衣物，悄悄溜了，回了他的贵州老家。过不久，兴建与丽芳也从窑场辞了工，去县城找事。

　　就丽芳这方面来说，兴建踏实、机巧、能干，她固然是高兴的，当初在学校读书，正是这些东西深深吸引着她。现在兴建不能干了，在外面拖板车多年，拖来拖去仍拖着过去那辆车，正如亲戚们说的，吃没吃得喝没喝得穿没穿得，不知为什么，丽芳仍然有些不在乎。丽芳在乎的只是兴建本人。只要两个人能天天守在一起，不吵不闹不红脸，安安心心把日子这么过着，已经足够了。也许兴建越不能干，才会越死心塌地守在家里，两个人的关系才会越加牢靠呢。"你这个老壳子，"许多时候，丽芳把门一关，跟在强强后面放肆地叫着，嘲骂着。"你那大门关了没有？"他们又叫。在兴建意识到大门真的没关，又羞又愧、张皇失措时，他们得意地大笑。兴建下不来台，显出恼怒的样子，作势要打那母子俩。丽芳和强强一边哈哈大笑，一边拼命躲避，一家三口顿时闹成一团。"我们自己的事自己知道，苦不苦乐不乐，自己都知道，用不着别人来管。"有时回到娘家，父母兄妹们假如说起什么，丽芳会忍不住红起脸反驳。丽芳觉得她是真知道，因此口气便重，声音也大，结果往往闹得不欢而散。"人嘛，生成的也就是个命，命不好，你做娘做爷做兄弟的再怎么说，总归都是个白说。"母亲叹息。父亲母亲对丽芳是早就死心了，多年前就死心了，他们剩下的只有叹息的分。可丽芳连叹息也不允许。她说她以为自己的命很好，她这辈子嫁给兴建没有嫁错。"不错就好，女儿，我们也希望你没有嫁错，"母亲再叹一声，"嫁鸡随鸡嫁狗随狗，嫁给狐狸满山走，嫁给叫花子跪路口，老古话哪会有错。"

说起在兴建身边这么些年，丽芳也真的不容易。兴建到哪里她就跟到哪里，兴建干什么，她也跟着干什么。兴建在窑场制砖，她先在厨房打杂，接着跟男人一样搬砖运砖；兴建在河里拖沙，她拿着铁锹装沙；兴建在菜场卖菜，在车站接客那些日子，她经人介绍到一家宾馆做清洁工，清洗客房里换下的被单被套。到江州后干的活计就更多了，到批发市场进了些零碎杂货，摆在兴建的水果摊边零卖，到人家做保姆带小孩，帮商店送桶装水，帮快餐店送盒饭，在敬老院做护工，给一家私人酒厂洗刷回收过来的旧酒瓶。即便生强强的那段时间，在家过月子不能出门，她依旧没歇着，又揽上一桩奇怪的职业，就是卖奶。某人家新生了一个小孩，与强强差不多月份，做母亲的一口奶也没有。喝奶粉孩子又过敏，满身布满通红的斑点，有次还送到医院急救。那人家没法，托了无数的人大街小巷寻访，想找到那么个奶水充足的人，花多少钱已经没办法在乎了。每次对方那个母亲带着孩子来喝奶，丽芳总有些恍惚，她想对方条件那么好，住得好穿得好，吃下的营养更好，真不知那些东西吃哪去了，胸前的两只奶袋丁零当啷，空得什么也没。相反，自己没得住没得穿更没得吃，奶水却多得不行，略不小心就像扣动了机关枪，奶汁子弹一般扑扑喷溅出来，喷得怀里的强强满脸满身都是。有时高兴起来，她还真把自己的奶当作机关枪，对着兴建的面门无来由一阵乱扫。当然更多时候，丽芳会伤心，不好意思。她怕卖奶的事传出去，特别是传到歌山，传到婆家或娘家去，又不知会惹来多少耻笑。她只得极力安慰自己，说卖奶就卖奶吧，奶多了，浪费也是浪费。再说帮别的孩子喂喂奶，不就是早先人们说起的那种奶妈么。那么早就有人做奶妈，她为什么做不得？

　　"丽芳，别人的话你听着就听着，莫放到心里去。一个人日子过得好不好，真的只有自己知道。自己认为好，就是好，别的任何人都扯他妈的蛋。"与兴建在一起摆摊修鞋配钥匙的周蛮子见到面，常这么安慰她。

"丽芳，要我说呢，你是这个，兴建也是这个。"周蛮子常把大拇指跷得高高的，对着她和兴建比画。

四

夜里兴建回家比较晚。一位开皮鞋店的歌山老乡在江州购了新房，装修大半年，前两天刚搬进去，另一位老乡约好，晚饭后一同过去祝贺。搬房的老乡高兴，硬拉着他们出去吃宵夜。有了房子，马上可以把户口迁过来，成为一个真正的城里人，江州人，多年的辛苦终于有了结果，哪能不高兴呢。不过这却苦了兴建，站不是坐不是，说走呢，更不是，只好尴尴尬尬在后面跟着，脸上还得时时带着笑，似乎真心在为别人高兴。实际上兴建是真高兴，但一旦笑出来，又觉得很假。到家的时候已经很晚，更累得不行，脚也没洗就倒在床上。兴建睡得当然很沉，以致小巷里闹翻天，丽芳开门进门几趟，也没把他吵醒。后来眼睛终于睁开了，看到房里房外灯光大开，以为天早亮了。他还得到城北的批发市场赶早市呢。看看墙上的钟，一点半不到。怎么回事，是钟慢了，停了？这时他听到了人声，楼梯上有人，楼下的过道里有人，过道外面的巷子里，四处挤着满满的人。丽芳也挤在人堆之中，脸色微微发白，神情却是兴奋的、激动的，一边急促地说着什么，又不时停下来，认真听别人说。说的人脸色同样发白，神情同样兴奋，同样激动。兴建看来看去，发现巷子里所有的人无一例外都在发白，都在兴奋。

兴建听出来了，就在一刻钟之前，自己睡得正香的时候，他的身边发生了一件惊天大事：住在前院的那位在市内哪家公司上班，人称大姑娘的瘦瘦小小年轻人，被大批荷枪实弹的警察抓了。大姑娘其实是一个全国有名、被警方通缉多年的重大抢劫杀人犯，手上有着多条人命。

"大姑娘，大姑娘。"半明半暗的灯光下，人们就似一伙失去巢穴的鸟，相互簇拥着叽叽喳喳，声音有时停歇了，过会又张开嘴一齐说起来。

大姑娘也算得巷子里的一位老住户了，说起他，老老少少都熟悉。年纪不过二十多点吧，见人就笑，走路时双脚一弹一弹，身子一扭一扭的，很有些女性化。人家叫他大姑娘，他本来很不乐意的，曾经正正经经抗议过。但人家不理他，该怎么叫照旧怎么叫，他也没办法。大姑娘喜欢吃甜食，口袋里常揣着些用精美包装纸包着的糖果，不时剥一颗丢在口中。假如旁边有人，不管大人小孩，他也会主动塞几颗过去。"你这个锯子不是那种拿法。"就在昨天傍晚，房东吴墩子伏腰劈腿横跨在过道中间，用尽全力锯木料，准备在阳台上再搭一间雨棚，大姑娘手端饭碗，吃扒饭边用筷头指指点点。谁能料到，再过几小时他会给抓起来呢？谁能把他这样一个人与什么抢劫杀人连在一起，与罪大恶极的人命案连在一起呢？

人们说，大姑娘身上有枪，因此今夜来的绝不是一般警察，而是专门从省城请来的武装特警，每个人身怀绝技，一人能打十几人，行动时飞檐走壁，穿门入房，如同走平地一样。特警们其实早把地形侦察清楚，晚饭一到，所有的人员各就各位，巷两边的房顶上密密麻麻，蹲的站的坐的全是持枪的人，房中住户却没有丝毫觉察。特警们功夫好，力气不用说更大，同时心里多少也有几分紧张吧，因此动作上没能拿捏到位，抓捕时把大姑娘的头发都揪脱了好几把。坏就坏在到这分上了，大姑娘似乎还想挣脱。你这边一挣，那边的人便拥上更多，力气也用得更大，大姑娘一身许多地方的骨头基本上都给扳折了，至少全部脱了臼，两只手臂就像布带子一样绕在身后，双腿也像哪里弄来的橡皮管，软软拖在地上。大家亲眼看到，当大姑娘从楼上拎出时，那已经不是个人了，完完全全就是条死狗。

　　巷子里的灯光亮了一夜，人们也聚在那里，叽叽喳喳说了一夜，直到天光大亮，这才带着几分疲惫先后散去，进房睡个回头觉。丽芳和兴建也关好门，打算再睡一下。不过时间真的太晚，再不赶快，批发市场的早市都该歇了。兴建拖车出门，到市场看货购货，再拉到摊位上摆开。安顿定了，才抽出工夫到对面的小食摊买了一碗稀饭、三根油条过来吃。稀饭端在手上，兴建突然感到一阵突如其来的饥饿。他简直有些给饿虚脱了，端碗的那只手兀自颤抖不止，同时心里也慌得厉害，气息急促得厉害。他一连喝了两大碗稀饭，由于动作过大，过于零乱，中途还让饭粒呛住了，只得俯下身子拼尽全力咳嗽。一旁的周蛮子大约看出什么，关心地问他怎么了，兴建眨眨眼，说没怎么。

　　"没怎么，"周蛮子不信，"我怎么看出你这一早上都有些颠三倒四。"兴建想了想，醒悟过来，说可能没吃饭，一个人饿得厉害。可是兴建又有些醒悟，想这话不对，在此以前，自己晚吃饭或干脆不吃饭也是常有的，还从没饿成今天这样的。他想很大原因还不是饿，而是夜里闹得太久，没休息好。

　　"昨天夜里，我们住的那隔壁抓了个人……"兴建无法把话完整地说下去了。因为直到此刻，他依然无法把那个平日与自己相处惯了的年轻人与所谓的杀人凶犯联系到一起。他不知该给周蛮子讲讲平日那个大姑娘，或是该讲讲昨夜抓走的那个凶犯。

"我操！"他用力朝地上吐了口唾沫，接着运运力，想尽量把这个复杂的问题向周蛮子表达清楚。

"你是说那个年轻人？"周蛮子问，"前不久带你家强强到江边看大水的？"兴建一想，对呀，那是什么时候的事，不过个把多月前吧，江里涨水，听说水都淹到城中心来了。许多人吆喝着去看，大姑娘也去了，顺便带上了强强。看完大水，再把强强送回水果摊，周蛮子当时还同他说过好久的话。

听说昨夜抓的凶犯正是跟自己谈过话的年轻小伙，周蛮子大张着嘴，半天合不拢来。

周蛮子是见过大世面的人，年轻时参过军，听说还上过前线，真枪实弹与北方的苏联人打过仗，立下很大战功。后来是叫犯了错误，给发配回原籍做农民。泥水中摸爬滚打一辈子，前些年才好歹来到江州，摆个摊子修鞋补伞配钥匙。但是虎倒威还在，一个有过见识的人，说话行事各方面是有些不一般的，周蛮子把大姑娘的故事回味了半天，忽然将手上正修着的一只鞋子高高举起，说："人是什么？就是我们平日身上穿的这些东西。有的人天生只能做鞋子，适合踩在脚底；另一些人呢，天生适合做帽子，让人戴在头上。哪一天你这个做鞋子的假如不满意，不愿让人踩在脚底，想跑到头顶上去，那还有好果子吃吗？"周蛮子眼睛炯炯有神，"兴建你说说，要是有一只臭鞋烂靴总想爬到你头上，顶在你脑门前，你会怎么办，该不该把它丢进垃圾堆去？"

"人是什么？就是这只小蚂蚁。"周蛮子又指着人行道上爬着的一只蚂蚁，"特别像我们这样，只适合做鞋子，让人永远踩在脚底的人。尽管你拼命地奔啊爬啊，争啊斗啊，可是有没有用呢？当然没用。你越是争得厉害越没用。随便哪里伸出一只脚，这么一踏，就能把你踏个粉碎。"周蛮子伸出脚，只一下，真把蚂蚁踏碎了。

半上午时分，大哥又从歌山来了。大哥近期联系到一家新货源，明显很高兴，从包里取出辆玩具车，说专门买给强强玩的。兴建收收东西，想早点回家，可大哥摆手说：不急不急，你忙你的。大哥来的次数多，也算老熟人了，大家打过招呼，重新聚拢了听周蛮子吹牛皮，议论那个妄想从脚底跑到头顶去的大姑娘。大哥听过一会，渐渐把笑容收起，眼神里透出某种难以掩饰的惊恐和不安。大哥一定遇着了什么心事。兴建想问，却又不好开口。他看出大哥嘴巴嚅动着，似乎也想说点什么，却同样没有说出来。直到吃过中饭，大哥提着手上的包准备出门了，这才把兴建拉到旁边，考虑了一下，说："三光的事，听说过吗？"

大哥说，三光死了。

大哥告诉兴建，三光的公司开得好好的，可他不知足，觉得赚钱少，干脆贩卖起人口来，大人小孩、男的女的一齐卖，数目大得惊人。警察查他们查了好几年，三光孬逼一个，半点不知情。等到抓起来，叫天都来不及了。那天警察带着三光出去追查被卖的人，车走在高速公路上，趁人不注意，他也不知用个什么办法越过身边的警察，把门打开就往下跳。跳是跳出来了，人却摔成个肉饼，当场没了气。家里把骨灰接回，连个埋的地方都找不到。说那是凶死的，所有的人都怕，不敢葬在近处。

"那年三光让你去他公司，你说这鬼儿子，总有一天没个好下场。"大哥结结巴巴，试图把意思表达得清楚些。兴建点头，表示记得自己说过的话。

"三光这事，是什么时候发生的？"兴建看大哥。

大哥说事情已过去了两三个月，上次他来江州进货前就发生了。但不知为什么，村上的人对三光都不愿意提起，哪怕在自己家里，都不提起。大哥也不愿提。今天要不是说到那个大姑娘、抢劫犯，他还不会提的。"三光在我们村，最有出息。"大哥说。

"兴建，实际上你没错，一个人出来在江州这地方混，不容易。混好混坏无所谓，大人小孩无祸无灾，落个平安就行。"大哥用劲在他肩头拍拍。大哥都走到巷口了，又回过身招手，用很大的声音说："对丽芳和强强好点，早晚没事，多在家陪陪他们。"兴建点着头，看大哥登上公交车驶远，这才与丽芳一人一边，牵着强强回来。一进家，丽芳忽然反脚把门抵上，转过身紧紧抱住兴建的身子。兴建问怎么了，丽芳说不怎么。但她继续紧紧抱着，没有丝毫放松的意思。兴建想让她的面孔抬起，丽芳左右避让，不愿抬起。两个人纠扯一阵，旁边的强强不明所以，吓得哭叫起来。"强强别怕，妈妈没事，没事的。"兴建边叫，边上前抱儿子。可丽芳仍不放手。丽芳让儿子在一边哭着，自己继续一动不动地伏在兴建肩上，头发披散，把鼻子嘴巴及兴建的半个脖子都遮住了。两个人相倚着这么站过一阵，兴建终于把丽芳的身子转到一边，他发现这时的丽芳早已泪流满面，头发也跟着打湿好大一片。

五

刚到江州那阵，兴建他们住在湖滩上的一处废弃排灌站里。排灌站有一间半房，一边建在土岸，另一边则悬在空荡荡的湖水之上，底下用两根水泥柱撑着，从远处看，就似漂在湖波上的一只鸟窝，刮大风时，这窝还随着波浪微微动荡。那年沿湖路动工，排灌站给拆了，兴建搬到一处停建中的建筑工地住了几个月工棚，又搬到一个歌山老乡那里挤过一段时间。再往后，他们便租住到

181

眼前的这条小巷。兴建和丽芳不是好动的人,在小巷一住多年,再没想过重新搬过一个地方,但是最近,他们却不得不考虑搬迁了。自上次大姑娘被抓,小巷里似乎就有些不很平静,前前后后有好几户租房的人搬走了。离开的缘由不尽一样,都很正当。说在外面购了房。说地方远,上班不方便,另找了一处更近的。说人多房小。说价格贵了点,哪个地方的房子更便宜;等等。说得多了,有一点却难以说得过去:以前为什么不搬,非得等到现在来一起搬?一起搬倒也罢了,为什么又要找出种种理由,给自己的行为作种种解释?越解释越遮掩,也就显得越加可疑,越加神秘。

不过是一夜之间,种种说法像一阵大风,把巷子里的角角落落刮遍了,把巷子整个撑满,撑胀了。听说这样的事早不是一次两次发生,在大姑娘之前,这里出过一个贩毒的人,后来给抓了。又出过一个诈骗的、一个制作假酒的,也给抓了。还住过一个传销组织,给驱散了。至于什么小偷小摸、卖淫嫖娼之类,更是不在少数。说这个地方不干净。这地方有点邪。巷子不长,从头到尾不过三两百米吧,白天一看很平常,两边的房子、院落、树木、围墙,还有住在里面的人,也都清清楚楚。但到了晚上,所有这些东西似乎随之一变,房子不像房子,院落不像院落,围墙不像围墙,人也不很像人。有时你明明看到一个人在那里站着,到了面前一看,却成了一棵树。你看到一条狗坐在门槛上,眨一眼再看,又是个小孩。有时你沿着熟悉不过的路回家,掏出钥匙准备开门,却发现挡在面前的是一堵墙壁,门不见了。不止一次发生过这样的事,住过多年的老住户夜半敲开有灯光的窗户,询问自己房间在哪里。也有人说回家的时候,他掏出钥匙开门,门倒是打开了,却发现自己走进的不是那个熟悉的家,而是个巷套或洞穴之类的东西,很狭很窄也很暗,让人不知深浅,只能惶惑着退回来。还有人在巷子里遇上了鬼打墙，进入巷口后便失去方向，走来走去直到天亮，就在自己家门前，在这短短三两百米的地方打转。他们还说，那个大姑娘原本是个好得不能再好的人，就因为住进小巷，到最后给弄成了个凶犯。

所有这些当然纯属胡说八道，看着周围那些人神神道道的模样，兴建暗自好笑。他怎么也弄不懂，就这么短短的一个地方，一泡尿能从巷这头撒到巷那头，怎么可能会让一个人走来走去走上一个通宵？走不出来，他不会找旁边的人家叫一声问一句？退一步说，即便人们所说的是真，那自己许多年住下来，怎么没遇到一次，丽芳和强强他们也没遇到一次？至于贩毒的、造假酒的、卖淫嫖娼的，哪条街上哪个巷子里没有？不过呢，既然大家都那么说，兴建也没必要反驳，大家都说走，他也跟着走吧。他和丽芳相约着多次出去找过房子，却没个最后结果。不是价高，就是路远，比来比去不满意，也就慢慢拖了下来。可能是时间渐久，风声渐息吧，也可能是城市扩展得实在过快，这中间又有一些不知内情的人住了进来。巷内陌生的面孔越来越多，把腾出的房子全填满了，连大姑娘住过的那间房，也有人租了。兴建他们于是跟着把心放下，用不着再操心什么搬房不搬房。

三月里的那个星期六，兴建起得很早，擦了把脸便出门买吃的。前两天货进多了，又遇着下雨，水流把头顶的塑料遮棚直冲得噼噼啪啪，七歪八倒。这样的天气，只适合坐在自家房里休息，哪能出来做什么生意？看看吧，水果没卖掉多少，反而淋上了雨。接连两天夜里，兴建都闻到了一股浓浓的甜香味，就像一团雾，弥漫在房内的角角落落。兴建一惊，那是水果腐烂的味道。苹果、梨子、橘子、香蕉，原本已放得过久，又遇雨水一淋，更加快了腐烂的速度。幸亏到了上半夜，雨已经彻底止歇，兴建出门察看，头顶出现了若有若无的星星，看来天晴了。起床后再看，天真晴了。兴建躺不住。今天他得抓紧点，争取把货多卖些出去。

心里有事，人便显得糊涂。兴建到街头小贩处买了点菜，又到一家餐馆买了两只包子，用手提了，匆匆踏上这边的人行道，两个老人是怎样出现在面前的，他竟然毫无觉察。

"大哥。"两个老人叫。兴建记得很清楚，当他在两个老人面前停住的时候，他分明吃了一惊。

老人是乡村中常见的那种老人，女的矮而瘦，男的也矮，却胖，两个人的面孔都黑，都脏，身上穿的衣服兴建没细看，反正也是脏而黑的那种。当男人同兴建说话时，女人也不时在一旁插上句什么。男人说女人已几餐没吃饭了，身子虚得厉害。说他们是河南人，来江州的建筑工地找一个亲戚。可是建筑队早走了，亲戚当然没能找到，他们身上没钱，回不了。"大哥，"男人是这么叫的。"大哥，"女人也是这么叫的。男人和女人讲的都是那种侉声侉气的外乡话，河南话。兴建好一会才明白过来，他们是向自己讨钱。

"大哥行行好，帮我们买份早点吧。"老人的声音抖颤，却清晰。

在把手伸出口袋之前，兴建不是没有犹豫。兴建犹豫了好久。像这种沿街乞讨的人，男的女的，老的少的，伤残的完整的，还有不老不少不伤残不完整的，兴建见得也多。甚至他们所说的那几句话，什么投亲未着，身无分文回不了家；等等，兴建也不是头一次听说。帮我们买份早点吧，同样不是头一次听说。都说这些所谓的乞丐，全是假的。他们是一些乞讨专业户，每个人其实都有钱得很。兴建听归听，却并不计较，有时遇见了，不管真假，仍会随手掏出块钢镚丢下去，一元的居多，有时也有五毛，甚至两毛一毛的。兴建始终无法面对实实在在的人。比如眼前，这对可怜巴巴的老人，谁能把他们与所谓的乞讨专业户，与骗子联系起来？兴建习惯性地把手伸进口袋，于是他愣住了。刚才在买完东西之后，自己身上只剩下最后一张十元钱。他又不是什么大款，不可能一次拿出十元钱，送给完全不相识的一对乞讨老人。这个时候，兴建完全可以实话实说，拒绝别人。可不知为什么，他偏偏没有把话说出来，只一个劲地傻呆呆地站着。可能是头脑仍有些糊涂吧，可能是真有些傻，当然更大的可能，是他有些出不了口。他从来不知道怎样拒绝别人。何况眼前的两个人已老大一把年纪，老大一把年纪的人还叫他大哥。

十块钱的确不是小事，兴建自始至终明白这点。他在两位老人面前直通通站着，不动，也不离开，只把那张软塌塌的钞票紧捏在手心，从裤袋中拖到袋口，又从袋口返回袋中。

"大哥……"两位老人看出兴建在犹豫，不由受到鼓励，叫得更亲热，也更急迫了。在江州待了许久，还从来没人这么叫过他。从来没人用这样的眼光直巴巴看他。在面前的两个老人眼里，大概以为他兴建很了不起，很有钱吧。那一刻，兴建竟有一种受宠若惊之感，口袋里的手再次颤抖了一下，接着猛然放松，拖了钞票向前伸出。

两位老人接过钱，又齐声叫了句大哥，欢欢喜喜地走了。看他们蹒跚而又满足的背影，兴建也高兴，匆匆往家赶，准备把今天这事讲给丽芳听。不过走过一阵，脚下忽然沉重起来，步子也变得越来越慢。进巷口的时候，他终于忍不住停住，转身朝街那头去望。讨钱的两位老人早已不见踪影，他身上的十块钱真的送出去了，属于自己的，仅剩这只原先装钱现在空落落什么也没有的裤口袋。兴建把手揣在这只裤袋里，继续心烦意乱地走回家。

儿子强强坐在床沿愁眉苦脸咬手指，两条腿一长一短朝外耷拉着，脚上鞋也没穿。兴建把一只包子递到他面前，强强接了，并不塞到口中，却伸出另一只手来接第二只包子。房后那边传来水响，兴建想一定是丽芳在洗衣服。丽芳近几天来例假，原本不能下冷水的。可她不管，偏偏一大早跑去下冷水。门前的空地上，房东吴墩子手握木工用具，弓腰埋头又在肢解着一堆废木料。木料实在太旧，大约从哪个建筑工地弄来的，上面沾满斑驳的干水泥壳，一不小心锯条就发出尖厉的叫声。

丽芳将隔夜的锅碗瓢盆过了一遍水，站在窗户前弄饭。后门那边的水声继续传来，兴建想洗衣的定是另外一个人。兴建帮强强把鞋穿好，顺势坐到床沿看强强咬那两只包子，同时听丽芳讲她昨夜做的一个梦。梦是坏梦，丽芳原本不想讲，特别不愿当着强强面讲。但她又相信自小从母亲那里听来的一个说法，说梦讲出来就破解了。丽芳梦见的正是强强，强强和邻居家的小孩出去玩，结果落到水里，捞起来两个人都一动不动，并排躺在一起。"后来我们强强是缓过气来，自己爬起身走了。"丽芳说时探头看了看窗外，忽然把声音压得低低的，"那家的孩子没动哩，看来是没救了。"

丽芳有些欣慰，甚至有些幸灾乐祸。兴建双唇抿了抿。他想告诉丽芳，强强掉到水里淹了然后又能活转来，恰恰是不吉的征象。因为照他听来的另一种说法，梦中所见都是与实际相反的，梦见一个人死了并不可怕，最怕的就是死了又活过来。但兴建没把这个意思说出，兴建只把嘴巴抿了抿。

"刚才你出去给强强买包子，怕不是碰到什么了吧？"丽芳把兴建看过一会，忽然问。

"碰到什么了？哪碰到什么了？"兴建吃惊地说。

丽芳心思细密，对在一起共同生活了七八年之久的他懂得很透，这点兴建早已清楚。但丽芳懂到这种程度，一点一滴的事情都无法瞒住，仍让兴建惊讶不已。兴建把头低下，找到一块破布头给强强擦拭刚吃过包子的油手。

"刚才我碰到两个老人讨钱……"他咕哝着，企图把事情混过去。

"你给他们钱了？"灶台上冲起一股白气，丽芳把锅盖揭开，锅里的水沸腾着，咕嘟咕嘟异常响亮。丽芳抓了锅铲到声音最响的地方用劲铲动，然后将一把面条从中折断，撒种子般撒在锅里。"给了就给了，算积个阴德吧。"丽芳脑袋在水汽中左躲右闪，以便找到更好的角度去看锅。

兴建道："我给了他们十块钱。"

"十块……"丽芳好像没听懂。兴建解释，本来也不想给那么多，可身上只剩下那一张。

"只剩下一张，你就全给了他们？"

饭熟了。头天夜里的剩饭剩菜，加上几把面条，用水放一起煮了，热气腾腾地搁到面前。丽芳说："你吃吧。"

兴建问："你这去哪？"

"我去找一下那两个讨钱的人。"丽芳简单问了下那两个人的衣着长相，从抽屉里找出一张毛票，说要把那张十块的钱换回来。给都给了，怎么还可能换回来？兴建想说。兴建又想说，讨钱的两个人早没影了，那么长的大街，你到哪去找？兴建想追在丽芳后面，大声说要去也该我去的，你又不认识他们。但他只是咕哝了一下。看着丽芳胸有成竹的样子，兴建片刻间感到一阵轻松，他想也许真有这种可能，丽芳能把他们找到吗？两位老人听丽芳把事情的缘由一说，同样会通情达理地表示理解，毫不犹豫地掏出那张钱还给丽芳？

兴建的幻想很快破灭了，丽芳是怎样捏着毛票出去的，又怎样捏着毛票进门的。

"要不我再去找找他们？"兴建问。丽芳摇摇头。丽芳像是累极了，坐到床沿大口大口喘气。

六

太阳从街中间划过，把对面公共厕所的外墙照得赤亮。太阳都已经照到墙头倒数第二块瓷板上了，兴建有些发慌。往日出来的时候，太阳才不过照在顺数第二块至多第三块瓷板上。刚才在家里实在耽误得太久。周蛮子的位子也空着，几块压棚的大石头如几条死狗，四仰八叉在那里躺着。周蛮子原本每天都来得晚，修锁配钥匙的，也没有必要来得不晚。加上昨天他家老太婆从几百里路外的乡下来了，他老太婆那八十多岁的母亲也跟着来了，周蛮子看样子得忙上一阵了。

兴建沉下气，将水果一篓一篓从车上卸下，一字排开。

其实今天早上钱一出手，兴建便有些后悔。今天他可能做了一件极大的傻事，他活活吃了一次亏，上了一个当。特别是回家后，丽芳做出那样的反应，竟不顾一切赶出去，想把送掉的钱要回来。钱送出去如何能要得回来，一个人只有慌了昏了迷了，狗急跳墙了，才会有如此不合情理的想法。丽芳的为人性格，兴建当然很懂，随意、温和，在生活上没有过多要求，大事小事由着兴建定，兴建说什么在她就是什么。事情不是过于重大，过于特殊，她绝不会这样。

丽芳的行为是可以理解的，难以理解的是兴建自己。街上那么多有钱的人，见了乞丐一般都不理不睬，即便给了，也只是拿出一元两元，表达个意思。谁会像他，自己穷得钻心了，却一次送出十块钱。十块钱，对于别人可能算不了什么，可对他这个家庭，却不是个小数目。十块钱可以买三十只包子，能让强强美美地吃上几天。用十块钱买菜，可以买上一小堆。十块钱其实相当于兴建小半天的收入，相当于丽芳一整天的收入。去年下半年丽芳到东湖村一家私人酒厂洗酒瓶，每洗一只能得五厘钱。一只五厘，十只五分，一百只五角，一千只才五块钱。洗酒瓶是很可怕的一种活，不只洗了瓶外，还要用一根竹筷套上破布头伸到瓶里面四处擦拭。寒冬腊月，有时头顶还飘着雪花，丽芳跟着三两个伙伴一起高卷衣袖紧俯在水池边，双手由红变白，又由白变红，肿得就似一只翻毛鸡。这么一天忙下来，也不过赚个十多块钱，可他竟然在片刻之间，把整整十块钱甩给了别人，就似甩一张包苹果的烂纸一般。其实自己是什么人，那两个老人是什么人。大家不都说么，别看这些讨钱的一副可怜巴巴模样，见人就喊大哥，其实他们是真正的富翁。兴建才是穷光蛋一个，可怜虫一个，该受救济，该向别人伸手乞讨的应当是自己。现在他把整个弄颠倒了，自己这个穷光蛋、可怜虫，反而跑到富翁面前去摆阔了，他要把自己日晒雨淋得来的一点血汗钱，把丽芳大雪天敲开冰窟窿洗酒瓶换来的血汗钱毫不经意送给人家了。兴建想那一对河南夫妇把那张破钱接到手上时，一定会相对一笑。

"烧包。"他们一定会这么骂。当然这是兴建用自己的家乡话代他们这么骂。

"肉头。"兴建又代他们这么骂。

三岔路口原本是一个山窝，除了兴建拖了板车走过的那条路是从窝口进来，略显开阔，略显平坦外，其他两条路都是从小山顶上铺下来的，因此不管大车小车，或者摩托车、自行车，从山顶那边翻过来时，都给人居高临下、气势汹汹之感，便是赶路时的行人，脚步也显得格外急促。手提花格塑料纸袋的男人就是以这样急促的脚步，低头从背后的山顶下来，挨着兴建的摊位向对面的山顶走去。走出好远了，他忽然折身而返，对着筐里的橘子左看右看，问这橘子怎么个卖法。

在大路边站得久了，兴建已培养起分辨各色人等的习惯和能力。这么说吧，眼前的高个男人似乎并不具备正经买东西的可能，不过既是别人主动问起，总不好不加搭理。兴建问他买多少，男人说随便多少。兴建略略迟疑，起身到筐里拿秤。这一刻兴建已有了些庆幸的意思，听这人口气，大约不在乎数量多少的。不过兴建很快失望了，这人像女人一样挑拣得厉害。不是一般地挑拣，他下了死劲用手去捏，捏过一个放下，又重新捏另外一个，口中还念念有词："你这橘子怎么这样，怎么都坏了？"兴建听不得别人讲他的橘子坏，兴建尤其不能忍受这样的挑拣，这样的捏，那人五指每一屈伸，都能让他的胸腔为之一提。他想大叫有你这么买东西的吗？照此捏下去，一筐橘子还能有一只好的？他又想干脆提开箩筐，不同这人纠缠，不在乎这几斤买卖。

橘子称好，男人一把一把抓到纸袋里去，兴建更加不安了。老高老大的一堆橘子，让人家捏了又捏、挑了又挑的橘子，怎么只有三斤三两？男人说随便多少的时候，他已有了自己的想法，一心打算要在这人身上多销出几斤。照以往的经验，眼前的橘子应该不会少于四五斤。

"三斤三。"他亲口报的这个数字，干干脆脆，清清楚楚，不存半点含糊之处。自己说的三斤三，便应该是三斤三，怪不了别人的。难道自己看错了秤，或者报错了数，明明是四斤三两，甚至五斤三两，硬让自己说成三斤三两了？这确乎有些冤枉，四斤多橘子，莫名其妙差下一小半去。是的，兴建不会，也不懂得搞什么名堂，但他自己不搞，也不能让别人搞了自己的名堂去。兴建拿了秤杆仔细来看，在秤星与秤星之间比比画画，越比画越证实自己的推测正确。他极力让自己平静下来，说错了就错了，错了就算了，这是一个教训，以后再不会重犯，大约也不会重犯的，所谓吃一堑长一智吧。兴建神情沮丧，目光恍惚，男人拿了一张十元的票子让他找，他半天算不清三斤三两橘子折合了多少钱。兴建在想，原本这十块钱完全属于自己，根本用不着找回的。早上他已经白白丢掉十块钱，现在又眼睁睁看着自己在丢钱了。

男人提了鼓鼓囊囊一塑料袋橘子，沿着对面的坡道行过一阵，然后踏上一条岔路，身影就要消失了，兴建猛然大叫起来："老师傅，麻烦你等一下。"男人没听见，或者假装没听见，照旧走他的路。手中的橘袋过于沉重，使得他一边肩膀给深深拽下去，另一边肩膀不得不高高升上来，以保持身体平衡。男人的脚步越迈越快，似乎有急于逃走的意思。兴建一看不妙，撒开双腿朝前追去："老师傅，买橘子的老师傅。"

这回男人听见了，男人应声站住，问："你这是在叫我？"

虽是短短几步路，兴建已有些气喘吁吁："你那橘子是四斤三两，不是三斤三两，刚才我看错秤了，你让我再称一下，称给你看看，行吗？"男人把橘袋放在路边一块水泥墩上。"你这话我听着新鲜，自己一手称的东西，也是你自己看的秤，怎么又说有错？一个做生意的人，还不认得秤吗？"兴建说："也不一定就看错了，可能是我报错了数，四斤三两橘子被我说成三斤三两了。你不信，过来再称给你看看。"

买橘子的男人相信了。买橘子的男人一面与兴建说话，一面往回走。此刻，当他明白今天无意中捡了个便宜，这让他脚步一顿，陡然间神情激愤起来："你这人开的哪一国玩笑，自己亲手称的东西又说称错了。今天我偏不给你称，看你能把我怎样。要说这橘子是我称的，我暗中搞了鬼，我退还给你，屁都不放一个。明明是你自己称的东西，你那双眼睛长哪去了，管不管用了？"

兴建说，我说了我报错了数。我们可以重新称过，看了秤再说。男人说，错了你活该，谁叫你稀屎糊住双眼，半点事管不着。男人的声音越叫越响，兴建也不顾一切了，认死了理要重新称过。兴建说，总不能错了就错了，错了就算了。大不了再称一下的事，再称一下便知道结果，为什么不让称？

"不让称，今天就不让你称，看你狗日的能把我怎样。"

听到两个人争吵，旁边渐渐聚拢起一圈人，大家弄清原委，便有些出来解劝的。解劝的人都知道橘子称错了，四斤三两当成了三斤三两，态度上自然偏向兴建这边。家住余家巷的陈三鞭，一位开朗热情、心直口快的老头更觉看不过去，很明确地表示说："一个人哪就少了这么一两斤橘子？看错了秤么，谁没有眼花看错的时候。做人应该有个做人的分寸。做人不能这么个做法。"周蛮子刚刚过来，摊子还没来得及摆开，也忙着上前帮腔："该怎样就怎样吧，一两斤橘子好大个事，值得这么当真？"众人把目光一齐看那男人，意思十分明显，若再坚持不让称，不说你贪图块把几毛钱，至少是胡搅蛮缠说不过一个理字的。看眼前的情势，今天你不做一个交代，怕没那么容易脱身。男人尽管一百个委屈，一千个不愿意，终是松了提袋的手，让兴建搁到秤盘里。

"没道理么，"男人不服气地咕嘟着。

再称的结果大出众人意料，也出了那个买橘子男人的意料。三斤三两橘子，一点没多，也一点没少。陈三鞭拿住秤杆，左看看右看看，又从上衣口袋摸出老花镜戴上来看，想说点什么，却真的无话可说。"这怎么讲,现在怎么讲?你要把事情给我交代清楚。"男人脸上凝满受骗后的冤屈和愤怒,他不对着兴建,却对着众人,对着打抱不平、出面指责他的陈三鞭和周蛮子。"老人家你懂道理,你给我把事情讲讲清楚。你要让我心服口服,让我懂得我是怎样一个没分寸,贪人家一两斤橘子的人。"

众人费了好大的劲,好话说尽,好礼赔尽,才把买橘子的男人劝消了气。陈三鞭满脸堆笑,伸过手臂像揽一位老朋友那般把他揽住,一面继续说那不知说了多少遍的好话,一面推他往山顶那边去。男人不甘心就此罢休,双脚拖沓向前的同时,不时转过身子朝这边嚷嚷。

"下次再让我碰到这种事,你可要当心着。"

"会当心、会当心。"周蛮子摇动手中的一串钥匙坯,也朝他嚷。

"那个嘴巴哪是嘴巴,赶得上一块磨刀石了。"陈三鞭送了人回来,心有余悸地向大家龇龇牙齿,"吱吱嘎嘎,吱吱嘎嘎,磨得你浑身那个生痛。"

众人随着哄笑起来。无缘无故连累别人受这一番委屈,一番羞辱,兴建不安着,觉得有必要作出点解释,至少他应该向陈三鞭、向周蛮子表示一下内心的歉意。但是这一刻,他发现自己什么话也无法说出,他只是低着头把秤杆捧定,反反复复在秤星与秤星之间看来看去,似乎一定要看出另外什么结果。兴建真的不能承认眼前的事实,可他又不得不承认。

七

兴建有了收摊回去的想法。生意不好。生意原本不好,今天的生意只会更加不好。阳光带着巨大的亮度从公共厕所那边移过来，移到兴建身上、手上。兴建下意识腾出手朝一边甩了甩。他感到了热，感到某种迷迷蒙蒙的东西悄悄从四周上升。兴建想还是回吧，早点回房休息一下，睡上一觉。天天早出晚归，他大约真有些累了。围观的人渐渐走散，只有陈三鞭和另外一个瘦瘦的中年人站在周蛮子的摊位前说着什么。陈三鞭是个喜欢说的人，身上又有的是力气，退休在家，诸事顺遂。于是每天总有许多时间，他哼着小调从余家巷走出，站在周蛮子和兴建身边，把反反复复说过多少遍的话再一次来说。说他的儿子、孙子、闺女、女婿，又说他早年给工厂跑推销时在各地遇到的奇事。有时说得过于没边没际，周蛮子听不下去了。"人是什么？也就是一只猴子，什么富呀贵呀，子呀孙呀，顶多演了场猴戏。你就起劲地唱吧。"周蛮子认认真真磨他手中的那块皮革，并不抬头。"人是什么？还是这只蚂蚁，在地上横爬过来，竖爬过去，自以为了不起，其实呢，呸！"周蛮子用力朝地上吐口唾沫，"人家随便吹口气，吹得你影子都没了。"陈三鞭往往给呛得面红耳赤。陈三鞭是什么人，哪忍得住这口气，他把手指伸直，用劲一点一点地说周蛮子、周蛮子，知道你年轻时打过仗，做过英雄。可你这位英雄怎么做来做去，做到我们马路边来了？接下来几天，陈三鞭不见了。陈三鞭生气了。可是再过几天，他又讪讪地站到大家面前，还主动摸出烟四处散。陈三鞭边眯起眼睛吸烟，边看着周蛮子，说别以为我这是巴结你。我是看你可怜，不跟你计较。要计较，随随便便一句话，早把你撵回老家去，你信不信？

生意做到中途收摊回来，这在兴建还是很少有过的。路远不说，提溜着几篓水果上车下车过于艰难不说，主要是见着丽芳该如何交代。莫非就说，上午生意不好，不想做了？或者有些累，先回家睡上一觉？幸好今天丽芳不在家，强强也不在家，门是锁的。兴建掏出钥匙打开门，把水果下了，一篓篓搬到屋角码好，车子靠墙竖起。躺到床上正准备休息，门外却传来嚓嚓的脚步声。兴建以为是丽芳和强强回来了，打开门看看，原来又是房东吴墩子。吴墩子一手拎锯，一手拿一条皮尺，低头在房前房后忙着什么。

"不是在外面摆摊吗，怎么又躲到了家里？"吴墩子给他打招呼。

兴建不愿解释自己为什么躲到家里，又是什么时候躲到家里的，他含糊其词一番，问对方看没看到他家丽芳和强强。吴墩子把手朝外摆摆，说丽芳和强强不是在巷口那边的小店里玩吗，刚才你从那回来没看到？兴建说可能是自己一心拖着车子，没注意。他关好门准备到巷口找丽芳，这时吴墩子又有话说了。吴墩子把手用力招了招，让兴建上前。

"听说早上你做了件大好事，一下拿出整整十块钱给街上的叫花子？"

兴建不好否认，又不愿承认。吴墩子的意思根本不是在夸他做了好事，吴墩子那是在笑话他。他问吴墩子是怎么知道的。

"我怎么知道的吧？"吴墩子说，"你老婆守在那店里干什么，不就是想再找到那两个讨钱的叫花子，好把钱要回来？"

吴墩子说，上午丽芳带着强强把前后几条街找遍了，也没找到那两个讨钱的叫花子，后来没办法，才坐在街边的店里守着。

兴建到前面的店里找丽芳，丽芳不在。店主告诉他，刚才南湖村的菜棚里有人过来，让丽芳带着强强捡菜去了。

南湖村离开得并不远，把前面这条街道走完，然后上岭，再过一条横街。那里有浙江人搭的几十座蔬菜大棚，隔三岔五到了出菜的日子，会需要不少人手帮忙。报酬是一分钱没有的，但所有帮忙的人可以把棚中的残菜连泥带叶运回家，洗洗干净炒了，也能省下每天上菜场买菜的钱。兴建不止一次阻止丽芳去菜棚。他说提着只竹篓捡菜叶，跟端着碗上人家门前讨饭有什么两样。丽芳同样不听。丽芳说，能省一个就省一个吧。

　　丽芳没找到两个讨钱的河南人，兴建却找到了，具体说，是那两个讨钱的人自己送上门来，再次找到兴建的。那是中午吃饭时分。兴建没心思躺在家里睡什么觉，他把板车拖着，重新来到电杆厂门前摆开摊子。这时陈三鞭他们早已离去，周蛮子的老太婆和她八十多岁的母亲也提着竹篮来送过饭了。周蛮子的老太婆黑、瘦，又矮，似一颗晒干的橘皮，给人一种整个卷起来了的感觉。怪不得周蛮子口口声声叫她老太婆，这果然是个老太婆。比较而言，老太婆的母亲，也就是周蛮子的丈母娘倒还健旺，说话大声大气，个子也高，身板挺直。周蛮子老婆挽着她八十多岁的母亲走路时，那模样不像是她在挽着母亲，反倒是母亲在挽着她。周蛮子说他老婆是叫生坏了病，别看现如今这副模样，年轻时可壮实着，一百多斤水淋淋的稻谷，她同大男人一样担起在水田里飞跑。自从十多年前挨了医生一刀，整个人眼看着就干了，打皱了。

　　周蛮子老婆扶着她母亲离开不久，那对河南夫妇便出现了。因为方向相同，又都是那种相互挽扶着的灰溜溜老人，最初一刻，兴建还以为是周蛮子老婆同她母亲又转回头了哩。待看清那不是她们，待看清了那是谁，他体内的某一块肌肉就似给秤钩挂着一般，拉扯着疼得厉害，搁在篓沿的一只手朝前一伸，仿佛急着要抓点什么。兴建打算不顾一切冲上前。他也应该不顾一切冲上前。不过这一刻，他发现自己竟有些莫名地心虚、胆怯，他甚至想找点借口溜到一边去，把自己藏上一会。

兴建承认，大半天来他一直没有放弃重新遇上那两个人的企望，特别是第二次拖着板车出门时。但在他的想象中，再次相遇的地方应该在住处附近的那条大街，也即是早上第一次相遇的地方。他怎么也没料到，许多时间过去了，这两个人还会出现，并且从坡道上，从他的身后出现。

坡道很陡。坡道两边是密密压压的高大树木，树后面是一串低矮的商店。随着坡道上升，商店也一家高过一家，讨钱的两夫妇依然相互搀扶着，在一家一家的商店门口驻留。"大哥，大哥，"兴建仿佛又听见他们的声音。男人的声音，女人的声音。兴建不着急了，他想用不着自己赶过去。只需在原地等着，那两个人把商店挨个跑完，一定会到这边来的。说不定他们早把兴建忘了，把兴建给钱的事更忘了，会再一次开口向他讨要哩。"大哥，"男人会这么叫。"大哥，"女人也会这么叫。兴建想到这些，不由情绪激动，气愤不已。

兴建所料丝毫不差，讨钱的两个人沿着下降的坡道越走越近了。兴建装着埋头观察篓里的橘子，偶尔伸了手将开始腐烂的挑起，放到一边，但他的目光始终没有离开从远处过来的目标。那么多的小店，有的给了，店主手中捏一张毛票交到两夫妇手上，转过身子便回。也有的不是真心给，但又不愿招什么晦气，没等两个人开口便将一张毛票塞过来，然后五指并拢朝外晃动，让他们赶快离开。店主们不管男女，大多脚踏着拖鞋，其中一个女人还穿着灯笼睡裤，肥大的臀部在兴建面前晃动了好久。在有些商店门口，这对夫妇停留的时间要长得多，兴建能看到他们朝店内说着什么，但店内始终不见有人出来。兴建怀疑店内没人。当然店内没人是不可能的，只能认为是店主不愿给钱。不管你如何说，他们就是不给。

当这对夫妇越过一小片水泥空地，走到周蛮子摊位跟前，周蛮子一面抽烟，一面喝茶，正享受饭后的清闲。周蛮子低着眼皮，抽一口烟，喝一口茶，看也不看面前两个人。

于是兴建听到了那熟悉的声音，大半天来在他耳边不知重复了多少遍的声音：

"大哥……"

"大哥行行好，"男人和女人把早先那段话又断断续续重复了一遍。家在河南，千里迢迢赶来江州，投奔建筑工地上的一个亲戚。建筑队撤走了，他们回不了家。他们已有几餐没吃饭了。男人和女人说这一切的时候，兴建把脑袋埋得越来越低，他感到呼吸急促，同时脸上也燥热得厉害，似乎说着那话的不是他们，而是自己本人。男人和女人不知这些，男人和女人说得顺溜，一遍说完了，见周蛮子没反应，大约以为未能听懂，竟又掉过头说第二遍。周蛮子仍没有反应，沉着眼皮抽烟、喝茶，喝茶、抽烟。直到面前两个人以为没了希望，相互打量着要离开，待要离开又恋恋不舍，他这才猛吸一口茶水，仰起脖子咕嘟咕嘟地漱一阵口，猛喷出去。

"来，"周蛮子说，周蛮子用三根手指捏了一张毛票，缓缓推到两个人面前。兴建看清了，那是一张一块钱的毛票。可他却整整给了他们十块。给了十块仍不算完，现在这对夫妇又一次站到面前了。

"我不是早给钱你们了吗？"未等对方开口，兴建猛然大叫起来。他早已忍不住。他真的忍不住。他不知把这声嚷叫憋过多久了。

可以看出，面前这对夫妇根本没能把兴建认出，他们更不知道兴建已把那声嚷叫憋过多久。他们只是傻愣愣地站着，茫然不解地把眼睛朝着兴建看。其实，在突如其来的那声嚷叫后，不只是面前的两个人不解，兴建自己也不解。他不得不作一些必要的解释，好让面前的两个人明白他是谁，他为什么嚷叫。他说了买早餐的事，说了在马路边相遇以及怎么给钱的事。为了加强话语的说服力和可信度，他还辅以必要的手势，比比画画，指指点点。比如说到买包子时，他指指自己左手，说到掏钱时他指指裤侧的口袋。不过这一刻他显然过于激动，没能让自己及时镇静下来，话语结结巴巴，断断续续。他甚至连基本的方向也弄错了，说到见面的地方他不是指向该指的地方，而是指向了另一个完全不该指的地方。指过了随即意识到错误，换了一只手又来重指。这么说来说去说不清，连他自己也不能相信了，心下不由得越加发急。后来他干脆不说了，从装钱的木盒中找出一张一块钱的毛票，上前一步递到两夫妇面前。

"我给你们这张一块的。"兴建说，"你们把那张十块的还我好吗？"

两夫妇这下明白了。明白自己向人讨钱非但没能讨到，对方反而向他们讨要。对方要用一块钱换他们一张十块的。两个人真正愤怒了，不约而同齐声嚷叫起来。男人似乎还在叙说什么，说他们走南闯北，从未见过这么一个人，你不愿给钱也好，给不起钱也好，怎么反过来还要我们把钱给你。

男人说："我们早上什么时候遇见你，你什么时候给了我们十块钱？"

男人身边的女人一反病病歪歪的模样，发出一连串恶狠狠的咒骂："你这只乌龟。贼杀的，断子绝孙绝柴苑的……"

"我们是走投无路的人哩。"男人应和着。

短短一句话，会遭到如此强烈反应，这不能不让兴建大感意外。这次轮到他木呆呆站在一旁，瞪大眼睛发愣了。男人和女人丝毫没有停下来的意思，男人的声音粗重、急促，还带着浓浓的痰音；女人的声音尖厉、响亮，一遍遍刮擦着他的面颊。"那个嘴巴哪是嘴巴，都赶得上是磨刀石了，吱吱嘎嘎，吱吱嘎嘎。"兴建仿佛又听到陈三鞭的声音。陈三鞭把上下牙齿狠狠龇开，做出痛苦难当的样子。兴建看到又一次渐渐围拢过来的人，更重要的是，兴建还看到丽芳，看到强强，丽芳一手牵着强强，一手提一只白色的塑料袋，给他送饭来了。

兴建是如何把手伸出的，自己已全无印象了。他似乎只有一个念头，就是要上前把那两张不停蠕动的嘴巴堵上。他是真正出过十块钱的。他整整出了十块钱，不但没得到一句感谢话，反而被对方破口大骂。给了钱，又挨了骂，真还不如不给呢。不如把钱要回来呢。自己的钱，为什么不能要回来。自己的钱就应该要回来。"你把钱还我。"兴建嚷嚷着，伸手去抓男人的衣服，谁知却被对方一掌打脱。他又拽对方肩膀，拉对方衣袖。这次他遭到更加激烈的反抗，男人恶狠狠用手推他，用脚踢他。兴建感到了痛。但他不想放手，他只将五根手爪没命地在什么地方拽着、揪着，一刻不敢放松。经过长久的撕扯，他们一同摔倒了，摔在人行道旁的一棵小樟树下。他的一只手肘还在靠近地面的树干上狠狠蹭过一下。这时兴建比较近距离看清了男人的脸、男人的颈项。男人把脸朝一边偏着。男人的耳根下，在脸腮与颈项的交界处，长了颗蚕豆那么大的痦子，痦子发黑、发紫，上面还伸出两根长毛。随着长毛的一上一下，一抖一颤，兴建发现这男人原来在拼尽全力叫喊着。他不知道男人在喊什么。他很想把男人偏向一边的脸正过来，以更好地弄明白他到底在喊什么。

"救命——抢劫啦!"男人这么喊。

"抢劫啦——救命!抢劫啦——"兴建又听到另一个声音,尖厉、嘶哑。那是女人在喊。女人将两臂大张,如同一只大鸟,哇哇呀呀叫着从兴建耳边刮过去。兴建很想再把女人拉住。兴建把抵在男人膝头的那条腿向人行道的水泥地面移了移,一个用力把身子站起。但女人已经跑远了。女人继续将两臂大张,乌鸦那般绕着空地那头的空茅棚盘旋了一圈,然后顺着坡道底端向公路另一边扑去。

"抢劫啦——救命!"

"救命——抢劫啦!"

男人叫一声,女人也叫一声。男人叫得声嘶力竭,女人也叫得声嘶力竭,两个人好像比赛一般。后来,男人的声音和女人的声音把兴建的耳朵整个充满了,他再也分不清谁是谁的声音了。同时他看到有不少人,有更多的人朝这边奔来,身前的坡道上,身后的坡道上,都有。兴建踉踉跄跄往前奔了几步,然后停住。他看到男人继续躺在地面上,大嘴一张一合。男人大概仍在拼尽全力喊叫。接着兴建又看见了丽芳,看见了强强。奇怪的是丽芳和强强也跟着人们一个劲朝他喊叫,只不知是否也在讲他抢劫。兴建还在人群之中看到几个穿制服的人。那应该是警察,可能刚刚接到报案,正第一时间赶到现场。兴建想到底怎回事,自己到底干了什么,把警察都引来了。他把脑袋低了低,于是看到了自己的手。那是他的右手,手心里紧紧捏了一把钞票,有一块的、五块的、十块的,当然更多的是五毛、一毛的那种。钞票无疑都是从男人口袋里抓出来的,抢出来的。兴建把手略略松开,立即有一张揉皱了的毛票从指缝间飘落,棉花那般在水泥路面弹几下,翻过身滚到了一边。

　　兴建也把身子转过，开始拨开人群，朝着与警察相反的方向狂奔起来。他跑完一条街道，又跑完另一条街道，接着置身于一条更宽更大的街道。街上的人真多，车真多，每辆车子一律都端着一块或者几块五颜六色的玻璃，亮光闪闪地对着你的眼睛晃过来，晃过去。

每天都是节日

一

南京紧走几步，赶上前面提包的人，一看是墩头铺的夏皮。南京问，夏皮，是你？夏皮说，南京是你？夜太黑，两个人说着话时，几乎脸挨着脸了。夏皮把包换过一只手，问这么晚，你一个人急急忙忙从哪来？南京说我能从哪来，闲着没事，还不是到镇街上瞎走？当南京问夏皮从哪来时，夏皮说：

"县里！"

夏皮回答得响亮，而且迫不及待，唯恐别人不知道他从县里回来似的。南京听了不高兴，他冷冷笑了一下，但笑的声音太小，夏皮根本不知道他在冷笑什么。

夏皮是前年的夏收过后，一个人溜到县城汽车站做挑家的。挑家即是挑夫，专门帮下车的人挑挑担，送送货。夏皮面相生得烂，脸上身上的皮肤不只黑，而且不干净，雾蒙蒙好似长年撒了一层干草灰。周围一带认识的人都知道他在县城做着挑家，可他偏要让人相信他在县城里并不是做挑家。有关他这方面的笑话实在不少，乡里人私下讲起，听的和讲的一起津津乐道。他们说每次班车进站，夏皮同着一伙人手握扁担打架样一拥而上。"挑子啊，挑子啊。"挑家们一边挤在车门前叫嚷，一边拽住刚从车上运下的行李不放。有一次他拼命拉扯一只鼓鼓囊囊的蛇皮袋，抬头发现袋子的主人竟是同村的一个熟人。夏皮猛吸一口冷气，就似给人狠抽了一巴掌，手捂腮帮向后倒退，一直退到车影那边。等熟人招呼着上前寻找，车那边早已空无一人。

南京想问一句，你这包怎么提在手上，不用扁担挑着？但他怕夏皮多心。实际上夏皮也不是轻易可以惹的。"那样的货，在外面也好卖？"夏皮曾这么在人前说南京的老婆淑珍。同在一个地界上住着，相互的根底不用说都清楚，谁也别想瞒过谁。

夏皮告诉南京，他连夜从县里赶回，原是有件急事。近段时间他在县城菜场帮一伙人卸货，卸辣椒。后来人手不够，干脆雇他和另一人押车，专门跑省城。两辆车子轮班转，你回来，我出去，日夜不停。这么几次跑下，其中关关节节都给弄了个清楚。夏皮心动了。简单得吓人的一件事，别人做得来，我们为什么做不来？夏皮嚷嚷着给南京说。

这么灰头土脑的一个人，原先连句囫囵话也说不圆的，到县城混上一两年，当真还有些变了，这点你不能不承认。南京心下不平，把脑袋偏了去看四外，不再多说话。夏皮人未到家先碰到南京，自是分外高兴，他已当仁不让把南京看作了贩辣椒的伙伴，不停说他的计划，他的打算。夏皮说只要邀到三五个人，凑个几千块钱起本，我们就可以把事情做起了。

"我们不运县城，县城被他们站稳了，你插不进的。我们把辣椒运到黄田来。"

在秀水桥的路头同夏皮分手，南京这才重新把步子加快。南京并不如自己所说是没事到镇街上瞎走，今夜他到黄田是有事的。他想看看他老婆淑珍回来了没有。南京没有接到淑珍，这本属意料之中，但他又觉着在等车的这段时间里，淑珍是否已先一步下了车，先一步回到家了？不说出村后那段岔路，便是面对面擦肩而过，这么暗黑的天也是完全有可能的。他不停想着淑珍回到家的情形，怎么走过村头，走过地场。南京不知道淑珍能否找到石阶下的钥匙。放钥匙的地方太多，加上离家多年，她也许早把这些忘光了。找不到钥匙，一气之下淑珍很可能又会扭头就走的。这么想着偶尔一抬头，南京不由吓一跳。隔着小河及河那边的几块水田，他在他家的窗户里果然看到了灯光。往侧边挪开几步继续看，他还是看到了灯光。记得出门时他明明把灯熄了，好让水石他们早点睡觉的，无缘无故怎么又亮了？

不会的，那不可能的，南京告诫自己。肯定是家里那几个短命鬼大半夜睡不着觉找打！

把戏婆家的屋门开着，灯光下把戏婆同她的女婿木生正在堂前忙碌。把戏婆家今天找了两个木匠做事，他们要连夜把场地清理出来，把刨花和锯屑扫净装篓。"这是去了哪，到现在才回家？"看到南京，把戏婆叫一声把身子直起来。在把戏婆把身子直起来时，南京听到自己身体里有东西咣咚一响，紧跟着整个人都有点失去知觉了。

"真是，淑珍？"一句话差点夺口而出。

把戏婆告诉南京，水石水香他们在家哭，都哭了有几个钟头了。他们把家里的花生打翻了，床上床下撒得到处都是。

"花生？"南京喃喃道。这一刻南京清醒了，但他仍没弄清把戏婆到底在讲什么。

南京不声不响上了台阶，摸出钥匙开门。房间里很静，水石和水香就如两条瘦骨嶙峋的大狼，扭着脖子，弓起长腿，歪歪倒倒仰躺在床前的地面，分明是哭着哭着就这么睡着了，只有水娥躺在床上她应该躺的位置，不过也伸胳膊甩腿，被子踢到了一边。当中房梁上，那只装花生的蛇皮袋仍牢牢吊起，不过袋子基本已是一只空袋，花生通过袋底豁开的饭碗大缺口，泻落到床前的兀凳上，然后通过兀凳溅向四周地面。南京试着要为自己找个落脚的地方，但是他没能如愿，一个个花生在脚底踩碎了。

花生碎裂的声音不很响，但在几个短命的听来却无异于声声闷雷，水石和水香在睁开眼睛的同时，身子一缩已挣脱地面。他们的脚下、手下、屁股下，接连发出啪啪碎响。

"老实给我说，是谁？"南京问。

水石和水香靠墙而立，脑袋低垂着一动不动。

"是你？"南京把口气尽量放缓，这么问水石，"你要说是你，我不打你。"

"皮，"水石摇头。

"不是"在水石那里，总给说成"皮"。

"那么是你。"南京同水香说，"你要说是你，我也不打你。"

"不是我，是哥哥。"水香把脑袋抬起了。

"西，"水石说。水石也把脑袋抬起，手指斜斜地朝妹妹点去。

"是"在水石这里又给说成"西"。水石在说："是你。"

"是哥哥。"水香说。

"西，"水石说。

"再说！"南京喝叫。水石和水香把嘴闭起了。

南京伸手去拧水石的耳朵。南京的手还未挨近，水石已把耳朵侧起，颤动着远远朝他迎过来，同时嘴巴大张，一边的嘴角歪斜，脸上肌肉急剧皱缩、扭曲，似乎早已痛苦得不行了。

这让南京觉得好笑，伸出的手迟疑了一下，终是停止了。他伸了另一只手去拧水香，水香同样不由自主把耳朵侧起，颤抖着迎过来，同时嘴巴大张，满脸痛苦状。南京知道这都是平日拧惯了的缘故，简直有点训练有素。今夜的事其实很清楚，水香、水石以至水娥谁也脱不了干系。他想象三人睡不着觉，算计着要偷吃房梁上的花生。他们当然无法把鼓鼓囊囊的蛇皮袋从房梁解下，于是一个端兀凳，一个找剪刀，爬上了就向袋底去戳。当第一只花生落下时，他们肯定高兴得不行。可是花生越落越多，袋口随着越撕越大。等他们意识到害怕，要伸了手去堵时，已经晚了，花生如一股股大水尽情泻落在他们头上。他们快给花生埋住了。水石和水香，还有一旁的水娥，面对从天而降、滔滔不绝的花生，一齐大哭起来。

"短命的，"南京偷偷一笑。南京好险没笑出声。南京从外房找来两只畚箕，一把笤帚，还有一条蛇皮袋，用劲朝花生堆上扔去，"还不快给我扫好！"

水石和水香，包括床上的水娥，抓一根救命的稻草般各自将笤帚、畚箕抓在手中，埋头干起来。

水石他们确实累了，困倦了，头一落枕即刻睡去。南京脱了衣也准备睡，想想又把衣服重新穿上。他觉着还有点什么事情没办好。他开了堂屋的灯，将横七竖八的凳子、椅子搁到各自的位置，然后来到厨房。这时他吃了一惊，隔过半人高的灶台，他似乎看到灶角落蹲着一个人。他把自己站稳了。他明明知道那不是人，但仍把自己站稳了，悄悄缓过一口气。南京装作若无其事的样子朝灶角走去，看看果然不是什么人。那是一堆当柴火的干树枝。南京又偷偷给自己一笑，骂一声："短命的。"

南京当然知道自己要干点什么。他在找一个人，具体说他在找他的老婆淑珍。他仍有点担心淑珍什么时候已偷偷溜回家，这时正躲在哪个暗处看他。淑珍有意要同他捉捉迷藏。这念头不用说很可笑，很蠢，蠢得好比一头猪了。不过既然已经这么蠢了，南京想那么就再蠢一会吧。他把里房外房、屋前屋后找遍了，最后站在自己睡觉的床前。这一刻他真有点受不了，他想这不只荒唐，简直有点无耻。万一水石他们有谁醒来，看见了，他更该如何交代。

反复犹豫一阵，南京朝自己嫌恶地咧咧嘴，仍是把腰弯下了。床前的挡板很低，床下很暗，这里那里还积着些黑乎乎的杂物。南京把身子朝前探了探，伸长手臂扒那杂物。是一堆干硬发脆的塑料薄膜，前几年铺在田里用来播种育秧的。后来他还扒出一把旧柴刀，一根尺来长的粗竹筒，两只破胶鞋。当然不会有什么人。南京把东西一齐掏出，搁到床前的地面，然后拄着膝头爬起，缓缓抖落头上身上的灰。

猪，南京说。还真是一头猪。

不回来就不回来，为什么又说回来？南京忽然愤怒了。他发现两只胶鞋中的一只是淑珍的，记得什么时候她还拼命找过这只鞋。南京飞起一脚，把鞋踢开老远。

二

在离家整整三年零两个月又七天之后，淑珍忽然寄回一封信。信很短，说实了不过是一张小纸条，内容却至关重要：淑珍说她将在端阳节前回来看看。那是阴历二月间的一个傍晚，南京蹲在把戏婆家门前一只废弃的石臼上，看木生嘻嘻哈哈地逗弄一条小花狗。小花狗不堪其辱，张开嘴巴朝木生的手臂咬去。木生身子一抖，站起的同时已将小狗甩出老远。南京和其他几个围观者一齐大笑。

"咬到了？"南京问。

"它敢！"木生说。尽管没有咬到，木生仍缩了手臂到衣服上轻轻揉动，一副心有余悸的模样。木生揉过一阵，用另一只手到裤袋里把信掏出，展开了，递在南京面前。

"这写的是不是你名字？"

南京看看，是他名字。后来南京想，这是一封信呢。他抬头看看面前的木生，木生说："谁写的，是不是淑珍？"南京想，淑珍，那不可能。他从石臼上蹦下，匆匆忙忙回家，没过一会又匆匆忙忙回来了。南京拽着木生的衣袖，把他拉到一边。

"这信，你从哪拿的？"

"我能从哪拿，还不是从孙驼子的饭铺里？"木生说，"做什么，有事吗？"

南京问木生几时从孙驼子饭铺里拿的信，为什么不早点给他。木生把脸拉下了，说这不给你了吗。木生想说，还不早啊。木生又想说，我是专门给你送信的啊。但没容他把话说出，南京已转身往水塘那边的石板道走了。

南京要去饭铺找孙驼子，走了一阵又站住，认为没必要找孙驼子。可是第二天，他还是到饭铺找了孙驼子。孙驼子说，那封信一点也没耽搁，半下午一到，他就托木生带去了的。孙驼子也这么问，信怎么了，有事吗。南京不好意思，说没事。那以后南京与孙驼子的关系格外热络了，他有事没事喜欢往饭铺跑，说是要看电视，要看人打牌。实际是为了等信，更为了寄信。人这东西说怪还真有点怪，淑珍没回来的时候也没什么，日子一天天就这么混过来了。几年都过来了。可一旦得知淑珍要回，便一天也等不住了，一时一刻也等不住了。南京这才清楚，实际上在内心深处他有多么想淑珍。实际上几年来他每天都在想淑珍，每时每刻每分每秒都在想淑珍。尽管在一起的时候成天打打闹闹，相互嫌得做屎臭。可分开了你就受不了。刚一分开就受不了。南京就这么想了几年，也忍受了几年，现在终于得到消息说淑珍会回，他发现他再也无法控制自己。他照着信封上的地址给淑珍写了许多信。一点也记不起信上讲了些什么，只说让她回。让她早点回，最好不要拖到端阳节。他还讲了家里的一些事。南京想，要说问题，那问题大约就出在信上了。淑珍肯定记起了什么，记起以前两个人在一起的那些可怕日子。南京不懂淑珍。南京只知一个催。直到淑珍托茅头山的明霞带了口信来，说她不回了，她忙，让家里别等，南京还没能把事情明白过来。他还是一封接一封地寄信，并且语气上一封比一封急促，一封比一封严厉。他责问她为什么不回。他简直有些气急败坏了。当时他正是这么想的：不回就不回，为什么不回又说回，说回又不回。淑珍大约也给逼急了，气急败坏了，这才有那封电报发出吧：

我、说、不、回、就、不、回！

是淑珍的口气。以前她使性子的时候，正是这么说话的。此时此刻南京明白了，他明白机会已经失去。淑珍再不会动回来看看的念头了。

可是假如呢？南京又这么想。随着端阳节临近，南京更止不住要一遍遍想。今天吃过晚饭，他决定到村口那边看看。他沿着石板道来到秀水桥，又来到墩头铺。他想在家闲着也闲着，不如一个人往前走走吧。于是他一路往前走下去，过了桑乌塘、石楼、江家山嘴，一直走到镇街上。

第二天吃过早饭，水香、水娥拽了书包去上学。水石不用上学，但水石把碗推了，跟着她们也准备出门。南京喝叫着不让他走，南京说水石，等会跟我到药铺里看病！水石不愿。水石说，皮！水石主要不愿跟父亲在一起。磨蹭了一阵，趁南京不注意，他贴着墙根准备往外开溜。刚出大门，侥幸中偶一回头，发现有一张面孔正透过睡房的窗户一动不动地看他。水石就如给打断了脊梁的癞皮狗一般把身子软下来，嬉笑着歪头扭颈往回走。

发达医生的药铺紧贴着绕山而过的溪流。溪中的石头很多，水流在石缝中穿过时能发出很大的响声，发达的药铺便成天成夜浸在哗啦啦的水声里。每天早晨发达的老婆把后门推开，肩担两只笨重的木桶沿着窄窄的石阶下去，挑着水又沿着石阶上来。等把天井旁边的水缸挑满，紧接着去下前门的木板，然后才把发达叫起身。这时店堂里还很暗，浓浓的中药味积聚着，光滑的地面黑黑腻腻，又瓷又软。白天的时间发达一般都坐在店堂中的小方桌边，或半闭着眼睛给人诊脉，或手摸着后脑同人下棋。发达个子矮小，脑袋很圆，眼睛很圆，尤其下棋到紧张处，那不由自主搬到凳头上的脚后跟，圆得就同他手中的棋子一样了。

南京一直不能弄清发达有多大年纪，当他还是一个小孩，个子没水娥高时，就由母亲领着，三天两头到发达的药铺看病，抓药。现在自己的孩子都几个了，发达仍是早先模样，圆头圆眼，圆圆的脚后跟。不知是长年不见阳光，或浑身上下让药味浸透了，发达手臂上的皮肤格外白皙，肌肉松弛，皮塌塌凉冰冰的几根指头往你手腕上一搭，就似搭上了一条死蛇。周围的人恰恰服这个，他们相信医生的手就应该这么白皙、松弛，皮塌塌凉冰冰像一条死蛇。搭过你的左手，发达并不说话，只把手指比齐了到桌面上轻轻一磕，让你伸过右手去。

南京带着水石来到药铺时，恰碰上发达同街头的一个孤寡老头下棋。发达有很重的棋瘾，这个时候别人是不能上前打扰的。南京等得心焦，又不好多说什么，只一个劲给水石瞪眼睛，让他别乱动。水石是个身体里上了发条的人，自己很难管住自己。他一会摸摸木板棋盘，一会摸摸圆鼓鼓的棋子，他甚至还伸了手指掏掏发达搁在凳头上的脚后跟。在遭到父亲的抽打后，他又溜到柜台那边要帮发达的徒弟捣药。徒弟先是啧啧有声地表示厌烦，后来忍受不住，疾言厉色地喝骂起来。南京上前狠狠给了水石一脚，拖过来重新按坐到方桌前。

　　"说吧，什么事？看什么病？"发达不胜其烦，终于把棋子一推。

　　水石有什么病，南京认为发达心里最清楚，周围一带任何一个人都清楚。水石三岁不会走路，后来能走能跑了，却是走不像走，跑不像跑，身子一个劲歪歪倒倒，似乎每一步都要跌跤。现在整十四了，生了一张好嘴可惜还不会说话，要说也只说出两个模模糊糊的字：西、皮。在发达的药铺里，南京已不知捡走多少服药了，那药堆到一起，大约要用大货车来拖。可吃来吃去，西还是一个西，皮也还是一个皮。旁边有人说，南京，医生治得好病，但医生治不好命呢。南京把水石带到黄田医院，又带到县城医院，要让医生查查到底是什么病。医生上下看了看，又拿听诊器到水石肋骨上敲敲，说病，我怎么没发现有病？南京抱着水石到大桥头一位看相的人面前，看相的把水石周身骨头摸摸，说这是块小小的官胚哩，他不该跟你，他该待在外面的大码头上。见南京不懂，看相的又说，这小人在你家容不下的，他应该到外面的大地方去，要快啊。

　　看相的意思是说，这是个废人，趁早送到外面的大城市扔了。

这点南京懂。南京其实什么都懂，医院的意思，周围人的意思，都懂。即便是发达医生，尽管吞吞吐吐，什么也没说明白，但他的意思南京也懂。分明一个废人么，还有什么可说的。现在这样的废人又一次给带到药铺里来，说要看什么病了。南京心下惭愧，吭吭哧哧半天不知说什么才好。

"发达医生，你看这短命的怎么就瘦成个这样？"南京问。

"他怎么瘦成这样，我想这该问你自己。"坐在一旁的光棍老头忽然开口道。"还不是你每餐没让他吃饱那饭？"

"只差用棒槌朝里筑了，还说没让他吃饱那饭。不信你问问他自己，看每餐吃饱没有。"南京要把水石推上前，可这时的水石却做出万分羞涩模样，挣扎着不愿上前。南京说别看短命的瘦，可你不知道他有多么能吃。那哪像三个人，那都是三只蝗虫了，不只吃饭，一天到晚见什么吃什么，一张嘴巴没有半刻停歇。

"皮，"水石说。

南京问："吃了那么多，怎么硬是这样个瘦呢？"

这回光棍老头似乎回答不出，或者不屑回答，若有所思地盯着未下完的那盘棋，不拿正眼看他。发达半闭眼睛给水石把脉，也不看他。只有水石扭过身子，半笑不笑不时朝他做个怪相。南京说前不久他从外面回家，看见水石正拼命撕咬一根苞谷秆。苞谷秆是头年收割时遗下的，丢在门前的烂泥地里沤过一个冬天，秆芯早已发黄发黑。南京着了吓，就要冲上前把东西抢下来，但整整几根苞谷秆基本已让水石吃完，黑黑黄黄的秆渣吐得遍地都是。

"发达医生，不是说苞谷秆沤烂了是有毒的吗？"南京问。

发达问："他中毒了吗？"

南京摇摇头，说不知道。南京想想，又说不知道。

"中毒了会吐，会七窍流血出人命的，你怎么会不知道？"光棍老头又开口道，"既然你不知道，就表明他没中毒，若是中了毒，你就不可能不知道。"

南京问："别人吃了都中毒的东西，为什么他吃了一点事没有？"

老头说："照你说，这也是病？"

老头笑了，南京跟着也笑了。老头说："吃了中毒的东西没中毒，别人不能吃的他能吃，这应该恭喜你才对。莫非你一定要他中毒才舒心？"

在他们谈话的工夫，发达已把药单开好，裁下，递到南京面前。

"吃得多不长肉，说起来道理简单，因为那东西没吃在他肚里，东西吃到别人肚里去了。"

"别人肚里。"南京有些吃惊。"谁肚里？"

发达说："谁吗，还不是那些虫？"

南京问："你是说他肚子里长了虫？"

南京真有些心服口服。南京说，前不久他还看到水石伏在门前的条石上吐过一条蛔虫的。那虫又大又粗，落在石面上还活蹦活跳。当时怎么就没想到水石肚里还有虫呢。

发达吩咐，先把打虫的药吃了，一天三次，一次一粒，连吃三天，然后再吃这三包中药。南京跟着发达来到药柜前，点数着诊单上的药名，小心问："发达医生，这药，是补的吗？"

发达有些不悦，好一会不作声。又过一会，他把南京看看，问："你要吃补的？"

"该补的补，不该补的就不用补。不过要是你认为一定要补，那么补补也没关系。"发达迟疑着，摸摸索索捡起笔，到药单上又写过一阵，再次递到南京面前，"你看，这行不？"

南京说行。南京连连点头。南京说短命的太瘦，他早想着要给他吃点补的了。

三

从药铺回来，南京很高兴，他端来半碗温水让水石把打虫药吃了，接着拆开纸包查看捡回的中药。南京明明知道，任何药对这个短命的来说都已经无济于事，可每次从药铺捡了药回来，他仍要高兴一阵，轻松一阵。

南京怀着比较美好的心情，开始忙活手头的一些事务。他找了两张地箕到屋场展开，然后从谷仓里搬出几蛇皮袋花生和板栗，一袋袋倒在地箕上摊平，见见太阳。花生是头年的花生，板栗不只有头年的，更有前年、大前年的，都是南京一点一点积起，要留待淑珍回来吃的。淑珍平日没有多余的爱好，只喜欢吃个零食。冬天的晚上，淑珍常将几颗花生或板栗用小碟装了，搁在凳头上，自己整个人伏在火盆边，一面噼噼啪啪给你说着什么，一面咬花生壳，咬板栗壳，同样噼噼啪啪。为这事南京曾同她狠狠吵过几场，当时南京一心一意看不惯她，说她好吃贪嘴，没个过日子的模样。

"水石，肚里的虫下来没有？"南京招呼水石，"虫没下来，到地场给我招呼花生板栗，别让鸡过来啄了。"

水石以歪歪倒倒的步态穿过后门，穿过堂屋，朝前面的地场跑去。短短几步路，完全没必要跑的，他也要歪歪倒倒跑上一通。水石从来没有正正经经走过一步路。

栏里的两头猪哼哼唧唧好久了，南京想肯定是早上的食调得太稀，这阵又饿了。他提了一桶食送到栏里，然后找过锄头掏栏里的粪。掏完猪栏的，心想干脆就手把鸡圈也掏了吧。一只母鸡蹲在圈顶的篾箩里生蛋，南京等了一阵，生蛋的母鸡还一个劲伏着，没有半点让一让的意思。南京耐不住，轻手轻脚上前察看。窝里的母鸡神情严肃，微闭着眼睛竟不看他。南京想不就是生一只蛋么，一本正经好像干什么了不得的大事。心下正自好笑，地场上忽然传来一个人的脚步声和嚷嚷声："南京，南京。"

是夏皮。夏皮走起路来把一块地皮踩得咚咚直响，就似永远挑着一副几百斤重的担子。

"这人在家也不及时应一声。刚才你是不是也躲在家里不愿见我？"夏皮继续嚷嚷。

南京问刚才，什么时候？夏皮说吃过早饭他已经过来找了几次，总见这门上挂着一把大铁锁。

南京知道夏皮为着什么要三番五次找他。夏皮为着贩辣椒的事，具体说，夏皮想从他腰包里掏出一笔钱来做本。如果说对贩辣椒南京原本还有点好奇，甚至心动，但从这刻起，他已把主意彻底改过。不错，他手头确实积了点钱，那是他每年年中卖粮，年底卖猪，加上卖鸡蛋、卖柴一分一厘积攒的，也是为淑英回来准备下的，怎么可能轻易拿给你去糟蹋。南京越想越气，他不知道在夏皮眼里，到底把他看作了一个怎样的人。一个狗卵样的东西，到县城混上个一年两载，也学会打别人主意了。什么做生意贩辣椒，趁早扛根扁担好好做你的挑家去吧。

夏皮当然是为南京手里的那点钱来的。但他不说是为钱来，也不说是为贩辣椒的事。夏皮说："南京，你说我们什么时候动身？"

"动身？"南京问。南京有点惊讶不已，"到哪去？"

"你看你这人。"夏皮说，"我们不是说好到省里贩辣椒的吗？"

"到省里贩辣椒，我怎么不知道？"南京说，"你是说，我也要到省里贩辣椒？"

花了不小的工夫把夏皮打发走，下屋场的保英又过来坐了好久。保英是过来借柴刀割地沟里杂草的。保英的菜园离自家远，离南京家近，这又是个性子柔和、身体笨重的女人，每次来菜园总喜欢空着双手，临时要干点什么了，便到南京这里借个家伙。

"不容易，南京，你不容易。"保英在南京家里家外看看。"一个人带三个小孩，既做爷又做娘，外头种田种地，家里还养猪养鸡。鸡生了蛋卖蛋，到山上砍了柴又卖柴，地场上还晒了这么多花生、板栗。南京，我不说假话，你真不容易。"

南京想，自己真的不容易。要是保英知道他手里还扎了点钱，会更说他不容易了。

"不是说，这端阳节淑珍要回来？"保英问。

"没有的事。"南京有些慌乱。南京说淑珍先是讲回来，后来又讲不回了，谁知她回不回来。其实回不回反正无所谓，这么多年都一个人熬过来了。

从粮站旁边黑乎乎的小巷走出，踏上黄田镇的水泥街道，前面不远就到车站了。车站的情形跟头天夜里一模一样，亮着的电视机依然在那里亮着，灯光下摆开的麻将桌也依然在灯光下摆开。就连麻将桌边坐着站着的人，也还是头夜那伙人，好像麻将从头夜一直打到现在，电视也从头夜开到现在。南京不敢停留，急匆匆从人群边一闪而过。他不想让过多的人注意他，不想让人们知道他昨夜来了街，今夜又来了街。不过一个来了街的人却要让人相信他没有来街，自然不很容易。他看到麻将桌边有个人朝他一笑，并且张了口似乎在说点什么。另一张麻将桌边又有一个人在使劲向这边招手，意思是让南京过去。街面上的人差不多都是熟人，不是熟脸就是熟鼻子，即便你遮了鼻子遮了脸，掐头去尾只留一张屁股，也有人基本能认出这是哪一个人的屁股。

在一家单位的铁栅门边，南京站住点了根烟，四处观望一会，掉过头往回走。这里离车站已经很远，他怕到时车子一来，会手忙脚乱跟不上。到了车站，见街面并没有其他动静，南京无处可去，再一次掉过头，东张西望地沿街走。这次很不巧，他面对面遇到枫树坳的小姨娘了。小姨娘其实是淑珍的姨娘，也就是淑珍母亲的亲妹妹。两姐妹嫁了枫树坳的一对堂兄弟，没想这两家却做了一辈子的生死对头，相互之间从来不说一句话。每次到枫树坳，南京看到门对门两家那怪怪的模样，总觉得很可笑。

小姨娘有一个儿子在镇街上招了亲，小姨娘今天这是到儿子家做客。小姨娘让南京跟她一起到儿子家坐坐，南京不愿。南京只说有事。小姨娘忽然把声音放低，下巴朝南京这边凑："那老疯婆，这一向对你可还好？"

"有什么好，多久没有见到她的人了。"南京说，"对我这样的人，她能好得起来？"

"你这样的人怎么啦，哪点不如她？"小姨娘越加把声音放低，"别向她低头，别低声下气上她的门哩。她看不起你这门亲，你也就看不起她。不就是一个老疯婆么，她凭什么看不起别人。"

小姨娘与她姐姐不好，不知为什么对南京却特别好，她常说我是叫自己没生得有女，我要是生了一个半个女，要嫁一定嫁给你，你回去把她家那个宝货休了，把老疯婆气死。

小姨娘的话很多，南京不得不耐下心听着。小姨娘平日找不到这样的机会与南京谈话，一旦找到了似乎就要好好利用一下。过了一会南京有些恍惚，他的耳边灌满了小姨娘噼里啪啦的话语声，以至连一辆大客车驶近了都没觉察。等回过神已经迟了，车子颤巍巍、轰隆隆地从头顶一晃而过，他根本来不及看一下这车是从哪里来的车。车尘中南京拔腿就跑，跑了几步又停住，回身朝小姨娘看。他想同小姨娘说点什么，一时却不知到底说什么，掉了头又重新跑。小姨娘问："南京，你是来接车的吗？"

"不是。"南京说。南京的声音很低，小姨娘当然听不见。

"南京，是不是淑珍要回来？"

隔老远，南京还听到小姨娘在身后叫。

大客车上没有淑珍。南京站在几十步开外的暗处，看车门不声不响地打开，然后重新关拢。大客车上当然不会有淑珍。后来南京又接了两辆同样的大客车。等两辆车子接完，一个人从粮站旁边的巷口穿过，不由一惊。他发现镇后所有的人家都熄灯睡觉了，四下里一片暗黑，夜明显已经很深。不知是由于心理作用，或者天当真黑成那样，南京脚下不稳，接连几下都踩在坑洼处。南京停了停，让眼睛尽量适应眼前的黑暗。好在路是熟路，又是大路，怎么说也不至于摔上一跤的，他只担心着等会到桑乌塘一带，自己孤身一人该怎样走过去。昨天因为回得早，后来又遇到夏皮，两个人一起当然没什么，今夜看来再不会有那样的运气了。一个大男人如此胆小，有时自己想想也好笑。南京自小怕桑乌塘那地方，淑珍比他更怕，其实前后几个村庄的人从桑乌塘经过时，都有些怕。这一带前不着村后不着店，方圆三五里没有人家，是一处专门埋死人的地方，听说经常有人看到鬼的。几年前凌家闸一个老太婆同儿子媳妇吵架，一气之下用布带把自己挂在床档上勒死了，舌头拖出老长。凌家闸跟桑乌塘离开得很远，不知为什么别的地方不去，非得要把一个吊死鬼葬到这路头来。

为了分散注意力，南京让自己静下心，好好来想淑珍的事。他知道此时唯一能吸引自己的便是淑珍。南京的目的果然达到了，他想起与淑珍一起的许许多多日子，想起水石的病，以及与淑珍的争吵。他想淑珍的最后出走。后来他又想到前不久淑珍打回的那封电报。在黄田一带，出外的人同家里联系一般都打电话，也有写信的，还从来没听说有谁接到电报。南京想淑珍为什么非得打一个电报回来。我说了不回就不回，短短几个字，没有前言没有后语，好像对一根木头在说话。南京想淑珍需要的就是这没有前言没有后语，就是这对木头说话。她不愿同他啰唆，她不耐烦同他多说一句话。在淑珍那里，大约从来没有把他当一个人看待过。她把他从来都是当一根木头、一条狗、一头猪看待的。

"这种女人，操他老娘有什么意思。"南京想。

南京沿着歪歪斜斜的土路从山丘一侧下来，从老太婆坟堆的正前方经过。他当然清楚自己正从老太婆的坟堆前经过，但是南京已经什么都不在乎了。这时的南京被自己弄得满腔义愤，他想操他老娘什么东西，不就是一个卖逼的么？她看不惯老子，老子还看不起她哩。南京又想不回来就不回来，为什么不回来又说回来，说回来又不回来，弄得人家大半夜丢魂落魄奔来跑去？南京的步子越迈越快，一双脚把地面踏得咚咚直响，口中一个劲念念有词：

"操他老娘什么东西！"

"那样的货，在外面也好卖？"他模仿夏皮的口气这么问。

不知不觉间，南京已把桑乌塘走过去了。他不相信似的朝来路回望着，觉得这一带也不过如此，并没有想象中的那么可怕。为了向自己做一个证实，他缓缓往回走了一阵。这时一个想法产生了，他想既然自己已经往回走了这么远，为什么不干脆把桑乌塘重新再走一遍？说不定这么往回一走，歪打正着恰好能把淑珍接到了哩。说不定我前脚离开黄田，淑珍的车子后脚就到了，此刻她正提着个大包，在桑乌塘那边左右徘徊，不知如何往前哩。

四

母猪坳的优良找到南京时，南京正帮村上一户人家打屋基场。

母猪坳的优良衣服穿得破。一个人穿了那么破的衣裳，站在刚刚挖开的屋场边还掏了烟给众人抽。可优良的衣裳毕竟太破了，给众人递烟的时候手都是弯的，手臂抖抖索索好像在融化。优良的烟第一个当然递给南京，可是南京不接。南京好像没看到那烟。优良又递，南京又没看到。南京提了两畚箕土，到河坎那边去倒了。优良便给众人递。场地上的人除了南京，其他人都接了，连那些不会抽烟的也接了。每个人接过烟，用手到烟头上揉揉，点火吸上，同时也把锄头、扁担放下，到一边陪优良说话。有人问，这向，忙吧。优良说，有什么忙，不忙。有人问，你姓王吧，家里住在江家源？优良说，江家源也不是江家源，我住母猪坳。于是另一人笑，说这是优良，人家是南京亲戚，淑珍叫他大舅公的。优良大舅公，我没说错吧。

优良嘿嘿笑，眼睛却看向地场那边的南京。

南京没想到优良会来找他。南京没想到优良会这个时候来找他。老实说那一百二十元钱他快给忘了。都是五六年前的事了，记得起初是一百六十块肉钱，拿肉的时候他付了二十，第二年优良来，他又付了二十。优良大约尝到甜头，隔三岔五来得更殷勤。来个一次两次，南京还把他当半个亲戚看待，三次四次，南京也把他当亲戚看待。可实在来得太多，说的都是那几句旧话，看的仍是那副死脸，南京便有些无所谓了。他都懒得搭理他了。淑珍也懒得搭理，优良前边进门，淑珍挎个背篓从后门溜出去。淑珍说南京在外欠的肉账归南京，她从来不知道他的事，也管不到他的事。

"他的事他的事，他拿回的肉你没吃，全给狗吃啦？"有一次优良这么说淑珍。后来见到淑珍母亲，他又这么说。

给淑珍说过那句话，优良再没有来过。优良许久没来，南京暗自高兴，以为他把这事给忘了，于是渐渐地，南京也把这事忘了。明明忘了的事，忘了的人，现在突然又在面前出现，并且在这样的场合，当这么多人的面。南京有些惊慌，更有些气愤。他不知道优良迟不来早不来，为什么偏这个时候来。他以为他把所有的事情都准备就绪，只等淑珍回家了，可事到临头，怎又冒出如此大的纰漏？

有一点南京是想到了的，今天这事不一定就是巧合。按亲戚上讲，淑珍还真把优良叫成舅公，这位舅公想必从枫树坳那边听到了什么，他想必正是冲着这点来。他是冲着淑珍来。南京把优良带到家里，泡了茶递了烟。南京问："大舅公你要稻谷吗？"

优良要钱，优良不要稻谷。把优良送出门，南京换了件上衣，又换了双鞋，到江家源找他表哥。他想请表哥到粮站跑一趟，帮他卖几担稻谷。粮站早已不正儿八经收购粮食了，但南京的表哥同粮站主任张麻子是读书时的同学，去年夏收南京就找表哥出面，把收下的部分粮食给卖出了。别人卖不出的东西自己却能卖出，这很让南京高兴了一阵。那段时间下屋的木生白天黑夜往他家里跑，要他也帮着卖点粮食。南京当然不愿帮木生卖。他不帮木生卖，主要是为了以后再帮自己卖，现在这样的时候真的到了，南京想幸亏他没帮木生卖。南京已在优良面前夸下海口，说下午我出去卖稻谷，明天到母猪坳把钱给你送上。优良不相信。优良当然不会相信的，优良说，不用送、不用送，明天我再过来。南京说你不用过来，我保证把钱送过去。说到后来南京都有些起火了，说我说了明天送就明天送，怎么老说不用送、不用送。

看样子明天不把钱送上，优良一定会过来的。这段时间优良会天天过来。

南京有些担心表哥不在家。表哥是忙人，三天两头不在家。不过今天表哥倒是没出门，表哥同着两个年轻人坐在客厅里皱着眉头抽烟。表哥他们一定抽过好久的烟了，屋子里雾气腾腾，烟灰缸里的烟蒂堆成小山。南京悄悄吸了几口气，他知道表哥抽的都是好烟。南京叫了声表哥，表哥顺手递了根烟过来，脸面却并不转过来。南京见一时插不上话，出了客厅去找他大姑。南京把屋里屋外找遍了，也没见着大姑的人影，后经隔壁小孩指点，才知大姑领着几个人在屋后的稻田边挖鱼池。

"来了个好帮手。"池中干活的几人见了南京就笑。这几人南京认得，多半是大姑家的上下邻居。

南京鞋也没脱，跳下池中就干起来，好像他来大姑家，是专门为了干活的。越往下，南京发现自己越没了开口的勇气。大姑告诉他，表哥这次出门不很顺，上别人的当亏下了，并且还亏了不少。至于到底亏多少，他自己不说，大姑也不好多问，怕问多了他烦。大姑都怕他烦，南京自然更怕。今天的机会实在没选好。

从江家源回来，已是正午时分。大姑和梅香留他吃了饭再走，南京不肯，说几个短命的还在等他回去弄饭哩。大姑知他难，也不多劝，吩咐梅香到案板上抓了些鲜肉及辣椒、茄子、米果之类，找只塑料袋装好递给他。"南京，对小孩用不着太惯，从小惯坏了坏，你是害了他。水石、水香那么大个人，怎么还不能帮你洗洗衣，弄弄饭？"南京一路上想着大姑给他说的话。实际上南京也不是惯他们，他只是懒得管，懒得费那个口舌。大姑的话是对的，短命鬼们再也不能如此下去。想到几个高高大大的人成天游手好闲，回到家来屁事不干，齐摆摆坐着要等别人做饭，不知怎么南京心下很有些恼火。

坐在家里等着他的不单是几个短命鬼，还有短命鬼们的外婆、淑珍的母亲，也即是小姨娘所说的枫树坳那个老疯婆，另外还有木生。木生是代打屋场的那人家来叫吃饭的，南京不在，木生让几个小孩过去，老人家也过去。老人家当然不去，也不让小孩去。她一边撩起水石的裤管察看伤口，一边顾自骂骂咧咧。隔老远，南京就听到岳母的骂了，岳母的声音高亢、尖厉，并且毫无顾忌，好像一把破菜刀在另一把破菜刀上用劲刮磨，让人听了心惊肉跳。

"怎么回事？"南京站在门槛边，直盯盯地看岳母，又看水石腿上的伤。

"一辈子、一辈子、一辈子，南京，我早说过你是一辈子！"岳母回头朝南京喊叫着，由于情绪激动，手上的毛巾狠狠一下按在水石的伤处。水石身子一蹦，提着伤腿半天无法放下。岳母不管水石痛不痛，捞了他的脚杆使劲一拽，喝一声："伸过来！"然后继续骂南京一辈子：一辈子穷命，吃屎的命，要饭的命，一辈子别想翻得了身。

"短命的又被谁打了？"南京问水香。

水香说："哥哥在秀水桥被狗咬了。"

木生把南京拉到一边，告诉他事情经过：老人家刚才从外面回来，看到水石坐在秀水桥的路边，流出的血把鞋帮都浸湿了。老人家拉他起身，发现他竟起不了身。木生说好在隔了一层裤管，要是没裤管，这咬得可就惨了。

南京扛了把锄头到秀水桥打狗。秀水桥的咕哝家里养了条大花狗，据说已咬过好几个人了。南京几次听人私下议论，说什么时候把那狗打了，可一直也没人打。南京想今天他非得把那畜生打死不可，他要一锄头下去，砸烂它的毛茸茸脑袋。他绕着咕哝家的房屋前前后后找了几圈，连根狗毛也没见着。他想是不是咕哝见咬了人，把狗关起来了。咕哝不在家，咕哝的老婆和咕哝的母亲带着几个孩子在堂前吃饭。咕哝的老婆问南京吃饭了没有，南京板紧脸不作声，端枪那样端了把锄头继续找。咕哝老婆问这找什么，南京说找狗。咕哝老婆问找狗干什么，家里这么多人不找，为何单单找一条狗。南京说这狗把我家水石咬了，我要一锄头砸烂它的脑袋。

　　没料到咕哝老婆有那么凶，南京想要早知道咕哝老婆有那么凶，他也不会正儿八经板着个脸，做一副凶样了。不过想想也对，若是没这么个凶女人，也就不会养出那么凶的一条狗了。南京只想着自己今天占尽了理，他理该把脸板紧，理该做一副凶样。谁知让面前的凶女人几句话一驳，南京发现自己其实并没多少道理。女人问，你说我家的狗咬了水石，你怎么知道是我家的狗咬了水石？南京说，水石是在秀水桥被狗咬的。女人说，秀水桥的狗多着呢，上屋有狗，下屋有狗，还有来来往往的狗，你怎么就知道是我家的狗？南京想这倒也对，他一听说水石在秀水桥被狗咬了，就只想着咕哝家的狗，他没想到上屋有狗，下屋有狗，还有来来往往的狗，是狗都可能咬人。女人问，咬水石的是黄狗、黑狗，还是花狗？南京答不上。女人问，是大狗，还是小狗，是公狗，还是母狗？南京一概答不上。南京说我只知道水石在秀水桥被狗咬了，哪来得及问那么清。就这时候女人跳起来了，女人把脚跳得高高的，又喊又叫，后来眼泪也下来了。女人说南京，你狗操的今天存心欺负人，你拣软柿子捏哩。

　　南京把嘴张张，他想分辩几句，解释几句，或者也跳起来不管不顾对骂，结果他只把嘴张了张，什么也没说出。南京想说不出来干脆别说，他提了锄头回身就走。这下女人更起劲了，不只女人，还有女人的婆婆，女人的儿子，一齐挤到门口叫骂。女人说南京，你回去把自己放到秤盘上称称，看有几斤几两，再来捏别人的软柿子，看看自己的鸡巴有多硬，再到别人家充大头。女人说，乌龟、乌龟，你这只乌龟哩。南京走出老远，还听到女人的声音，女人追到门前的场地上，然后转过身对着上屋下屋围过来的人群嚷：稀奇哩，他老婆在外面见人就脱裤子卖大腿，这只乌龟还好意思扛了锄头跑到别人家逞能充大头！

狗没打着，没头没脑反遭一顿羞辱，南京将一把锄头换到左肩，又换到右肩，过会又放下来，用一只手提着。他知道背后有许多人在看他，那些人都以为他怕了，他在跑。他们不知道他并不是跑。他一点也没什么怕，他只是回去把事情问清，然后再来同这个恶妇算账。今天他真正饶不了她。

岳母走了，木生也走了，水石坐在门槛上，一只手轻抚着腿上的伤口，另一只手握根小竹棍，用力戳门边的地面。水石已把地面戳出一个不小的洞了。水香和水娥则躲在厨房里，装模作样地忙碌。

"水石，我问你一句话，你老老实实别讲错了。"南京扛着锄头，一动不动站在门槛边，"你说是不是咕哝家的狗咬了你？"

水石睁大眼睛看他，眼神明显有些茫然。

水石不知道是不是咕哝家的狗咬了他。

"咬你的那狗，是不是一条大花狗，耳朵边长了一撮白毛的？"

水石也不知道。

"那么，是一条黑狗，或者一条黄狗？"

水石还是不知道。

南京一掌将水石掀到门槛那边，然后跟进几步，对准水石的

屁股、大腿狠狠踢出一脚,又踢出一脚。南京把水石踢翻了几个滚。南京说:

"没用的东西,你去死!世上有那么多人都死了,为什么偏偏,你不死?"

五

这次水石给打得很惨,水石打得很惨的标志是他不想吃饭。水石保持挨打时的姿态,把身子蜷着躺在过厅的地面,不哭,也不动,不过眼睛是睁的。水石长时间把眼睛大大睁着,却不看任何人,水香和水娥在他身边来来去去,南京有时也从他身边经过,他一概不看。为了吸引水石的注意,南京把从大姑家带回的肉炒了,又炒了新鲜辣椒、茄子,蒸了米果,盘盘碗碗一齐摆到桌上。吃饭时南京又把声音弄得特别响。水香、水娥大约受到感染,吃饭的样子也很用劲,桌面上一时很嘈杂。后来南京想,短命鬼不是真给踢伤、踢坏了吧。记得很早以前茅头山有两个年轻人打架,你在我身上打一下,我在你身上打一下,结果一个把另一个打成脾脏破裂,送到县里医院开刀,肚皮上留下一道大疤。还有一个是黄田中学学生,晚上睡觉从木架床摔下,结果也摔成脾脏破裂,送到县医院开了刀。当然南京下脚时是注意了的,但气急之间,又哪能注意到那么多?也许哪一脚没把准,踢偏了,自己也没觉察的。

"短命的,今天不想吃饭是吧?"趁再次盛饭的工夫,南京把筷子到桌面一拍,朝水石喝叫。

南京以为叫一声,水石害怕,会赶快爬起身来。可是水石没有爬起来,水石仍躺着,不动。接着南京又叫了几声。南京觉得自己的威信受到了挑战，他装作忍无可忍的样子，嘟哝一声一跃上前，脚抬起对准水石的身子似乎又要恶狠狠踢出。

"是不是真要打？"南京问。

这一刻南京害怕了。他不知水石怎么了。水石一动不动，无论南京如何威吓，哪怕一只脚即将踢上面门了，他始终一动不动。南京想短命的是不是给打傻了，吓傻了？这个短命的真可怜，本来一副不人不鬼的模样，无缘无故又遭狗咬。被狗咬了就咬了，他这做父亲的不单没一句好话，没给他报个仇出口气，反过来还要又打又踢。今天真要是踢出个事，踢成脾脏破裂怎么办？特别是在这时候，在淑珍要回来的时候。

南京没主意了，他想是不是到下屋同谁说说，或找个人过来看看。

"爸，你快吃饭，别管那个短命的。"水香说，"短命的是装的。"

水香有点同仇敌忾的意思。

南京知道水香是好意。水香见他发的火不起作用，特意过来给他帮腔。但是南京受不了水香的帮腔。南京受不了水香、水娥没事人一样围着桌子吃得稀里哗啦，把水石丢在一边，现在还要帮什么腔。南京真正愤怒了。

"你晓得他是装的？"南京不顾一切大吼出声。南京满肚子的火气似乎一瞬间给点燃了，于是他对着水香大吼一声："只顾着自己吃、自己吃，你吃了去死？"南京继续叫，"还不快把碗放了，给哥哥盛饭！"

南京哄水石吃了些饭。南京把炒肉拣好的一齐倒进水石碗里了，然后到楼上木箱中取些钱，带水石到药铺看病，看腿伤。这次南京是驮着水石出门的。水石不让他驮，要下来自己走，可南京说他腿伤了，硬要驮。南京从没这么驮过水石，应该说从水石能下地走路后，南京这还是第一次把水石驮在背上，南京觉着很陌生，很不适应。别看水石站在面前没什么，可一旦把他驮起了，才发现这人又长又大，两只脚直直地拖着，趴在你身上好像趴了个马大哈。南京想明明那么小的一个小人，怎一下这么大了。要不是残，这都是一个大人了。水石在父亲身上显然更不适应，他一会把手臂垂在父亲胸前，一会又微微搂住父亲颈脖，搂住了又猛然把手一放，尽量把脑袋抬起，让身子离父亲更远一点。这么扭来扭去，南京的双手不好把握，行走得也越加艰难。

"唔，唔。"水石挣扎起来。水石要下来。

南京把水石放下，南京问："你能走？"南京说，"不能走就别走，我再驮你。"

南京扶水石走了一会，后来水石把他的手臂也挣脱了。这时水石很高兴，脸色也比原先缓和得多，甚至歪头扭颈又在那里偷着笑。"短命的，"南京骂一句。南京当然更高兴。有一点可以肯定，看样子水石并没有给打出什么大问题。

发达医生给水石重新洗过伤口，搽上药。又开了些药让水石回家吃回家搽。水石把吃的药和搽的药都用一只塑料袋装了，提在手上一下一下晃荡。父子两个经过百货商店的时候，南京把手伸到口袋里按了几下。南京口袋里装了不少钱。他以为水石的病会有多重，所以出门时从箱中取了不少钱。他想今天为了水石的病，花再多的钱也是值得的。结果在发达医生那里根本没花多少钱。南京有些感觉这钱似乎是从哪里凭空多出来的，是无意间从大路上捡起的。南京握钱的手便有些蠢蠢欲动。他觉得应该给水石买点什么吃的。他给水石买了一包山楂片，又买了一斤橘子，一斤苹果。后来经过布店，南京又给水石买了一身衣料，并当即送进了裁缝店。裁缝师傅给水石量身子，水石把身子扭来扭去，大姑娘那般不好意思。南京想水石做了衣，不给水香、水娥做也是不行的，于是他回到布店，又给水香、水娥各扯了一身衣。看着卖货的人在柜台上把一匹一匹的布料推得直滚，南京又产生一个想法。他看看天光尚早，决定等会再到母猪坳优良家跑一趟。反正那么一百二十元钱，迟也还早也还，迟还不如早还，明天还不如今天下午还。还了事情便了了，悬在心头的一个大负担也就算放下，再不用担心哪一刻会砸下来。

到母猪坳给优良送了钱回来，天已经黑得厉害。南京匆匆忙忙煮饭炒菜，匆匆忙忙调猪食拌鸡食。南京想今夜他大概无法出门了，前两天这个时候他早已走过了桑乌塘，他已经在黄田街头走来走去了。其实南京可以回来得更早一点的，他在优良家耽搁了一会。南京有点后悔耽搁那么一会。南京没想到大舅婆会病成那样，以前优良每次来，说到家里这个病那个病，南京都以为他讲的假话。南京以为优良是为了要那债故意叫穷叫病的，今天他才知道，大舅婆是真病了。大舅婆也许一直在病，整个人瘦得不像个人样了。南京更没想到一个瘦成那样的人还有此般力气，她在接过南京递来的钱的同时，也紧紧抓住南京的手。"四姐夫，你是好人。"大舅婆说，"这么大远的路，还要累你把钱送来。"大舅婆捉住南京的手感激地哭起来，她说我不能起身给你弄吃的，我让优良给你弄吃的。看那模样，好像南京不是前来还他们的债，南京变成他们的大恩人了。

因了头夜的经历，再次从桑乌塘走过时，南京已没有了惯常的畏惧心理。他甚至对这一带产生了某种亲切之感，似乎在他与它之间，已达成微妙的默契。南京用了老朋友那种目光，兴致勃勃打量面前的一切。南京还抬了头，朝老太婆坟包所在的地方看了一眼，而以前他每次经过，都装作从不知道那里有一个坟包的。南京想既然时候已经不早，今夜是不是就不去镇街了，他就在这路边找个地方坐下来？其实在镇街是等，在这里也是等。南京心里打算着，脚下却没停留，他不紧不慢从塘坝上穿过，又从塘侧的坡路穿过，过了桑乌塘，石楼，江家山嘴，到镇街上转了一圈，然后又坐在粮站后背一块大石上抽过两根烟，这才重新回到桑乌塘。

夜仍是前两天那种极黑的夜，两三步之隔便不见人影。南京坐的地方实际上与桑乌塘隔了一道微微隆起的小山脊。起初南京没经验，只想着怎样靠近路边，从而更好地认清行路的人，他没想到离路太近，路上的人同样也可能把他认出。有一次他脱了鞋子又脱了袜子，想让一双臭脚丫见见夜间的凉风。不知是吸烟的火光引起了别人注意，或者自己抠脚丫过于投入，有两个过路人往这边走近了他还没有发现。在仓促的闪避中，他一只脚找着了袜却没找着鞋，另一只脚抓着了鞋又没抓着袜。幸亏天黑，两个过路人没有看仔细。那以后南京特别留意，不敢轻易暴露自己，更不敢吸烟。他怕吓着了别人，怕别人把他当作在桑乌塘一带出没的鬼魂，怕把他吸烟的光亮当作了传说中的鬼火。

接连几个晚上，南京都遵照着这个规律，他先到黄田街上走上一圈，接着回到桑乌塘，找一处路口的坡地坐下。在桑乌塘等人有一个最大的好处，就是免得看镇街上的那些人，更免得被镇街上那些人看。闲着的时候，南京也站起身四下里走走。南京是有意识这么走。他首先顺着路坡从塘侧下来，走过塘坝，然后从塘的另一侧向上抄，要把水塘整整绕上一圈。南京穿过或疏或密的树丛草丛，及树丛草丛中高高低低散布的那种坟。有时南京会在某座坟包前停下来仔细察看。他非得把坟上坟下认真看清了，证明这坟的确没什么，这只是一座普普通通的土包，找不出任何怪异的地方，这才安安心心平静地离开。

靠近凌家闸那位老太婆的坟包时，南京不得不停下来作点考虑，有一刻他都想掉过头从原路返回了。不过别的地方他都通过了，为什么单单这一处不能过？南京知道今天夜里他非得从老太婆的坟前走过不可，否则接连几个晚上的努力都归于失败。老太婆的坟也只是一座极普通的坟，简简单单一个小土包，土包上长了点茅草和野荆，土包不远有菜地，还有一条比较清晰的小路通向水塘。那是担水浇菜的人踩出的路。南京记得他从桑乌塘经过时，经常看见天黑时分一两个人在塘后忙碌，或埋头挖地，或担着粪桶浇菜，神情很是安详。南京想那些人为什么就没想到怕呢。

头一次过去了，第二次第三次就比较容易，以后的每个晚上，他都要抽出许多时间在塘后塘侧各处走走，看看，或者找个背人的地方坐下抽根烟。他觉得他熟悉了这里的每一棵树、每一道坎、每一块裸露的石头，当然还有那些菜地、坟包，就像熟悉自己家里每一件物什一样。每到一处地方，他还喜欢留下点印记，留下自己的体味，比如吐口痰、撒泡尿，用脚后跟在地面蹬出一个沙窝，或像小孩玩家家那样挖一个土坑，到松树上剥掉几块老皮，将伸展在地面的豆藤扶上木架等。他还沿着一条模模糊糊的土路登上塘后小山，然后顺山顶兜了一个更大的圈，直到他相信这一带确实没有任何奇特之处，一切都很平常，一切都在自己的掌握之中。这时候，往日那个吓人的桑乌塘已经不复存在，所有那些鬼气、阴气、邪气都给驱散了，他硬是用自己的人气、用自己的体温一点一点把这里的每一处地方都暖了个遍，以后即便哪天他没接着淑珍，淑珍一人提着包走过时，也不会害怕了。

当然南京也有受打击的时候，这天因为出门早，到桑乌塘后他没有穿过塘坝顺路往上，他直接从塘侧钻进了山洼。他没想到这刻还碰到一个种菜的人，种菜人扛把锄头顺地畦朝他走来。种菜人可能打了双赤脚，故而走路时没发出声音，隔了点距离南京把他当成一棵树或一处豆架了。等到南京发现那不是树，不是豆架，那是一个人，他们相隔只有十几步之遥。掉头跑掉明显是不可能的，不掉头，干脆迎面而上，让对方认个准，那将更不可能。南京愣都没打上一个，身子就地一趴，趴在某块地畦的瓜秧间一动不动。南京听着自己贴在地面的那颗心怦怦直跳，他只盼望着来人没有发现他，来人能顺利从他身边走过去。不敢设想假如来人发现了他，把他从地面从瓜藤间拎出，他将拿什么话回答。万幸的是来人当真没有发现他，来人赤了双脚，踩着地沟顺利从他身边过去了，可是南京仍一动不动趴着，好半天不能把身子爬起来，把脸抬起来。他知道刚才那人绝不会什么都没看到，假如那人看到点什么，一定把他当作一个鬼了，他这副模样，这么整夜在外，在桑乌塘这个鬼窝里钻进钻出，也真正像个鬼，像一个下作的丑态百出的鬼。

这一刻南京很有些伤心，更瞧不起自己。他想自己怎会弄到此般地步？

"我好孤单。"南京喃喃地给自己说。

南京慢慢把腿弓起，让身子脱离地面。他感觉自己头发里钻进了草屑，面门嵌上了沙粒。他横过手掌把草屑抹掉，又把沙粒抹掉。还有一颗沙粒嵌得较紧，怎么抹也抹不掉，他只好并拢两指，到皮层深处把沙粒抠出来，捻几捻然后丢到一边。

南京终于决定到茅头山找一次明霞。南京把淑珍的电报从箱里拿出，一个人待在楼上翻来覆去看。他都把这张电报纸翻出了毛边，翻起了绒，可他仍反反复复要那么看。于是南京作出决定，再去一次茅头山，看明霞在不在家。

　　每次到茅头山找明霞，南京都好像找在了墙壁上，找在了石头上。明霞的父母说，明霞，哪里的明霞？我们这里没有明霞。南京说，这里不是明霞家吗？明霞父母说，哪个明霞的家，这是我们的家，我们这里没有明霞。有一次明霞的父母还说，你找明霞啊，明霞不是在外面死了吗？南京吓一跳，说死了，什么时候？明霞父母说，明霞早死了，你不知道？明霞是在火车上被人杀死的，听说捅了好多刀，死尸被人家医院捡去，浸在药水里挨刀一下一下割。后来南京了解到，事情其实不能只怪明霞的父母，原来明霞早跟家里人闹翻了，明霞父亲手握一根扁担把明霞赶出家门，把明霞带回的东西一点一滴都丢到大门外的水田里。明霞父母只把明霞一对儿女带在身边，因为两个孩子没地方去，那是判给明霞的，你不收留，明霞原先的婆家自然会借这个理由要了去。

　　南京那次把明霞找到，是在明霞的老姑家。明霞从外面带了个男人到老姑家住，这事在茅头山一带轰动一时，听说明霞的父母又拿了扁担过去，要老姑把这对狗男女撵走。可人家老姑愿意收留，你也没丝毫办法。南京在明霞老姑家见到明霞时，明霞手拿一把塑料梳子正一下一下梳头发。看样子明霞刚从床上爬起，眼泡是肿的，不知怎么连脸皮、连额头也有些肿。南京马上想到淑珍，南京想淑珍是不是也每天这个时候起床，起床后眼睛、脸皮和额头都是肿的？明霞似乎不认得南京了，明霞看着南京的目光很陌生。明霞问，是你找我？南京原打算同明霞套点近乎，问问明霞近段时间情况的，但他从明霞的目光中看出，他不合适这么问。南京说明霞，你上次同我说，你是在哪里见到淑珍的？

　　"还不是在大街上？"明霞歪歪自己的上嘴唇，南京看出，明霞上唇正中有一道很深的竖纹。明霞问："怎么啦？"

南京说："你上次不是同我说，你是在汽车站看到淑珍的吗？"

"汽车站就汽车站，可能是吧。"

"怎么会可能是。"南京有些急，"你到底是在大街上呢，还是在汽车站看到淑珍的？"

"我哪记得住那么多。街上不就是汽车站，汽车站不就是街上？"

南京想想也对，也许那地方的车站就设在大街上，或者明霞是说她在车站前边的大街上见到淑珍的。后来南京又见过一次明霞，那时明霞同她那个外地男人在县城附近什么地方租房居住。南京不止一次想过去找找，他甚至到明霞住处附近转悠过几次，结果还真在县城菜市场把明霞碰上了。明霞匆匆打过一个招呼继续往前走，一点也没多说一句的意思。南京想他不能就这么看着明霞走开，可他仍眼睁睁看着明霞走开。每次见到明霞前，南京总觉着有许多话要问，他认定明霞有许多事瞒着他。听外面的人说，明霞和淑珍一直在一起的，淑珍的情况明霞不可能不知道。但等到见了面，南京才发现所有准备好的那些问题都无法问出口。一直在一起怎么样，有许多事瞒着你怎么样？外面那些事，是你这做丈夫的能知晓，又是你这做丈夫的能问出口的吗？不过这次到茅头山，南京想无论如何他得问清，淑珍是在什么情况下让明霞带话回来的，淑珍是随口说说，还是郑重其事地托付？淑珍是不是生他的气，怪他写多了信，或者她临时遇到别的什么事了？实在不行，南京想，就直接同明霞讲明他这些日子天天在等淑珍回来，他每天晚上都到黄田镇街上接人。

到茅头山这一路上，南京接连遇到好几个熟人，熟人们都挎着竹背篓摘桐叶。南京恍然想到，人们口口声声说端阳节，端阳节这就真到了。当南京跟在挎背篓的人后面，从孙驼子的饭铺后侧经过，人家把他也当成摘桐叶的了，问为什么不带背篓。旁边有人说，南京呐，南京的叶子早摘好了，好几天前他就把叶子摘好了。于是又有人叫道，好几天前摘的叶子还能有用？

这天在茅头山，南京又没有找到明霞。明霞回到茅头山娘家的消息，南京是前些日子在孙驼子的饭铺里听人说起的，这人还说明霞已同那个外地男人分手了，那男人成天游手好闲，明霞看不下去，两个人狠狠打了一架。男人跑了，明霞也就回到茅头山，单独借了间房，要带两个孩子过日子。可现在南京找着明霞父母一问，明霞父母仍是那么几句话，明霞死了，明霞被人杀了，这里没有明霞。明霞的父母越讲口气越不好，瞪大眼睛问南京是什么人，什么事找明霞，为什么一次次跑到这里找明霞？明霞的父亲摆出一副要吃人的样子，话说到凶狠处，把一颗白色的痰粒溅在嘴角上自己还不知道。在南京边说着话边从台阶下来的时候，明霞的一个兄弟趁势在后面用劲一推，南京身子飘起，跟跟跄跄跌出老远。

"再让我看到你，小心砸断你的狗腿！"明霞的兄弟说。

吵闹声早惊动上屋下屋的人，其中一个南京有些面熟，出来给明霞的父母做解释，说南京是南京。南京不敢久待，回身便走。走了许久，南京看到那个说话的人仍跟在后面。后来这人把南京拉到树林下的一处牛栏边，告诉南京明霞是真走了。明霞回是回来过，但回来待几天又走了，走时提了个大包，说这次一走她再不回来了。她这一辈子再不想看到茅头山的人。

六

端阳节这天，南京起得很早。南京是被水石、水香他们吵醒的。水石就同摔了一跤那般把自己摔进房门，他的后面跟着水香、水娥。水香说，爸，粑果发了。水娥也说爸，粑果发了。"西，西，"水石说。水石一边点头，一边把手指朝门外直点。发了？南京跑到厅堂和厨房一看，粑果仍保持着头夜的模样，丝毫就没有发的迹象。水石不甘心，水石一个劲在地箕上指指点点，说西，西。水香水娥也不甘心，水香说爸，你看这里鼓了一个泡。水娥说爸，这里也鼓了一个泡。

"狗屁泡。"南京说。

泡也是头夜的几个泡，南京早察看过无数遍的。

厅堂里给几张地箕一铺，整个模样变了，有一会南京认不出这是他家的厅堂了，这是哪里搭的一座大戏台了。南京没想粑果做出了有那么多，结结实实两背篓桐叶用完还不够，临时又到保英家找了些叶子来。为把做出的粑坯摆好，南京动用了家里一应能动用的东西，地箕、簸箕、米筛、缸盖、门板、大桌小桌，还有上房一张闲置的板床。把该忙的事情忙完，夜已太深，南京让水石、水香他们去睡，水石他们不睡。水石他们情愿在地上守着，南京知道他们要守到第一锅粑果蒸出来。在南京睡觉的时候，水石、水香他们时不时慌张叫嚷着冲进房，告诉南京粑果发了。南京清楚粑果没发，粑果没那么快发。等南京觉着那粑果应该要发时，他发现水石他们一个个伏在木凳上早睡过去了。南京拉了死猪一般的几个人上床，自己却再无法睡着，一次次起身到厅上厅下察看。有一次起身时还停了会电，南京不得不四处寻找火柴和煤油灯。天放亮那阵，南京终于睡过去一会，南京可能刚刚睡着，这又被水石、水香他们吵醒。

按往年的经验，到这刻粑果早应该发起的。到这刻粑果不应该不发起。南京不清楚哪个环节出了问题，他从厅上到厅下，又从厅下到厅上认真查看。水石水香几人跟在后面,也煞有介事认真查看。越看,南京的一颗心越往下沉。衬着天井里射过来的明晃晃光线,南京发现这粑果不仅没往上发,相反似乎还在一个劲往下陷。牛屎。对于那些没有发起的粑果,村里有一个习惯的说法,就叫牛屎。南京想若是这个端阳节他一下弄出几地箕牛屎,那笑话可就闹大了。

粑果发起的时候,也就是把戏婆和保英闻讯到来的时候。这粑果不发便不发,一旦发起又凶得很,仿佛让人猛吹过一口气,咕的一声就起来了。厅上厅下的粑果就似无数巨大的蘑菇,几乎同时在往起拱,咕、咕、咕。这便把看的人闹愣了。还是把戏婆沉着,把戏婆将手中攥着的一把柴刀朝地面一丢,叫一声快呀,快蒸,快烧火。众人刷锅的刷锅,抱柴的抱柴,点火的点火,两口平日用来煮猪食的大锅同时蒸起。尽管如此,蒸的速度还是跟不上粑坯发起的速度,有的粑坯在鼓到一定程度后,便横着向四外流溢。众人没法,只好分出一小半到把戏婆家的锅灶上去蒸。

听说南京发出了好粑果,村子上下不少人都过来看稀奇。南京在地箕上铺了张干净的塑料布,然后将粑果一笼一笼倒在布面上。粑果又白又软,因为发得充分,一只只都同吹足气的皮球,在塑料布上颤巍巍又腾又跳。看的人都给南京讲好话,说发了这么多年的粑果,还没看到谁家发过这么好的,看来南京是时运来了。又有人说,南京这向一定有什么好事临头,南京,没准你今年要发财吧。

南京将粑果挑好的装了满满一竹篮,准备送到枫树坳岳母家去。南京正待出门,不想地场那边水石忽然嚷叫起来,水石边叫边把自己摔了进门。这一次水石摔得很狠,几乎要把脑袋不顾一切砸到桌角上去。

"窜死。"南京呵斥道。

"西，西。"水石朝外指。

"南京表哥，"水石身后跟进来一男一女两位客人。一男一女已不很年轻，却穿着一新，就似刚刚捉来的一对小山麂，畏畏缩缩站在南京面前。

梅香和她的对象小行不知是第几次一同来南京家了，头两次来时有大姑陪着。头两次来，小行提了不少东西，有猪肉、布料、母鸡之类，还有二十块钱，这一次看他们手上那只鼓鼓囊囊的包，估计东西同样不会少。小行面皮黑是黑了点，年纪也大了点，但小行人老实，会做事，在家里又是独子，姐姐妹妹一大串，都在出力帮衬的时候，家境也较为富裕，大姑谋了好久才谋上这么一个人。梅香是大姑心头的一块病。别看梅香长得高高大大，但身体不好，自小在药罐子里泡大，用大姑的话说这是一个纸人，一阵风就能吹破一个洞的。后来发生的几件事表明，梅香不只身体不好，梅香的命原本生得不好。五六年前梅香找过一个对象，是邻村一个当兵的。梅香同这个当兵的从十八岁谈到二十整，后来当兵的复员回家，两个人张罗着结婚了，有天早上当兵的出门放牛，却被田头一处稻草堆绊倒了。当兵的绊倒后再没能爬起，他给落在草堆里的电线触死了。当兵的死后，梅香在床上整整躺了一个月。这天出了很大的太阳，大姑拉梅香出来见见阳光，梅香手里拿把木梳，一边看十岁的小侄子在屋场上练自行车，一边抿着下唇给自己梳头。天空上没什么云彩，只有几只飞鸟在很高的地方掠过。梅香不知道那是什么鸟，鸟不大，但拉出的屎却不小，又腥又臭，不偏不倚打在梅香额头上。梅香用手一抹，脸色就变了，于是梅香又在床上躺了一个月。去年夏天下头一场大雨，秀水桥被洪水冲垮的时候，梅香到县医院看病，没想却从肝里查出一颗石头来。医院里说这石头不大，却长得不是地方，别看眼前不急着开刀，即便需要开刀了，也不是轻易能开得的。梅香需要的是吃药，是静养。

南京安排梅香和小行喝茶，吃粑果，又让水香、水娥到孙驼子饭铺里再买一点菜来。梅香和小行一同站起，说他们不能吃饭的，他们马上要走。南京说今天这过大节，怎么连饭也不吃就说走？梅香说不是不吃，今上午我们还有好几家亲戚要跑的。南京想想也是，今天不比平常，今天梅香他们上门叫看节。看节当然不止哪一家，凡重要点的亲戚都要跑个周到。南京问，吃过中饭再去不行吗。南京不好多说，手忙脚乱煮了些猪肉和鸡蛋给两个人吃了。南京又到楼上拿了五十元的一张钱，临出门悄悄塞在梅香衣袋里。

"南京表哥，你这干什么？"梅香叫。梅香就似被火烫着了一般把钱塞回给南京。

南京在树篱边站了好久。直到梅香和小行在石板道上消失了，南京还在树篱边站了好久。南京在想一个比较重要的问题，他想他要怎样还梅香和小行的礼，怎样还这份人情。梅香和小行头两次同来时，南京就准备还礼的，但南京被大姑拦住了。大姑说你看你这糊涂人，外甥女到舅家看亲要回什么东西？南京知道上门看亲用不着回东西，但他不好意思收了别人的东西什么也不回。后来大姑有些恼火了，板起脸把南京骂了一顿，大姑说了不用回就不用回，这么大个人怎就不识一点世事！大姑板脸的样子忽然让南京心一酸。南京知道大姑打心眼里同情他。大姑心里有他，大姑看得起他。大姑常说她娘家也没什么亲人了，她娘家就这么一个亲人。梅香这次议婚，大姑更说得明白，外甥女出嫁，舅家为大，舅不在，表哥做主。有什么事，大姑让小行直接来问南京，凡南京说过了的，她没什么不同意的。有一段时间，小行和他的父母姐妹几乎天天往南京这边跑。小行来了也不多说话，找着手边的活便干起来。小行大约是着意讨点南京的好。其实对南京一点也用不着讨好，有人能小心上他的门，恭恭敬敬喊表哥，已让他坐立不安了，小行和他的父母说什么，南京就同意什么，而南京同意了的，大姑那边真的从不说二话。于是南京站在树篱边再一次想，大姑这么抬举他，大姑一心一意给他面子，他怎么也不能带累大姑丢面子。

七

淑珍出嫁前，一人住在枫树坳娘家的一间披屋内。披屋很暗，仅有的一处小窗户也让破塑料纸紧紧蒙住了，里面成天黑咕隆咚。淑珍出嫁后，披屋不再住人，只放一些坛坛罐罐的杂物，但淑珍每次回来，仍喜欢到这里坐坐，手头有件什么东西，要放也喜欢到披屋里放。南京随着淑珍，也喜欢到披屋里坐，到披屋放东西。南京把装粑果的提篮在坛盖上搁好，又犹犹豫豫坐过一会，这才到厨房见岳母。

实际上南京已见过了岳母，当南京提着篮子从天井穿过时，看到岳母也提着一只篮子由后门进来，篮子里装满刚洗净的黄黄白白芋头。南京放了自己的篮子，要去接岳母的篮子。但是岳母不理他，岳母看也不看他一眼。南京不在意，他早已习惯了岳母看也不看他一眼。在枫树坳这户人家，不只老太婆不乐意搭理他，还有那个老头子，还有淑珍的姐姐妹妹，以及姐姐妹妹的丈夫和小孩，一概不怎么乐意搭理他。

"水石他们怎么没来？"淑珍的大姐淑琴问南京。

南京最不愿意同淑珍的大姐淑琴说话，尤其不愿意同淑琴说有关水石、水香他们的话。南京知道淑琴说的都是假话。淑琴家境较好，家里开了间小杂货店，她每天坐在店门口对着大路悠闲自在打毛衣。于是淑琴就以为，所有的姊妹都应该同她那样家境好，都应该开个杂货店，自己每天坐在店门前对着大路打毛衣。家境不好的人淑琴是看不起的，何况南京。淑琴把南京说到无话可说的时候，于是又来说水石，说水香和水娥。她说水石身上长年做一股腥味，说水香、水娥头上长了多少多少小虫。淑琴最怕水石他们上她的家门，她说她店里的东西多，怕一不心给什么人摸了。

南京明知淑琴说的是假话，淑琴根本不会关心水石他们来或不来，但这个时候有人能给他说一句话，毕竟是让人高兴的，南京感激地笑着。南京仓促地给淑琴笑，南京说：

"水石他们，他们在家吃粑果。"

有一句话，刚进门的时候南京就准备说。看这家人的意思，似乎以为今天中午他一定会在这里吃饭的了，他是特意过来赶中饭的了。南京准备告诉他们，他根本不会在这里吃饭，他马上得回去，他只是紧赶着送点粑果过来，然后回去给水石他们做饭。不过南京没急着把话说出，他想临走时再说也不迟的。他在厨房站过一会，随着到后厅看几个小孩踢键子。透过天井下面一道高高的土墙，可以看到墙那边小姨娘家的耳门及门里面的厨房。南京后退几步踩在墙根处的一块旧木料上，于是他看得更清楚了，他的目光能从厨房穿过，看到后门外场地上压水的小姨娘。小姨娘把背部弓紧，整个身子倾在压水机手柄上。伴随小姨娘一下下用力，压水筒发出空洞的唧咕唧咕声，可以听出压水机有些坏了。小姨娘的两个儿子都不在身边，这一刻南京很想不顾一切跑过去，帮小姨娘打一桶水，帮小姨娘检查一下压水机出了什么故障，或者干脆到小姨娘家吃了中饭去。他不知道如此一来，墙这边的人会有什么反应，他想那情形一定会很有趣的。

这天若没有淑珍父亲的事，南京可能早已回家了。淑珍的父亲吃过早饭到岭头上担柴，淑珍母亲不让他去担。淑珍母亲说什么时候不能担柴，这过节的又要出去担柴。淑珍父亲生性勤快，一双手闲不住，他说那柴再不担回，只怕让别人担了去。淑珍父亲担一担柴走了六七里山路，这都快到村旁边了，不想一不留神把脚狠狠扭了一下。南京跟着报信的人头一个赶过去，将岳父从地上扶起，背了就往回跑。岳父个子不高，身坯却重，一对屁股大得不得了，让人左右无法把捉。南京觉得他实在难以背起，不过当旁边的人问他能不能背、要不要换人时，南京却说他能背。上了大门最后一道台阶，南京已累得上气不接下气，但内心却是高兴的。南京把岳父在床上放好，又到下村找人过来推伤。后来南京又趁兴帮岳母挑了两担水，劈了一堆柴，这才提了装粑果的竹篮从披屋出来。

"尝尝我今天发的粑果。"南京说。

南京要回家了。南京不说他要回家，他只把篮子提在手上给众人分粑果，让大家尝尝他的手艺。

淑琴他们接了南京的粑果，但是岳母不接，岳母甩甩手上的水珠，说没看正忙着吗。她让南京把粑果搁到一边。南京按照岳母的示意，搁了几块在灶头的瓦罐上，然后到廊檐下给一伙打扑克牌的人继续分粑果。打牌的人有口无心吃着，吃了几口才说，咦，这粑果发得好。南京早就盼别人说个好，他笑着又给每人分了一块。看看剩下的已不很多，南京这才重新回到厨房。

"别人都说今年我这粑果发得好。"南京说，"把戏婆他们都说，发了一辈子的粑果，还没见谁发过这么好的。"

南京说："把戏婆他们说，今年我可能有什么好事临头，可能有点财运哩。"

要说南京说了什么话,南京就说了这么几句话了。在枫树坳这户人家,南京一般是从不说什么话的。今天也是心中高兴,他要把高兴的事讲给岳母听,讲给淑珍家里人听。他很希望淑珍家里人也能为他高兴。他完全搞不清有什么地方惹恼了岳母,当时岳母正把锅里煮着的一块猪肉捞到砧板上。锅里的水沸得旺,岳母仔细躲避着扑面而来的水气,捞了几次也没能把猪肉捞上来。猪肉只在水中跌来跌去。猪肉跌到哪里,锅里沸起的水泡也扑嘟扑嘟跟到哪里,有一次还把滚烫的水珠溅在岳母手背上。岳母听了南京的话,把一口气吸进多深。起初南京不知道岳母是为他吸气,他以为岳母是受不了手上的烫痛。淑珍大姐淑琴及二姐淑芝是知道的,淑琴和淑芝一齐抬头来看母亲。她们看母亲把吸进的气憋住,过了好久才缓缓吐出。

"唉!"岳母说。

岳母说:"淑珍命苦,一辈子跟了这么个人,何日能有个出头啊。"

岳母说:"除非到死?"

就这样,岳母把话说起来了。淑琴和淑芝也在一旁帮着母亲说。淑芝用眼睛朝南京翻过一下,说人不争气,发了再好的粑果又有什么用?淑琴说南京,你那个把戏婆在把你当把戏玩哩,把你当猴子玩哩。蒸几只粑果就有好事临头,就有财运,这不明显在看猴戏,在出你洋相吗,你还捡了根鸡毛当令箭,把这话当了个真?淑芝说南京,今天这话你好意思说,我们还不好意思听哩。淑芝用粘满粉末的手把面孔掩了,淑芝说,南京,我们都羞死了。

"一辈子、一辈子、一辈子!南京,你是一辈子,到死也翻不了身。"岳母说。

岳母讲一辈子早不是一次两次了，岳母讲的一辈子几个字早把南京的耳朵磨出一层老茧。南京是一辈子就一辈子，从不回一句话。但是今天南京发现他不行，南京让淑芝的话弄羞了，弄怒了，也弄得不顾一切了。南京想他人都要走了，还无缘无故挨上这么一顿冤枉骂，何况今上午他帮他们干了那么多事，他背了人，找了医生，挑了水，劈了柴，茶没喝上一口，临走时还要挨骂。何况这是什么骂，要骂几个人一起骂，每次要骂都是几个人一起骂。南京用力将粑果倒在淑琴淑芝面前的簸箕里，提了自己的空竹篮回身便走。

"一辈子就一辈子。"南京说，"是我一辈子又不是你一辈子，要你操什么空头心！"

南京会说这样的话。岳母大概做梦也不会想到，南京会说这样的话。岳母和淑琴淑芝她们你看我一下，我看你一下，然后一起去看南京。淑琴反应快，淑琴说："你一辈子就一辈子，你不要带累我们淑珍一辈子！"淑芝说："若是不带累我们淑珍，你就是做乞做丐做贼做流氓，我们保证不多看你一眼！"可是淑琴淑芝的话白说了，这时南京甩开大步，早已走得不见踪影。

"南京，你这是去哪？"打牌的人堆里有谁这么问。

"我回去，我回家。"南京说。

"要回家你把那些粑果提回家，没谁稀罕那样的东西！"岳母她们追出来了，岳母她们追到阶沿边，冲着南京大叫。

岳母的声音打着颤，南京听出，岳母已气得不知说什么好了。

南京不理岳母，南京顾自向前走。南京走几步，忽然将手中的空竹篮用力提起，上下晃几个大圈顺势一丢，丢到田坝那边的矮树丛中。南京说：

"粑果不要了，留在你这里喂猪喂狗！"

八

从岳母家屋侧的竹林穿出，南京双唇发颤，高一脚低一脚晕晕乎乎走着，耳边依然响满无数激烈的声音。那是岳母的声音，是淑琴、淑芝的声音，还有小姨娘打水时的唧咕唧咕，沸水顶着肉块的扑嘟扑嘟，以及来自体内和体外其他许多不知名的声音。"操他老娘。"南京骂着。"操他妈老疯婆。"南京又骂。南京让骂声高出于体内体外的所有声音之上。有一件事情发生了。有一件事情就这样发生了。南京知道这件事总有一天会发生的，他没料到这发生的一天就是今天。

"操他老娘！"南京骂。

南京在晕晕乎乎中感到一种同样很激烈的欢畅。

南京把脚步止住的地方是在河坎下的木桥边。这座木桥可算作枫树坳连接外界的唯一通道，南京不知走过多少遍了。有时一个人走，有时几个人走，更多的时候是他同淑珍两个人走，近几年淑珍不在家，南京带着水石、水香他们仍在木桥上走。南京想，今天他走的是不是最后一遍了？以后他大概再不会往枫树坳这边跑了吧。这一刻南京似乎刚刚明了，今天发生在他身上的事情是一件什么样的事情，今天他同岳母他们吵架了，他发火了。他同他们决裂了，他不顾一切了。可是，面对面与岳母他们吵架，发泄自己内心的不满，这对南京来说实在是一件过于重大的事，以前连想也不敢想的。今天他不但想了，他而且干了，就那么一瞬间，他把事情最后办下了。他将粑果一倒，篮子一提，头脑里轰地一响，一切便无可挽回。南京想他为什么不能再忍忍呢。这么多年都忍过来了，这么多年，无论岳母他们如何嚷如何骂，他一概咬咬牙，一忍再忍，忍到最后，眼看淑珍就要回来了，他偏偏忍不住，爆发了。南京隐隐觉到了自己行动的不正常，近些日子他这里那里不停地来来去去，他半夜三更在桑乌塘那个鬼窝里钻进钻出，一个人不知不觉大约已沾上了些鬼气，少了些人气，说话干事变得有些颠颠倒倒、失魂落魄，自己也把握不住自己，认不清自己了。

南京想到了回去，重新回枫树坳岳母家去。只不知道来不来得及。当然来不及。回枫树坳是不可能的，刚刚闹成那样，竹篮子都丢得老远，现在人家一口气还没喘过来，丢篮子的人又回来了，那算什么狗屁事。可是不回枫树坳，就这么算了，或者干脆跨上木桥回家，当然更不可能。南京脸色发木，他用发木的脸对了河这边看看，又对河那边看看，始终不能决定他是回枫树坳，或是回家。

这天吃过晚饭，南京安排水石、水香他们进房睡觉，自己从床下摸出鞋子换了，揉揉脸腮又准备出门。南京精神不够好，脸皮仍有些发木，四肢软软地没什么力气。从枫树坳回家后，他倒在床上好好睡了一觉，中午饭都没来得及弄，只抓了几个冰冷的粑果塞进嘴里。水石他们也吃的粑果，从早上到上午到下午，水石他们的一张嘴似乎一直没有停歇过。等南京一觉睡起，早早炒了肉炒了蛋炒了笋干，还打了一碗三鲜汤，要像过节那么吃一餐时，水石他们坐在桌面前，神情恢恢的竟有些无动于衷。这是水石他们第一次在炒肉炒蛋面前表现得无动于衷，南京知道不是屎筑到喉咙边，水石他们是不可能无动于衷的。不过南京是饿了。短命鬼们不吃更好，短命鬼们不吃，南京就可以好好享用一下了。南京几乎同倒脏水那般，把几碗饭、一碗蛋、一钵汤倒进了喉咙，然后起身伺候鸡，伺候猪，然后换了鞋出门。

"等会要是饿了，碗柜里留着有粑果。"南京说。南京朝房梁上看看。南京用两只蛇皮袋，已将地箕上剩余的粑果装起，扎好，吊到了房梁上。

水石他们站在床面前，却并不急于脱衣服睡觉。水石他们只把眼睛来看南京。

"要是想吃饭，饭在铝锅里，没准还热着，菜也放在碗柜里。"南京又说。

南京以为晚饭没吃好，水石他们不甘心。他知道他们不会甘心，故此把炒肉和炒笋干留着，自己没怎么舍得吃。

水石他们不想吃饭。水石他们只用眼睛看南京。在南京往房外走的时候，他们一齐在后面跟着，也要往房外走。他们甚至走到了南京前面。南京奇怪了，问他们要去哪里。水石不作声，水香也不作声，后来还是水娥说话了，水娥说：

"我们要跟你去接妈妈。"

"接妈妈？"南京问。"到哪里接妈妈？"

"到黄田街上。"水娥说。

水香说："我们晓得你要去黄田街上接妈妈。"

"西，"水石说。水石说不出话，只把下嘴唇歪了歪，对着南京一笑。

"谁说我要去黄田街上接妈妈！"南京喝叫。

水香不作声了，水娥、水石都不作声，不过他们也没有退回房中的意思。南京知道再瞒也无益，发火也无益，他一时三刻吓不住他们，并且他已没有太多的时间留在这里纠缠。南京把脸色放和缓了，好声好气哄水石他们回房睡觉。他让他们听话，说要是你们半夜三更不睡觉，妈妈回来看了会生气的。她会说你们还像早先那样是个野人，说你们长一辈子仍是个野人，妈妈即便回来了，也在家待不住，过一向还是要走的。再说到黄田大远的路，外面黑咕隆咚，又要过桑乌塘，万一不小心摔一跤，把哪里摔坏，等妈妈回来就不好交代了。南京一番话果然起到一些作用，水娥给说动了，水香也给说动了，剩下水石一个人即便想坚持，也没了那个胆量。水石歪起下唇扑地一笑，给南京一个无奈又无耻的怪相。南京扶了水香和水娥的肩膀往房里走，水娥问：

"那么妈妈一定会回来看我们了？"

"嗯。"南京答。

水香问："那么妈妈什么时候回来？"

"明天吧。要不然后天，过两天。"

水娥问："那么今天夜里妈妈不回来了？"

"今天夜里？"

南京想，今天夜里我怎么知道她回不回来。南京习惯性地又感到一阵烦躁，那种一眨眼间就能充满全身的莫名烦躁。南京不想跨进房里了，南京一脚门里，一脚门外，就势把水香和水娥往房里一推，南京说：

"睡觉！"

南京大喝一声："快睡觉！"

一气之下，南京把房门也给锁了。南京从来没有锁过房门。他想这么一锁，看你们作怪作到哪里去。南京将房间的钥匙连到大门的钥匙上，一并塞在条石下面，起身时他发现自己仍在呼呼地喘着气，体内有无数声音在不停地唧咕唧咕，扑嘟扑嘟。他知道自己不应该再生什么气的。他把呼吸调匀了，然后缓步从台阶下来。水石、水香他们还是很听话的，水石、水香他们锁住了就锁住了，这时并没有一点声息，只那房间的灯光透过塑料薄膜从窗子里透出来，照在屋檐的柴草堆上，照在地场边横搁着的一条木长凳上。南京心中忽然一惊。看来水石、水香他们当真是知道他每天晚上要跑一趟黄田街了。水石、水香他们大约早已知道他每天晚上要跑一趟黄田街，那么村庄上的人，夏皮他们、把戏婆他们、保英他们是不是都早已知道他每天晚上要跑一趟黄田街呢。

九

端阳节的夜里南京仍然没有接到淑珍。接下来南京又接了两个晚上，还是没有接到。没接到也没什么，南京似乎借此明白了一件他早已明白的事情：淑珍是真正不会回来了。淑珍是说不回来就不回来的。再接下来的几个晚上，南京不再去黄田街上，也不去桑鸟塘，当然他也不到隔壁邻居家串门。南京吃过晚饭便带着水石、水香他们睡觉。这几天家里的事情也较多，有些事本该前些日子做的。前些日子没那个心思，所以一并压到手头上来。南京用一天时间翻挖山梁上的那片油菜地，然后平整，种上迟豆。用一天时间将堆积在屋侧的猪粪挑到稻田中，又用了一天时间给稻田撒石灰，接着耘禾、除草。后来村子上又组织劳力到墩头铺那边挑坝。墩头铺的渠坝是去年夏天跟秀水桥一起让水冲垮的，冬天本应该及时挑好。可是冬天根本没人管那事，现在看看用水的日子到了，天已接连许多日子不见下雨，这才想到要挑坝。坝倒不是很宽，但来的人却多，几个自然村每户出一个劳力，又缺个安排，人们同下饺子那般把自己挤在一起，连个挥锄顺扁担的地方都没有，更多的人只是牵着扁担绳站在一旁看风景。南京在运土的人群中遇着了夏皮。夏皮上次说出去贩辣椒，结果他真邀了几个人贩辣椒。结果当然亏了。夏皮亏狠了，一篓一篓的辣椒烂得像汤，搁哪里便在哪里留一片湿，夏皮一气之下统统倒进了河坎下面。在夏皮倒辣椒时，夏皮的母亲来了，夏皮母亲说："做什么倒在河里，你不会倒在田里做肥啊。"夏皮说："你还是把我倒在田里给你做肥！"过一会夏皮的父亲也来了，夏皮父亲手提一根长长的绳索，嚷嚷着要找个地方上吊寻死，夏皮叫道："你把那绳子留一截给我，别一个人全用了！"

南京以为，一心一意张罗过上吊的夏皮一定有一副想上吊的模样，可是夏皮没有。夏皮将畚箕上的绳子轻轻朝一边牵住，身子让在一旁，嘴角叼一根香烟，微眯起眼睛打量面前经过的人，看他神情他不在打量人，他在打量脚跟前排着整齐队伍蠕蠕而过的蛆。让人不解的是偏有那么一些人，到了夏皮面前竟真的摆出一副蛆的架势，有意无意围在夏皮身边，跟夏皮说话，给夏皮赔笑，仿佛有什么事非求着他不可。夏皮则矜持地笑着，轻轻拉拢畚箕上的绳索，身子微微让到一边。南京看出，跟夏皮搭话的那些人大部分都是妇女，其中有保英，还有木生的老婆。中途歇息的时候，那伙妇女放下担子，跟着夏皮就向水田那边的石板路跑去。妇女们是往夏皮家跑。夏皮在前，妇女们一个接一个紧跟在后，那样子不是夏皮带着她们，而是她们在逐着一个什么坏人。不明底细的人正自惊讶，夏皮他们又出现了，这次是妇女们在前，夏皮肩扛一只红红绿绿的大包袱跟在后面。妇女们就同一群受惊的母鸡，沿着上升的田埂又蹦又跳，夏皮却是跟跟跄跄，身子都被肩头的大包压变了形。

夏皮的大包运到渠坝上的时候，就似一块大石头砸在水坑里，坝上坝下的人一齐动荡起来，乱嚷嚷往前拥。南京不明就里，也跟着人们往前拥。不过事情很快弄清楚了，原来夏皮的大包里装的不是别的，那都是布，是长长短短的布头。夏皮贩辣椒亏了本，他不贩辣椒了，改卖布。夏皮的布五颜六色，听说是从外面的一家大工厂直接进来的，货好，价钱又便宜，妇女们几乎人手一块。

有的一连买了好几块，许多男人也买了，一齐展开来，好像把半边山头遮了个严实。旁边有人劝南京也买一块，南京说，这身上又没带有钱。

"我也没带钱。"劝的人说。"夏皮说先欠着，过几天他会一家一家上门收。"

南京心动了。不错，前几天他给水石、水香、水娥每人扯了一身衣服，其实他还可以扯一身的，给淑珍。在给水石他们扯衣服的时候，他就想到这一点了。在给水石他们扯了衣服后，他一直在暗暗谋划着这一点。不管淑珍回不回来，不管淑珍几时回来，衣服扯在这里，反正不会过时的。何况夏皮这布确实不错，用火烧不坏，用剪刀划不破。南京摸摸身侧的口袋，那里放了二十块钱。南京故意说没带钱，其实他身上带了钱。在起身的一刻，南京无意间朝河对面的大路看了看。那是从秀水桥通往黄田街的路，也是前些日子他每天晚上都要走一遍的路。南京这一看，突然把自己吓出一个哆嗦。南京看到在大路的那头走着一个人，一个女人，瘦瘦的个子，短短的头发，手上提一只沉重的旅行包，特别是两条朝外打弯的腿，就似两只环抱的牛角，交替着往前一挖一挖，那身形步态，不是淑珍是谁？

莫非淑珍并不是说她端阳节前回来，她说她端阳节后回来？

路上的人当然不是淑珍。路上的人越走越近，一直走到路这头，离南京只有一条小河几块水田之隔了，南京看出，那果然不是淑珍。南京目送着那女人把面前的大路走完，然后上一个坡，在一座废弃的砖窑后面消失了，但南京的目光再拉不回来，南京让自己的目光木呆呆放直着，南京想，淑珍的意思是不是说，过完节后她才有时间回来？

我的亲人知多少

一

开先手端饭锅，刚从门厅的暗黑处走出，我们这些属畜生的便一齐嗷嗷叫着奔上前。我身高个大，反应敏捷，一个蹿跳已冲到阶沿边。畜生们不甘示弱，跟在后面你推我拥，有的甚至钻到我的身底下、两腿间，不停有硬的软的嘴巴在我周身碰撞着，啄击着，让人不胜其烦。我悄悄打了个喷嚏，冷笑一声猛然将脚步停住。看着畜生们吵吵嚷嚷的猴急模样，我继续冷笑一声，干脆抽身而出，远远站到了一边。我知道没我在场，开先是不可能分食的。

铁勺在饭锅里使劲撬动，开先将脑袋微微侧起，四处张望一下。开先在找我。我欢快地荡开四蹄，摇动尾巴，在空场上快速打圈。开先盯我好久。我不停地摇尾、欢跳、眨眼睛，做出各种各样姿势，各种各样暗示，让他直接把饭抛过来。开先伸出舌头舔舔唇角，想起什么似的对着我轻轻一笑，一块雪白的饭团随着从手底飞起，落到脚前的鸡群鸭群之中。

开先把目标弄错了。这里！我叫。同时双爪搭住下巴，前身伏地，后身弓起，做好随时接应的准备。开先眼盯着我，张开大嘴会意地一笑。随着雪白的饭团再次飞出，我的身子也同时激射而起。

　　又错了！饭团并没有向我飞来。饭团画了个弧线，再一次朝鸡群鸭群们落去。我是在身子腾起的那刻明白这点的，但明白了已有些晚了，我让身子继续腾起，两只前爪还下意识做了个抓扑的动作，然后倾侧着摔向地面。

　　我想我一定摔得很重，样子很滑稽，很狼狈，落地时嘴巴在水泥地面磕了一下。这让我上半个嘴唇朝一边龇开，半天合不拢。开先乐得哈哈大笑，笑得都把身子蹲到阶沿上了。

　　"王军，哎呀王军！"

　　我让开先笑蒙了，长时间龇开半边嘴唇，傻呆呆地看他。在这样的水泥平场上也能摔跤，做一个小小的蹦跳动作也能摔跤，连自己也不能相信的，怪不得开先要笑成那样了。

　　"王军，你接住！"

　　开先笑完，挖一勺饭朝我抛来。我有些猝不及防。我以为饭团画个弧线后，又会朝鸡群鸭群落去。我矜持地站立着，不让身子弹起。我想我再不好扑空。再丢不起那个脸。

　　我让饭团击中了。饭团呼啸着，嘭的一声击在我肋骨上。我吓了一跳。饭粒落到地面仍不散开，坚持抱成团朝一边翻滚。可没等我做出必要的反应，那群畜生一个个伸长脑袋推挤着，就如一堵溃败的土墙，眨眼将滚动的饭团淹没了。

　　这是我的！我汪一声吼，纵身向畜群扑去。鸡鸭们收势未及，一个接一个拦腰撞在我的胸腹之间。"王军，这边，"开先叫。开先挑住一块更大的饭团，作着势向空场示意。当我按他的手势一跃而起时,没想到那只饭团猛然改变了方向,带着四散的饭粒呼啸着又飞向另一边的畜群。

我想再叫一声丢错了。但我没有叫出声。我知道开先没有搞错。开先在有意逗我开心,他让我一次次满怀希望地跳起,然后莫名其妙地扑空。开先果然得意了,又开两腿站在阶沿上朝我张嘴嬉笑。对面房里的老太婆也笑,老太婆的孙女细兰也笑。老太婆掇了把木椅靠墙而坐,一边呼哧呼哧地喘气,一边笑得合不拢嘴,不知是责备或鼓励地数落着:"开先,开先,你不该欺负王军哪。王军这畜生,是得人疼的畜生哪。"老太婆不说尚可,老太婆这么一说,我双膀间某一块肌肉忽然一硬,一热,眼泪就要下来了。

"王军,给你。这里。"开先挑了一团饭跃跃欲试。

我再不会上开先的当了。我从开先的笑容里看出某种我不能熟悉的东西,某种冰冷的东西。我想开先为什么要这样。我决不再上他的当,不能受他的逗弄。开先似乎猜准了我的意思,不再多说什么,微微抬了抬手臂向我抛饭。开先把距离算得很准,饭团就如长了眼睛那般,在空中画了道长长的弧线之后,落到地面弹跳几下,不偏不倚停在我脚前,我只用低一低下巴,就能整个衔入口中。我的舌头下意识搅动一下。但我很快控制住自己。我让自己静静站着,一动不动。

开先急了:"王军,你快吃。"他的话音未落,由鸡们鸭们组成的那堵墙又轰轰隆隆向这边崩塌而来。我感到一阵快意,同时内心又委屈得厉害,双膀间那处发硬发热的东西在不停地肿胀,扩大。这饭团是我的,这是我嘴边的东西,可我却眼睁睁看着畜生们抢走了。

"装孬不折本。"老太婆憋紧一口气,直到把两边腮帮憋得鼓圆了,这才猛地叹出,"王军,让你吃你就吃嘛,哪有那么多讲究的。"

"来呀王军，这块给你。"

又一块饭团向我抛来，我仍站着未动。我想既然刚才没动，现在便不应该动。饭团在畜群的践踏中很快消失，我的全身也让那股莫名的快意充塞了。我把脑袋抬起，用倔强而仇恨的眼神盯着开先，脸上不知不觉带上几分笑意，眼中却也带上了两泡热泪。开先果然被我闹愣了，或者被我的模样吓住了，他慌张看我一眼，缓过身子继续朝我抛饭。我不动。他又抛。"王军别傻了，你快吃。"老太婆伸出胖胖的大手到腿弯间急促拍动。

开先一下一下继续朝我抛饭，畜生们更如炸了窝般绕着我上蹿下跳，噔噔的啄食声如急风如骤雨，转眼将我裹挟了。我的双腿越站越直，身子越来越硬，越来越胀，眼中的两股热流以难以置信的速度涌出来。我想我今天完了。真正完了。蹦蹦跳跳这么久，竟然什么也没吃上，一口东西也没吃上。可这都是属于我的东西，是开先送到我嘴边的东西，我偏偏一口也吃不上。我只能眼睁睁看这些畜生在争，在抢，肆无忌惮。我的两条前腿微微发抖。有一阵我实在受不了，我想不顾一切冲上前，去抓，去抢，去踢。我要把畜生们赶开，赶得远远地，一个也不许上前。这都是我的，为什么我不能。但是我忍住了。

"王军，你是真不吃还是假不吃？"开先问我。"再不吃，饭快分完，就真没你吃的了。"

既然饭快分完，为什么还要问我吃不吃？我只想对开先恶狠狠大吼出声。但我仍然忍住了。吃吧，抛吧，完吧，反正已经没了。没了也就没了，还有什么值得啰唆的。

饭团越来越少，越来越碎，饭勺划在锅壁上发出刺耳的声音。我只感到脑门一热，自己也没弄清怎么回事，整个身子已腾在空中，然后我发现，我把那只正歪着颈项打饱嗝的大灰鸭紧紧抱在怀中，按压到地面了。

"嗨，王军。"老太婆叫。

鸭子是老太婆家养的鸭子，这围聚在一起吃食的所有鸡和鸭，都是老太婆和她的女儿黄连养的，他们是巷底这两幢房子的房东。老太婆有理由心疼她的鸭，但是这一刻，我想我大约有些糊涂了，对她的喝叫置之不理。鸭子在我的控制下嘎嘎大叫，我清楚地看到，它的脸都吓黑了，拼命蹬脚，拍翅膀，脱落的毛发如蝴蝶，随着卷地的灰尘呼啦啦飞起。

"王军这条死狗，你疯啦！"老太婆颠着胖身子急步上前，气喘吁吁扳住我的肩膀使劲推。老太婆又拧我的耳朵。

就在这时，我受了重重一击。是开先。开先巍巍然立在我的身侧。我心下一凛，眨眨眼想看他，没料他第二脚又已经飞来，不偏不倚踢在我的脑门上。我只感到什么巨大的东西轰然炸开，双眼一黑，糊里糊涂中痛叫一声，身子已蹿在十几步开外。

"开先你做什么？"远远我听到老太婆高声叹气，"你把王军踢伤了。"

二

老太婆差不多是踩着我的脚步跟过来的。老太婆手牵她的小孙女细兰，一边王军王军地呼唤，一边沿着窝棚四处察看。窝棚里当然无法找出什么，老太婆叽里咕哝着，牵了细兰往巷口去，一刻钟后，又牵着细兰回来。

"这死畜生。"老太婆说，"眨眨眼工夫，还真就跑掉了？"

"总这么王军王军，王军到底怎么啦？"老太婆的儿子黄牛粗声大气问。白天轮到黄牛的老婆跟车，黄牛在房里睡觉。大约楼下的阵阵喧闹把他吵醒了。

"都怪开先呢，"老太婆说，"开先把王军踢跑了。"

"跑了不就跑了，跑了不会回来呀！"黄牛说，"畜生的事情，你同它能扯得清？"

老太婆叽里咕哝着回家了，黄牛牵着细兰也回家了，我侧起鼻头到墙脚嗅了嗅，长长松过一口气。四周很静。这里左边是墙，右边是墙，背后也是墙，前面堆满发黑腐烂的旧木料，一直堆过墙头去。我浑身一震，控制不住打了一个抖颤。我感觉到冷。这时阳光很好，阳光铺天盖地笼罩四周的一切，当然也笼罩了我，但我却感觉到冷。不知什么时候我大约出过一身大汗，那是在抢食、在挨踢的时候，是在巷内巷外窜来窜去的时候。现在事情过去，汗干了，我便感觉到冷了。怎么也控制不住地冷，冷得直打战。与寒冷同时到来的，还有从身体深处透出的更寒更冷更控制不住的东西：今天我出事了。许久以来我一直担心有一天会出事，担心发生个什么变故把眼前的一切打碎，没想到这事真的来了。没有半点预感。今天我终于出事了，我与开先闹翻了。

开先，你是我的亲人，我在内心这么叫。

墙头上某一块玻璃碴突然放射出强烈光亮，蓝莹莹地直刺人的眼睛。我往一旁让了让，开始仔细回忆今天事情的具体经过。开先上班是没有规律的，有时几天几夜忙得不见人影，等到见了面那人已不是原先的人，脸皮青黑，双目无神，走起路来歪歪倒倒，似乎一阵风就能把他吹贴到墙面去。有时开先又接连几天躺在床上睡觉，或掇一把木凳坐到大门前陪我嬉闹。今天显然又是他在家睡觉的日子，半上午他从前街买了菜回来，正好在巷口碰到我。开先脸皮青黑，双目无神，走路无精打采。我急速摇了摇尾巴，冲上前拱他的裤管和脚尖。开先眼睛亮了一下。"王军是你？"他伸手拽拽我耳朵。我蹦跳着又闻闻他的裤管和脚尖，"走，我们回去。"开先张开五指攥住我脑顶，让我掉了个方向。我心里激动。开先的手上很有力。我就那么把脑袋在他手心里搁着，两个人如亲兄弟般肩并肩朝巷内走去。几分钟后，他从楼道那边端了饭锅出来。那是他头一天煮好的饭，没来得及吃，就让同事的人叫走了。

这时候开先对我没有半点恶意，这点我可以肯定。这时候开先是完全属于我一个人的，开先端了饭锅出来抛食，多半也是冲着我的，这我同样能够肯定。于是我们一伙畜生嗷嗷叫着冲上前，于是开先又开双腿在阶沿边站住，一心一意用铁勺到饭锅里刨饭。开先将饭刨好，脑袋微微侧起，四处张望一下。他在找我。不用说他一眼就看到了我。我记得他把我看了好久。于是他伸出舌头舔舔嘴唇，嘴角浮起一丝不让人觉察的笑意，毫不犹豫将饭团朝鸡群鸭群抛去。

所有的变故都在开先抬头看我的那刻时间。开先肯定看到了我一点什么，看到让他感觉厌恶、让他瞬间改变主意的地方。那么开先到底看到了我什么呢？对的，不错的。当时我远远离开鸡群鸭群，兴奋地荡开四蹄，摇动尾巴，在空场中急速打转，手舞足蹈。我认准了开先是属于我一个人的，开先的饭食是抛给我一个人的。我不停地向他使眼色，做鬼脸，迫不及待，一副扬扬得意、不可一世的小人模样，这不止开先，搁在任何一个人也看不下去，忍受不下去的。

汪！想起这些我羞愧已极，摆了摆脑袋低低吠叫一声。叫过之后才知道我不应该叫，稍不留神我会把巷中经过的什么人引来，把老太婆或黄牛引来。但我实在忍受不了空场上兀自打转的那条畜生的轻狂模样，那种阴阳怪气，自以为是，丑态百出。我继续将脑袋摆了摆，用更大的声音朝自己吠叫：

汪汪！

无法理解突然之间，自己怎么会变成这样？

平心而论，轻狂绝不是我的本性，所有的自以为是，扬扬得意，不可一世统统与我无缘。别看我身高个大，体格健壮，但内心里却极其懦弱，胆小怕事。记得小时候我是那么怕人，怕陌生的人。我怕汽车，怕有各种车子窜来窜去的大街。有事没事我愿意独自一个在小巷中待着。王老子不止一次摸着我的脑袋叹息："人善被人欺，马善被人骑，这么无用的一个畜生，以后那日子你指望怎么过呢？"

在所有属于我的各种各样怕里面，最怕的还在这点：我怕看人的脸色。尽管现在年岁大了，许多怕跟着渐渐消失，但这样一种东西，这样的怕却越来越深地铭刻到我内心。我怕别人讨嫌我，怕别人私下对我怀有不好的看法。不错，这方面我是异常敏感的，简直敏感得一塌糊涂，任何人只要略略显示不满的神色，皱皱眉，低低眼，抿抿嘴唇，我也能不差分厘地感觉出来。我从不敢与任何人发生矛盾，不敢违逆任何人的意愿。我无法在任何带有一丝半点敌意的环境中生存。如此种种，注定了我在生活中唯一所能采取的方式，便是那种小心翼翼、唯唯诺诺、乖巧内向的方式，为人上，处世上，方方面面莫不如此。这时候，我那天生敏感的特点站出来发挥作用了。我能准确地揣测到别人的心理。我懂得见机行事，更懂得适可而止。我懂得什么是应该的，什么是必需的。我加紧努力从生活诸方面给人们提供力所能及的帮助，看家、招呼小孩、赶老鼠、丢垃圾、爬门爬窗进房拿主人忘了带出的钥匙，想方设法给人逗乐，诸如此类。别人让干什么我就干什么，甚至别人没让我干什么我也知道他需要干什么。

"这狗日的什么都懂。"经常有人摸摸我的脑袋，叹息着连连摇自己的脑袋，"就差不会说话了。"

"他要是能开口说话，在这个社会上肯定混得比我们强。"黄连的丈夫雷头说。

雷头早年得过病，是那种能让人发胖发肿、脸色发白的病。雷头的病应该说早已好了，但胖与肿似乎一直没能及时消失。他的身子显得沉重，走路时双臂直直朝下垂着，脚底板抬不起来，哧哧啦啦把地面拖得响亮。雷头原本在一家车木厂的食堂做大师傅，后来车木厂解散，他转到另一家铝合金厂食堂做大师傅。后来铝合金厂又解散了，加上这时身体又不很好，他干脆回到家里安心休息。谁知越休息这身子越沉重，看看电视，打打麻将，到三里街菜场廉价买些半腐烂的小鱼小虾回来炒着吃，是他每天的全部事务了。

"唉，要有谁能把我的碗送到厨房就好了！"有时蹲在大门外的太阳光下吃完饭，雷头会这么感叹。

开先说："王军不站在你身边吗？"

开先本是句笑话，没想雷头认了真："王军，把我的饭碗送到厨房去，行吗？"

其实雷头也在开玩笑。我略一犹豫，缓缓走上前，张了口将碗沿衔住。

这回倒是雷头犹豫了，不知是对我的行为吃惊，或怕我摔坏了他的碗。我眨眨眼睛让他放心。我正要往房内走，开先叫道：

"还有筷子。"

等我到厨房把碗筷放好，为稳妥起见，我还勾起上身，照人们所做的那样伸了爪子往里推了推。雷头、开先还有黄牛他们围在厨房门口哈哈大笑。

那天一伙人聚在巷口一户人家打麻将，雷头让我帮他回家拿衣。当我肩上横搭着衣服跑进门，雷头接过披到身上时，一位打麻将的人忽然咦地一声叫了起来：

"这个王军，对你如此知冷知热，怕是你家黄连都比不上吧。"

这些日子是我最快乐的日子，小巷是我最快乐的所在。小巷里人人喜欢我，人人宠爱我。我走到哪里，哪里便充满笑声、闹声。即便是那些整日奔忙的房客们，见了我也甚是客气，出来进去总要伸手摸摸我的脑袋，问候一声。吃饭的时候他们问："王军，吃了没？"下雨的时候他们招呼："没看雨下大啦，王军怎么还不回屋？"夜里遇见了，他们说："这么晚了，王军在外面还闲逛啊！"

"没想到你有这一手，畜生不简单啊！"这时候王老子又有话说了。王老子的口气里带有明显酸溜溜的味道。

"你滑头。"有时王老子干脆直着嗓子骂我，"马屁精。"

在小巷中，王老子不是住户，他的家在几十里外的乡下。但王老子也不算房客。他其实是老太婆及其儿女们照顾的对象，他的窝棚就搭在黄牛家的一块空地上，甚至连棚里的一只灯泡，也是雷头免费为他装上的。我和王老子交往最久，感情也最深。在小巷人的心目中，也认为我与王老子交往最深，因此他们从王老子那里，给我取了个"王军"的名字。

王老子应该知道，我的滑头不是真正的滑头。王老子应该了解我。我的所有错处、所有长处大概就在于我生性懦弱，因懦弱而带来的至纯至善。我是真的，我真的爱他们，爱小巷中的每一个人。我把他们每一个人都当作自己的依靠，当作自己的亲人。众人的欢乐就是我的欢乐，众人的痛苦也就是我的痛苦。我真诚地希望每个人幸福如意，家家和睦美满，我希望小巷中永远热热闹闹。这一刻我感到自己如此富足、踏实，巷中所有的人都属于我，我也属于巷中所有的人。

可是有一天，不知不觉有一天，我竟然骄傲了，得意了，不可一世了。我终于挨踢，我与开先闹翻了。

三

随着籁的一声响过，没待自己很好地明白过来，我的身子已从墙脚蹿出。我一刻也受不了了。我必须见到人。我觉得我被整个世界抛弃了。我必须见到开先，见到老太婆，见到黄牛，无论什么人，哪怕是黄牛的女儿细兰也好。哪怕是鸡，是鸭，是小狗细皮，都可以的。我就是不能一个人在砖墙与砖墙之间独自待着。那一刻我都快窒息了，那朽烂的木头堆，那本已歪歪扭扭的围墙，一齐摇摇欲坠着似乎就要倾轧下来。

黄牛蹲在大门前的一块石头边，手握铁锤使劲敲打什么。黄牛在敲打一根细铁丝。

"王军，你从哪来？"黄牛把身子站起来。黄牛压抑不住见到我的激动。

"妈，看谁回来啦？"

"王军，稀客呀！"好一会，老太婆从屋后走廊那边伸出一个脑袋。

我满脸红胀，鼻根发痒，把头紧低着只看脚前的地面。地面上有一只黑黑的蚂蚁，优哉游哉要接近我的爪尖。我把爪子挪了挪，悄无声息把蚂蚁按住了。

"还不快去后面看看。"黄牛用铁锤顶了顶我的肩脊，"给你留着吃的呀。"

我低头坚持那么站着。黄牛等过一会，不再理我，继续捶打他的铁丝。我不声不响上前，用额头使劲贴住他的后腰。黄牛感觉到什么，奇怪地回过头。我把额头贴得更紧点，并上下左右轻轻摩擦。黄牛把铁丝和锤子放下，摆摆身子准备过来摸我，我朝旁边一跳，一溜烟往后门去了。

黄牛是原先的黄牛，老太婆也是原先的老太婆，他们对我没有任何异样的看法，并不因为我的挨踢而另眼相看，他们甚至因我的受委屈、我的暂时消失及突然出现而表现出特别的热情。老太婆特意给我准备了一份吃的东西。"别让它们看见了。"老太婆朝外努努嘴。她是指门外那些鸡、鸭及小狗细皮一伙。老太婆一边看我吃一边来回回忙碌，嘴巴同时也不闲着，适时地给我许多教训："做畜生的，也就好比我们这些做人的，在世上活着不容易呀，"老太婆说，"王军你一向乖巧，这道理我不说你也懂。不管对谁，不能耍性子，不能犟，晓得吗？"老太婆说，"开先逗你也许不应该，用脚踢你不用说更不应该了，不过开先也是好意，你说是不是这回事？"

是这回事！我把眼睛盯紧老太婆，眼皮恍然大悟地一眨一眨。

不管人也好，狗也好，活在世上最基本的一条是要知好歹。随时随地要记住别人的好，我这么同自己说。

对今天的事我原本已懊悔得不行，现在黄牛他们又此般待我，不用说我更加不安了。吃是无法吃下什么的，我的目光穿过后门，穿过外厅，不时朝大门外张望。我在想着该怎样见一见开先，怎样到开先面前赔个不是，然后两个人和好如初，大家都和好如初。我想开先也一定愿意和我和好的。开先真的没有其他意思。即便说逗一逗我吧，开先一贯喜欢同我逗乐的，小巷中的人都喜欢同我逗乐。我也以能为人逗乐、能让人开心而自豪，为什么单单今天，偏是今天，莫名其妙我却感到受了多大冒犯呢？

我继续朝大门外张望。老太婆看出来了我的意思。老太婆跟着我的目光朝大门外张望一会，说你这是打算看看开先吧，开先走啦，上班去啦。老太婆说，有人打他电话，说有事，开先回房捡了个包，不就这么走了？

我去看了，开先果然不在。门锁得铁紧。我一边遗憾，一边又轻轻松过口气。我想这会不见面也好，推迟一天半天也好。推迟一点，我会从容多了。

中午和傍晚，一天两次站在巷口迎接回家的人，是我不知不觉间养成的习惯。也没什么特别的意思，只是习惯而已。分开半日，我特别想同众人见见面。我想仔细看看他们的脸色。一天下来生意如何？赚了，亏了？遇到什么难事了？或者在外同谁闹气了，吵架了？看到那人脸色很好，心情很好，我的情绪会比他更好。我扑，我跳，我奔前奔后，欢天喜地。这时别人会伸过手抚我，逗我，吆喝我，有时还会摸出一块吃的东西丢在我面前。假如回来的人神色不对，我的心也随着往下一沉。但我不让人看出我的心在沉。我装出更加兴奋的样子，或扑或跳，奔前奔后，欢天喜地。我希望我的情绪能感染对方，我希望所有的人一回到小巷，都能感受到一种欢欣而祥和的气氛。我想同他们说：没事的。一切没什么大不了的。一般来说我的目的都会达到，不管对方有多么沮丧，多么不高兴，见了我也会把颜面放松，伸手到我头顶摸一摸，问一问，笑一笑。

这天我比往常到得更早，感受也特别不同一般。阳光多好，小巷多好，住在小巷中的这些人，一个个又有多么亲切。还有什么不满意的呢，为什么不知好好珍惜，要同开先闹成那样呢。我一个劲上蹿下跳，用自己的唇、鼻、腮、身子，到他们身上去擦，去挨，去吻，我实在无法表达自己内心的懊悔，无法表达对他们的无限感激之情、钦敬之情。说来也怪，回家的人今天见了我也格外亲热。酱张生得黑、矮、瘦，脸上的皱折叠了一重又一重。酱张骑一辆笨重的三轮载货车，一边远远地冲着我笑，一边脚下暗暗用力。从前面的大街进入小巷，有一段坡道，坡道上还遗弃着施工时剩下的一堆沙子和碎砖石块。酱张原打算一用劲从沙堆边绕过去的，谁知手头一歪，轮下一滑，车子已陷在沙堆与砖块之间进不能进，退不能退了。"王军愣着做什么，还不过来帮忙。"酱张面孔红涨着向我求救。

汪！我短促地叫一声。不是酱张提醒，我都忘了该上前帮忙了。

酱张姓张。酱张的儿子带着一伙老乡在建筑工地帮人做小工，酱张独自在外租了间房，用盐、自来水外加一些色素，制成所谓的酱油，一坛一坛拖到各处工地去卖，当然也到他儿子做工的工地卖。

"那个卖脏水的。"雷头说。雷头叫酱张不叫酱张，也不叫卖酱油的，雷头只这么叫：那个卖脏水的。

卖脏水的酱张一边用力，一边急促对我说："这里。王军，这里。"我从那里跑到这里。酱张又说："这里、这里、这里。"我又从这里跑到这里。尽管我龇牙咧嘴，手脚并用，把全身的力气用尽了，可那力使得没一处是地方，不动的车仍然不动。见我一副抓耳挠腮的乖张模样，酱张终于停止努力，扑哧一下笑出声："没用的东西，空长了一身好膘。"

酱张说："怎么就好意思长那一身好膘。"

边角笑："要你就不好意思长那一身好膘。"

天红也笑着出主意："你怎么不回家找一根绳子，套在王军脖子上帮你拉？"

"酱张，什么时候买一辆小货车，就请王军做你的专职司机算啦！"黄连说。

三轮车堵住巷头纠缠这么久，车前车后早聚起一堆要进出的人。天红挑一担空空的铁皮桶，天红弟弟也挑一担铁皮桶，边角推着自行车，车上载有两根丈余长的废角铁。黄连是与她的朋友胖妹一起来的，黄连与胖妹勾肩搭背，穿一样的衣服，着一色的白鞋，头发一样披挂着。当众人伸手推那辆三轮车时，她们也嘻嘻哈哈地挤在人堆里推。黄连的儿子都有七八岁了，她自己却同一个七八岁的小姑娘那样，一边用手臂搂着我，一边同那位胖妹头靠头，脸贴脸，勾肩搭背，脚步蹒跚跟在酱张的车子后面一路回家。这时我身前有人，身后有人，身左身右都是人，我们像一支队伍，叮叮当当、浩浩荡荡地开进巷子里了。

开先回来已在第二天的下午，开先手提那只蓝底白字的手提包，沿着巷口左边的墙角转出。开先的身影从墙角一转出我便及时发现了。不须说这时我已做好充足的准备，似在专等他的到来。我相信我的表现很自然，没有半点伪饰的成分。我内心着实激动。首先我轻跑几步，尽量减少自己的动作所造成的不必要声响。我想突然出现在开先面前，给他一个惊喜。

不能犹豫，不能迟疑。不要怕。装作什么事也没发生，一切同往日那样。迟疑就完了，你这么略一迟疑，所有的隔阂、不自然，便一齐显露出来，一天来我都在同自己说着这点。

尽管我的接近悄无声息，开先还是发现了。我纵步几个起跳，一下扑到他的身上。

"干什么！"开先惊叫。开先明明看到我奔过来的，可他仍然很吃惊。开先也确实吃惊，脚下一阵趔趄，双臂猛力划动，几乎要翻跌到几步开外的砖堆上去。

"干什么，干什么！"开先叫，声音都有些异样了。

平日见面，我也经常这么扑到他身上的，从来没出现过类似的情况。我知道我应上前扶开先一把。但我的身子硬是僵僵地立在那里，木头一般，眼睁睁看开先趔趔趄趄，一路向围墙，向砖堆退去。

我知道我的动作有些过激。我的动作太他妈莫名其妙了。明明有过极大的冲突，隔一天见面，一下亲热成这样，不是活见鬼了吗。不错，热情是对的，不犹豫，不迟疑，装作什么事没有，一切同往日一样，都是对的。但也得有一个过程，有一个铺垫。可今天这算什么？跳起来，然后扑上去，什么解释也没有。开先也许正是被你闹愣了，闹傻了，才那么猝不及防的吧。

我唯一的念头是想跑。我咧开嘴唇看看四周。我唯一的念头是赶快跑，跑得越远越好。今天这脸丢尽了。小狗细皮站在远处看我，黄牛的女儿细兰，也手扶巷边的树杆静静看我。我知道今天这脸让我丢尽了，但是我不能跑。我不可能莫名其妙将开先扑一下，然后讪讪地逃开去。我唯一的出路是上前，继续同开先亲热。

我上前了。我装作若无其事的样子，摆着脑袋，摇起尾巴，去吻开先的袖口、裤管、脚尖，想给他赔个小心，赔个不是。开先躲避着，不让我吻。开先说，去去去！我不去，继续吻。后来开先有些发急，他把手中的蓝提包提起，按住我的脊背朝外猛然一推。开先说：

"去么，假一套！"

开先腋下夹着他的提包，脑袋微侧着往巷内去，我也把脑袋微侧，跟着他往巷内去。开先走得快，我走得慢，两下的距离越拉越大。我的内心崩溃了。我知道我再没必要跟在开先后面的，但我的脚步却无法停下，不由自主地这么走。"王军，你去哪？"巷口那边有人叫。是黄连。黄连让我到她那里去。我想我真应该回到黄连那里。那边人很多，都在一起打麻将。但我一点心思也没有，我不想搭理黄连。这一刻我谁也不想搭理。我不知道自己要去哪里，我只让自己不由自主，一步一步往巷内走。

四

　　如何处理与开先的关系，是摆在我面前的极大难题。接连几天开先对我不理不睬。他明明与别人谈得欢快，一见到我的面便能在片刻间把笑容收起，装作根本没看到一般。而当别人逗我，与我玩笑时，他同样装作没看到我，面孔上有时还露出那种让人心头发麻的暗笑，看那意思，似乎我早已成了他的冤家对头，他的生死仇敌。这一刻开先在我眼里是那么陌生。原来我对开先一点也不了解。我想起与开先许许多多往事。休息的日子开先经常带我四处去玩，有一次我们还跑到铁道那边的山丘追兔子。开先手持棍棒，枪一般到肩上扛着，扮演猎手的角色，让我扮演猎犬。有时他的女朋友喜玲从学校来了，开先同样要拉上我，似乎也让我扮演什么角色，以增加他在喜玲眼中的分量。我原本乖巧，当然所有的命令无不遵从，让扮什么就扮什么，恰同一个真正的卫士，一个丑角，只把个喜玲逗得大笑不止，真似狂风中叮叮当当鸣响的一串铃铛。

　　开先应该知道，我不可能成为什么人的对头，更不可能成为谁的仇敌。我没那个本事，没那种能力和勇气。我谁也不敢得罪，任何人的脸色也无法承受，何况开先如此模样。我不敢公然靠近他，怕又一次弄巧成拙。我只在远远的地方站着，观察着，另外也猜测着、思量着。假一套！我一遍又一遍来想开先的话。所谓假一套，指的是我当时表现出的那一连串亲昵动作：亲、吻、跳，不顾一切往他身上扑。那么真的一套又是什么呢。渐渐我发现我有些懂开先了。开先是个实在的人，平日为人处世一归一，二归二，从不愿讲一句半句假话，最受不了别人装腔作势那一套。开先认为他踢了我，按照一般的情理，我应该恨他才对。我应该不理他，仇视他，如此才显得正常，也是他愿意看到、愿意接受的。他认为既然他踢了我，我们相互闹僵了，就应该有一个闹僵的模样。他得罪了我，他应该承担得罪的后果。他应该被人恨，被人不理。他受不了做作的亲热。他受不了虚伪。

从开先身上，我看出了某种深藏的歉意和不安。但开先是一个实在的人，刚才我说了，开先为人一是一，二是二，他不可能把事情做得如何圆满、周到，他没有那么多弯弯心肠。即便他明白自己错了，他内疚了，也不愿道歉。并且也接受不了别人的道歉，别人的亲热，何况在这次事件中，要道歉要主动表示亲热、表示和解的他认为也不应该是别人。那是他的事。但是开先忘了，我的性格一贯有多么懦弱，说好听一点，我有多么善良吗。他忘了我从心灵深处对他又有多么依赖吗。

眼前我最需要做的一件事，便是让开先明白这点，明白我一点也不恨他。真的不恨。他其实根本没什么错。错的是我。在众人的宠爱下，我渐渐有些自以为是，得意忘形，全不知自己有几斤几两了。我要让开先明白我有多么后悔。我是真正的活该。开先的一脚踢醒了我，让我明白到许多道理，我应该感谢他才对。这段时间，我成了开先的影子，开先走到哪里，我会默默跟着在哪里出现，除非他出去上班了，从小巷离开了。我说了我不敢上前，我只远远到一边等着，他走，我装作无意的样子拉开几步随他走。我要既让他感觉我的存在，又不过分分散他的精力，影响他的情绪，然后在他全无防备的时候，我会用目光静静接触一下他的目光。我相信开先能读懂我的目光，读懂目光中所蕴含的全部温柔、善意、懦弱与无助。具备此种目光的人不用说是一个诚实的人，一个可怜的无用的人，这种人不可能生什么气、记什么仇的。

开先每天弄饭的灶台原本搁在房内。房间很小，既做卧室，又是厨房。开先收入不高，家里的负担却重，一个人的日子自然过得艰难，时时刻刻不忘了克扣自己。偏偏开先的自尊心又强，不愿让别人看出自己的艰难，每到烧饭炒菜的时间，他会把房门紧紧关拢，让所有的饭味菜味汤味整个闷在小小空间之中，闷在自己的衣服上、头发上。一年四季，开先的头发就同打了蜡般，抹一把满手油光，房内各种什物也通通蒙上一层油垢。无奈之下，开先只得将门打开了，后来他干脆将灶台移到门外楼梯脚下。

楼梯上人来人往，开先将身子微微弓起，背朝外，这既可表明他炒菜的认真，又能遮挡外人的视线。开先真的很紧张。有一次我看到他开了门准备动手做饭，他从后门外接了水倒在锅里，然后收捡锅铲、菜刀、锅盖准备清洗。这时他听到了人的声音，人的脚步声、说话声。开先就如火烫那般搁了手头的东西，轻轻带上门躲进房里，直到众人从大门口拥进，直到脚步声轰隆隆在楼上某一房间消失，这才继续轻手轻脚出来。又有一次他把火打着，油倒进锅里了，又有声音传来，他又飞快地关了火，盖上锅盖，躲进房把门关上。不过上楼下楼的人太多，房东、房客，还有房东房客形形色色的亲戚朋友熟人，众目睽睽，躲是无法解决问题的。有那么些人还甚不知趣，走着走着会在梯阶上突然停下，居高临下对着锅灶呆看，看久了还指手画脚议论起来。开先把脸拉长着，心下极是恼火，但又不好发作，不好明确宣称不让别人看。

我了解开先，体谅开先，每天中午和晚上炒菜吃饭的那段时间，我一般从不愿在开先面前出现的。现在当然更不会。我在大门外蹲坐着，静听房内开先的一响一动，一声一息。嘎啦嘎啦！那是铁锅搁到水泥地面。滴滴答答，那是开先将菜叶从水中捞起。咔、咔、哺——那是气灶在打火了。这时我会警惕地看看巷外，又听听楼上的动静，我担心有人出去，又担心有人进来。我甚至产生了这样的念头，此刻假如真有什么人从楼道经过，尤其是那种不相识的人，我一定要大喊大叫恶狠狠扑上前，把他吓退、逼走。

几天过去，开先面上结起的那层冰渐渐剥蚀，消融了。开先至少不再对着我冷笑，不再怒目相向。在我面前他的神情举止自然多了，我在他面前的神情举止不用说也自然得多。终于有一天，那是傍晚，我站在巷口将回家的人一个一个接完，然后帮着王老子搬运板车上的旧纸板。王老子包卸，我包运。我运得快，双牙一咬，拽起就跑，王老子则卸得慢。王老子不只卸，他还得加以选择、整理。旧报作一堆，纸板作一堆，破损的旧报作一堆，完整的旧报又作另一堆。因此总有许多时间，我站在一旁无事可干，急得团团打转。在我某次把身子转过，头掉作尾，尾掉作头时，我把面孔一抬，看到十几步开外的巷道中，开先夹着他的蓝底白字提包，同一个同样夹蓝底白字提包的高个男人说话。高个男人我见过，与开先同一处地方上班，也租住在不远处一条巷道的房子里，开先不止一次带我到他那里串过门的。我不知道他们什么时候进的巷子，又什么时候站到离我十几步远的地方。他们讲话的声音不高，却急，似乎正议论什么人。过一会相互之间拉扯开了，开先让那人到他房里来，那人开始愿意，后来又不愿，反让开先到他那里去。开先同样不愿。这时开先发现了我。开先也许早已发现了我。我清清楚楚看出，开先边听高个男人说话，边斜过眼睛认认真真看了我一眼，目光随着一晃而过。我浑身一震。开先的目光曾多次与我的目光碰上之后，随着一晃而过的。不过今天开先的目光不同。今天开先的目光与以往任何一次都不一样。我有一个预感，以为开先还会看我一眼的。开先果然看我了。当开先第三次用眼来看我，我已嗖的一声从棚侧的低地上跳起，迎着那目光直奔而去。

"畜生，你这去哪？"身后有人叫。是王老子。王老子手端一叠刚刚理好的纸板，准备交给我运到纸堆上去。但这时我已离开得很远了，王老子便那么手端纸板平平地伸出，做一个传递的姿势。我知道我应该接过王老子手上的纸板，不过我已经顾不上那么多了。当我把脸腮稳稳搁到开先手掌之间，我的眼泪都流出来了。

开先终于接纳了我。开先就这么重新接纳了我。

第二天一早，我记得很清，正好是我与开先和解的第二天，开先天没亮就起床，匆匆做了点收拾，回他山区老家去了。因为开先与他的女朋友喜玲分手了，确切地说，开先让喜玲给抛了，他得回家把事情做个最后处理。

五

开先离开得那么匆忙，且一去几星期之久，以前是从没有过的。我想这肯定与头天晚上一伙朋友的谈话有关。朋友们所说不错，开先很冤。开先太冤了。同开先结识的时候，喜玲尚是开先老家某座山区中学的高中学生。高三一年，补习两年，中专三年，那读书的花费都是由开先提供的。终于熬到喜玲毕业，分配工作了，半年时间不到，便提出了分手的要求。原来这时的喜玲已不是当初的喜玲，早在一年以前，喜玲就开始了与另一位男人的来往。

分手实际上算不得什么，喜玲与另一个男人的交往也算不得什么，唯一让人接受不了的是喜玲与那个男人来往一年多，竟能在开先面前做得滴水不漏。直到毕业了，把一切安排妥当，这才一个电话把开先叫了去，告诉他，她另外有了一个男人，他们必须分手。

话不用多说，让她赔吧！开先的朋友们说。整整六年，那是个小数目吗，生活费、书费、学费，还有来往的车费，还有青春损失费等等，够狗日的赔上几万十几万的。但是开先死活不愿。算了，开先说。开先说钱不钱对他来说是无所谓的，六年的时间、精力，以及青春之类，全无所谓。朋友们说，钱不钱无所谓，时间、精力，都无所谓，但这口鸟气让人受不了。开先接口道："鸟气也无所谓。"

朋友们说："那么，这事就这么算了？"

开先说："就这么算了。"

"你辛辛苦苦供她读出书，就这么眼睁睁看她跟了别人，连句感谢的话也没有？"

开先不作声。

朋友们说："知道在这件事上，那女人把你当作什么了吗？"

开先仍不作声。

朋友们叹口气。朋友们说："这才叫真正的傻逼。"

朋友们的话语是那么尖刻，那么肆无忌惮，完全不顾及开先是否能够接受。我吓住了，我想这些人怎么如此说话，真的就不管别人是否承受得了吗。直到开先回家几天后，我的内心仍一直惴惴的，没个落实的时候。我不知道喜玲是什么时候打电话把开先叫过去的，我想在那天给我们分食、同我斗气时，开先早把事情悄悄在心里搁着了。那些日子应该是开先最痛苦最艰难的日子，怪不得他的神色那么不好，脸皮青黑，双目无神，脚步歪歪倒倒。我只说他又加多了班，累了倦了。我硬没想到他正用尽整个心力独自在承受着什么。可就在这样的日子里，在开先一个人默默忍受、无言饮泣时，我不但没给他以丝毫精神上的安慰，精神上的帮助，反而要同他斗气，惹他生气。我想我最不能原谅自己的便是这点。我不知道这次回去见着喜玲，开先能干出什么。开先的难处只有我懂。当初从那座山区小镇出来时，开先是想着把自己的工作关系一起调出来的，可许多年过去，开先的工作一直没能调出来，并且今后也没有丝毫能调出的希望。上不得上，下不得下，加上年龄大了，加上没赚到钱，孤零零一人在外租间房子克扣自己，终不是个长久之策。从某种程度可以说，喜玲的移情别恋也许真是明智的选择。这样的一个人是没有出路的，把自己一生与这样一个人绑在一起，无疑也没有任何出路。我想开先一定也明了到这点，才有对喜玲的一系列谅解，一系列无所谓吧。

　　实际上就我本身说，开先的离去未尝不是一件好事，我终于可以缓过一口气，认认真真打量一下自己的生活，打量自己所处的这个地方，这小巷。同开先的斗气，以及与此相关的一系列事件，对我的影响实在是太大了，打击也太大了，一段时间来我满脑子想的都是开先，日也开先夜也开先，开先长开先短，头都给搅晕了。我根本不知道在开先之外还有另外的人，另外的事，还有另外的方方面面都必须顾及。我一点也不知道我什么时候把王老子得罪了。我把王老子得罪了，自己竟然毫无觉察。直到王老子激怒到那个程度，直到他一拳头狠狠捣在我身旁的地面上，这才知道王老子在生我的气，这才知道什么时候我把王老子得罪了。

这是个阴天，是下午，王老子蹲在低地上，正翻晒他收来的那些旧书旧报及硬纸板。帮王老子翻晒捡来的旧物，在我是一项经常性的工作。每隔三五天时间，王老子会送一次货到废品收购站，而在这三五天之内，基本上就存在一个积累的过程。王老子把他逐日收捡来的物品分门别类堆在巷那边的低地上。雨天密密实实盖几层塑料薄膜，晴天掀去薄膜摊开翻晒，一般都由我协助着完成。天亮后王老子出门了，看守的任务也自然落到我头上，否则这边你没日没夜、穿街走巷四处收捡，很可能那边连窝都给人端了。这种事是实实在在发生过的，有次一位与王老子同样穿街走巷收收捡捡的男人趁中午没人，将王老子码在低地上的几堆物品一车拉走了，王老子为此伤心得大哭一场。

王老子大概有多日没去废品收购站了，低地上摊开的东西极多。我想这正是需要我的时候。我不好多做表示，脑袋一低悄悄干起来。但王老子不让我干，王老子几步从水池那边赶过来，一把夺下我口里的纸板，顺势撂到一旁。我有些诧异地看看王老子，王老子却偏过脸不看我。我又叼起另一块更大些的纸板，王老子又抢下来撂开了。我想王老子的意思难道是说，这些纸板用不着翻，这些纸板刚刚翻过了，我应该翻那些急需翻动的东西？我将尾巴摇摇，沿着杂物间的空隙挪动几步，开始搬弄靠墙的铁皮。铁皮很重，很冷，在我口舌间一震。我把它放开，张了口重新衔那块硬物，没想王老子又大步赶来抢夺。我只感到眼前金光一冒，牙齿快给崩脱了。

"去，走开。"王老子赶我走。

我扭一扭身子，想赖在地上继续坐着。但王老子不让，王老子挥起手臂一下一下赶。

"走么。你走。"

我知道我不能挡他。我歪着身子后退几步，又后退几步，沿着低地与王老子绕开圈子。

"你走开！"王老子说。

"你走——"

随着一声大喝，王老子紧握双拳朝我砸来。王老子的拳头并没有击中我，他只把自己狠狠摔到地面了。王老子大约摔得厉害。尽管地面满铺旧报旧纸，但王老子仍然摔得厉害，手脚攀爬了半天才把身子竖起。此刻的王老子几乎不像王老子，脸色煞白，全身发抖，一条晶亮的痰液好似拉直的蚯蚓挂在他唇角，随着胸口的起伏而一会伸长，一会缩短。

"操你个妈……狗日的瞧不起老子。"王老子苍白着脸骂。但他的嘴唇抖动，声音有些模糊不清，似乎正咀嚼着口中的沙粒，"你去，你去开先那里。我不认识你这个畜生，你去找开先，别再让我看到你。"

"老王啊，这又在同谁生气？"从巷口过来的是老太婆。老太婆两手朝下耷拉着，嘴头张大一个劲呼哧呼哧喘气，"老远老远就听到你的大嗓门。这是在同谁生气？"

王老子低头忙碌，没有半点反应。

"又是王军吗？"老太婆发现了我。我坐在窝棚那边的阴影中，但老太婆仍然发现了我，"王军，真又是你？"

"你别小看这畜生，畜生也能嫌贫爱富。"王老子闷声闷气道。

老太婆问："谁嫌贫爱富，王军嫌贫爱富？"

王老子不作声。

老太婆说："王军什么时候嫌贫爱富啦？要嫌贫爱富他能同

你天天住在一起，帮你干这干那？年纪一大把的人别没皮没羞，跟一个畜生计较成这样。"

"连条狗也瞧你不起，你看这人一辈子活到什么地步了。"王老子说。

老太婆让我跟她回去，说别理这个老头，让他一个人生气去。我不动。我不愿回去，也不敢回去。我知道王老子应该生气。我记起了那天的事。我真的昏了头了，竟把那天的事忘得干干净净。怪不得一些日子来我总感觉不对头，怪不得我一直惴惴不安。只以为是为了开先，现在才知道不只是为了开先。我想起了那天的事，那天王老子手端一叠刚刚理好的纸板，准备交给我运到纸堆上去，不过这时我已经离开得很远，并且越来越远。王老子便那么手端纸板平平地伸出，做一个传递的姿势。"畜生这去哪？"王老子问。我不知道王老子把纸板平平地端了多久，王老子又如何将纸板放下，将自己的双手收回的。王老子原本是个容易生气的人。王老子也确实应该生气，应该发火，这事搁在任何人身上都会生气，都会发火的。还真亏了王老子，一个人不声不响把火憋了这么多天。憋了这么多天的火这就无法憋住，顷刻间彻底爆发了。

汪！我轻轻吠叫一声。这一刻我不由得有些恍惚。我想开先的事才刚刚过去，开先的事刚过去几天，没料这一边又出了问题，且爆发的速度如此之快，爆发的情形与前次又如此相似，这一切到底怎么了？

王老子将地面的东西翻好、晒好，然后又收起，一类一类码成垛，这段时间我一直背靠棚壁默默而坐。我知道我不能走。我必须默默坐在一边，陪他做事，让他骂，让他恨，让他厌，让他冷落，以自己的温顺来缓解他心头之气。天是好天。接连多少日子一直是这样的好天。王老子干活累了、热了，脱下外衣搭到棚角上。王老子的双臂如两张弓那么弯着、盘着，干起活来却有力。自几年前儿子去世后，王老子发现自己的双臂越来越有力，双腿也有力，每次回江对面老家，他骑着那辆小轱辘自行车，一路上翻山过岭，还要翻过江面上那座跟山一样高的大桥，气不喘心不跳，完全不像个七十多岁的人。这让王老子高兴，同时私下里又禁不住暗暗害怕，担心也许是自己的命硬，把儿子给克了吧，把儿子的阳寿给损了吧。

六

天黑了，王老子的饭菜弄好了。

每次帮王老子干完活，王老子会让我留下来吃饭。王老子将铝锅从灶砖上拎开，搁到洗衣池边一块废弃的水泥板上，横操锅铲将饭分成两股，他多少，我多少。今天我没帮他干活，自然没有分饭的意思，这样的情况下，我也根本不指望他有什么意思。有一小撮毛发被风吹动了，从脸腮那边斜插过来，快要盖住我的眼睛。我使劲甩甩脑袋，将毛发甩回去，同时犹豫着是否走开。看别人吃饭毕竟有些尴尬，无论对王老子，对我自己，都一样。何况我还特别看不得别人吃饭，看不得别人当我的面吃饭。有些话提起来无法启齿，总之吧，我体内的某些腺体较为发达，口水很多，每当有人当我的面吃东西，就仿佛我同时也在吃着那东西一般，口腔里一个劲津津有味，浓浓的口水从牙齿之间，从舌下，从不知什么地方汩汩流出来。这让我深感痛苦。我的自尊心较强，我说了，我生性敏感，容不得当着别人的面显出自己的馋相，何况是那种不顾一切的下作相。

当然这都是以前的事了。似乎是很早很早以前。当时我身体上、心理上，各方面都不成熟，没见过世面，况且也确实很馋。每个人都有幼稚的时候、不成熟的时候、心理脆弱的时候。不像而今，在这个小巷，相对来说我的生活较为安静、富足，想吃点什么还都能吃上，用不着再为回避别人的吃饭而惊慌失措，丑态百出，何况今天，我基本没什么食欲。不知是吃饱了，吃得过饱，或者诸事烦心，精神过于紧张，一段时期来我一直没什么食欲。正这么欲走未走间，我听到了一下响声。是从我的体内发出的响声。

"咕咚！"

就这么一声：咕咚。我听得清清楚楚，是从我的体内发出的，具体说，是从我口腔、从喉咙里发出的。我吞了一下口水。不知不觉间，我狠狠地吞了一下口水。

好久没有这么吞过口水了。这让我吓了一跳。幸亏是无意的，幸亏是不知不觉的，我把精力集中起来，免得重新滑入那种不知不觉状态中。我想在王老子面前实在没那个必要。王老子那吃的什么？王老子每餐吃得太差，锅是捡来的，碗是捡来的，锅里炒的半条丝瓜，多半也是从菜场某个角落扒拉出来的。瓜明显老了，不老人家也不会平白无故丢进垃圾桶。只有王老子才会如此煞有介事，洗、切、炒，然后伸了筷子到碗中一下一下夹。菜明明夹起了，王老子还要在汤中拖一下，又到碗沿抖一下，重新抖落一些下去，仿佛那是多么珍贵的美味佳肴，舍不得片刻吃光了。

"咕咚！"

又是我。我又狠狠地吞了一次口水。同样是无意的，不知不觉的。

这一刻我又想到了走。我想我还是回避一下为好。不过今天的事委实奇怪。我不馋，不饿。我一点胃口也没有。可我为什么非要吞口水，而且吞得如此之响。也许我真的很没用，一点控制自己的能力也没有。这不只是馋，这完全是下作、下贱。是无耻。好没用的一个东西。我把脑袋转开，不让自己看到面前的那菜、那饭。我想我今天一定要坚持住。王老子弄出的声音很响。扒饭的声音很响，喝汤的声音很响，咀嚼的声音，还有咀嚼的间隙那粗重的呼吸，更响得吓人。"开先，"情急之中我这么叫了一声。不知为什么要叫开先。不过这提醒了我，我开始认真考虑开先的事。开先这次回去，到底会出什么事。我又抬头看两边的宿舍楼。楼上有人，一个男人。那人五十多岁，瘦，背有点驼，休息的时候喜欢双手捧着一只茶杯，挺胸仰面对着阳台外唱歌，唱一句，喝一口水，唱一句，喝一口水。这时我发现我不行了，我的口中有了水。有许多水，从牙缝间、从舌底、从不知道什么地方一齐汩汩冒出来，到舌根处汇聚。我将双唇闭拢，舌尖直竖，极力阻拦着。无论如何我不能把口腔中的东西吞下去，当然更不能让它流出来。我只想这么一动不动，装作什么也不知道，让水就这么止住，让水从哪里来，重新回到哪里去。

水流出了就流出了，根本没什么商量的余地，尽管我竭尽全力，口中的积蓄却是越来越多。竖起的舌根开始发硬、发胀、发痒，痒得奇怪，喉咙剧烈颤抖。我想这真的不行。我刚来得及辨了辨方向，身子已急蹿而出。

"咕咚！"

在某一个僻静的地方，我把身子蹲下，把口中所有的东西整个收拢了，然后作一口狠狠吞下去，声音好响，好舒服。

在小巷所有的人里面，最让人容易接近的应该算黄连。跟黄连一起没那么多疙疙瘩瘩，用不着处处小心翼翼，跟黄连一起你会感到很轻松。黄连性子乐观、直爽，有什么说什么，该哭的时候哭，该笑的时候笑，说完、笑完、哭完，事情便算完，很少放到心上去。年轻的时候黄连一定长得漂亮，便是眼下，小三十的人了，依然漂亮，头发长长地披着，屁股大大地翘着，一双高跟皮鞋给踩得嘎嘎直响。黄连就这么踩着双嘎嘎响的皮鞋，出是一阵风，进是一阵风。进门她把袖子挽起，洗衣洗被，拖地板，抹桌椅门窗，用一种淡绿的药液擦洗厕所，然后抄起大竹帚整理院内院外的卫生。该忙的忙完，一般说就很难找到黄连的人影，她钻到哪里去玩了，去疯了。至于弄饭弄菜，以及照应小孩，那是雷头的事。在这个家庭，男人和女人的分工是倒过来的，粗活重活归黄连，慢活细活归雷头。可雷头的玩心同样重。雷头玩的只一样，玩牌、玩麻将。双手往牌桌上一搁，就很难从那里抽出。玩的人是不容易想到吃饭的，摸麻将的更难想到吃饭，于是许多时候，总见到放学回家的儿子一人在厨房发呆，或者脚垫一条木凳，身子趴在碗柜里翻找头天搁下的剩菜剩饭。

"小手，中午就吃这个？"看的人半是同情半是开心地问。

黄连的事也不能全怪黄连，严格说，黄连自己还是个孩子。黄连喜欢热闹，这一点与我差不多算个知音。她出门是为了到外面凑个伴，凑个热闹，假如有别人到她家来，她无疑更是喜欢。她会谈呀、笑呀、唱歌呀，近一两年她不知从哪里照着样子，还学会了抽烟、喝酒。当然烟不是真抽，酒不是真喝，我说了，她只是学个样子而已。每当来了亲戚朋友，雷头便有好一番忙碌，桌子摊开了，几碟小菜摆上了，黄连手夹香烟，将一条腿高高架到另一条腿上，同雷头一起面对着面，陪客人喝酒。这天晚上当我从王老子那里狼狈逃出，把口腔中多余的水尽情吞完，顺着墙根踱到后院的时候，我看到的便是那样的场面，看到黄连同雷头面对面，陪着一位客人围住厨房中的小桌喝酒、抽烟，当然还有说和笑、喊和叫。客人我认识，大家都叫他痴子，高大而笨拙的身子，四方脸，脸上长满豆疙瘩，一头花白的头发染过了，但染过的头发表面黑，从缝隙里看进去，仍是一片花白。有次一个谁问到痴子的年龄，痴子说不小了，都二十七岁了。原来他才二十七岁，我以为有七十二岁了。痴子来的次数不多，但来了便热闹。痴子喜欢喝酒，一喝脸通红，跟雷头、跟黄连的脸色一模一样。这一刻他们三人将三张红脸一齐竖着，你对着我，我对着你。"痴子、痴子、痴子。"黄连叫。"黄连、小连、黄连。"痴子叫。痴子不让黄连叫他痴子，痴子要黄连叫他大哥。黄连便叫："痴子大哥、痴大哥。"叫完便笑。痴子问她笑什么，黄连说我没笑什么。痴子说我看到你在笑。黄连说看到你笑我才笑。痴子说，你不笑，我怎么会笑。黄连笑得更厉害了，痴子恍然大悟："酒。黄连、小连……你怎么能这样？"原来趁对方不备，黄连把自己的酒全倒进痴子的杯里了。

"代一杯，怎么样？做大哥的就不能代一杯？"

我始终没有弄清，一场嘻嘻哈哈的笑闹是如何演变成拳脚交加打斗的。其时已是夜半，痴子红涨着一张脸，拉开前门离开了，雷头和黄连将盘盘盏盏放到池中，放水浸好，也先后上楼休息。我略略在厨房逗留了一会。我在暗黑的厨房里只逗留了那么一会，便听到黄连嘶哑的叫声、喝骂声。我情知不妙，嗖嗖两声蹿上楼，看到雷头盘腿坐在当门的长沙发上，黄连紧抵沙发前，一边哭喊，一边张牙舞爪将拳头砸到雷头脑袋上、身上。雷头歪起身子左躲一下，右躲一下，实在躲不过去了，叉开手臂朝着面门前的那只手一拨。"去你个娘。"雷头说。雷头猛然发力，黄连没有准备，弯着身子噔噔连退几步。

我说过在这个家庭中，嘻嘻哈哈是经常的，哭哭啼啼、打打闹闹更是经常，黄连嗓门大，又容易冲动，一句话没转过弯便能喊叫起来。不管黄连如何喊，如何叫，一般情况下雷头都是个一声不吭。雷头同样容易冲动，但雷头不擅于与人吵架，越到关键的时候越不能把自己意思很好地表达出来。有时忍不住了，他也回个三句两句，不过那都是些前言不搭后语的破碎东西，前句没有讲完，自己已对后面的句子丧失了信心，黄连再一喊一叫，他便重新一声不吭了。黄连习惯了雷头的一声不吭，黄连怎么也没料到，雷头有一天会出手推她，且推得这么狠，这么重。这让她不由自主愣了一会。黄连弯着身子，保持噔噔倒退的姿势，有些吃惊地用眼去看雷头。今日的雷头似乎不同于往日的雷头，今日的雷头斜斜地坐在沙发中心，双腿盘起，相互抵靠着的两只脚掌急剧摩擦，然后雷头伸出手，将擦下的污垢抖落到地面。看得出雷头很冲动，今日的雷头不知为什么真正动了气。不过黄连已无法顾及太多，她哇哇大叫一声，张牙舞爪地朝前扑去。

"狗日的你打人。狗日的、狗日的，你打我，"黄连说。

"你、你、你，"雷头说。

"你！"

雷头终于没说出一个完整的句子，与此同时，黄连又一次从沙发边给推离出去，就似一颗子弹给发射出去一般。这次黄连没有吃惊，更没有犹豫，身子翻起的同时，手头已操起一件巨大的东西。那是门后搁着的塑料鞋架，黄连一边哇哇叫，一边连架带鞋高高举起，没头没脑地朝雷头砸去，有时雷头让开了，她便朝沙发砸。

我在两个人之间左遮右挡，很想能将纠结在一起的双方隔开，但所有的努力并没取得半点效果。黄连有些不顾一切了，雷头也有些不顾一切了，不断有拳，有脚，还有高高举起的塑料鞋架着着实实砸在我身上，但我忍着，一声不吭在那里左遮右挡。幸好这时房间里出现了不少人，都是巷内巷外的人。甚至王老子也来了，王老子敞开衣襟，双手背在身后，站在门角落喘粗气。"又是什么事，这又为了什么事？"老太婆一路哀叹着从楼梯上来。"有什么话明天说，有架也明天再打。"黄牛说，"这么深更半夜，你们不想睡觉，别人还都想睡觉哩。以为这巷中每个人都像你们整天闲着无事？"

"好了，行了，算了。"众人说，"消消气，两个人都消消气。"众人一齐出手，将两个人拉开。但是两个人都不让拉。"他打我，他打我、狗日的他打我。"黄连说。黄连双眼红肿，头发散乱，左脚趿了只拖鞋，右脚的鞋却脱掉了，连袜子也不见了，肥厚的光脚板把地面拍得叭叭直响。黄连悲痛欲绝，一次次让众人拖开，又一次次哇哇叫着往前冲。"不行，你们放开，平时我听你们的，今天不行。"黄连说。"无所谓、无所谓，无所谓了，"黄连不停地这么说。

"雷头我看你平日是个机灵人，你也确实是个机灵人。"老太婆说，"但今天不是我说你，这无缘无故动手打人的事，总是不应该的吧？"

"我又没打她。"雷头说。

"你还说没打，你还敢说没打。"黄连说。

对黄连我很了解，巷中的人对她无疑更加了解，今天不把事情摆平，不把雷头治服帖，她是不会放手的。今天她是真正豁出去了。她一次次冲上前，又一次次被众人拉下，但众人越拉，她冲得越厉害，神情也越加凶狠，越加绝望了。有时给扯住了，给逼急了，她竟用脑袋到沙发扶手上、到众人的肩头撞得咚咚直响。许多人真的撞痛了，或吓住了，不由得撒了手到一边观看，有的干脆退到门外。

"夫妻打架见多了，这种打法倒是头一次看到。"有人这么小声嘀咕。拉的人少了，我的压力无形中就随着增加，我一会拖住雷头的衣袖，一会扯住黄连的裤脚，一会又跳到退在一边的人们面前，让他们重新上前。当然更多的时候，我只把自己的身子抵在黄连与雷头之间，让那无数的拳和脚、纠和扯、砸和撞，一齐落到我的肩上、腰上、脑顶上。有时我会不由自主发出一声长噢，与其说这是给打的，痛的，不如说是被面前的可怕情景给吓的。我想这一刻我是真正昏了头了，我心中只有一个想法，就是让他们别打了，这样打下去，我实在受不了。这样打下去，谁也受不了。

终于有一次，我给一件尖锐而庞大的东西结结实实夹住了。在打斗的过程中，客厅里的所有陈设，沙发、茶几、兀凳、大衣柜，一一挪动了位置，有的翻倒，有的倾侧，有的在相互挤压中抬起。我不停地在零乱的物件中跳来跳去，磕磕碰碰也就在所难免，但我就是没想到整个身子会给夹住。当时有一个好心人，不知是酱张或天红的弟弟，拉了雷头准备从客厅离开，可黄连根本不让他们的企图得逞，黄连如一头凶猛的豹子扑过去，扑在雷头肩膀上。黄连和雷头一齐跌倒了，本已倾侧的大衣柜重新急剧倾侧，某一只柜角就如巨大而钝重的铡刀，对准夹缝中的我直刺而下。

柜角不偏不斜，恰恰抵在我的腰眼上。那一刻我以为自己必死无疑了，以为自己的身体断了，断成干干脆脆的两截。我想喘出一口气，我又想拼命叫上一声。但我发现自己一丝一毫的力气也没有。我只来得及把嘴张了张，一条涎水随着侧垂的脑袋直悬而下。

"王军！"模模糊糊之中我听到一声惊叫。

"你们把王军压死了。"

大衣柜给移开了，雷头和黄连不由自主退开几步，然后一同扭过身子吃惊地看我。直到这一刻，两位对手仍保持着那副姿势，那打架的姿势，我揪住你的头发，你扯住我的衣领，恋恋不舍似乎一回过头去又能抓紧时间重新开打一般。我让人们从墙脚拖出，斜斜地搁在地面。有人蹲下身子，一遍遍给我推拿，又有人打来一碗凉水喷到我脸上，待我睁开眼睛后，又给我擦抹口唇边及下腹部的血迹。更多的人则围在旁边叽叽喳喳，以沉重的语调叙说我的诸般好处。王军胆小，看不得别人打架啊，众人说。王军心里善着，每次哪里有争有吵，它都吓成那样，急成那样，众人说。众人又谈起各自的体验，说每次看到王军拉架的模样，受吓的模样，哪怕自己再有气，也吵不下去，打不下去了，再打再闹都对不起面前的这条畜生了。

"再打再闹，你们对得起王军，对得起这条畜生吗？"众人这么说雷头和黄连。

老太婆说："一个人连条狗也不如了？"

众人七手八脚归置好室内的东西，然后拉雷头和黄连坐下。雷头坐了，黄连却不坐。黄连将上身斜靠在五斗柜上，一个劲微微发抖。有人将兀凳塞在黄连的屁股底下，但黄连仍不坐。旁边有人笑道："我们搬凳子不坐，是不是要王军搬凳子你才坐？王军，把这只凳子搬给你家黄连大姑坐坐。"这人将凳子挪开，然后向我示意。其他人也都露出兴奋的神情，乱纷纷给我鼓劲。我懂得众人的意思，二话没说将脑袋一低，插入兀凳的横档下面，毫不费力地托起朝黄连走去。有人为我大声拍起掌来。更多的人上前去按黄连双肩，让她坐下。黄连扭了扭肩背，想再挣扎一下，不过还是坐下了，只把面孔转到一边去。

"王军，你给你大姑作个揖，赔个礼，让她消消气。"天红弟弟叫。我正不知如何是好，忽然有人将我身子一按，让我趴伏到地面。我趁势抬起前爪朝上晃了晃。众人更加兴奋，吵嚷得也更加厉害了。

"王军，给你大姑唱一支歌子。"

"王军，叫一声大姑。"

"叫妈妈。"

黄连忍不住，在扑哧一下笑出声来的同时，猛然上前没头没脑将我紧紧抱住。黄连脸腮贴着我的脸腮，将我抱了好久。等到她把脸抬起，那上面已挂满斑斑的泪水了。

"王军，只有你真心实意疼我，舍不得我。"黄连颤抖着这么哭喊。

七

众人讲着宽慰的话，逗乐的话，陆陆续续准备离去。我也想随着众人离去，但黄连不让。黄连没头没脑将我越搂越紧，使得我动弹一下的余地也没有。众人说，就让王军留下，陪陪黄连吧。众人微笑着看王老子，说老王啊，今夜让王军留在这里陪陪黄连，你看行吗？

"这畜生有奶便是娘，哪还要问我行不行？"王老子也笑。

我心中高兴。暗地里我高兴得厉害，这不只因为我成功地阻止了一场没完没了的打斗，赢得人们进一步尊敬，更因为王老子对我态度的转变。我知道在众人的感染下，在我的真诚和善良面前，王老子终于消去了对我的怨气，王老子原谅了我。等黄连在雷头及家人的搀扶催促下上床休息，我里里外外转过几圈，便悄悄下楼，不声不响地溜回窝棚。

棚门开着，灯光下王老子赤裸双臂，坐在当门处认真搓洗白天换下的几件衣物。"这么快回来干什么，不是有人离不了你，要你陪着吗？"王老子冷冷问我，语气中含着明显的嘲讽。我知道这冷淡和嘲讽是有意装出的。王老子大约也意识到这个时候不应该再装什么，他将两腿间的塑料脸盆挪开，给我腾出一条通道，在我擦身而过时还到我屁股上随意摸了一把。

"不是让你留下陪陪黄连，怎这么快跑回了？"

黄连整日里呼朋唤类，忙进忙出，不知都忙些什么。也许什么都没忙。黄连在公共汽车上帮人卖过票，同雷头一起摆过小吃摊、水果摊，兼带卖些瓜子、花生之类零碎，又出远门到沿海一带打过工。每次的时间都很短，并且奇怪得很，每次都是亏本而归。我想黄连的确很为难，出外干点什么不行，待在家里坐吃山空，更不行。一家三口唯一的收入仅靠着一点房租。可那房租能有多少？许多时候，几间房子都在那里空着。房子的质量不好，三五年时间，裸露在外的墙砖已开始朽烂了，一到多雨时节，整个墙体便往里渗水，从一楼到三楼莫不如此。雷头和黄连一遍遍念叨着要整修，可一年年过去，渗水的墙壁仍在汩汩渗着，且越来越厉害，从墙面到地面，整个花花搭搭，霉迹斑驳。有的住户受不了这潮，先后搬走了。更多的租房者也是被这潮这脏吓住，看一眼即匆匆离去。我想这样下去是不行的，这样下去，哪有半点正经过日子的模样。实在无法弄清，面对如此境况雷头怎能在家闲得下去，黄连又凭什么能白天黑夜嘻嘻哈哈穷快乐？不错的，吵嘴打架是免不了的，这样下去，只会有更多的嘴吵，更多的架打。

这些日子王老子回家了，王老子回家帮儿媳帮孙子收棉花，交代我看好棚里的东西。边角、天红及天红的弟弟也回家了，大约也是回家收棉花，同样交代我看好房里的东西。"王军你看好。"王老子说。王老子口口声声叫我畜生。叫我王军，在他大约还是第一次。王老子将床铺上堆放的一些破衣破盆移开，又将床板移出一点缝，让我看床下藏着的大板车轮轴。这是王老子棚中唯一贵重的东西，以前回家他都寄存到老太婆那里，这次他不想麻烦别人，他托给我了。"这是车架，"王老子又说，车架很破很烂，王老子把它竖起靠在窝棚的墙头。"这是锅，这是碗，这是几件换洗衣，这里呢，还有半把斤红糖。王军你别看不值钱，少一样还真不行。"天红的房子里安有一台小型磨浆机，还有一台小发电机，每天的中午和半夜，两台机器发动起来就似打摆子一般抖个不停，看久了你的面前都会抖出两朵花。能抖动的机器当然比王老子锈迹斑驳的大板车轮轴值钱，所以天红的嘱咐也就格外细致。"王军我不多说，一切劳你费心啦。"天红说。天红说了那么多，她还说她不多说。

天红他们怎么说，我跟着怎么点头。我很激动，同时内心更紧张得厉害。给人守守房子看看家也是常有的，但哪次都没这次兴奋，没这次紧张。接连与开先、与王老子闹过一场别扭，我想我在各方面无疑成熟了好多，待人处世也小心了好多，时时刻刻不忘警醒自己，不敢再有丝毫骄矜之心。我似乎感觉，一切都是暂时的，都是易碎的，所有的不可能都会在片刻之间成为可能。随着人们对我信任程度的加深，喜爱程度的加深，这种感觉也就越发强烈。万一呢，我这么想。比如这次看房子，隐隐地我总无法摆脱某种出事的预感。人们常说走多了夜路总能碰到鬼，这么多天时间，有什么事不可以发生的？在小巷一带，公开的失窃案有了多次，就在前不久，有人从阳台翻进墙那边的司法局宿舍，偷了二楼一户人家几百元现金。二楼的人给阳台装上防盗网，几天后小偷顺网而上，又进了三楼的人家。又比如早几年黄牛家的毡皮房里曾住过一位踩人力车的中年男人，有次男人外出，回来后发现房中已被洗劫一空，连煤气灶、气罐也一齐搬走了。还有王老子那次大白天被人掏了窝，如此等等。我想我所能做的唯有老老实实铁下心来，来个日夜死守。倦了、累了，我默默爬起身，从巷底走到巷口，又从巷口走到巷底，角角落落查遍，不放过每一个可疑之处。

接连下过两天的雨，后来太阳出来了，太阳红红火火地照着。没想到接下来是一场更大的雨。直到第四日半上午开先回来的时候，天才算真正转过晴来。开先是随着云层里透出的第一缕阳光一同回来的，因此浑身上下还是那种雨天的打扮，脚穿胶靴，手中拿伞，另一只手里提着沉甸甸的大包。开先脸色很好，心情也很好，比离开时还略略胖了些，见到我远远就笑。我高兴，我激动，相互拉扯着进门。开先给我带来不少吃的东西，他变戏法似的把东西从包中、从衣袋里掏出，用劲抛在空中让我张口去接。东西不用说是好东西，但不一定能适合我的口味，像花生，像饼干，像炒玉米、炒蚕豆，像糖果。有时那东西太硬，一不小心能崩去你半个牙齿。"王军，哎呀王军。"开先叫。开先又好气又好笑的样子，把一双脚到地面蹬得叭叭直响。

开先在我的协助下开始往外面搬晒衣物，雨下得久了，房内潮湿得厉害，墙头的水痕横一道竖一道，沼泽那般闪着亮光。院子里专供晒衣的几根铁丝早已晒满，开先找出玻璃绳比比画画，打算再拉上几根，这时老太婆来了，老太婆说开先你傻啦，楼顶上那么大的地方，还不好晒衣晒被？老太婆一句话提醒了开先，更提醒了我。我身上的肌肉猛然一抖，意识到在开先这里已耽搁得太久，我把自己的岗位，把王老子的窝棚抛开得太久。我将开先的一双旧皮鞋从脖子上取下，掉头就朝外蹿。

没等我转出巷中的那片树荫，我已看到了两个人，其中一个站在巷口那户人家的侧门边，伸长脑袋朝里窥探，另一个人已俯身到王老子的棚口，双手用劲朝外拉扯什么。这一刻我连吓带气，都有些发疯了，一边朝前猛扑，一边狂吠狂叫，声音震得自己的耳膜嗡嗡直响。大概我的神情真的过于可怕，面前两个人犹如夏日里两棵扯断了根的瓜秧，在迅速萎靡、皱缩。"狗！狗！"他们叫。这是不顾一切地叫，声音都有些变调了，同时他们下意识把身子矮了矮，似想找点什么抵挡一下，可一时又没有任何趁手的东西。他们又似乎想跑开，不过同样没跑。

我真应该早点看到两个人那身打扮的。我想我实在急了，急昏头了。直到我身子纵起，就要对准目标扑下时，我才看到那身制服。面前的两个人不只穿了制服，脑袋上还一律戴着硬邦邦的大檐帽。这一惊当然非同一般。我很想把激射而起的身体收住，不过已无法很好地做到，我只是让自己稍微改变了一点方向，擦着第一个人朝外曲张的双膀忽地一声掠过，几乎掠到几丈开外另一个制服的面前。收住步子的同时我已把脑袋掉过，低嘷一声重新蹿回巷子深处。

"是谁王军，谁打你了？"老太婆问。

老太婆以为我遭人殴打了。

开先踮起双脚，依然在高处牵扯他的衣物，他没看到我从他脚边溜过，我也不愿惊动他。当我在雷头的一间杂物房里把自己藏起，我发现我的全身仍颤抖得厉害。我怕制服。我忘不了那年有一个穿制服的人找着王老子，后来又找到雷头、黄连，专门来说我的事。说这小巷中不能养狗，说城市里不能养狗。制服不过是说说，后来也不见怎么行动，但自此以后，我一心一意怕上了制服，怕那种穿制服的人。

制服不是两个人，也不是三四人，而是七八个，是整整一伙。

制服们一面同老太婆说着话，一面循着我的足迹往巷内走来。制服们前呼后拥，每个人的脚步都踩得很响，七八双很响的脚步合在一起，就似一阵闷雷，踏上雷头家的台阶，穿过门厅，黑压压地在后院集齐。

"工商所的啊，他们要找酱张。"老太婆说。

老太婆应该是在同开先说话，但老太婆的声音很大，似乎更多是冲着我说的。对了，不错，今天制服们找上门并非为我，而是为酱张。酱张大祸临头了。

酱张一清早出了门，骑着那辆三轮车，车上装满封了口的圆坛。酱张是给人送货去了。院后边的毡皮棚里，剩下的几只圆坛这时已经移动了位置，黄泥封住的坛口一律敲开。大盖帽们在圆坛及满院晾晒的衣被之间钻来钻去，有的不小心，一脚踩在某一堆垃圾或酱张未能及时处理好的黄泥上。他们分别围住开先和老太婆，问做这活的共有多少人，多长时间了，其他还有什么地方。"共有多少人？你说能有多少人，还不就一个孤老头，卖脏水的酱张么？"老太婆说，"可怜呢，卖了几年的脏水，你看他成天出出进进，忙死了，可到头来还穷成那样，要捡人家穿烂丢掉了的皮鞋穿。"有一个大盖帽问，既然知道他卖了几年脏水，为什么不早点举报？老太婆说，这卖卖脏水的事还可以举报啊，不晓得，没想过。

不知是老太婆的话起了作用，或面前几只坛坛罐罐也实在太不起眼，大盖帽们明显有些失望，百无聊赖地抽过几根烟，围在一起叽咕一阵，然后留下两个人，其余的一忽啦全走了。留下的两个人更加百无聊赖，不停地问酱张什么时候能回来，一般情况下酱张什么时候回来。老太婆说，什么时候回来么，这可说不准，一个小时也有，半天、一天，都有。有时他送一车货出去，十天半月也不见个人影。一个孤老头么，谁知他去了哪里，他不同人说话，人家也不好多问他。

两个大盖帽前脚离开，酱张后脚就回来了，事情整个如此玄乎，恰似谁给有意安排好的，老太婆、开先他们不由同声称奇。两个大盖帽走得并不干脆，走几步回一下头，要老太婆他们一定转告，让酱张回来了不要出去，他们下午还会来的。酱张一听脸色变了，汗也没来得及揩一把，匆匆回房卷起铺盖，又收拾了几件该捡的东西，锅碗瓢勺、煤炉、锄头、橡皮管，乱七八糟一车装了。随后又突然想起什么，从口袋摸出几张钞票递在老太婆手中，说是这个月的房租，让她代交给雷头，然后头一低，蹬了车子一溜烟蹿了。

"酱张，这还有几只酱油坛，你有空回来搬走吧。"老太婆叫。

酱张身形一晃，在巷口那边消失不见了。

我最后一眼看到酱张的，便是他消失前的那个背影。大盖帽们在院子里缠磨多久，我便在杂物房里躲了多久。我明明知道大盖帽们并非为我而来，大盖帽们是为酱张而来，但我仍然害怕得厉害。我怕大盖帽见了我会想起什么，更何况刚才在他们面前我是那么凶狠。我把呼吸屏住，不放出一点点声息，直等大盖帽们走了，最后两个大盖帽也走了，我仍然屏声静息待着。于是当我最后一眼看到酱张时，便只能看到蹬着车子狂奔而去的匆匆背影了。这一刻我将前身一耸，准备冲上前送一送酱张，但随即一个趔趄，几乎就要摔到地面去。我在杂物房用同一个姿势静立得太久，四条腿及浑身的肌肉早已硬了、僵了、麻木了。

酱张离去得实在过于突兀，好长时间我习惯性地陷入一种凄凉的、若有所失的心境之中。我看不得院子里胡乱弃置的几只酱油坛，看不得那破布头烂草绳弃了一地的空荡荡房间，但不知怎么，每天总有几次我会忍不住到酱坛边、到空房里转转，似乎期待着有某种意外的发现。我想我应该在等酱张，暗暗地我一直怀了这么个企盼，以为酱张有一天会回来，至少他会将几只酱油坛取走。

我当然没能把酱张等回来，等到的却是一个完全出人意料的可怕消息。黄牛跑车亏了本，要把自家的房子卖掉还债了。

八

在这条小巷中，我谁都担心，唯独没有担心过黄牛。黄牛是我们这里的能人。黄牛一看就像个能人，白衬衣、黑领带、中分的头发油光发亮，一只鼓鼓囊囊的黑皮钱包时时刻刻夹在腋下。黄牛不会开车，多年来却一直在和车子打交道，拖沙子拖水泥的农用车，运垃圾的翻斗车，跑长途运输的大货车，都在小巷中出现过。有时还有一辆两辆漂亮的小轿车也让黄牛弄了来，并且在巷边的泥地上一搁几天，车身上下都蒙了一层厚厚的灰尘。最近一年，黄牛承包下一辆大巴，专门在城市的交通线上跑公交。黄牛和他老婆把一天的日子分作上下两班，轮流跟车，上一班从早上五点钟开始，下一班要延续到夜里十二点，甚至一两点。这么没日没夜辛苦一年，到头不但没赚上钱，反倒亏了本，且至于要卖房还债了？

巷中人传说，黄牛跑公交一年亏下的那数，至少在几十万元。

卖房的消息一传出，反应最强烈的是黄牛的母亲。老太婆伤心欲绝，继而愤怒，大哭大闹，拦住黄牛不让出门。"败家子，你这个败家子，你是个败家子。"众人经常看到，黄牛打着领带紧低脑袋在前面走，老太婆颠起双小脚紧随其后，一边伸长指头对着他的后脑一点一点，一边用带痰音带哭音的嗓子高声咒骂。老太婆说要卖房除非等我死了，我死了随你卖儿卖女，我眼不见为净。只要我这里还有一口气，卖房你是休想。老太婆鼻涕一把泪一把，高声说想想吧，想想你如何长大的。你两岁死爷，三岁死姐姐，四岁拉痢，五岁得绞肠痧。好不容易长成个人模狗样，却要跑到我面前说卖房。老太婆说要卖你把我卖了吧。这么闹过一段时间，有一天老太婆突然不闹了，众人说老太婆终于给黄牛说通了。

　　黄牛的计划尽管出于无奈，说起来却不失其合理，甚至绝妙的地方。黄牛毕竟是一个聪明人，是我们这里的能人，他懂得该怎样面对困境，化险为夷。房子脱手后，其中的极小部分，比如十万元吧，用于还债，另一小部分做一幢新房，剩下还有更大的一部分可以留下来，用作家庭的积蓄了。另做一幢新房，红砖、水泥、钢筋等材料费和人工费倒在其次，花费最大的在购买地皮。黄牛自己有地皮，于是这笔最大的开销可以省下了。

　　我和王老子寄身的这片空地原是老太婆家的几块菜地，后来这一带由乡村扩展为城市，菜地便变成一块空地，王老子在这里搭起窝棚，又在空地上晾晒收拢来的杂物。几年前黄牛就有过设想，说这块地方空着也是空着，不如卖了吧。四下一打听，才知卖是无法卖的，空地的产权在村里、在乡里，属于个人的只是一点使用权。于是空地依旧这么空着。据雷头私下嘀咕，黄牛这人很有些歹毒的，卖房做房，看起来简单，其实轻轻一转手中，他已做了一桩奇妙无比的房地产生意，他将村集体的土地附带给卖了。

　　我不知道黄牛是由于无奈，或者如雷头所说是生性歹毒，我已没有心思分辨这些。我所面对的问题是：空地要做新房，那么我和王老子就得搬开，同时随着旧房的出手，寄住在黄牛家楼房及毛毡房里的所有房客都得搬走，那么小巷中的生活等于彻底完结了，多少年来我赖以安身立命的一切，也得在一瞬间崩溃。老太婆、黄牛、黄牛的老婆、黄牛的女儿细兰，还有天红、天红弟弟、边角、开先、黄连、雷头，每一个人都是我的依靠，每一个人都是我的亲人，随便失去一个谁，都是我无法忍受的。更何况突然之间，这所有的依靠所有的亲人将同时失去？我大概真正给击垮了，整天如游魂一般在巷子里，在窝棚四处钻进钻出，一刻不得安宁。这才知道比较而言，与开先与王老子的闹气是根本算不了什么的，黄连的吵架、大盖帽上门、酱张离去，所有一切都算不了什么，可怕的唯有目前、此刻、现在。

黄牛在城内大街小巷贴了些售房启事，又正儿八经到电视上做了一个广告。看房的人当天就上门了。没想人来得这么快。一切都是真的了，一切已无可更改。我内心紧张得厉害，深深缩进窝棚中。我不愿让别人看到自己，不愿让看房的人知道，我们是即将被赶走的人。但在窝棚中糊里糊涂待着更不行，我必须掌握一点情况，我必须知道房子卖脱没有，房子什么时候正式交接。前来看房的是一对老年男女，男人手里拿着抄录下来的地址，两个人东张西望嘀嘀咕咕一路问过来。黄牛和黄牛的老婆等在家里。黄牛和黄牛老婆已等得很久了。黄牛领着来人看了客厅，看了客厅旁边的前房和后房，然后看后门外厨房。"这是洗澡间，这是卫生间，这一间还是厨房。"黄牛的老婆把衣袖挽得很高，抢在前面将一间间门扇推开。

看完房子，几个人聚在黄牛家的客厅里谈主要问题。谈房价。老太婆从房内出来了，给两位客人倒了杯水，然后又躲到房内看电视。在黄牛及黄牛老婆带着客人楼上楼下乱走的时候，老太婆一直守着她房内那台电视机，看得津津有味。老太婆脸色明显还没有真正缓过来，不过黄牛他们并不在乎。两位客人坐在窗前的沙发上，手端茶杯有一口没一口喝着，身子转过来，转过去，厅上厅下继续张望，似乎还没有看够。直到他们把话谈完，起身出门的时候，两个人仍回过身来，上上下下对着房子张望。从神情看，仿佛这房子已经属于他们所有了。

"一层、二层、三层。"男人继续把下巴抬起，轻轻指点道，"我们人多，三个儿子正好一人一层。"

客人高兴，黄牛和黄牛老婆当然更高兴，一心要等他们的回音。等过几天却并没有回音，这中间又有几个人上门看房，黄牛和黄牛老婆又带着他们上上下下转悠。这些日子对于我来说是极其难堪的，对于王老子，对于天红、天红弟弟、边角这些必须搬走的人，无疑同样难堪。巷中每出现一个陌生人，我们都以为是来看房的，而每一个看房的人，对我们都是无形的威压，预示某个重大的东西离我们是越来越近，我们无路可逃了。我们尤其看不得黄牛和黄牛的老婆，我们甚至不敢看老太婆，不敢看细兰，每一看到心里就慌得发痛。我知道我们应该有这样的自知之明，主动从巷子里搬离出去。我们不能让黄牛他们为难，要他们迫不得已之下动手驱赶。实际上从黄牛宣布卖房的时候起，我们在这条小巷已成了不受欢迎的人。我们多待上一天，就多讨人一天的嫌。可我们偏不敢正视这些，我们总怀着侥幸的心理，装作什么事也没有，什么东西也不知晓的样子，厚起脸皮一天天这么拖着。

房子真正出手简直就是一瞬间的事。这以前当然拖了不少日子。不停地有人上门看房，有时甚至一天几班。每个人都看得一本正经，然后讨论房价及与房子有关的一些问题，从面积，到供水供电，到房子的过户手续，无一丝一毫遗漏。可等他们一离开，你便再也不能得到下一步消息。有一阵我以为这房子的确无法卖掉了，巷子里又恢复了往日的宁静与匆忙，大家一门心思出门进门，各自做着自己那一份生意，奔着自己那一条活路，再没有一个人谈到卖房的事、搬迁的事。没想到有这么一天，黄牛带着一脸的紧张忽然就出现在众人面前，通知说他的房子已出手了。购房者是外地一家很大很有名的公司，他们需要在本市设一个办事处。公司财大气粗，对黄牛的开价一句话也没多说，条件只有一个，让房主及住在房子里的租户立刻搬出去。黄牛再三请大家原谅，他说他也是没法。他说他跟大家一样也必须出去租房。他已经把雷头家顶楼的两间住室租了下来。

这年的冬天，我们颠来倒去经受着反复搬迁之苦。从小巷出来，我随着王老子来到八里湖，后来搬到老雀塘，后来又搬到梅绽坡那边的老飞机场，到最后，仍然搬回了八里湖。王老子用板车拖着搭棚用的木板、草席、塑料膜及一堆砖块，我跟在板车后面，我们从城市这头走到城市那头，又从城市那头走到城市这头。老飞机场离城内太远，王老子每天来去不方便。老雀塘离市内近，人也多，前前后后还有几位老乡可以彼此照应。但正因了人多，生意就不好，相互之间的纠葛也不可避免，三天两头为点屁事争得脸红耳赤。最好的地方还是八里湖。八里湖离城市不远，离嘈杂的人声却远，到最近的那座牛奶场也要走个一里来路。我们的面前是一片沟壑纵横的荒滩，荒滩过去是新开发的宽阔街道。因为宽阔，因为新开发，街道上你整天看不到一个人影。我们的后面紧靠大山那般高耸的湖坝，湖坝上下满是夏天抗洪时人们丢弃的沙袋、香烟盒、塑料饭盒、方便面盒。白天王老子外出的时候，夜晚王老子回来躺下休息的时候，我喜欢独自坐到高高的坝顶，低头看脚下我们的窝棚，看荒滩那边闪闪烁烁的城市。我不知道人们为什么要在自己头顶砌上这么一道大湖，湖底的每一低处其实都比外面的城市高，我想这不是湖，这是悬在城市上空一副奇大无比的棺材。后来我又想透过城市上空闪烁的光芒，看看老雀塘在哪里，老飞机场在哪里，我们原先住惯了的那条小巷又在哪里。小巷中那么多人，那么亲亲热热一伙，瞬间已变成毫不相关的陌生人，这一事实让我痛不欲生。也不止一次想回到小巷看看，一是抽不开工夫，更重要的是我怕。从小巷搬出时的情景一幕幕浮现在我面前，每个人都是那么仓皇，那么疲倦，相互之间最后连个招呼也懒得打。人们把被盖，把木柜，把锅碗瓢盆一齐摆到门前的场地上，或抬，或拖，或挑，转眼走了个精光。夫妻本是同林鸟，大难来临各自飞，我想到人们常说的一句话。有一个人把东西落到地上，另外的人让他回来捡，他回头看看，终是没停一下脚步。那是一只枕头。又有人丢了一把锅铲，又有人丢了一把折扇。雷头把折扇捡起，打开，大冷的天无聊地对着自己一下一下扇。黄牛和老太婆原本不让我走，他们挽留了好久。黄连和雷头把我住的地方都布置好了，但我仍坚持着跟王老子出来了。我是跟王老子进的小巷，我当然也应该跟王老子出来。黄牛、老太婆他们留我是真心的，雷头和黄连留我，同样是真，不过我想，这个时候最需要我的还是王老子。王老子没了儿子，没了小巷，假如我也离开，那他不真正什么也没有了？

夜晚我给王老子做伴，白天王老子拖着板车出去，我留在棚内看家，傍晚我跑下湖坝，跑到荒滩那头的水泥道上等候王老子归来。我怕一连串的遭遇，尤其是这次搬迁对王老子打击太大，精神上吃不消，更怕他偶然一个挺不住，一个想不通，会惹出什么塌天的大事。我也怕王老子在外会受人欺负，更怕他生意不好，回来一人坐在铺上叹气发闷。我一遍遍给王老子舔手，舔脚，用额头用脸腮轻轻抚触他垂在床沿的脚杆。无论如何，我必须给王老子一点安慰，让他知道他身边还有一个伴，还有人在跟随他，依靠他，心中有着他。他并不是一个可有可无的人。这个时候背后的大湖对我是个致命的威胁，夜半时分我会无缘无故地惊醒，返身察看王老子是不是还躺在床上。我会伸出一只手爪到王老子鼻前触试，以证实还有没有呼吸。记得某天晚上微微有一点月光，借着月光的映照，我发现王老子嘴巴微张，面色蜡白，双颊塌陷，完完全全同一个死人一样。我压抑着想不顾一切大叫出声的冲动，小心伸出手爪到王老子鼻前，想做最后的试探。没想到王老子恰巧在这一刻醒来，或许王老子早已醒了，王老子根本没睡着。王老子大睁两眼，静静看着我前倾的身体及越移越近的手爪。我受惊非小，就那么一手扶床一手前伸，呆住了。

"畜生，你去睡吧，我不会有事的。"王老子说。王老子仍一动不动地躺着，睁大眼睛静静看我，"我也还想再睡一会，明天起个早，到油轮码头那边看看。"

"我不会死，家里还有两个孙子指望我挣钱交学费哩！"王老子常常对我这么说。

不知是为了安慰我，或者果有其事，王老子有时会同我谈起他的有关打算。他说他的大孙子不小了，开过年虚岁都十四了，正读小学五年级。大孙子人生得笨，手笨脚笨，脑子笨，像他死去的那爷，读书看样子是读不出的。读不出也好，到时学个手艺，学木匠。三里街那边有王老子几位老乡，专门开铺面给人打家具，只等大孙子明年小学毕业，就送他到木匠铺里学手艺。到时候，王老子说，我们到三里街正正经经租一间房，大孙子每天去铺里做事，我呢，一边照顾他吃他住，一边还出来捡这洋捞啊。

九

王老子发病大约在夜里十点。这天他回来得晚，比往日哪一天回来得都晚，我一次次跑到路头上探望，没有看到任何踪迹。水泥街道如一块随意丢弃的木板，在荒野上延伸，夜雾从干涸的泥塘升起。牛奶场墙外，有两个戴白色长檐帽、穿白色背心式外套、类似于护路工人的人在草地上寻寻觅觅。王老子回来时显得格外疲惫，身上衣服湿漉漉的。他说他刚才迷路了。他围着一道湖坝走来走去、走来走去，硬是找不到熟悉的路径。我不由十分惊讶。我不清楚王老子是在哪里迷的路，这么一条笔直的水泥街，何况每天进进出出的，怎么可能会迷路。我带着几分疑惑，几分不安不停地看他，想从那脸上看出什么。王老子脸上除了疲惫，除了肮脏，并没有明显的异样。王老子将车上的东西卸好，从床底摸出脸盆，翻过坝顶端来一盆水，点火做饭。晚餐他还多吃了一碗，饭后草草收拾一下便上床睡。为不影响他休息，我带上门出来，到棚角边的平地坐下。

王老子没有睡好。王老子明显没有睡好，一个人在床上翻过来，又翻过去，不停地伸腿、偏头，还夹杂着一丝丝的吸气，尽管轻微，尽管他极力控制，但我仍一清二楚听出那声音。我以为他又有了什么心思。我就是没有往病那方面想。王老子很少有病。在他身边多年，我几乎就没见他病过。也许有点头痛脑热，或偶尔哪一餐不想吃饭，挺一挺也就过去了。我就是没想到有一天他会病。等到我意识到什么，推开门跳进棚内，那时间已过去好久了。

"别过来，王军，没事，我没事的。"王老子说。王老子把上半身抬起靠住床头，脑袋搁在棚壁上，嘴巴微张一口口吐气，一只手做了个推拒的动作，让我别上前，别管他。

王老子是想安慰我。他知道我一贯胆小，经不得事情。他怕自己的神情会吓着我。我果然被他吓倒了，站在铺前转来转去，一会舔舔他的手，一会舔舔他的脚，一会又蹭他的身子，嘴里不由发出呜呜的叫声。王老子又做了几个推拒的动作，让我别上前，别管他。他当然没法推开我，于是便将脑袋仰起，眼睛闭上，身子一动不动任我舔，任我蹭。王老子搁在墙上的脑袋就如一只干瘪的皮球，我一直以为他是头痛。后来他的双腿不停地伸伸缩缩，每伸每缩都异常困难，我又以为他是腿痛脚痛。后来才知他是肚子痛。他全身到处都动，唯独身子不动。肚子不动，原来正是痛得厉害，不敢动。于是这一刻我明白，我所有的舔，所有的蹭，我的哀叫，对王老子来说不但起不了任何安慰作用，反而是一种无谓的干扰。王老子正竭尽全力在作最后的搏斗，最后的抵抗，他在抵抗着来自体内的剧痛，稍一分心都会使得他前功尽弃的。

王老子的抵抗失败了，他把紧闭的眼睛睁开，开始翻身，开始不停变换自己的身姿。由坐，到躺，又由躺，到坐。后来他在我的搀扶下，又移到床前的一把木凳上坐过一会。后来他还到棚外的荒草中蹲了好久，试图拉一泡屎，把腹腔内那折磨着他的东西拉出来。但每一次变换身姿的结果，只给他带来更大更不可忍受的痛苦。当他徒劳地从荒草丛中爬起，半提着衣裤重回窝棚时，他的双脚趔趄，身子已如一把曲尺般弯着了。

"王军，不晓得怎么，这人，痛得不行哩。"

王老子把牙关咬紧，吞气吐气的同时，一丝一丝这么给我说。

王老子声音透出一种不容置疑的消息：王老子不只痛，王老子更在怕着。王老子也被自己的痛吓倒了，他在向我解释，同时不由自主地在向我求救。

怎么办，这个时候该怎么办？我低低哀号着，以更快的速度在棚里棚外打圈。

我不是没想过找人。其实我早已想到了要找人，但是这茫茫荒野，我到哪里找人。我想到了牛奶场，想到了荒滩那边的一家工厂、一所学校。我也想到了老雀塘，想到小巷。小巷不用说太远，老雀塘太远。工厂和学校人很多，但都是些陌生人，与我们全无关系，不会有谁知道湖坝下有一个窝棚，棚里有一个病得厉害、病得要死的人。牛奶场有四五个工人，戴白色长檐帽，穿白色背心式长外套，无事时我曾到他们身边溜达过，但他们始终板着脸，眼角也不掠我一下。那天王老子拖着板车从牛奶场门前经过，场内一个穿白色背心的人马上如临大敌，无端地挥起手臂大喊大叫，让王老子快点走开。他大概把王老子当成一个小偷，当成一堆垃圾了，现在又怎么可能理睬你的呼救。我在荒野上四处奔窜，紧张地考虑着究竟到哪里找人。有一次我都跑到牛奶场墙边了，想了想又返身回来。又有一次我跑到了远处工厂大门前，想了想同样返身回来。第三次我往城内跑，我打算着穿过城区去小巷，去老雀塘。我跑过几条街道，结果照旧回来。每次回来我都以为自己离开好久，在这段时间王老子也许好了。但王老子没好。王老子如鬼打着一般，从躺到坐，又从坐到躺，从床上到床下，一刻不停在那里翻滚。在无意的一触中，我发现王老子满头满手遍布汗湿，那汗又冷又粘，滑滑腻腻。我终于长长地惨号一声，身子一个翻跌，没命地朝荒滩那边蹿去。

这回我不再犹豫，我的目标比较明确，我的目标是小巷。老雀塘的那伙人是什么人，一个个肮里肮脏，成天在垃圾堆里打滚，为一张纸头、一片碎玻璃也能打得头破血流，又哪有心思，哪有能力管另外的人病与不病。小巷则不同，雷头、黄牛、黄连不同，他们对人一贯周到、热情，也大方。多年来他们容留了王老子这样一个老头，免费为他供水、供电，现在王老子大难当头，他们不可能袖手不管。我在街巷中飞速奔驰，腿起腿落间，感觉自己已跑成一条直线，或一道电光，在黑暗中一晃而过。柏油路、水泥路、人造石板路，还有那种土路，在我面前起起伏伏，晃晃荡荡。汗水下来了，汗水挂在我的两眉尖，如两道雨帘时不时遮住我的视线，我不得不在纵身的同时，使劲甩动脑袋，将汗珠甩开。不过越到后来，我发现我的自信心在一点点丧失。我的面前非常生动地出现了雷头的面容，黄连的面容，黄牛的面容，还有开先、酱张、天红、天红弟弟、边角的面容。雷头与黄连的吵架、病、房租，黄牛的跑车、亏本、卖房。还有临离开小巷前那惊慌、惶恐的一幕。我看到四散着堆放在房前的家具和行李，落到地面的枕头、锅铲，握在雷头手上的折扇。一阵很热很热、很腥很腥的东西从什么看不见的深处翻涌上来，整个堵在我的胸腹间，让我半天不能很好地缓过一口气来。

"可怜的……人。"我慢慢地给自己这么说。

"可怜的人类。"

我和雷头、黄牛、开先，坐一辆从街头租来的面包车，驶过城区，驶上八里湖那条空荡荡的水泥街道时，夜色已在悄悄隐去，灰蒙蒙的街面猛然向你的眼睛逼近了许多。人多，车子负载不起，开起来便慢，每到上坡或坑洼处，司机一面将油门踩得黑烟直冒，一面嘟嘟囔囔发泄着对路面不满，对车子的不满，实际是对车上坐的人不满。好在黄牛同司机有一面之交，尽管不满，也始终只限于嘟囔而已，踩起油门还是尽心尽力的。我受不了这个，有几次我从车门跳下来，我相信我跑起来的速度比这辆破车要快得多。但黄牛他们无论如何不让我跑。他们说我的体力消耗太大，再跑肯定受不了。半个小时前当雷头和黄连为我打开楼下的大门时，我已经全身湿透，就似从水底捞起一般，没多大的工夫门厅地面上已让汗水滴湿一层。"王军，王军。"我只听到这样的声音。开先出来了，开先没有搬走，开先竟然还住在楼底他的房间。老太婆也出现了，老太婆住在开先对面原先酱张的房间。老太婆旁边，还站着一位高高大大的青年，以前我从没见过的，想必是新搬来的房客。后来黄连到三楼去敲黄牛的门，手未伸出，门自动开了。"是王军吗？"黄牛问。黄牛和他的老婆一边披衣，一边拉开过道上的灯向下跑。

"王军这一夜回来，只怕是出什么大事了。"

我拖着雷头和黄牛的衣袖向外奔。雷头和黄牛商量着找车，可我只管拖着他们的衣袖向外奔。一伙人从巷中跑出，聚到大街边的一杆路灯下。那时夜色正黑着，面包车从街道对面的暗影中开出，就似一只小船从港汊深处划出一样。这才多大工夫，天已经大亮，房屋、树木、湖坝，还有眼前的街道越升越高，车子驶在路面就似跌坐进无底深谷中一般。

车子驶近工厂门前的那座大转盘，我从雷头怀里纵身跳下，到前面给他们引路。我的四脚一落到地面，就同搁上了高速运转的飞轮，只听到风在耳边嘶响，几个起伏起落，已把车子甩开老远。我不能想象窝棚中现在已是什么样的情景。

棚门半闭半开，同我出去时一样。远远地我已看到棚门半闭半开，王老子出门时一刻不脱手的板车，靠棚壁竖立，两只把手如两只尖尖的牛角向上翘起。在坝底某个坑洼处我趔趄了一下。我掉过身子斜斜向上扑，到了棚门边我又趔趄了一下。我把脑袋抵在棚门上，棚门稍稍让开了一点，于是我两脚门里，两脚门外，眼睛直直地看床上的王老子。王老子上身靠住床头，脑袋搁在棚壁某块向外凸出的木墩上，双颊塌陷，嘴巴大张，一动不动就似石化了一般。在床前的地面，有一大堆臭气冲天的呕吐物。王老子一定吐得很凶、很急，木凳的横档上，及支撑床板的一堵砖块上，都溅有斑斑点点的什么。这时我听到了一种声音，声音起初很小，很弱、沙沙的，宛若无数蚂蚁在很高的地方啃啮着。

"嘎喳！"

没容我回过神，凭空里一个巨响，把我吓了一跳。

是王老子。王老子张着大嘴在打呼噜。

开先来了，黄牛、雷头，连那个开车的司机，一齐挤在我身后，不声不响看地面的脏物，看王老子打呼噜。呼噜声极响，极重，也极单调，嘎喳、嘎喳。但声与声之间却隔得太久，我们听到有无数蚂蚁在那里啃啮，沙沙、啦啦。酝酿了好久，这才狠狠来上那么一下，嘎喳！

"老王。"

雷头轻轻上前，拉过王老子伸在床外的手臂，一下一下拍打。王老子身子动了动，人却没醒，继续发出沙沙啦啦声音。"老王，"黄牛叫。"老王，"开先也跟着叫。众人的声音越来越大。王老子终于把眼睛睁开，看到满棚熟悉的面孔，不由怔了怔，掀过被子便要下床。

"天就亮啦？"王老子问，"你看这人睡的。"王老子伏下身子四处找鞋。

"老王你还躺着，你不要起来。"雷头说。雷头和黄牛一起上前，要把王老子重新扶上床。但王老子不干。王老子说，太阳都晒着屁股了，这还有什么躺的。

黄牛问："老王，昨夜里你没什么事吧？"

"事又有什么事。"王老子说。"夜里吃多了点，作气呀。"

十

年前下了一场雪。雪很大，也下得奇怪，它不是从空中落下，而是从湖坝那边冒出来的。偌大的湖面如一口无边的铁锅，雪花在水面上上下下，盘缠纠结，绕着一个又一个的圈子。等绕到离湖岸不远的地方，忽然被什么看不见的机器扬起那般，画一条弧线越过坝顶，准准确确落在坝这边的低地上。下雪的第二天，雷头和黄牛又一次结伴到八里湖看我们来了，与他们同来的还有黄连及黄牛的女儿细兰。一伙人叽叽喳喳，讲出的话在雪地上弄得零零碎碎，有一句没一句地传来。细兰一只手由雷头牵住，另一只手上抓只花里胡哨的气球。这才多少日子不见，细兰明显长高了，脑后扎两根长长的蝴蝶结，靠右的那边脸蛋冻得通红，红得就似上过一层彩漆，左边的脸却半点变化没有。我撒开四蹄，绕着细兰转了会圈子，又绕三个大人转圈子。"王军、王军，"黄牛叫。黄牛在我脑袋上拍几下，让我停下。

"王军，看细兰给你带什么来了？"

细兰一手抓牢气球，腾出另一只手到身上摸出些吃食抛向空中。但细兰明显缺少起码的力气，高一下低一下，前一下后一下，让我根本无法接住。细兰无奈，把我唤近了，捏了东西一下下塞在我口中。"好吃吗王军？"细兰问。细兰眯眯笑着，塞一下，问一句好吃吗，同时口里吧嗒有声，好像感觉好吃的不是我，而是她自己。

"王军一次吃不了那么多，剩下的留它慢慢吃吧。"黄牛说。

"王军，把嘴张开。"黄连上前一步，双手紧背身后，神秘地看着我笑。我知道黄连也给我带来了什么。我顺从地张开嘴。黄连又上前一步，温柔地托住我的下巴，让我把嘴张开得不能再张，然后把一样东西轻轻而有力地塞进来。

是雪。黄连随手从哪里抓了一把雪团，捏拢了，整个塞在我口中。我知道上当了。黄连的阴谋得逞，得意着，继续温柔地对我笑，一心要看我的反应。黄连哈哈大笑着，猛然翻过身子顺湖坝向上跑去。黄连以为我恼怒之下会去追她。黄连穿着长长的衣服，大笑与跑动的过程中，衣摆拖在雪地上，如一把笤帚这边扫一下，那边扫一下。

"好吃吗王军？"黄连问。黄连用两手分别捏住衣服的两只前襟，到膝间比齐，压紧，弯下腰身继续哈哈大笑，笑得要把脑袋埋到雪地里去。

我皱着眉头，让雪团在口腔中凝固了一阵，然后缓缓咬碎，吐出来。但我的身子仍不能动弹。我让眉头继续皱着，嘴巴微张，困惑地看看雷头，看看黄牛，看看细兰，又看几丈开外笑得嘎嘎啦啦的黄连。我的嘴巴越张越大，终于有一线口水流出来。我将头颈往后一缩，然后猛往前伸。

"啊——气！"

我打了一个喷嚏。喷嚏打得过狠过猛，我脚下不稳，整个身子连带着往前蹿了一步。刚刚从笑声中缓过气的黄连再一次跺足捶胸，大笑不止。我装出激怒的样子把头抬起，瞄了瞄目标纵身扑去。黄连跌跌撞撞，拖着她的笑声往窝棚那边落荒而逃。

"小心脚下。"我汪地叫了一声。但已经晚了，黄连踩在一只滑溜溜的沙包上，吧嗒一声跌了个四脚朝天。这回不止细兰，连黄牛和雷头也跟着一同大笑了。

"报应，这才叫作报应。"黄牛说。

窝棚很小，一下容不了这么多人，几个人挤挤挨挨，站着听王老子说话。黄连牵着细兰，把棚上棚下棚里棚外看了，接着站到雪地高处，看坝上坝下、坝里坝外。黄连说："我说老王，搬家你哪里不好搬，非得搬到这么个鬼打得人死的地方？这么个荒郊野岭，万一有个三长两短，你病了死了，都不会有人知道的。"

雷头说:"上次肚子痛,要不是王军泼了命去告诉我们,谁会知道那天晚上你肚子痛?"

"拆了老王,你把这棚子拆了,重新跟我们到小巷里住。"黄连说。

黄连一伙人踏着大雪来八里湖,不只是玩,也不只是来看看我,看看王老子,他们应该还有其他什么事,这点我早已想到了的。但我就没想到是这种事,他们要王老子把窝棚拆了,重新回到小巷去。最初那一刻我根本不能相信,王老子当然更不相信。王老子只是眯着眼,无动于衷地看他们。

"拆吧老王。"黄牛说。

黄牛说,今天他们相邀着一起来八里湖,是专门为了告诉这件事的。

"还记得我院后面的毡皮棚子吗?"雷头问王老子,又问我,"就是早先酱张放车放酱油坛的棚子?"

记得。那棚子怎么不记得。雷头说,今后那棚子就归你们了。雷头说,棚子小了点,但比王老子早先搭在空场上的窝棚更高,更敞亮。至于王军么,黄连说,王军的问题好解决,或者与王老子同住,或者另找一个地方,随它自己愿意。

从众人七嘴八舌的解释中,我听出了事情的整个经过。自上次王老子发病,几个人来过一次八里湖后,王老子和我便成为巷中人谈论的主要话题,一日三餐不知念叨了多少遍。你作了恶啊,老太婆这么说黄牛。黄牛说我作什么恶,这怎么能怪我?老太婆说要不是你日日夜夜吵着卖那房,王军他们会搬走吗?有一次这么说着,老太婆还流下了眼泪,弄得众人都不好过。前几天黄连终于把自己的想法说了。她说她早想这么说,怕只怕租住在一楼的人不愿意。开先说,你们房主都愿意,我们有什么不愿意的。

事情于是这么定下，正好雪天没事，几个人便结伴过来了。

重新回到小巷，过上早先那种平稳、安宁的生活，是我几个月中唯一的梦想。这样的日子真让我害怕了，王老子说要到三里街租房，要把大孙子接出来同住，当然只是一句空话，根本无法实现的。靠王老子每天穿街走巷的一点点收入，他不可能租得起什么房。我不知道该如何更好地表达对黄连、黄牛他们的感激之情，我只能以自己一贯的方式，摇尾、欢跳，一遍遍绕着他们打圈。地面的积雪在我的脚下升腾飞溅，开出朵朵雾花。王老子一定比我更兴奋，对黄连他们更感激的，但你从他的神情上丝毫看不出这点。王老子依然把双眼眯着，站在门后的阴影中，无动于衷地打量面前的几人。看那模样，别人不是有恩于他，在他处身危难之中帮助他，倒是求着他一般。这把我吓住了。我想一个人怎么能这样？王老子在与人打交道时一贯死板、呆笨、没有礼貌、不懂得主动叫人，他甚至很少给人笑一笑，这是我最受不了的一点。但不管多呆、多笨，也不能到这程度吧。我一边给王老子百般暗示，让他赶快说上几句道谢的话，一边惶恐地看看黄连，看看黄牛，又看看雷头，看看细兰。我怕他们伤心、生气，怕他们以为王老子是不愿回到小巷。

"汪！"我冲王老子叫。

但是王老子没有反应。

"汪！"我又叫。

王老子仍然没有反应。

太过分了。一个人怎么能这样。真是太过分了。别人如此对你好，如此有恩于你，不说你要怎么报答，别人也根本不指望你报答，但起码的感激之情是应该有的。谢谢总是要说一句的。一个人要知好歹。一个人不能太过分。

代 跋：

漂泊或漫游，总在故乡的影子里

——读小说集《每天都是节日》

全秋生

　　读丁伯刚的小说，有一种窘困的漂泊感浮上心头压迫着我，故乡的山水、故乡的人物、故乡的风俗、故乡的旧事、故乡的各种影像纷至沓来，仿佛自己又回到了"八山半水一分田，一分道路和庄园"的江南故乡，回到了"脸朝黄土背朝天，喂牛养猪弄菜园"的农耕岁月，那种土地里刨食、汗水里收获的日子虽然一去不复返了，但字里行间主人公心头袅袅升起的痛楚依旧刻骨铭心，使我蓦然想起泰戈尔的诗句来："哦／人世间这群／渺小的流浪者／把你们的足迹／印在我的诗文上吧！"

　　每个人都有属于自己的日子，过得好与过得不好本来就无可厚非，但若有人刻意地左右着你的未来走向，甚至于拿根隐形的绳索套在你的脖颈上，让你向东就不能往西，让你走南就不能闯北，那么就算是你的至亲至爱之人，你也会有奋起反抗的那一天，只是这一天来得迟还是早，那就得看彼此的运气了！家乡有一句老话：儿孙自有儿孙福，莫把儿孙当马牛。用现在的话来翻译，就是一个时代有一个时代的活法，一个时代有一个时代的责任，任何人都无力也无权去改写别人的人生！当然你也改变不了别人的人生，时代造就了你，但你改变不了时代，充其量只能去适应时代。适者生存的丛林法则永远都不会过时，只会越来越精致，越来越隐蔽，或者就藏在你看不见的某处静静地沉默着。

歌山县的有志青年艾朋，自小聪明伶俐，智力过人，因为父亲走得早，与母亲李华兰相依为命，曾在大庭广众之中替母亲找男人，给自己找爸爸，从小学到初中到高中，成绩一直遥遥领先，唯独在高考填报志愿时母亲不顾班主任劝阻，也不管艾朋自己的想法，一意孤行，替艾朋做主，结果艾朋以全班最好的成绩录取在本省的一所普通学校。李华兰以爱之名的固执彻底改写了艾朋的人生走向，好在艾朋是一个有孝心的孩子，并没有责怪母亲的好心办坏事，反倒安慰母亲，说有两个同学，一个考取名牌大学，一个只读专科学校，毕业后，读专科的南下创业，成了身价数亿的大老板，名牌大学毕业的同学只能在他手下打工生活……然而理想是丰满的，现实却很骨感。大学毕业工作后的艾朋并不安心，一心想成为人上人，只身南下，有过做白领拿高薪酬的陶醉，也有过创业开公司继而倒闭的艰辛，还有异地考公务员笔试遥遥领先面试却遭淘汰的苦闷。

尽管小小年纪就曾几起几落，艾鹏始终瞒着母亲李华兰，不想让沧桑苦难半辈子的母亲继续为自己担惊受怕，这种自小长在骨子里的孝心没有助力艾朋在遍地黄金的经济特区展翅高飞，却让艾朋活成了一个装在套子里的人，他拒绝母亲前来探望，甚至拒绝母亲的任何关心与照顾，在自己的世界里不停地吹爆理想的肥皂泡，外人甚至母亲都无法看清楚他内心世界的痛楚与真实想法，就好像他回歌山备考公务员意外出车祸后的病情，时隐时现，貌似平静安好却会随时发作，事先一点迹象都没有，就算大医院专业正规的医生都看不明白，以致李华兰听信专家建议，要把他送入精神病医院去治疗。

漫漫红尘里，璀璨灯火间，谁是谁的牵挂？谁又是谁的希望？

一条名叫"王军"的流浪狗为读者诠释了一幅人间百态图："我"想跟人类一样平起平坐，处处与人类为友，把他们每一个人都当作自己的依靠，当作自己的亲人，真诚地希望每个人幸福如意，家家和睦美满，我希望小巷中永远热热闹闹。这一刻我感到自己如此富足、踏实，巷中所有的人都属于我，我也属于巷中所有的人。

我怕别人讨嫌我，怕别人私下对我怀有不好的看法。任何人只要略略显示不满的神色，皱皱眉，低低眼，抿抿嘴唇，我也能不差分厘地感觉出来。我从不敢与任何人发生矛盾，不敢违逆任何人的意愿。我无法在任何带有一丝半点敌意的环境中生存。如此种种，注定了我在生活中唯一所能采取的方式，便是那种小心翼翼、唯唯诺诺、乖巧内向的方式，为人上，处世上，方方面面莫不如此。

世人都说狗胆包天，可王军的胆子比谁都小，为了能够在小院子里生存下去，处处博取人类的欢心：比如，给残疾人雷头送碗筷到厨房，把衣服送到雷头身边帮他披上，被旁人夸赞比雷军的媳妇还要细致周到；比如，在小巷子里路遇推不动板车的酱张，用尽吃奶的力气帮酱张推板车，没有推动还招来酱张一顿"白长一身肥膘"的善意嘲笑；比如，与孤寡老人王老子不离不弃，每天帮王老子翻晒收来的各种废品，小院拆迁后，陪在王老子身边到几十里地外的湖边搭棚度日，当王老子心情不好时，还要默默坐在一边陪他做事，让他骂，让他恨，让他厌，让他冷落，以自己的温顺来缓解他心头之气……帮天红看家、帮黄连搬凳子劝和夫妻吵架、帮小院住户招呼小孩、赶老鼠、丢垃圾、爬门爬窗进房拿主人忘了带出的钥匙，想方设法给人逗乐，诸如此类。别人让干什么他就干什么，甚至别人没让他干什么他也知道需要干什么！特别是当王老子孤身一人深更半夜患病时，王军单枪匹狗地几十里跑回城里小巷子搬救兵的经历，更是让人们赞不绝口。

为狗处世，能做到王军这个地步，已经是很难得了，可王军依旧被一个叫"开先"的人毒打过，被王老子痛骂过，骂他嫌贫爱富，骂他有奶便是娘！王军平时挂在嘴边的一句人话就是：一个人要知好歹。一个人不能太过分。尽管他是狗不是人，但读完小说后，我以为现在许多人的所作所为都不如王军那狗子来得干脆痛快。

狗不如人，我以为只是狗不能开口说话罢了，如果狗能张嘴说话，以他的聪明护主、忠心耿耿、勤劳吃苦、爱心满满，一定会比社会上的许多人混得更好；人不如狗，表面上或许说的是穷人不如富人家的一条狗那么受宠若惊，看看当下各种宠物店的生意兴隆就可见一斑，倘若更深层次地探寻，我以为，人性深处的许多阴暗、邪恶确实不如狗生里的为狗处世啊！

《每天都是节日》是小说家丁伯刚的一部中篇小说集。全书共收入六部中篇小说，讲述小说主人公"我"在歌山县城工作的日子里跟故乡墩头铺之间剪不断理还乱的关系：比如，学生时代品学兼优的艾朋因为单身母亲强势更改高考志愿而走上了另一条坎坷的人生路，辞职、失业、创业、失败、遭遇车祸、反复治病，最后完美错过公务员考试的悲欣交集；比如，母亲老家的亲戚"大头"千里投奔，貌似老实巴交的背后却一肚子坏水，采取哄骗欺瞒的手段勾引师父家的大姑娘，搞大人家的肚子却残忍地不告而别，给"我"的父母留下一副不好收拾的烂摊子……正应了某电视剧中那句"故事里的事，说是就是不是也是；故事里的事，说不是就不是是也不是"的精彩台词，原来姹紫嫣红开遍，似这般都付与断井颓垣，故乡的人事变迁，在作家笔下令人感慨万千！

桃李春风一杯酒，江湖夜雨十年灯。丁伯刚笔下的主人公似乎都有一颗漂泊不定的灵魂，他们在红尘里泅渡却不显麻木，在世俗里折腾颇具精神：比如，上门养子张建生为报收留之恩，对寄爷寄娘言听计从，在上门过继的日子里忍辱负重、任劳任怨，吃的猪狗食，干着牛马活，一边对继爷继娘竭力讨好逢迎，一边又想改写寄爷寄娘的落后观念，无奈"吾辈一心向明月，明月偏偏照沟渠"，最后为了自己的尊严不容侵犯，反戈一击临阵逃婚，脱离寄爷寄娘强加给自己的生活，置寄爷寄娘于万劫不复之境。比如，半辈子含辛茹苦从不为外界诱惑的水果小贩兴建，最后因索回施舍出去的十元钱眨眼之间竟成了抢劫犯，人生的多变莫测令人细思极恐……小说文字貌似坚硬朴实，实则暗藏善良忠贞，在娓娓道来里令读者心悦诚服地走入他构建的文字网罗欲罢不能，欲说还休：比如，因为一场夫妻吵架，老婆淑珍从此外出杳无音信，一个人又当爹又当妈的南京在家中苦苦煎熬，只因老婆一句要回来的话，在夜色降临之后踏遍了坟墓突兀的桑乌塘，虚构了一场"等待戈多"式的爱情游戏。总之，全书六部中篇小说，风格各异又有共同指向，在字里行间构建异乡人眼里的故乡与旧事，故乡人眼里的漂泊与漫游。

读丁伯刚的小说，透过纸页上的家园，恍如江南乡村的各种背影正在眼前闪现：他们或许正勤奋劳作着，或许又在恣睢放纵着；他们努力地拼搏，他们从不懈怠，在自己的一亩三分地里耕耘着平淡无奇的日子；他们从不介意自己对生活的付出与奉献，他们总寄希望于自己的每一个日子都是节日；他们的灵魂与肉体，不是走在漂泊与漫游的路上，就是走在回望故乡的影子里。

2024.10.18 于海淀